FALLS DER HERZOG ES WAGT

REGELN FÜR HALUNKEN
BUCH EINS

DARCY BURKE

Übersetzt von
PETRA GORSCHBOTH

FALLS DER HERZOG ES WAGT

Regeln für Halunken

Als eine junge Lady ruiniert wird, schwören ihre Freundinnen, dass keine von ihnen sich jemals wieder von einem Herzensbrecher umgarnen lässt. Sie werden dem Charme eines jeden Gentleman widerstehen, selbst – und vor allem – wenn dies bedeutet, sich damit den Ruf zu erwerben, unmöglich zu erobern zu sein. Es braucht schon außergewöhnliche Herzensbrecher, um ihre Regeln zu brechen ...

Der unverbesserliche Schürzenjäger Acton Loxley, Herzog von Wellsbourne, ist auf der Suche nach einer Herzogin. Auf dem Weg zu seiner potenziellen Braut begegnet er einer höchst faszinierenden und fesselnden Witwe, die ihn völlig von seinem Vorhaben ablenkt. Sie verschwindet jedoch, bevor er es ihm gelingt, ihre Bekanntschaft zu vertiefen. Widerwillig macht sich Acton auf den Weg zu seiner Braut, ohne jedoch zu ahnen, dass die Witwe und sie ein und dieselbe Person sind.

Als Persephone Barclay jüngere Schwester kompromittiert wird, muss Persephone heiraten, noch bevor sich der Skandal ausweitet. Ihre Eltern bemühen sich, sie dem Herzog von Wellsbourne vorzustellen, doch der ist genau die Art von Herzensbrecher, die zu meiden sie gelobt hat. Auf der Flucht vor einer Verlobung läuft Persephone ihrem potenziellen Verlobten direkt in die Arme und gibt vor, jemand anderes zu sein. Doch allen Ressentiments zum Trotz erweist sich der Herzog als unwiderstehlich charmant! Fall sie in seiner Gesellschaft bleibt, wird sie noch in den Bann des verruchten Herzensbrechers geraten.

Schlimmer noch, bei ihrem zweiten Fluchtversuch gerät sie in zunehmend schlechtere Umstände. Da sie nirgendwo hin kann und ihre Sicherheit in Gefahr ist, wird sie wahrscheinlich die Hilfe des Mannes annehmen, der ihre Entschlossenheit – und ihren Ruf – bedroht.

REGELN FÜR HALUNKEN

Bleibe nie mit einem Halunken allein.
Flirte nie mit einem Halunken.
Gewähre einem Halunken nie eine Chance.
Zweifle nie am Ruf eines Halunken.
Glaube nie an die Liebesschwüre oder
Ergebenheitsbekundungen eines Halunken.
Vertraue nie einem Halunken, der verspricht, sich zu ändern.
Lasse nie zu, dass ein Halunke dein Herz sieht.
Ruiniere einen Halunken, bevor er dich ruiniert.

KAPITEL 1

Weston, England, August, 1814

Die Fenster des kleinen Salons im Weston Hotel boten einen prächtigen Blick auf den Strand. Persephone Barclay und ihre Schwester verbrachten mit ihren vier Freundinnen die meisten Nachmittage dort, nachdem sie sich nun schon drei Jahre in Folge im August hier erholten. Sie tranken Tee, lasen aus Büchern und Zeitungen und tauschten sich über alles aus.

Heute Nachmittag fehlte allerdings eine von ihnen. Persephones jüngere Schwester Pandora war nicht bei ihnen, da sie sich bereit erklärt hatte, mit dem Earl of Banemore spazieren zu gehen. Bane, wie er genannt wurde, besaß einen verwegenen Ruf, aber er hatte sich in Pandora verliebt, und sie war ganz und gar von ihm angetan – so jedenfalls hatte sie es Persephone im Vertrauen gesagt.

Persephone wusste aus Erfahrung, dass Verliebtheit nicht mit Liebe gleichzusetzen war, und nur die Zeit würde erweisen, was von beidem Pandora tatsächlich ergriffen hatte. Sie hatte Pandora geraten, im Umgang mit dem Earl Vorsicht walten zu lassen, aber ihre Schwester schwebte so bezaubernd im siebten Himmel, dass Persephone ihren Wunsch, mit ihm Zeit zu verbringen, unterstützt hatte.

Der Spaziergang der beiden jungen Leute würde von Persephones und Pandoras Mutter, der Baronin Radstock, begleitet werden. Die Baronin, eine steife und anspruchsvolle Matrone, war geradezu begeistert, dass der Erbe eines Herzogtums ihrer Tochter den Hof machte.

Die Tür sprang auf, und Pandora kam hereingeeilt. Ihr hübsches, herzförmiges Gesicht war gerötet und ihre Augen ebenfalls. Sie sah aus, als hätte sie geweint.

Persephone sprang vom Sofa auf, das sie mit Min – Lady Minerva Halifax, der Tochter des Herzogs von Henlow – teilte. »Pandora, was ist passiert?«

»Eine absolute Katastrophe.« Pandora vergrub ihr Gesicht in den Händen und weinte.

Als Persephone den Arm um ihre Schwester legte und sie zum Sofa führte, sprang Min auf und schloss die Tür. Persephone half Pandora, sich zu setzen, behielt aber ihren Arm um sie und hasste es, wie die Schultern ihrer Schwester zitterten. Was auch immer passiert sein mochte, es musste wirklich entsetzlich gewesen sein, dass sie derart erregt darauf reagierte.

Min setzte sich auf Pandoras andere Seite, legte ihr die Hand auf den Rücken und murmelte tröstliche Worte. Mit ihrem zobelfarbenem Haar, den fein geschwungenen Brauen über den hellgrauen Augen und den patrizischen Zügen galt Min als die Verkörperung einer anständigen jungen Lady der feinen Gesellschaft, obwohl sie noch keine Londoner Saison hinter sich gebracht hatte. Voller Mitgefühl und Sorge kreuzte sie ihren Blick mit Persephones.

Eine beklommene Stille beherrschte nun den gesamten

Raum, die einzig von Pandoras Schluchzen unterbrochen wurde. Nach einigen Augenblicken holte Pandora kräftig Luft und wischte sich mit den Händen über die Augen. »Verzeiht mir, ich bin vollkommen außer mir.«

»Bitte sag mir, dass es nicht Banes Schuld ist«, flüsterte Persephone, die allerdings genau das befürchtete. Seiner überschwänglichen Bewunderung für Pandora zum Trotz hing dem Mann der Ruf eines Halunken an. Er kokettierte mit allem, was Kleider trug, und angeblich sollte er ein bestimmtes Bordell in London, das Rogue´s Den aufsuchen. Dort verkehrten offenbar die elitärsten Gentlemen der Gesellschaft zur Ausübung des Bettsports.

Pandora holte tief Luft und nickte. »Ich verstehe es nicht. Er hat gesagt, er liebt mich.«

»Was ist passiert?«, fragte Min. »Das spielt keine Rolle. Ich werde dafür sorgen, dass er bis zum Einbruch der Nacht aus The Grove verschwunden sein wird.« The Grove war das Haus ihres Vaters, das ein wenig außerhalb der Stadt lag. Zusammen mit ihrer Anstandsdame Ellis Dangerfield verbrachte Min jeden August dort. Mins älterer Bruder, der Erbe und Earl von Shefford, kam und ging im Laufe des Monats mit verschiedenen Freunden, darunter auch Bane. In diesem Jahr hatten sich auch andere Gentlemen zu ihnen gesellt, darunter der Viscount Somerton, der Cousin einer weiteren Freundin, Tamsin Penrose, und Lord Droxford, ein mürrischer Gentleman, der merkwürdigerweise mit diesem lebensfrohen Trio verbunden zu sein schien.

»Vielleicht packt er gerade seine Sachen für die Abreise. Oder besser sein Diener.« Pandora schniefte. »Es lief alles so gut. Dann hat Mrs. Lawler uns gesehen ... zusammen.«

Persephones Magen ballte sich zusammen. »Wie zusammen?«, fragte sie mit leiser Stimme.

Pandora warf ihr einen entschuldigenden Blick zu. »In

einer Umarmung. Ich nehme an, es war eine ... kompromittierende Position. Das hat Mrs. Lawler jedenfalls gesagt.«

»Was hat Mutter unternommen?« Persephone fürchtete sich vor der Antwort und war überrascht, dass Mutter Pandora erlaubt hatte, hierher in den Salon zu kommen.

»Sie war nicht dabei«, murmelte Pandora, deren Augen voll der Reue waren. »Ich habe ihr von meinem Ausflug mit Bane nichts erzählt.«

Persephone starrte ihre Schwester an. Pandora hatte also gelogen, als sie ihr gesagt hatte, die Baronin wüsste Bescheid und würde sie beaufsichtigen. Es war Persephone nie in den Sinn gekommen, das zu hinterfragen. Sie vertraute Pandora, sich vernünftig zu verhalten. Das hatte Pandora aber nicht getan. Was Persephone ihr allerdings auch nicht verübeln konnte, denn sie wusste, wie es war, sich von Gefühlen und Erregung mitreißen zu lassen. Als ihr dies jedoch höchstselbst passiert war, hatte man sie Gott sei Dank nicht erwischt.

Min traf Persephones Blick über Pandoras Kopf hinweg, der ihr stillschweigend vermittelte, dass es nicht gut stand. Das wusste Persephone, doch sie hoffte, die Lage würde sich nicht zu einer Katastrophe zuspitzen, wie Pandora verkündet hatte.

»Ich wünschte, meine Mutter wäre in The Grove«, meinte Min. »Ich würde sie bitten, mit Mrs. Lawler zu sprechen.«

»Würde sie das tun?«, fragte Pandora hoffnungsvoll. Doch dann verzog sie das Gesicht. »Das spielt keine Rolle, denn deine Mutter ist nicht da.«

»Eine kompromittierende Situation ist nicht das Ende der Welt«, meinte Tamsin tröstend von der anderen Seite des Raumes. Mit einundzwanzig Jahren war sie nur ein Jahr jünger als Persephone. Doch ihr jugendliches Aussehen – große blaugrüne Augen und weiche, runde Wangen – und ihre relativ abgeschiedene Existenz in Cornwall ließen sie noch jünger erscheinen. Den August verbrachte sie in Weston bei ihrer Großmutter, die in einem bezaubernden Cottage in Strandnähe lebte. »Meine Großtante war kompromittiert worden. Die beiden haben einfach geheiratet, was ohnehin ihre Absicht war.«

Persephone fürchtete, was Pandora als Nächstes sagen würde.

Pandoras Lippen wurden schmal und der Zorn, der sich nun in ihre Miene stahl, ließ ihren Blick aufflammen. »Bane wird mich nicht heiraten. Nachdem Mrs. Lawler uns gesehen und ihn ermahnt hat, weil er mich kompromittierte, gratulierte sie mir dann, weil es mir gelungen war, einen zukünftigen Herzog zu umgarnen.« Pandora zuckte zusammen und wischte sich eine Träne fort, ehe sie weitersprach. »Bane erwiderte, er sei leider schon mit einer anderen verlobt. Er entschuldigte sich bei mir – ganz verlegen, aber das war einerlei – und dann lief ich davon.«

Wut begann in Persephones Adern zu rauschen. Niemals hätte sie einem anderen Menschen Böses gewollt, aber in diesem Moment hätte sie mit Freude zugesehen, wie Bane gefoltert würde. »Wenn ich ein Mann wäre, würde ich ihn zum Duell herausfordern. Wenn ich schießen könnte, würde ich ihn niederstrecken.«

Min schlug mit der Hand auf die Armlehne des Sofas. »Dieser Halunke! Er muss gezwungen werden, dich zu heiraten. Ich werde unverzüglich mit meinem Bruder sprechen.« Sie stand auf, und so auch Ellis, die auf einem Stuhl in der Nähe des Sofas Platz genommen hatte.

Ellis, die mit vierundzwanzig Jahren die Älteste in ihrem inoffiziellen Club war, sah Pandora mitfühlend an. »Es tut mir so leid, was passiert ist. Männer können wirklich furchtbar sein.«

»Und doch ist es uns allen bestimmt, sie zu heiraten, ob

wir das nun wollen oder nicht«, bemerkte Tamsin, die sich bei ihren Worten ebenfalls erhob. »Warum sollte ein verwerflicher Mensch wie Bane das Recht haben, eine so liebenswürdige Person wie Pandora zu ruinieren?«

»Weil er ein Earl und Erbe eines Herzogtums ist. *Er* kann tun, was er will, und er hat aller Wahrscheinlichkeit nach keine Konsequenzen zu fürchten.« Gwendolyn Price, die Jüngste aus ihrem Club, stand kopfschüttelnd auf. Ihre braunen Augen funkelten vor Empörung, während dunkle Locken ihre Wangen umrahmten. »Das ist nicht im Entferntesten gerecht.«

»Doch was können wir dagegen unternehmen?«, fragte Pandora verzweifelt.

Persephone drückte ihrer Schwester tröstend die Hand und schaute ihr in die Augen. »Wir können geloben, dass wir ihm sein Betragen nicht durchgehen lassen. Wir können uns zusammenschließen und kundtun, dass *es reicht*. Wir werden nicht dulden, auf diese Weise behandelt zu werden und wir werden uns nicht ihren Regeln unterwerfen.«

»Wir stellen unsere eigenen Regeln auf«, schlug Min vor.

»Angefangen bei ›Geh nie allein mit einem Halunken aus‹«, meinte Pandora bitter. »Und flirte auch nie mit einem.«

Gwen hob die Hand. »Verzeiht, aber was genau ist ein Halunke? Sind alle Männer Halunken?«

»Ja«, bestätigte Pandora mit Nachdruck.

Min bedachte Pandora mit einem mitfühlenden Blick. »Nicht *alle* Männer sind Halunken, doch es gibt sehr viele, die sich mit ihren Privilegien, ihrem verruchten Ruf wegen irgendwelcher Vergehen und ihrer Hochnäsigkeit brüsten.«

»Ich würde die Behauptung aufstellen, dass Halunken sich den Regeln der Gesellschaft – oder generell irgendwelchen Regeln – kaum fügen«, meinte Ellis.

»Das ist ihr Privileg«, setzte Persephone mit einem

Nicken hinzu. »Sie glauben, sie kämen mit allem durch, was sie sich in den Kopf gesetzt haben, und sie bräuchten sich nicht um andere zu kümmern. Sie sind vollkommen rücksichtslos.«

Min zuckte mit den Schultern. »Einige unter ihnen sind gar nicht mal so furchtbar. Meiner Erfahrung nach liegt es daran, dass Halunken einfach zu viel flirten. Sie halten sich für unwiderstehlich.« Min verdrehte die Augen. »Sie neigen außerdem zu übertriebener Spielsucht und sie trinken zu viel. Und natürlich ist jeder, der seine Zeit im Rogue's Den verbringt, per Definition ein Halunke.«

»Was ist das Rogue's Den?«, fragte Gwen.

»Ein Etablissement in London, wo Halunken ihren Bettsport betreiben, und echte Halunken wahren dabei nicht die geringste Diskretion«, bemerkte Min mit einem Schnauben. »Man muss Mitglied dort sein, und die Klientel ist überaus elitär.«

Gwen machte den Mund auf und wollte wahrscheinlich fragen, woher Min das wissen konnte, aber Min fuhr fort. »Mein Bruder ist dort Mitglied, und er ist unzweifelhaft ein Halunke.«

»Die ganze Bande deines Bruders besteht aus Halunken«, stellte Persephone klar. »Wahrscheinlich mit Ausnahme von Droxford. Ich kann nicht behaupten, dass er schurkische Tendenzen zeigt.«

»Nicht, dass wir ihn dabei beobachtet hätten, aber bei seinem Umgang kommt man ins Grübeln«, brachte Min vorsichtig hervor.

Gwen nickte entschlossen. »Ich habe es, glaube ich, verstanden. Ich wage zu behaupten, dass mein Bruder ein Halunke ist. Er flirtet furchtbar viel. Außerdem hat er einen ausgeprägten Hang dazu, riskante Dinge zu tun – wie zum Beispiel ein Wettrennen in einem hochrädrigen Phaeton. Je gefährlicher es ist, desto besser findet er es.«

»Das ist genau das Verhalten eines Halunken – mehr Leichtsinnigkeit«, urteilte Min.

»Meine Mutter verabscheut seine Taten, zumal er ihr immer verspricht, er würde damit aufhören.« Gwen stieß die Luft aus. »Vielleicht sind Halunken auch nicht ganz aufrichtig.«

»Das sind sie *ganz bestimmt* nicht«, höhnte Pandora. »Bane hat mir seine ewige Verehrung geschworen, und zwar kurz bevor er mich über seine Verlobung ins Bild setzte.«

Ellis zog die Lippen kraus. »Das ist eine weitere Regel: Glaube nie an die Liebesschwüre oder Ergebenheitsbekundungen eines Halunken.«

»Zweifle nie am Ruf eines Halunken«, fügte Pandora grimmig hinzu. » Vertraue nie einem Halunken, der verspricht, sich zu ändern.«

»Ja, einmal ein Halunke, immer ein Halunke«, bestätigte Persephone und drückte ihrer Schwester die Hand.

Pandora nickte energisch zustimmend. »Erlaube einem Halunken nie, dein Herz zu sehen. Ich wünschte, das hätte ich nicht getan.«

Persephone empfand Mitleid mit ihrer Schwester. »Gewähre einem Halunken nie eine Chance. Ich wünschte, ich hätte dir diesen Rat erteilt.« Sie hatte darauf gehofft, dass Bane nicht so verschlagen war, wie sein Ruf vermuten ließ.

Mins Augen funkelten voller Entschlossenheit. »Am wichtigsten ist es aber, einen Halunken zu ruinieren, ehe er dich ruiniert.«

»Amen!«

»Hurra!«

Jubelrufe schallten durch den Raum, und Persephone hätte beim Anblick ihrer Schwester beinahe geschluchzt, die nun ein dünnes Lächeln zustande brachte. Es war nichts Großartiges, aber es war ein Anfang.

»Ich werde dies niederschreiben, damit wir unsere

Regeln nie vergessen«, erbot sich Ellis und holte ein kleines Notizbuch und einen Stift aus ihrem Retikül. Dann nahm sie wieder Platz und widmete sich der Niederschrift der Regeln.

»Ich danke euch allen so sehr«, brachte Pandora hervor, während ihr ein paar weitere Tränen aus den Augen rannen. »Ich fürchte, nun bin ich ruiniert, doch ich hoffe sehr, dass ihr alle meine Freundinnen bleiben werdet.«

»Nichts könnte mich davon abhalten«, gelobte Min. »Ich werde alles in meiner Macht Stehende tun, um den Skandal so gering wie möglich zu halten.«

Noch nie hatte Persephone ihre Freundin mehr geliebt, und ihr war vollkommen bewusst, dass Min jede Macht nutzen würde, die sie in der feinen Gesellschaft besaß, um Pandora zu helfen. Persephone befürchtete trotz allem, dass ihre Bemühungen nicht fruchten würden, und die Schwestern mit ihrer Familie einfach nach Radstock Hall umsiedeln und für das nächste Jahr unter sich bleiben mussten. Es könnte Schlimmeres passieren.

Wie beispielsweise diese enorme Standpauke, welche die Baronin Pandora und Persephone mit absoluter Sicherheit halten würde. Das würde qualvoll werden. Persephone wünschte sich so sehr, sie könnte ihrer Schwester das alles abnehmen. Warum hatte nicht sie die Missetäterin sein können? Niemand würde sich daran stören, wenn sie ruiniert wäre, von den negativen Auswirkungen auf Pandora einmal abgesehen.

Pandora wurde nacheinander von all ihren Freundinnen umarmt, die ihr ihre Liebe und Unterstützung anboten. Zum Glück blieb ihnen noch eine Woche, die sie gemeinsam verbringen würden, ehe sich ihre Wege wieder trennten.

»Ich bin fertig«, verkündete Ellis. »Ich werde für jede von euch eine Kopie anfertigen, die ich dann morgen mitbringe.«

Abermals ging die Tür auf, und dieses Mal war es die Baronin Radstock, die auf der Schwelle stand. Ihr leuchtend blauer Blick richtete sich direkt auf Pandora. »Mrs. Lawler ist gerade gekommen, um mich zu sprechen«, brachte sie leise hervor, aber Persephone hörte die unterschwellige Wut genau heraus.

Pandora stand mit zitternden Knien auf, und Persephone war ihr behilflich, indem sie sich ebenfalls erhob.

»Kommt, ihr Mädchen, wir müssen packen«, befahl ihre Mutter nun scharf, als sie sich in der Tür umdrehte.

Wie sich herausstellte, hatten sie nun nicht einmal mehr eine Woche in Weston. Nicht einmal der Rest des Tages war ihnen geblieben. Innerhalb einer Stunde befanden sie sich auf dem Heimweg, und die Zukunft, die einst durch die Verheißung auf die glänzende Partie, welche Pandora machen würde, so strahlend erschienen war, hatte noch nie so unsicher ausgesehen.

KAPITEL 2

Seit vier Tagen waren sie nun schon aus Weston zurück, und Pandora hatte den zweiten Stock, in dem sich ihr ehemaliges Kinderzimmer und derzeitiger Rückzugsort befand, nur verlassen, um in ihrem Schlafgemach im ersten Stock zu schlafen. Persephone hatte im gleichen Bett mit ihr geschlafen und darauf bestanden, dass Pandora nicht allein blieb. Das hatte bei beiden Schwestern Erinnerungen an ihre Kindheit wachgerufen, als sie sich ein Zimmer geteilt hatten. Tatsächlich war es viel einfacher für sie, zurückzuschauen, anstatt nach vorne. Pandora war felsenfest davon überzeugt, dass ihr Leben vorbei war.

Genau das hatte ihre Mutter ihr wiederholt gesagt.

Nun war Persephone von ihren Eltern in den Salon zitiert worden. Es überraschte sie keineswegs, dass diese eine Möglichkeit gefunden hatten, ihr die Schuld an dem anzulasten, was zwischen Pandora und Bane vorgefallen war. Persephone machte sich auf einen weiteren Vortrag darüber gefasst, wie sie ihre Schwester allein gelassen und damit ihre Familie ruiniert hatte.

Sie stand vor dem Salon und betrachtete sich im Spiegel, der neben dem Eingang hing. Ihr Gesicht war blass und schicksalsergeben. Ihr dunkelblondes Haar hatte sie zu einem strengen Dutt aufgesteckt, was nach Ansicht ihrer Mutter zu streng wirkte, aber was machte das schon, wenn sie ohnehin zuhause waren? Immer fand Mama etwas an Persephones Aussehen auszusetzen, ob es nun der Höcker auf ihrer Nase war oder ihre nicht vorhandenen rosigen Wangen.

Sie atmete tief durch, löste den Blick vom Spiegel und betrat den Salon. »Mach die Tür zu«, gebot ihre Mutter, die in den letzten Jahren immer angespannter und kaltherziger geworden war, ohne Persephone anzusehen. »Setz dich.«

Obwohl sie lieber stehen geblieben wäre, wollte Persephone nicht noch mehr Unmut heraufbeschwören. Also setzte sie sich. Und zwar im größtmöglichen Abstand zum Sessel ihrer Mutter und dem Kamin, bei dem ihr Vater stand.

Der Baron warf einen Blick auf seine Frau, bei der er sich in der Regel immer rückversicherte, ehe er zu einer Rede ansetzte. Zusammen bildeten die beiden in allem eine geschlossene Front.

»Der Ruin deiner Schwester erfordert deine sofortige Vermählung«, erklärte er. Er strich über das teure Kammgarn seines Fracks und verzog dabei den Mund ein wenig, was seine Wangenknochen anspannte. Dieser Gesichtsausdruck lenkte die Aufmerksamkeit auf die langen, dicken Koteletten, die er sich vor etwa drei Jahren hatte wachsen lassen, als sein Haupthaar merklich an Dichte nachgelassen hatte.

Persephones Gehirn biss sich mit der Hartnäckigkeit

eines Kindes, das sich an einem Keks festhält, an den Worten »sofortige Vermählung« fest.

»Es wird dir zufallen, die Familie zu retten«, brachte ihre Mutter mit trügerischem Charme hervor.

»Mit einer unverzüglichen Eheschließung?« Persephone verschluckte ein nervöses, absurdes Lachen. Seit drei Jahren war ihr nicht einmal der Hauch eines Heiratsantrags entgegengebracht worden. Laut ihrer Mutter besaß sie nicht die nötige Anziehungskraft oder Schönheit, um einen Ehemann anzulocken und aller Wahrscheinlichkeit nach, war sie dazu bestimmt, als alte Jungfer zu enden.

Ihre Mutter nickte gewichtig. »Ja, und zwar den Herzog von Wellesbourne. Du erinnerst dich an seine Mutter, die Herzogin?«

Gewiss. Die Herzogin war ein prominentes Mitglied der feinen Gesellschaft in Bath, obwohl sie von ihrem Mann getrennt lebte. Es wurde gemunkelt, er unterhielte eine Geliebte in London, und anscheinend war das für alle vollkommen normal. Persephone fand es eher traurig. Sie erinnerte sich auch daran, dass ihr Sohn im gleichen Kreis von Halunken verkehrte wie Bane und einen ebenso verruchten Ruf als Wüstling besaß, der es mit dem Eheversprechen ganz und gar nicht ernst meinte. Diese Männer waren die Halunken, auf die sich die Regeln bezogen, die sie zusammen mit ihren Freundinnen aufgestellt hatten.

Persephones Magen sank ihr bis in die Kniekehlen. Ihre Eltern konnten von ihr nicht verlangen, einen Mann wie ihn zu heiraten. Das würde sie nicht tun. Sie *brachte es nicht über sich.* Tatsächlich konnte sie kaum glauben, dass dieser tatsächlich einverstanden wäre, doch andererseits war er ein Herzog und hielt es wohl für seine Pflicht, sich endlich eine Ehefrau zu nehmen. Persephone stand keineswegs der Sinn danach, als die Erfüllung seiner Pflicht herzuhalten.

»Ich kann mir nicht vorstellen, dass eine übereilte Heirat

erforderlich ist.« Zumal Persephone nicht einmal die Ruinierte war. Innerlich erschauderte sie allerdings bei dem Gedanken, dass ihre Schwester als diese identifiziert wurde. »Wir wissen nicht, ob es zu einem Skandal kommen wird.«

Die Baronin sah sie finster an. »Die Nachricht von Pandoras ungebührlichem Verhalten ist heute Morgen im *Bath Chronicle* erschienen. Natürlich wurden keine Namen genannt, aber jeder weiß über das Gerücht über sie und Banemore Bescheid. Sicher wird die Information ihren Weg nach London finden.« Mit geschürzten Lippen und zusammengekniffenen blauen Augen nahm sie Persephone eindringlich ins Visier. »Ihr *werdet heiraten*. Wellesbourne ist eine ausgezeichnete Partie, insbesondere für dich.«

Persephone weigerte sich, sich zu einer Ehe nötigen zu lassen, die ihr nicht zusagte. »Wäre es nicht besser für uns alle, wenn Papa Bane zwingen würde, Pandora zu heiraten?«

»Das ist keine Option«, stieß der Baron hervor. Er drückte die Finger auf seinen langen Naserücken und kniff ihn zusammen, als würde er etwas Schreckliches riechen. »Ich habe dem Herzog von Wolverton geschrieben und er bestätigt, was Bane - Banemore - gesagt hat, dass er bereits verlobt ist und er dieses Arrangement gewiss nicht wegen einer törichten Begegnung mit deiner Schwester brechen wird.«

Wolverton war Banes Vater, und offenbar diktierte er, was zu geschehen hatte, was ärgerlich war. Herzöge und ihre Erben sollten vor den Konsequenzen ihrer Handlungen wirklich nicht gefeit sein. Doch genauso verhielt es sich mit diesen Halunken.

Mit ihren blassen Händen strich sich die Baronin über ihre Röcke. »Ich habe der Herzoginwitwe von Wellesbourne sofort geschrieben, denn in ihrem letzten Brief stand, dass ihr Sohn eine Frau braucht und ihm der Heiratsmarkt nicht zusagt. Ich habe ihr erklärt, dass meine reizende älteste

Tochter es ebenfalls vorzieht, den Heiratsmarkt zu meiden.« Sie richtete ihren Blick auf Persephone. »Sie hat uns eingeladen, zu ihrem Haus, Loxley Court bei Stratford-upon-Avon, zu kommen, um herauszufinden, ob ihr beiden harmoniert.«

Persephone störte sich am Heiratsmarkt überhaupt nicht, sondern nur an den unrealistischen Erwartungen, die damit einhergingen. Nie hatte sie in diese Kreise gepasst und entweder über Themen gesprochen, die für Gentlemen als uninteressant galten, oder überhaupt nichts gesagt. »Ihr erwartet von mir, einen Mann zu heiraten, den ich noch nie zu Gesicht bekommen habe?«

»Du *wirst* ihn kennenlernen«, betonte die Baronin. »Und dann wirst du ihn heiraten.« Sie klang zuversichtlich, was zum Lachen war, bedachte man, dass sie beharrlich die Meinung vertrat, Persephone sei nicht in der Lage, sich einen Ehemann zu angeln. Und jetzt sollte sie sich plötzlich mit einem Herzog verehelichen?

Ohne ihren Sarkasmus zu verbergen, entgegnete Persephone: »Ich habe den Eindruck, du setzt sehr viel Vertrauen in einer Situation auf mich, in der du meine Eigenschaften bisher für unzureichend erachtet hast.«

Ihre Mutter zog eine Schulter hoch. »Du bist zwar nicht die Schönheit, die Pandora ist, aber wenigstens hast du mehr Verstand.«

Wie Persephone die Vergleiche verabscheute, die von ihren Eltern – insbesondere ihrer Mutter – zwischen ihr und ihrer Schwester angestellt wurden. Obwohl sie nicht unrecht damit hatten, dass Pandora an ihrem schlimmsten Tag viel hübscher war als Persephone an ihrem besten. Ihre Lippen waren voller, ihr Haar dichter und glänzender, ihre Augen funkelten mehr. Sogar ihr Lachen klang liebreizender. Immer hörte sie sich an, als würde sie Musik machen, und dabei war sie auch noch eine Schönheit. Persephone hingegen neigte dazu, einfach loszuprusten. Oder sogar zu regelrechten Lachanfällen. Aus diesem Grund gab sie sich die allergrößte Mühe, überhaupt nicht zu lachen. Außer, wenn sie mit ihrer Schwester oder ihren Freundinnen zusammen war.

Die Baronin fuhr fort: »Ich nehme nicht an, dass du in einer skandalösen Umarmung mit Wellesbourne ertappt wirst. Es sei denn, es ist notwendig, um die Verbindung zu sichern.«

Erwartete ihre Mutter von Persephone, genau das zu tun, was ihre Schwester getan hatte, um eine Heirat zu erzwingen? »In Anbetracht der Tatsache, dass Pandora derzeit nicht verlobt ist, würde ich sagen, dass deine Logik nicht schlüssig ist, Mutter.«

»Das ist nicht die gleiche Situation«, brummte die Baronin verärgert. »Die Witwe ist meine Freundin, und wenn ihr Sohn dich kompromittiert, *wird es* eine Hochzeit geben.«

Persephone konnte kaum verhindern, dass ihr der Mund offen stand. Wie außerordentlich furchtbar von ihrer Mutter sich auf die Vorteile ihrer Freundschaft mit dieser Frau zu verlassen und gleichzeitig eine List nicht auszuschließen, um zu bekommen, was sie wollte. Zum ersten Mal verspürte Persephone eine ungeheure Abneigung gegen die Frau, die ihr gegenübersaß, und das war ein entsetzliches Gefühl. Seit Jahren schon hatte sie immer wieder andeutungsweise etwas davon gespürt, doch immer wieder hatte sie versucht, das Gute in ihrer Mutter zu erkennen – die Art und Weise, wie sie scheinbar wirklich das Beste für sie wollte. Dieses Mal war die Baronin aber zu weit gegangen, und Persephone war nicht sicher, ob sie ihre Mutter jemals wieder als etwas anderes als eine Widersacherin betrachten konnte.

»Schau nicht so entsetzt, Persephone«, ermahnte ihre Mutter. »Das ist ein Segen für dich. Der Gedanke, dass *du* einen Herzog heiraten wirst, ist verblüffend.«

Persephone fragte sich, welchen Nutzen ihre Eltern wohl noch daraus ziehen würden, und wie sie aus dem Skandal, den Pandora verursacht hatte, Kapital schlagen konnten. Lange schon hatten sie daran gedacht, dass Pandora zweifellos eine Ehe eingehen würde, die mit sich brächte, dass sie sich nie wieder Sorgen um ihre Finanzen machen mussten. »Ich kann mir vorstellen, dass sein Vermögen ebenfalls attraktiv ist.«

»Was soll das heißen?«, fragte ihr Vater abwehrend.

Persephone wollte nicht auf die Gemälde, Dekorationsstücke oder Möbel hinweisen, die in den letzten Jahren verschwunden waren, oder auf die Tatsache, dass der ständige Strom stilvoller Kleidung – in erster Linie für ihre Eltern und sicherlich nicht für Persephone – in diesem Jahr besonders nachgelassen hatte. Man musste kein Gelehrter sein, um zu verstehen, dass ihr Vater verschuldet war. Er und die Baronin stritten sich seit Jahren über die Finanzen. Persephone war zu dem Schluss gekommen, dass ihr Vater unfähig war, Radstock Hall zu leiten.

Als Antwort auf die Frage ihres Vaters wagte Persephone zu sagen: »Das bedeutet meiner Vermutung nach, dass du an dieser Ehe aus mehreren Gründen und nicht nur wegen deiner gesellschaftlichen Erlösung interessiert bist.«

»Es liegt in der Verantwortung einer jungen Lady, die Aussichten der Familie zu verbessern«, fuhr ihre Mutter sie an. »Da Pandora diese Aufgabe nicht mehr erfüllen kann, musst du es tun.« Die Baronin starrte sie mit einem finsteren, direkten Blick an. »Was auch immer es kostet.«

»Ich werde ihn nicht austricksen«, sagte Persephone mit leiser Stimme, während sie sich einen Plan ausdachte, um diese Sache zu verhindern.

Ihr Vater gab ein Räuspern von sich. »Das brauchst du nicht, meine Liebe. Deine Mutter hat recht. Du bist vernünftiger als deine Schwester, und ich kann mir vorstellen, dass ein Herzog, der den Heiratsmarkt nicht mag, jemanden vorzieht, der älter und gesetzter ist.« Er ließ seinen Blick auf Persephone ruhen und lächelte schwach. »Wie du.«

Älter und gesetzter. In der Tat ein guter Fang.

Die Mutter von Persephone nickte. »Genau aus diesem Grund wird Wellesbourne dieses Spiel mitspielen.«

Der Gedanke, einen von Banes schäbigen Freunden zu heiraten, war absolut abstoßend. »Es muss doch noch einen anderen geben, der eure Anforderungen für diese sofortige Heirat erfüllt«, begehrte Persephone auf, wenngleich sie erkennen konnte, dass ihre Mutter sich auf diesen Plan fixiert hatte.

»Warum anderswo suchen, wenn ein Herzog zu haben ist?« Ihre Mutter klang verstimmt. »Wirklich, Persephone, ich dachte, du würdest größere Freude zeigen. Wer hätte gedacht, dass du einmal eine solche Gelegenheit bekommst?«

Tatsächlich, wer?

Persephone hatte das Gefühl, als ob sich die Wände um sie herum zusammenzogen. Sie versuchte, sich an Wellesbournes Aussehen zu erinnern. Er hatte kastanienbraunes Haar und ein unbeschwertes Lächeln, und ihrer Ansicht nach sah er objektiv gesehen gut aus. »Nur weil er ein Herzog ist, heißt das noch lange nicht, dass er ein guter Ehemann ist. Ihm hängt der Ruf eines Wüstlings an und er ist ein Freund von Bane. Denk an Pandora. Ich würde ihn lieber nicht in Betracht ziehen.«

»Er kann sein, wer er will, und er kann befreundet sein, mit wem er will, und du wirst es schaffen, ihn zu akzeptieren. Du wirst eine *Herzogin* sein.« Die Begeisterung ihrer Mutter war nicht überraschend. Sie hatte über ihrem Stand geheiratet, als sie Baronin geworden war. Jedoch war der Titel von Persephones Vater nicht sonderlich prestigeträchtig, und sein Vermögen war nicht gerade umfangreich. Und da Pandora nun nicht mehr zur Verfügung stand, ihre Eltern auf der gesellschaftlichen Leiter nach oben zu befördern, fiel diese Aufgabe nun Persephone zu, der Jungfer in spe.

»Nur wenn er mich akzeptiert, was ich kaum glauben kann.« Ein Herzog würde eine Braut wollen, die erhabener als Persephone wäre, selbst wenn sie umwerfend schön wäre und überschäumenden Charme besäße.

Die Baronin gab einen ungeduldigen Laut von sich. »Wir haben keine Wahl mehr, Persephone. Der Untergang deiner Schwester könnte unser aller Untergang sein. Willst du das? Ich erwarte von dir, dass du alles Erforderliche unternimmst, um sicherzustellen, dass diese Partie erfolgreich zustande kommt. Wenn dir das nicht gelingt, dann solltest du vielleicht kein Mitglied dieses Haushalts mehr sein. Es ist ja nicht so, als hätten wir nicht schon geplant, dich irgendwo hinzuschicken, nachdem Pandora verheiratet gewesen wäre.« Ihre Mutter schniefte. »Aber all diese Pläne sind nun geplatzt. Das ist eine großartige Gelegenheit für dich. Du wirst das ebenfalls so sehen, das weiß ich einfach.«

Persephone schluckte die Gefühlsaufwallung herunter, die in ihrer Kehle aufsteigen wollte. Sie würde nicht weinen. Dass ihre Wangen sich heiß anfühlten, war schon schlimm genug. Wahrscheinlich brannten sie schon flammend rot. Die Botschaft ihrer Mutter war schmerzlich unmissverständlich: Entweder sie heiratete diesen abscheulichen Herzog, oder sie würde in die Jungfernschaft geschickt werden. Offenbar war das von Anfang an der Plan gewesen.

Ihre Mutter stand auf. »Wir werden morgen früh nach Loxley Court aufbrechen. Es gibt viel zu planen. Pandora werden wir zu Tante Lucinda nach Bath schicken müssen, wenn Lucinda damit einverstanden ist. Sie wird ihr Ansehen in der Gesellschaft nicht aufs Spiel setzen wollen, und Pandoras Anwesenheit könnte unter Umständen genau das bewirken.« Eilig verließ die Baronin den Raum.

Persephone brauchte mehr Zeit, um sich vorzubereiten.

Noch war sie nicht bereit, sich zur Schlachtbank führen zu lassen, und genauso fühlte es sich an.

»Kopf hoch, mein Mädchen«, sagte ihr Vater und schlenderte auf sie zu. Er legte ihr sanft eine Hand auf die Schulter und schenkte ihr ein weiteres mattes Lächeln. Der Blick aus seinen

blauen Augen war stumpf. Und er konnte sogar gelangweilt genannt werden, als ob er sich kaum die Mühe machen konnte, dieses Gespräch zu führen. »Du wirst diese Familie noch retten. Wäre das nicht befriedigend?«

Dann war auch er zur Tür hinaus und Persephone fragte sich, wie sie in diese unsägliche Lage geraten war. Es ging nicht darum, dass sie nicht heiraten wollte. Nachdem sie sich jahrelang hatte anhören müssen, dass sie wahrscheinlich nicht heiraten würde, hatte sie sich einfach nicht gestattet, sich dieser Fantasie hinzugeben.

Nun zu hören, sie müsse einen Halunken heiraten, um den Ruf und das Vermögen ihrer Familie zu retten – denn darum schien es zu gehen –, war jenseits des Erträglichen. Sie war sich nicht sicher, was schlimmer war – diese Forderung oder die Entdeckung, dass ihre Eltern geplant hatten, sie nach Pandoras Heirat irgendwohin zu schicken. Wohin genau? Etwa in ein Nonnenkloster?

Wenn man sie ohnehin loswerden wollte, sollte sie vielleicht ganz verschwinden.

Mit bleiernen Füßen stapfte sie die Treppe hinauf in den zweiten Stock, wo sich ihr ehemaliges Kinderzimmer befand, das Pandora und sie nun als Rückzugsort nutzten. Pandora würde diese neuen Entwicklungen voller Anteilnahme zur Kenntnis nehmen und Persephones Empörung teilen.

Im Gegensatz zu dem Urteil ihrer Eltern, war Pandora sehr klug. Sie hatte Bane einfach falsch eingeschätzt und auf ihr Herz statt auf ihren Kopf gehört. Das konnte jedem passieren.

Wie erwartet hatte sich Pandora auf der Fensterbank eingekuschelt, ein Buch im Schoß. Sie las jedoch nicht. Ihr Blick war nach draußen gerichtet, als Persephone eintrat.

Ohne sich um eine Vorrede zu kümmern, schloss Persephone die Tür und sagte: »Sie wollen, dass ich heirate. Unverzüglich.«

Pandora drehte ihren Kopf. Leider war von dem Funkeln in ihren Augen, an das Persephone vorhin gedacht hatte, immer noch nichts zu sehen. Es war verschwunden, nachdem Bane sie erst kompromittiert und dann zurückgewiesen hatte.

»Oh, Persey, es tut mir so leid.« Pandora zog eine Grimasse, und Persephone machte sich allmählich Sorgen, dass die Belastung und der Kummer, den Bane verursacht hatte, ihrer Schönheit einen dauerhaften Schaden zufügen konnte – nicht äußerlich, aber innerlich. Pandora war schon immer lebhaft gewesen, und ihre Freude war ansteckend. Es war schwierig, sich in ihrer Gesellschaft nicht wohlzufühlen. All das hatte jedoch eine Veränderung erfahren.

»Das ist meine Schuld«, fuhr Pandora fort.

»Das ist es ganz und gar nicht«, gab Persephone zurück. »Ich habe dich ermutigt, deine Gefühle für ihn zu ergründen, und habe dem, was er dir gesagt hat, auch Glauben geschenkt.« Sie konnte sich nicht überwinden, die Beteuerungen zu wiederholen, von denen sie nun wusste, dass sie Lügen waren – wie sehr er Pandora bewunderte und sich ein Leben ohne sie nicht vorstellen konnte. Was für ein widerliches Gefasel.

Pandora schüttelte den Kopf, während sie die Beine von der Fensterbank auf den Boden schwang und das Buch auf das Kissen neben sich legte. »Ich erlaube nicht, dass du irgendeine Verantwortung übernimmst. Ich war kurzsichtig, denn ich wusste es besser. Banes Ruf eilte ihm weit voraus. Ich war so dumm, ihm zu vertrauen, als er mich anflehte, nicht alles zu glauben, was mir über ihn zu Ohren gekommen war.«

Die Bitterkeit, die ihrem Tonfall anhaftete, ließ Persephones Wunsch auf Vergeltung erwachen. »Wie ich mir wünschte, es gäbe eine Möglichkeit, ihn für das, was er dir angetan hat zu bestrafen.«

»Ich wünschte, wir hätten uns die Regeln für Halunken bereits ausgedacht, ehe ich seine Bekanntschaft gemacht habe.« Der leiseste Anflug eines Lächelns umspielte ihre Lippen. »Ich glaube, ich werde diese Regeln auf eine Vorlage sticken und hier an die Wand hängen.«

Gestern waren zusammen mit einem Brief von Min und Ellis zwei Abschriften der Regeln eingetroffen. Min hatte mitgeteilt, dass ihr Bruder und seine Freunde The Grove bereits verlassen hatten, ehe sie zusammen mit Ellis aus dem Hotel zurückgekehrt waren. Sie hatte die Kerle als Feiglinge bezeichnet.

Pandora straffte die Schultern und richtete den Blick auf Persephone. »Sag mir, was Mama und Papa gesagt haben.«

»Ich soll sie begleiten, um eine von Mamas Freundinnen zu besuchen, die Herzoginwitwe von Wellesbourne. Ihr Sohn, der Herzog, benötigt eine Ehefrau, und Mama beharrt darauf, mich in dieser Rolle zu sehen.«

Pandora rümpfte die Nase. »Wellesbourne? Er gehörte zu Banes Freunden. Bane hat ihn einige Male erwähnt. Er hat ihn als anständigen Kerl bezeichnet, der amüsant und charmant ist, gewiss sind auch das Lügen. Bane wünschte sich, er wäre in Weston, damit er eine meiner Freundinnen kennenlernen könnte.«

Eine ihrer Freundinnen. Aber nicht Persephone. Sie konzentrierte ihre Verärgerung auf den Mann, der diese tatsächlich auch verdient hatte – den Halunken, der ihrer

Schwester das Herz gebrochen hatte. »Ich werde jede Empfehlung von Bane als einen dunkles Makel bei einer Person erachten.«

»So ist es wahrscheinlich am besten«, stimmte Pandora zu. »Meiner Vermutung nach hast du Mama zu sagen versucht, dass du dich nicht in eine Ehe zwingen lassen willst.«

»Gewiss. Der Versuch verlief ganz genauso, wie man es erwarten konnte. Es war sogar noch schlimmer. Falls ich keine Verlobung herbeiführe, könnte ich auch gleich aus ihrem Haushalt verschwinden, sagte sie und sie schlug mir vor, ihn in eine kompromittierende Situation zu bringen.«

Pandora keuchte erschrocken. »Das hat sie nicht gesagt!«

Als Persephone zur Antwort nickte, hielt sie dabei ihre Wut in Schach. »Das hat sie.« Persephone wollte obendrein nicht noch anfügen, dass der Plan, sie fortzuschicken, längst geschmiedet war. Bein allem, was Pandora gerade durchmachte, musste sie sich dies nicht auch noch anhören. Persephone wollte den Schmerz ob dieser Enthüllung und des schrecklichen Verrats durch ihre Eltern, zumindest im Augenblick, allein ertragen.

»Vielleicht sollte ich das tun. Fortgehen, meine ich damit und nicht, eine kompromittierende Situation zu inszenieren.« Die Bereitschaft ihrer Mutter, es auf einen weiteren Skandal ankommen zu lassen, war nach allem, was der armen Pandora widerfahren war, einfach entsetzlich.

»Ich denke, dass solltest du tun«, meinte Pandora entschieden. »Du solltest sogar zu Tante Lucinda ziehen. Dann kann sie es übernehmen, Mama zur Vernunft bringen. Oder zumindest Papa.« Persephone setzte sich zu ihrer Schwester auf den Fenstersitz und hockte sich auf den Rand. Sie schenkte ihrer Schwester ein mitfühlendes Lächeln. »Mama hofft, dich zu Tante Lucinda schicken zu können.« Persephone wollte die Möglichkeit nicht erwähnen, dass ihre

Tante Nein sagen könnte. Pandora hatte bereits genug daran zu tragen, dass ihr Herz von diesem Halunken mit Füßen getreten worden war.

Pandora nickte langsam. »Das ist verständlich. Ich kann euch alle unmöglich begleiten, um Wellesbourne kennenzulernen.« Sie richtete den Blick auf ihren Schoß. »In meinem Zustand kann ich euch nirgendwo hin begleiten. Vielleicht will Tante Lucinda mich gar nicht.«

»Blödsinn!« Persephone griff nach Pandoras Hand, und ihre Schwester erwiderte ihren Blick. »Tante Lucinda wird alles daransetzen, Bane in der Luft zu zerreißen, sobald sie erfährt, was passiert ist. Sie wird deine treueste Verbündete sein.«

»Ja. Wahrscheinlich«, murmelte Pandora.

»Das wird sie«, versicherte Persephone fest und drückte ihrer Schwester die Hand, ehe sie diese wieder losließ. »Jedenfalls kann ich nicht zu Tante Lucinda flüchten. Du brauchst sie mehr als ich, und dort würden Mama und Papa mich zuerst suchen. Es ist wahrscheinlich das Beste, wenn ich sie einfach begleite.« Um alles in ihrer Macht Stehende daranzusetzen, dass der Herzog nichts mit ihr zu tun haben wollte. Sie war seit drei Jahren schon unverheiratet geblieben, ohne auch nur einen Versuch abwehren zu müssen, und sie konnte dem Gang vor den Pfarrer gewiss umgehen, wenn sie sich ein wenig Mühe gab.

»Es ist unverschämt, dass von dir erwartet wird, Wellesbourne zu heiraten.« Pandora legte die Stirn in Falten. »Es tut mir so leid, dies verursacht zu haben, Persey. Hoffentlich wirst du mich jetzt nicht hassen.«

Persephone schenkte ihrer Schwester ein aufmunterndes, liebevolles Lächeln und versuchte verzweifelt, die Schuldgefühle zu zerstreuen, die ihre Schwester plagten. »Das könnte ich nie tun.«

»Du musst ihn nicht heiraten«, beharrte Pandora. »Unsere Eltern können dich nicht zwingen.«

Nein, aber sie könnten es Persephone schwermachen. Sie konnte keine andere Möglichkeit erkennen, als ihre Eltern nach Loxley Court zu begleiten. Als einzigen Ausweg, die von ihnen vorgesehenen Pläne zu durchkreuzen, bliebe ihr, dafür zu sorgen, dass der Herzog sie nicht zur Frau haben wollte.

Die Worte ihrer Mutter hallten in Persephones Gedanken nach. Nie hatte die Baronin ausdrücklich verlauten lassen, Persephone sei im Vergleich zu Pandora beinahe wertlos, doch die Drohung, sie aus dem Haushalt auszuschließen, teilte Persephone genau das mit, was sie wissen musste – dass ihre Eltern sie als ihre Tochter nicht würdigten oder gar als Mensch schätzten. Nie zuvor hatte Persephone sich so entsetzlich gefühlt. Oder so allein. Sie war nicht mehr als ein Mittel zum Zweck: um ihre Familie zu retten.

Ein Leben als Jungfer ohne ihre Familie könnte auch nicht schlimmer sein.

»Ich muss mir erst Gedanken darüber machen«, kündigte Persephone an, die versuchte, ihrer Schwester den innerlichen Aufruhr zu verheimlichen, der sie gefangen hielt. »Ich bin sicher, dass sich die Antwort schon finden wird.« Das konnte sie nur hoffen.

KAPITEL 3

Acton Loxley, Herzog von Wellesbourne, betrat den Gemeinschaftsraum des New Inn in Gloucester, nachdem er sich nach den Strapazen der Reise heute erfrischt und eine Pause eingelegt hatte. Morgen würde er daheim in Loxley Court ankommen, wo er von seiner Mutter erwartet wurde.

Damit er eine in Frage kommende Braut kennenlernen sollte.

Dies stellte einen gewaltigen Umschwung in seinem Lebenswandel gar. In den letzten Jahren hatte er jedes Gespräch um eine Heirat gemieden und lieber seine Jugend genossen, was sein Vater stets befürwortet hatte. Dann, vor ein paar Jahren, hatte er zur Sprache gebracht, dass es für Acton an der Zeit sei, seine Pflicht zu erfüllen und sich eine Ehefrau zu nehmen. Der Tod seines Vaters hatte Acton zu der Einsicht veranlasst, dass die Zeit zum Heiraten gekommen war.

Acton fragte sich, ob da noch etwas anderes war, das ihn dazu veranlasste, gerade *jetzt* nach einer Frau Ausschau zu halten. Er hatte seinen jährlichen Aufenthalt in Weston abgebrochen, den er mit seinem engsten Freundeskreis verbrachte, und zwar zugunsten einer Reise nach Wales um Zeit mit einem anderen, ernsthafter eingestellten Freund zu verbringen. Bedeutete das, dass Acton ernster geworden war?

Ganz sicher war er sich da nicht, doch das sollte er wohl, wenn er Ehemann und Vater sein wollte. Hoffentlich würde sich alles fügen, wenn er die richtige Person kennenlernte, und vielleicht handelte es sich dabei sogar um die junge Lady, die er morgen kennenlernen würde.

Am Nachbartisch saß ein junges Paar, das sich tief in die Augen schaute. Sie schienen verliebt zu sein. Wahrscheinlich waren die beiden frisch verheiratet. Würden Acton und seine Braut sich ebenso verhalten? Noch nie hatte er eine Frau kennengelernt, die ihn zu solchen Gefühlen inspiriert hatte, was möglicherweise aber daran lag, dass solche Gefühle nicht in seinem Naturell lagen. Immer wieder hatte sein Vater ihm auseinandergesetzt, dass Männer wie sie zu viele Verpflichtungen hätten, um sich erlauben zu können, Gefühle zu hegen. In ihrer Position müssten sie sich konzentriert und unerschütterlich zeigen, während sie die Liebe und Romantik den Dichtern und Künstlern überlassen müssten.

»Guten Abend, Euer Gnaden«, wurde er vom Wirt begrüßt, der damit seine Gedankengänge unterbrach, wofür er ihm dankbar war. »Zum privaten Speisesaal geht es gleich hier entlang.«

Als Acton dem Mann folgte, warf er einen verweilenden Blick im warmen, einladenden Gemeinschaftsraum umher. Möglicherweise hatte er mit seinen Freunden zu viel Zeit in Tavernen oder Spielhöllen verbracht, doch jene Umgebung erschien ihm weitaus verlockender als ein schummriger, von Menschen verwaister Raum.

Es hielt sich allerdings jemand darin auf. Eine einsame

Frau, deren Haar von einem dunklen Goldblond war, das in einer einfachen, fast strengen Frisur zusammengefasst war, saß an einem Ende des rechteckigen Tisches.

»Ich bedauere, keinen separaten Tisch für Euch zu haben, Sir«, entschuldigte sich der Gastwirt mit einer kleinen Grimasse. »Unser Haus ist heute Abend überfüllt, und etwas Besseres konnte ich leider nicht arrangieren.«

»Das ist schon in Ordnung. Ich ziehe es tatsächlich vor, nicht allein hier drinnen speisen zu müssen.« Acton stand in der Nähe des Tisches, ohne sich jedoch zu setzen. Sein Platz lag am anderen Ende des Tisches der Fremden gegenüber und er wollte ihn gern tauschen, um ihr näher zu sein.

Der Gastwirt nickte. »Ich werde unseren besten Madeira und auch Euer Abendessen für Euch holen gehen.«

»Die ganze Flasche, wenn es Euch nichts ausmacht«, bat Acton lächelnd. Vielleicht konnte er die Lady dazu verleiten, sie mit ihm zu teilen.

»Sehr wohl, Sir.« Eilends verließ der Gastwirt den Raum und schloss die Tür hinter sich.

Neugierig darauf, warum die junge Lady allein war, musterte Acton sie verstohlen. »Es scheint albern zu sein, dass wir an den entgegengesetzten Enden des Tisches speisen«, bemerkte er, nahm sein Besteck und legte es auf den Platz ihr gegenüber hin.

Sie hob den Kopf, und Acton ging ein paar Schritte auf sie zu, um sie eingehender in Augenschein nehmen zu können. In dem Moment, in dem ihr Blick den seinen traf, überkam ihn eine Welle der Erkenntnis. Ihre Augen waren von einem tiefen, leuchtenden Blau, das ihn an den Himmel im Frühherbst erinnerte, wenn die Luft klarer und die Farben leuchtender schienen. Eine faszinierende Erhebung zierte ihre Nase, und ihre dunkelblonden Augenbrauen wölbten sich in einem eleganten Bogen über ihren atemberaubenden Augen. Ihre rosafarbenen Lippen teilten sich – fast unmerklich. In

Erwartung, dass sie das Wort ergreifen würde, hielt Acton den Atem an.

»Ist das so?«, fragte sie, ohne das geringste Interesse zu zeigen.

»Für mich schon. Ich nehme meine Mahlzeiten nur ungern allein ein. Stört es Sie, wenn ich hier sitze?«

Sie nahm sich mit ihrer Antwort ein wenig mehr als nur einen Moment Zeit. »Und wenn dem so wäre?«

Meinte sie das als Scherz? Flirtete sie? Oder lag ihr tatsächlich nicht daran, dass er sich dort hinsetzte?

Sie konnte doch bestimmt nichts dagegen haben, dass er dort saß. Sie musste geflirtet haben.

Acton ließ sich in den Stuhl gleiten.

Sie beäugte ihn argwöhnisch. »Ich werde mein Mahl bald beendet haben.«

Er warf ihr einen überaus provozierenden Blick zu. »Wenn Sie fertig sind, überrede ich Sie vielleicht, mir Gesellschaft zu leisten. Es sei denn, Sie müssen aus irgendeinem Grund rasch nach oben entschwinden.« Zum Beispiel zu ihrem Ehemann oder Kindern. Vielleicht war sie nur allein hier in diesem Raum.

»So ist es nicht. Ich fühle mich allerdings von der Reise erschöpft. Sie nicht?«, erkundigte sie sich, ehe sie ihr Weinglas in die Hand nahm.

»Nach einem heißen Bad fühle ich mich wie neugeboren. Der Gastwirt hat sich sehr gut um mich gekümmert. Sie reisen also allein?«

Daraufhin entfuhr ihr ein Schnauben und dann rümpfte sie die Nase, ehe sie die Hand hob und sich kurz den Mund zuhielt. »Das ist eine anmaßende Frage.«

»Sie fanden es aber amüsant, glaube ich. Oder vielleicht war es ein beleidigtes Geräusch. Wenn dem so ist, bitte ich um Verzeihung. Zu meiner Beschämung muss ich gestehen, dass ich neugierig auf Sie bin.«

Wieder traf ihr Blick aus diesen atemberaubenden Augen den seinen. »Warum?«

Er zuckte mit den Schultern. »Eine schöne Frau, die allein auf Reisen ist, weckt die Neugier.«

Ihre Augen hatten sich ein klein wenig geweitet, als er sie schön genannt hatte. Gefiel es ihr nicht, wenn man ihr Komplimente machte? Solch eine Frau hatte er schon einmal getroffen. Sie hatte Schmeicheleien als leeres Gerede empfunden und es vorgezogen, wenn ein Mann ihr demonstrierte, was er von ihr hielt, anstatt sein Urteil in Worte zu fassen. Acton hatte sich daraufhin sehr darum bemüht, ihr seine hohe Meinung über ihre Eigenschaften tatkräftig unter Beweis zu stellen.

»Das sollte es eigentlich nicht tun. Ich bin Witwe und auf dem Weg, meine Familie zu besuchen. Da Sie so unverschämt neugierig sind, werde ich es auch sein. Wohin sind Sie unterwegs?«

»Tatsächlich befinde ich mich auf dem Heimweg.«

»Und wo ist das?«

Er kniff ein Auge zu. »Sind Sie ebenso neugierig auf mich oder wollen Sie mir nur Paroli bieten?«

»Wahrscheinlich trifft Letzteres zu.« Unbewusst wollten sich ihre Lippen zu einem Lächeln verziehen, was sie aber nicht zuließ. Warum eigentlich nicht? Vielleicht war sie frisch verwitwet und damit der Meinung, sie dürfte sich nicht amüsieren. Das würde das Lachen erklären, das als Schnauben aus ihr hervorgebrochen war. Sie hatte es zu unterdrücken versucht. »Sie versuchen, sich um eine Antwort vor meiner Frage zu drücken.«

»Das lag nicht in meiner Absicht. Mein Zuhause liegt in der Nähe von Stratford-upon-Avon.«

Eine Bedienstete brachte Acton das Abendessen und die Flasche Madeira. Sie schenkte den Wein in sein Glas und stellte die Flasche dann auf dem Tisch ab, ehe sie nach einem kurzen Knicks den Raum verließ.

»Ein Knicks für Sie?«, fragte Actons Gesprächspartnerin. »Und der Gastwirt nannte Sie ›Sir‹. Sind Sie von Adel?«

»Ähm, ja.« Normalerweise posaunte er seinen Titel stolz heraus, wie es ihm sein Vater beigebracht hatte, aber in diesem privaten Speisesaal unter vier Augen mit dieser schönen Frau, wollte er einfach nur ein Mann sein. Er nahm sein Weinglas in die Hand. »Darauf, neue Freunde zu finden.«

Sie warf ihm einen zweifelnden Blick zu, als sie ihr Glas ergriff und es sanft an seines stieß. »Freunde? Es ist ein bisschen früh, um sich solche Vertraulichkeiten herauszunehmen, nicht wahr? Vielleicht kommen wir gar nicht miteinander aus.«

Lachend nippte Acton an seinem Madeira. »Ich bin von Zuversicht erfüllt, dass dem so sein wird.« Er schenkte ihr ein unwiderstehliches Lächeln. »So zuversichtlich, dass ich mich sogar darauf einlassen würde, eine Wette darauf abzuschließen.«

Sie zog eine Augenbraue hoch. »Wie soll das funktionieren?«

»Ich wette um ein Pfund, dass wir am Ende des Abends so viel lachen und scherzen, dass uns die Wangen wehtun. Das würde bedeuten, dass wir Freunde sind.«

»Ein Pfund?« Sie sah ihn an, als sei er nicht ganz bei Trost.

Acton erkannte, dass das übertrieben war. »Einen Schilling?«

Sie schüttelte den Kopf. »Keine Wetten.«

Lag das an ihrer Abneigung gegen Spiele oder daran, es sich nicht leisten zu können? Acton betrachtete ihr schlichtes Kostüm, ein dunkelbraunes bis zum Hals zugeknöpftes Reisekleid, ohne jegliche Verzierungen. Sie trug keinerlei Schmuck, nicht einmal einen Kamm in ihrem Haar. Auch keinen Ehering. Trugen Witwen diese Ringe nicht in der Regel?

»Wer erwartet Sie daheim?«, fragte sie. »Ihre Frau?« Die Frage hatte etwas Scharfes an sich, als würde sie mit einer bejahenden Antwort rechnen und ihn deshalb für einen Blender halten.

Acton verschluckte sich an einem Bissen seines Roastbeefs und trank rasch einen Schluck Wein, um ihn hinunterzuspülen. »Dieser Fall könnte tatsächlich eintreten. Nicht, dass sie meine Frau ist. Noch nicht. Ich bin dort mit einer Frau verabredet, um herauszufinden, ob wir zusammenpassen.«

Er dachte an die Frau, die bei seiner Ankunft in Loxley Court dort auf ihn wartete. Sie war die Tochter eines Barons, und die Baronin war eine Freundin seiner Mutter. Da Acton seine Mutter in den letzten dreiundzwanzig Jahren nur selten zu Gesicht bekommen hatte, kannte er diese Menschen überhaupt nicht. Dass seine Mutter Interesse hatte, ihm bei der Suche nach einer Braut behilflich zu sein, fand er überraschend und beunruhigend. Noch nie hatte sie sich um ihn gekümmert. Nicht, ehe sein Vater gestorben war.

Acton vermisste ihn. In dem Jahr, seit sein Vater von ihnen gegangen war, waren Acton all die Dinge bewusst geworden, die er nicht gelernt hatte. Dinge, die er in seiner Annahme, sein Vater hätte noch Jahrzehnte vor sich, für selbstverständlich gehalten hatte. Doch ein Herzinfarkt hatte ihn in kürzester Zeit dahingerafft und Acton hatte die seitdem vergangenen Tage und Monate mit dem Versuch verbracht, der Herzog zu sein, wie sein Vater es von ihm erwartet hatte.

Er war sich reichlich sicher, nicht zu genügen. Wenn er allerdings heiratete und einen Erben zeugte, würde das ein großer Schritt sein seine Pflicht zu erfüllen, und er würde seinen Vater damit stolz machen.

Als Acton auffiel, wie aufmerksam sie ihn beobachtete, wurde ihm klar, dass er vor sich hingeträumt hatte. Er stopfte sich einen Bissen Pastinake in den Mund.

»Sie sind auf dem Weg, eine potenzielle Braut kennenzulernen?«, fragte sie und klang dabei weitaus interessierter als bislang.

»Ja.« Darüber wollte er eigentlich nicht mit ihr reden. Er genoss ihre Unterhaltung und zog es vor, seine potenzielle Herzogin dort zu lassen, wo sie sich derzeit aufhielt – in der Zukunft. »Wohin führt Ihre Reise Sie?«

»Verzeihen Sie mir bitte, wenn ich das nicht verrate. Ich finde es besser, wenn eine Frau ihre Geheimnisse für sich behält.«

Geheimnisse. Dieses eine Wort weckte Actons Neugierde wie kein anderes.

»Ich habe Verständnis dafür, aber ich verspreche Ihnen, dass sie bei mir sicher aufgehoben sind«, gelobte er mit Nachdruck.

Sie warf ihm einen Blick zu, der ihm verriet, dass sie ihm nicht im Geringsten glaubte, doch sie erwiderte nichts. Hatte er sie auf irgendeine Weise beleidigt? Lag es an der Erwähnung einer potenziellen Braut? Hatte sie eine unvermittelte Anziehung zu ihm gespürt, die ... ihre Eifersucht weckte? Das schien absurd. Und doch konnte Acton eine gewisse Faszination nicht leugnen, die von ihr auszugehen schien. Er hatte sie als schön beurteilt, aber das war nicht ganz richtig. Sie war einmalig – und es waren ihre Augen. Ja, diese Augen enthielten eine Fülle von Geheimnissen, und ihn drängte es, jedes einzelne davon zu lüften.

Sie tippte einmal mit dem Finger an den Boden ihres Weinglases. Zweimal. »Was werden Sie unternehmen, wenn Sie diese Frau kennenlernen und sie Ihnen nicht zusagt? Ich meine, wenn Sie feststellen, dass Sie nicht zueinander passen werden?«

»Dann gehen wir eben getrennte Wege und haben bei der Sache nichts verloren.« Acton verzehrte noch einen Bissen von dem Rindfleisch. Nachdem er geschluckt hatte, fragte er: »Sind Sie schon lange Witwe?«

»Etwa ein Jahr.« Sie legte ihr Besteck ab. O nein, war sie etwa mit dem Essen fertig? Er wollte nicht auf ihre Gesellschaft verzichten.

»Mein Beileid. Sie haben keine Kinder?«

Sie schüttelte den Kopf. »Wir waren nicht lange verheiratet.«

»Das hätte ich auch nicht gedacht. Sie scheinen noch jung zu sein. Ich würde wetten, nicht einmal fünfundzwanzig.«

»Sie wetten wirklich gern«, meinte sie mit einem leicht vorwurfsvollen Tonfall.

Es war die Art und Weise, auf die er sich mit seinen Freunden unterhielt, und dabei wurde eine Menge gewettet. Es ging nicht immer um Geld. Sie schlossen Wetten auf Grundlage alberner Streiche ab, oder um Dinge zu erlangen, die sie haben wollten. Einmal verlor er eine Wette gegen seinen Freund Bane und musste mit ihm zu Almacks gehen. *Und* er musste drei Mauerblümchen zum Tanzen auffordern. Es war einfach zu furchtbar gewesen.

»Es liegt wohl an einer schlechten Angewohnheit unter Freunden, nehme ich an.« Er wünschte, er hätte doch eine Wette mit ihr abgeschlossen. Wenn er gewonnen hätte – und sie schienen zumindest befreundet –, hätte er als Preis verlangen können, ihre Gesellschaft wenigstens so lange zu genießen, bis er mit seiner Mahlzeit fertig gewesen wäre.

Sie legte ihre Serviette auf den Tisch, und das war ein weiteres Zeichen dafür, dass sie mit dem Essen fertig war. Und ihr Weinglas war beinahe geleert.

»Hoffentlich werden Sie noch nicht gehen«, brachte er

hervor. »Es wäre mir eine Ehre, wenn Sie zumindest so lange bleiben würden, bis ich fertig bin.«

»Sind Sie tatsächlich so ungern allein?«

»Ein bisschen schon. Aber es ist mehr als das. Ich mag Sie. Ich habe das Gefühl, dass wir auf bestem Wege sind, Freunde zu werden. Ich würde unsere Bekanntschaft gerne vertiefen.« Acton war hin- und hergerissen zwischen dem Wunsch, seine Mahlzeit zu beenden, um sich ganz auf sie konzentrieren zu können, und dem Wunsch, den Verzehr derselben in die Länge zu ziehen, damit sie bei ihm blieb.

Abermals zog sie ihre Augenbrauen auf diese kecke Art in die Höhe. Das gefiel ihm. »Inwiefern vertiefen?«

Hatte sie etwa einen verführerischen Tonfall angeschlagen? Oder war es lediglich seine Hoffnung darauf, die ihm dies suggerierte?

»Wie Sie wollen«, entgegnete er beiläufig, wenngleich sich sein Herzschlag beschleunigte.

Sie klimperte mit den Wimpern. »Ich verstehe.« Jetzt klang sie zurückhaltend. Aber vielleicht flirtete sie wirklich mit ihm. Gott, wie er sich dies erhoffte. Plötzlich stellte er sich vor, wie er sich mit dieser durch und durch verführerischen Witwe einen langweiligen Abend vertreiben würde.

»Sie sollten zu Ende essen«, murmelte sie und riss ihn aus seinem ungebührlichen Wachtraum.

Acton nahm einen großen Bissen des Rindfleischs zu sich, während er zur Tür schaute, um sich zu vergewissern, dass sie geschlossen war. Ein Jammer, dass er sie nicht zusperren, konnte.

Er sah zu, wie sie ihren Wein austrank. »Möchten Sie ein Glas Madeira?«

»Gern, vielen Dank. Erläutern Sie mir doch bitte, welche Eigenschaften Sie sich von Ihrer potenziellen Braut erhoffen.«

Er hielt die Flasche hoch, um ihr Glas und auch sein

eigenes nachzufüllen. »Mein Vater hat immer gesagt, die perfekte Herzogin sei eine kluge, sprachgewandte, pflichtbewusste und vor allem schöne Frau.«

Sie legte ihre Hand um das Weinglas und strich mit den Fingern über den Stiel. Diese Geste empfand er als sehr ablenkend. Auf eine durch und durch erotische Weise. Tat sie das absichtlich? »Was für eine interessante Aufzählung. Was ist für Sie am wichtigsten davon?«

»Ähm –« Bei den Bewegungen ihrer Finger gerieten seine Gedanken ins Stocken. »Die Fähigkeiten in Liebesdingen«, wäre ihm um ein Haar herausgerutscht, doch das würde er natürlich nicht sagen. Es gehörte auch nicht zu den Dingen, die er zu einer Frau sagen wollte, die er gerade erst kennengelernt hatte und die nicht zum Personal des Rogue's Den gehörte.

»Ich glaube nicht, dass es mir gefallen würde, mit jemandem verheiratet zu sein, dem es an Klugheit mangelt.«

Sie leckte sich über die Lippen, und jetzt konnte er sich des Gedankens nicht erwehren, dass sie ihn absichtlich erregte. Seit einem Jahr war sie Witwe. Es war nicht unrealistisch für ihn zu denken, dass sie beide das gleiche Interesse teilten – eine unvergessliche Nacht zu erleben.

»Sie essen nicht«, stellte sie fest. »Sind Sie fertig?«

»Das könnte sein. Aber gehen Sie bitte nicht.«

»Wie kann ich das, wenn Sie mir gerade erst mein Glas nachgefüllt haben?« Sie hielt ihren Wein hoch und trank einen Schluck, während sie ihre Lippen zu einem Lächeln formte.

Sie schien wirklich interessiert. Actons Puls legte an Tempo zu, als ihn ein berauschendes Verlangen durchströmte.

Sie stellte ihr Glas auf den Tisch und ließ den Blick dann zu ihm hinüberwandern, wobei ihre dunklen Wimpern ihren schwülen Blick umkränzten. Im Nu war Acton ihrem Bann erlegen.

»Ich bin, glaube ich, mit meinem Dinner fertig«, stellte er fest. Seine Kehle war trocken geworden und sein Körper summte vor Vorfreude. »Ich würde gerne herausfinden, was es zum Nachtisch gibt.«

Ihre Lippen teilten sich. »Was begehren Sie?«

Atemlos vor Verlangen beugte er sich zu ihr: »Dich. Über diesen Tisch drapiert wie ein Festmahl. Oder oben in meinem Bett, deine Glieder mit meinen verschlungen.« Offenbar hatte er alle Vorsicht über Bord geworfen. Genauer gesagt, war diese Vorsicht von seiner rasenden Lust auf diese verführerische Frau zunichtegemacht worden.

Ihre Nasenflügel blähten sich, als sie rasch Luft holte. »Was für ein draufgängerischer Vorschlag.«

Verdammt, war er zu weit gegangen? Normalerweise sagte er solche Dinge zu seinen Geliebten, was diesen auch gefiel. Und sie war eine Witwe, nicht irgendein grünes Mädchen. Wie diese Frau, die zu heiraten er gedachte.

Denk jetzt nicht an sie.

»Ich hoffe, ich habe Sie nicht beleidigt. Ich bin ganz und gar in Ihren Bann gezogen.« Er ertappte sich dabei, wie er sein Gedeck beiseiteschob und sich über den Tisch zu ihr beugte. »Ich würde Sie gerne küssen.«

»Ich bin sicher, das würden Sie. Aber ich bin nicht so leicht zu verführen.« Sie bewegte sich schnell und hob erneut ihr Weinglas. Bevor er sich vergewissern konnte, was sie vorhatte, waren sein Gesicht und seine Brust mit Madeira beträufelt. Als er blinzelte, wurde er gewahr, dass sie den Inhalt ihres Glases auf ihn geschüttet hatte.

»Was zum Teufel?«, stotterte er.

»Der Teufel in der Tat«, brachte sie fauchend hervor und stand auf. »Sie glauben, Sie könnten mich einfach anlächeln und sich klammheimlich unter meine Röcke vorwagen? Und weil Sie ein Herzog sind, glauben Sie, damit auch Erfolg zu haben. Nicht mit mir, das wird Ihnen nicht gelingen. Eigentlich sollten Sie so etwas mit keiner Frau versuchen. Eine einsame Witwe ausnutzen ... Haben Sie kein Schamgefühl? Männer wie Sie sind eine Bedrohung für alle Frauen.«

Mit einem letzten missfälligen Laut, zu dessen Erzeugung sie ihre verführerischen Lippen verzog, schritt sie zur Tür und verließ den Speisesaal.

Acton starrte ihr hinterher und fragte sich, was um Himmels willen passiert war. Ganz offenkundig hatte er die gesamte Situation falsch eingeschätzt.

Aber sie hatte doch den Stiel des Weinglases liebkost und sich über die Lippen geleckt! Sie hatte ihn aufreizend angeschaut und ihn gefragt, was er begehrte. Sie hatte all dies getan, außer ihn nach oben einzuladen.

Diesen Anschein hatte es zumindest gehabt.

Die Stirn in Falten gelegt, ärgerte er sich über seine Dummheit und er verabscheute, dass er sie so eingehend beleidigt hatte, ohne sich dessen bewusst gewesen zu sein. Doch wie herrlich war sie in ihrem Zorn gewesen. Dass er sie nie wiedersehen würde, war wirklich ein Jammer, denn gewissermaßen war er noch ebenso von ihr in Bann geschlagen wie anfangs, bevor sie ihn mit Wein besudelt hatte.

Als er sich mit der Serviette das Gesicht abwischte, sann er über die Dinge, die sie gesagt hatte, und er konnte sich gut vorstellen, dass sie sich für immer in sein Gehirn einprägen würden. Dann erstarrte er.

Woher hatte sie wissen können, dass er ein Herzog war?

KAPITEL 4

In aller Frühe trug Persephone am nächsten Morgen ihre kleine Reisetasche die Treppe hinunter. Wie schon am Tag zuvor wollte sie bereits auf ihrem Weg sein, ehe die Morgendämmerung am Horizont heraufzog.

Gestern war sie allerdings auf der Flucht vor ihren Eltern gewesen. Zusammen mit ihnen war sie nach Cirencester gereist, wo sie die Nacht verbracht hatten. Beim Dinner hatte sie sich von der Baronin anhören müssen, auf welche Weise sie den Herzog zu einer Ehe drängen könnte – sollte dies notwendig werden. Selbst wenn der Herzog kein ausgemachter Halunke wäre, fühlte Persephone sich von den Machenschaften ihrer Mutter angeekelt. Sie würde alle Register ziehen, damit Persephone diesen Mann heiratete, wobei sie keine Rücksicht auf Persephones Wünsche nahm. In ihrer Verzweiflung hatte Persephone den Entschluss gefasst, dass sie unmöglich mit ihren Eltern nach Loxley Court reisen konnte.

Einige Zeit vor ihren Eltern war sie bereits nach oben gegangen und hatte leise einige Sachen in ihre Reisetasche gepackt. Dann hatte sie ihre Schreibutensilien benutzt, um ihnen eine kurze Nachricht zu schreiben, um ihre Eltern wissen zu lassen, dass sie nach Hause zurückkehren würde. Nachdem sie kaum ein Auge zugetan hatte, war sie aus ihrem schmalen Bett in einem Winkel ihrer Kammer aufgestanden, hatte sich angekleidet und ihr Nachtgewand eingepackt, da sie es vielleicht noch brauchen würde, und sich davongestohlen.

Die erste Postkutsche fuhr nach Westen in Richtung Gloucester, und obwohl das eigentlich nicht die von Persephone gewünschte Reiseroute war, hatte sie die Kutsche genommen, um in Gloucester umzusteigen, wo sie eine Kutsche nach Süden nehmen würde, die Bristol zum Ziel hätte.

Es war zu spät, um jetzt noch zurück nach Weston zu fahren. Ihre Freunde wären inzwischen längst abgereist, denn sie hatten schon den ersten September. Min und Ellis wären auf dem Rückweg nach Bedfordshire, und Tamsin würde nach Cornwall unterwegs sein. Gwen hingegen lebte in Bristol. Das war zunächst einmal Persephones Ziel. Sie hoffte nur, dass ihre Freundin ihr wenigstens für einige Tage Unterschlupf gewähren würde.

Persephone fragte sich, was ihre Eltern beim Auffinden der Nachricht unternommen hatten, die sie ihnen hinterlassen hatte. Aller Wahrscheinlichkeit nach war ihre Mutter sehr empört und bestimmt würde sie dafür sorgen, dass ihr Vater der gleichen Ansicht war. Sie mussten nach ihrer Schätzung gestern Nachmittag in Radstock Hall angekommen sein, nur um festzustellen, dass Persephone nicht angekommen war. Das würde die Baronin praktisch in den Wahnsinn treiben. Persephone verspürte nicht den geringsten Anflug eines schlechten Gewissens.

Hier war sie allerdings in Gloucester, wo sie die Nacht verbracht hatte, um am nächsten Morgen die Kutsche nach

Bristol nehmen. So kam es, dass sie im Morgengrauen ein weiteres Mal ein Gasthaus verließ.

Es kam ihr sehr gelegen, dass sie sich ohnehin vorgenommen hatte, in aller Frühe aufzubrechen. Auf diese Weise ließe sich eine weitere Begegnung mit Wellesbourne vermeiden. Sie war überzeugt, dass es sich bei dem Mann, den sie gestern Abend kennengelernt hatte um ihn handelte. Nach seinem Geständnis, dass er von Adel war, und nachdem er ihr dann erzählt hatte, dass er auf dem Weg nach Hause sei, um die Bekanntschaft einer in Frage kommenden Braut zu machen, in Kombination mit der Tatsache, dass sein Stammsitz in der Nähe von Stratford-upon-Avon lag, hatte sie den Schluss gezogen, dass er der Herzog sein musste, den sie kennenlernen sollte. Dann hatte er sich wie ein Schuft benommen, was sie letztendlich vollends überzeugt hatte.

Vielleicht hätte sie ihn nicht verlocken sollen, aber sie wollte wissen, ob er der Halunke war, den sie in ihm sah. Das war er ganz bestimmt und noch mehr. Sein Unterfangen, eine Witwe zu verführen, während er auf dem Weg zu seiner potenziellen Herzogin war, war einfach verabscheuungswürdig.

Sie hatte zwei der Regeln für Halunken gebrochen, indem sie mit ihm allein geblieben war und sich auf einen Flirt eingelassen hatte, wenn auch das Flirten nur vorgetäuscht gewesen war. In dem Moment, in dem sie angefangen hatte, seine Identität zu erahnen, hatte ihr Fokus auf der wichtigsten Regel gelegen: Ruiniere ihn, ehe er dich ruinieren kann. Ihrer Schlussfolgerung nach kam das Übergießen mit Madeira einem Ruin so nahe, wie sie es unter den gegebenen Umständen bringen konnte. Unter keinen Umständen würde sie zulassen, sich von ihm ruinieren zu lassen.

Die Erinnerung an seine verblüffte, mit Madeira besudelte Miene zauberte ein Lächeln auf ihr Gesicht. Im Grunde sollte sie sich nicht an seinem Unbehagen erfreuen, doch nach allem, was sein Freund ihrer Schwester Pandora angetan hatte, war sie zu dem Schluss gekommen, dass ihre Maßnahme nicht schaden konnte. Gerade Männer wie diese beiden hatten ab und an einen Spritzer Wein ins Gesicht verdient.

Persephone durchquerte die Gaststube und verließ das Gasthaus. Inzwischen war die Sonne aufgegangen und warf ein trübes Licht über den Hof. Sie blickte sich um und wäre um ein Haar gestolpert, als sie den Herzog aus dem Stall treten sah. Sie wollte nicht von ihm gesehen werden!

Mit klopfendem Herzen hastete sie über den Hof, wobei sie seiner Blickrichtung auswich. Sich umzudrehen wagte sie nicht, als sie zur Haltestelle der Postkutsche eilte, die sie nach Bristol bringen würde. Nach dem Vorfall gestern Abend konnte sie es ganz bestimmt nicht gebrauchen, mit ihm sprechen zu müssen. Hoffentlich begegnete sie ihm nie wieder.

Sie schaffte es gerade noch rechtzeitig zur Kutsche. Tatsächlich ging es dort sehr laut zu und es war verwirrend, denn es gab mehrere Kutschen. Sie war nur froh, dass sie es geschafft hatte und nun in der Kutsche sitzen konnte, denn es war kühl draußen. Ihre Reisetasche war hinten festgeschnallt worden.

Als die Kutsche anfuhr, war die Sonne inzwischen schon über dem Horizont zu sehen. Persephone schloss die Augen und bemühte sich, nicht daran zu denken, wie fest die Frau neben ihr in ihre Seite drückte. Zum Glück war es eine Frau und kein Mann, dessen Hände auf Wanderschaft gingen.

Persephone stellte sich vor, wie es wäre, wenn Wellesbourne neben ihr säße. Sicher würde er nichts unversucht lassen, sie in ein Gespräch zu verstricken, und außerdem könnte er so dreist sein, sich ihr zu nähern oder sie sogar zu berühren. Ganz bestimmt würde er sie mit unzüchtigen Worten belästigen.

Nun, nachdem sie ihren Wein auf ihn geschüttet hatte, würde er vielleicht doch davon absehen.

Wäre Persephone ehrlich, was nicht in ihrer Absicht lag, würde sie zugeben, dass seine Aufmerksamkeit ihr anfangs geschmeichelt hatte – bevor sie allerdings wusste, wer er war. Er schien sie aufrichtig attraktiv zu finden. Zum ersten Mal seit Jahren, und erst zum zweiten Mal überhaupt, hatte sie sich begehrenswert gefühlt. Nun, da sie seine Identität kannte, war es ihr zuwider, dass er derjenige war, der ihr dieses Gefühl vermittelt hatte.

Aller Wahrscheinlichkeit nach hatte er sie gar nicht so verlockend gefunden. Männer wie er sagten und taten, was immer nötig war, um an ihr Ziel zu kommen. Zweifelsohne hatte sein Ziel darin bestanden, sie zu verführen, die Nacht mit ihm zu verbringen.

Es war sinnlos, noch mehr Zeit mit dem Gedanken an ihn zu verschwenden. Sie würde ihn nie wiedersehen.

Es sei denn, ihre Eltern bestünden weiterhin auf einer Heirat mit ihm. Sie konnte nur hoffen, dass er sich, sollten sie sich je wiedersehen, daran erinnerte, dass sie ihn mit Wein überschüttet hatte, worauf er dann sofort erklären würde, dass sie nicht harmonierten.

Persephone fragte sich, was ihre Eltern gerade unternahmen. Hatten sie sich auf die Suche nach ihrer Tochter gemacht, nachdem sie feststellen mussten, dass sie nicht nach Hause zurückgekehrt war? Nicht etwa, weil sie sich Sorgen um sie machten, sondern weil Persephone offenbar zu ihrem verzweifelten Plan gehörte, die Familie zu retten.

Genau das wollte Persephone mehr als alles andere glauben. Doch nach den Forderungen, die an sie gestellt worden waren, und der Eröffnung, sie hätte nach Pandoras Heirat und dem Aufstieg der Familie verstoßen werden sollen, konnte sie das nicht glauben. Ihr wurde klar, dass es bei ihrer panischen Flucht um mehr ging, als nur darum, einer Ehe mit einem Halunken zu entkommen. Sie wollte nicht einfach die Spielfigur ihrer Eltern sein, sondern sie wollte ihre Tochter sein. Eine Tochter, die sie liebten.

Mit schmerzendem Herzen widmete Persephone ihre Gedanken nun jemandem, der sie *wirklich* liebte: Pandora. Hoffentlich ging es ihr besser, wenn sie bei Tante Lucinda war. Nachdem sie ein paar Tage mit Gwen in Bristol verbracht hätte, war es Persephones Plan, sich ihnen anzuschließen. In Bath, bei Tante Lucinda, konnte sie sich einen Plan für ihre Zukunft zurechtlegen. Mehr und mehr rechnete sie damit, in Zukunft nicht mehr in Radstock Hall zu leben.

Persephone, die sich traurig und erschöpft fühlte, ließ sich von der Bewegung der Kutsche in den Schlaf wiegen.

Die Sonne stand schon viel höher am Himmel, als sie aufschreckte. Und die Kutsche war halbleer.

Der ältere Mann, der ihr gegenübersaß, lehnte sich zu ihr. »Ist das Ihre Haltestelle?«

Persephone blinzelte einige Male. »Sind wir in Bristol?«

Er starrte sie an, als ob sie dumm wäre. »Das ist Worcester.«

Worcester! Sie war in die vollkommen verkehrte Richtung gefahren! In der ganzen Aufregung an diesem Morgen muss sie in die falsche Kutsche gestiegen sein.

Persephone stieg aus und stolperte, als sie auf dem Boden auftraf. Die Kutsche würde nicht lange halten, also eilte sie nach hinten, um ihre Reisetasche zu holen. Es gab mehrere Kisten und andere Gepäckstücke, aber ihre kleine graue Reisetasche war nicht dort, wo sie sie gesehen hatte. Sie war gar nicht mehr da.

Panisch eilte sie zum vorderen Teil der Kutsche, wo sich der Kutscher gerade auf die Pritsche setzte. »Verzeihung«, meinte sie. »Meine Reisetasche ist nicht hinten in der Kutsche. Sie ist grau und ungefähr so groß.« Sie hielt ihre

Hände hoch, um den Umfang der Reisetasche zu beschreiben.

»Ich habe sie nicht gesehen«, antwortete er. »Aber ich muss jetzt los.«

»Sie können nicht losfahren!« Persephone konnte nicht so weit von ihrem Ziel entfernt und ohne ihre Sachen sein!

Er warf ihr einen mitfühlenden Blick zu. »Ich fürchte, ich muss. Und wenn Sie sagen, Ihre Reisetasche sei nicht in der Kutsche, gibt es keinen Grund, zu bleiben. Ich wünsche Ihnen viel Glück.«

Persephone musste schnell zurückweichen, als die Kutsche anfuhr. Sie starrte dem Gefährt nach, als es sich von ihr entfernte. Doch der Mann hatte natürlich recht – was machte es für einen Unterschied, da ihre Reisetasche sowieso nicht in der Kutsche war? Und in der Kutsche zu bleiben war ebenso sinnlos, da sie dann nur in die falsche Richtung weiterfahren würde.

Wie hatte ihr nur solch ein schrecklicher Fehler unterlaufen können? Und was war mit ihrer Reisetasche passiert? Sie hatte sie auf der Kutsche gesehen – offensichtlich der falschen Kutsche –, bevor sie in Gloucester losgefahren waren. Jemand musste sie geraubt haben. Jemand, der in oder auf der Kutsche gewesen war. Persephone drehte sich im Kreis und sah sich nach jemandem um, der ihr bekannt vorkam, aber sie erkannte niemanden.

Was sollte sie ohne ihre Habe tun? Gott sei Dank war ihr Geld in ihre Unterwäsche eingenäht. Aber es war bereits eine schnell schwindende Summe, und jetzt würde sie noch weniger haben, wenn sie die Passage nach Bristol bezahlte. Tränen brannten ihr in den Augen. Sie hatte nicht einmal ein zusätzliches Taschentuch dabei.

Sie würde vor dem Unglück nicht kapitulieren. Es könnte viel schlimmer kommen. Sie könnte mit dem Hundesohn Wellesbourne verlobt sein.

Sie richtete ihr Rückgrat gerade und reckte ihr Kinn, um voranzuschreiten. Sie würde eine Postkutsche nehmen, die hoffentlich noch heute abfahren würde, und wenn nicht, würde sie ein Gasthaus finden, das sowohl bezahlbar als auch akzeptabel war. Nichts zu Ausgefallenes und nichts zu ... Grobes.

Es würde sich alles zum Guten wenden. Das musste es auch.

~

Es war noch später Vormittag, als Acton nach seiner Abreise aus Gloucester in Loxley Court eintraf. Die Gäste seien bereits am Vortag eingetroffen, informierte ihn der Butler. Da er wusste, dass es von ihm erwartet wurde sie zu empfangen, wusch er sich den Straßenstaub ab und traf sich mit seiner Mutter im Salon.

Trotzdem er im vergangenen Jahr einige Zeit mit ihr verbracht hatte, kam sie ihm wie eine Fremde vor. Ihr dunkelrotes Haar wies lediglich einige wenige weiße Strähnen auf, obwohl sie im übernächsten Jahr die Fünfzig erreichen würde. Sie war schlank, besaß ein warmes, einladendes Lächeln und eine ganze Anzahl von Sommersprossen, die in einer gewissen Weise liebenswert waren. Sie machten diese Frau ... sympathisch. Seine Mutter war ganz und gar nicht das, was er erwartet hatte. Nur selten hatte sein Vater sie erwähnt, doch das von ihm Gesagte hatte sie als kalt und gefühllos dargestellt. Im Gegenteil war sie bemüht, Acton gegenüber aufmerksam zu sein und ihm – fast täglich – zu versichern, wie froh sie war, bei ihm zu sein.

Das empfand er als unangenehm. Und er konnte seinen Vater hören, wie dieser erklärte, es sei dieses Übermaß an Emotionen, an dem er sich störte.

»Wellesbourne, wie kannst du so gut aussehen, nachdem

du den ganzen Weg von Gloucester geritten bist?«, fragte sie mit einem leichten Lachen.

»Ich sehe immer so gut aus, Mutter«, meinte er lächelnd. »Ich habe gehört, dass unsere Gäste bereits hier sind.«

Sie schlug die Hände vor der Brust zusammen. »Ja, aber es sind nicht alle gekommen, die wir erwartet haben. Lord und Lady Radstock sind hier, aber Miss Barclay ist nicht bei ihnen. Sie ist krank geworden.«

»Ich bin vergebens nach Hause geritten?« Acton hätte im Haus seines Freundes in Wales bleiben können. Dort hatten sie sich prächtig amüsiert und Pläne für die nächste Parlamentssitzung geschmiedet. Er war Abgeordneter, und gemeinsam setzten sie sich für Veränderungen in ihren jeweiligen Aufgabenbereichen ein.

»Lord und Lady Radstock sind der Ansicht, dass sie sich rasch erholen wird. Sie wollten unter keinen Umständen auf den Besuch bei dir verzichten und sind gekommen, um dich kennenzulernen.«

Was für eine Zeitverschwendung. Acton hatte eingewilligt, eine potenzielle Braut kennenzulernen und nicht ihre Eltern. »Hoffentlich hast du ihnen gesagt, sie bräuchten sich nicht zu bemühen.«

Die Witwe schritt mit besorgter Miene auf ihn zu. »Nun komm schon, du kannst höflich zu ihnen sein und sie trotzdem empfangen, nicht wahr?«

Acton biss die Zähne zusammen. »Ich bin immer höflich. Das wüsstest du, wenn du mich gut kennen würdest, was aber nicht der Fall ist.« Unverzüglich bereute er seine Worte, insbesondere, als er das Aufblitzen von Schmerz in ihrem Blick bemerkte.

»Mir ist klar, dass ich die Jahre nicht ersetzen kann, die ich nicht mit dir verbracht habe«, sagte sie leise. »Ich bemühe mich jedoch jeden Tag, die Mutter zu sein, die ich nicht gewesen bin.«

»Das weiß ich und ich schätze es.« Er hatte ihr gestattet, im Witwensitz zu residieren, weil er erfreut gewesen war – zwar überrascht, aber dennoch erfreut – zu erfahren, dass sie seine Mutter sein wollte. Trotz allem konnte er nicht vergessen, dass sie ihn in sehr jungen Jahren verlassen hatte. Er hatte kaum gewusst, dass er eine Mutter hatte.

Ihr Blick schweifte an Acton vorbei, und ihm wurde bewusst, dass sie nicht mehr allein waren. Er drehte sich um und sah den Baron und die Baronin Radstock in der Tür stehen. Sie war mit ihrem blonden Haar und den stechend blauen Augen attraktiv. Sein dunkles Haar war schütter geworden, doch er hatte sich beeindruckende Koteletten stehen lassen. Ihre Garderobe war das Auffälligste an dem Paar. Sie waren nach der allerneuesten Mode gekleidet, und ihre Gewänder waren aus edlen Materialien gefertigt. Allein aufgrund ihres Aussehens würde die Londoner feine Gesellschaft sie in ihren Reihen willkommen heißen. Er meinte sich allerdings zu erinnern, wie seine Mutter erwähnt hatte, dass Miss Barclays Mitgift eher gering ausfiel. Der Baron und die Baronin machten keineswegs den Eindruck, als würde ihre Tochter eine Mitgift in beschränktem Umfang erhalten.

Und sie waren ohne sie hier. Was auch gut so war. Seit die Witwe ihn mit Madeira überschüttet hatte, war er ein wenig launisch. Was er für eine bezaubernde Begegnung gehalten hatte, war vollkommen entgleist und dann furchtbar schiefgegangen.

Seine Unzufriedenheit war nicht allein auf ihr Betragen zurückzuführen. Er stellte sich selbst in Frage, da er die Situation vollkommen verkehrt eingeschätzt hatte. Er war der Ansicht gewesen, dass sie kokettierte und sein Interesse erwiderte. Und darin hatte er vollkommen falschgelegen.

Die Herzoginwitwe drehte sich so, dass sie sowohl ihre Gäste als auch Acton ansehen konnte. »Lord und Lady

Radstock, erlauben Sie mir, Ihnen meinen Sohn vorzustellen, Seine Gnaden, den Herzog von Wellesbourne.«

Der Baron und die Baronin betraten den Salon. Er verbeugte sich vor Acton, während sie einen eindrucksvollen Knicks vollführte. Acton würde wetten, dass sie bei Hofe vorgestellt worden waren.

Aber natürlich waren sie das. Der Mann war ein Baron.

Der Gedanke ans Wetten brachte ihm die Witwe in Erinnerung. Anstatt seiner Freunde, mit denen er doch so gern wettete. Wie sonderbar.

»Es ist uns ein großes Vergnügen, Ihre Bekanntschaft zu machen, Herzog«, sagte die Baronin sanft. Da sie es war, die zuerst das Wort ergriff und der Baron sie erwartungsvoll ansah, kombinierte Acton, dass sie den meisten Einfluss in der Ehe ausübte.

»Ich hatte gehofft, Ihre Tochter kennenzulernen«, bemerkte Acton. »Aber ich freue mich auch, Ihre Bekanntschaft zu machen.«

Das war wohl ein wenig übertrieben. Er war enttäuscht, seine Zeit damit vertan zu haben, hierhergekommen zu sein, wenn die potenzielle Braut nicht einmal zugegen war.

Die Baronin legte die Stirn in leichte Falten. »Wir entschuldigen uns vielmals für die Abwesenheit unserer Tochter. Kurz vor unserem Aufbruch hat sie sich, fürchte ich, eine Erkältung zugezogen. Wir hielten es für das Beste, wenn sie sich ein oder zwei Tage lang ausruht. Aber sie wird bestimmt bald zu uns stoßen.«

Tatsächlich? Acton nahm an, er könnte warten.

Er zwang sich, tief Luft zu holen. Sie war seine zukünftige Herzogin – oder könnte das zumindest werden. Eigentlich sollte er die Begegnung mit ihr nicht als eine Unannehmlichkeit empfinden. Verflixt nochmal, aber die Episode mit der Witwe hatte ihn aus der Fassung gebracht. Er fühlte sich, als wäre er vom Pferd katapultiert worden, nachdem er ein Rennen nach dem anderen gewonnen hatte.

Mit einer Geste wies seine Mutter auf die nächstgelegene Sitzgruppe. »Nehmen wir doch alle Platz. Wir bedauern zwar, dass Miss Barclay gerade nicht hier sein kann, doch es ist wundervoll, dass Sie gekommen sind.« Sie ließ sich in einem Sessel nieder, und der Baron und die Baronin setzten sich nebeneinander auf ein Sofa.

Acton konnte sich nicht überwinden, sich zu ihnen zu setzen. Er nahm neben einem leeren Sessel Aufstellung.

»Ich bin erfreut, dass Sie so über die Sache denken«, bemerkte die Baronin mit einem Lächeln, das nicht annähernd so liebenswert wie das seiner Mutter war. »Wir hielten es für wichtig, Sie wie geplant zu besuchen und Ihnen« – sie richtete ihren Blick nun auf Acton – »zumindest von Persephone zu berichten.«

Persephone. Die Königin der Hölle. Acton fragte sich, wie gut der Name zu ihrer Persönlichkeit passte. Vielleicht war sie eine Tochter der Hölle, und man hatte sie deshalb daheim gelassen.

»Ich würde Miss Barclay sehr gern kennenlernen«, bemerkte er.

Der Baron nickte. »Gewiss. In der Zwischenzeit könnten wir vielleicht die Bedingungen für den Ehevertrag aushandeln?« Den letzten Teil brachte er in einem gemessenen Tonfall hervor, als würde es ihm schwerfallen, die Worte hervorzubringen. Das hoffte Acton sehr, denn es war ein unglaublich anmaßender Vorschlag, bedachte man, dass er die zur Debatte stehende Braut noch nicht einmal kennengelernt hatte.

Acton zwang sich zu einem dünnen Lächeln. »Das ist meiner Ansicht nach nicht vonnöten. Nicht, bis wir zu dem Schluss gekommen sind, ob wir miteinander harmonieren werden.« Er warf einen Blick zu seiner Mutter, denn er wollte ihre Reaktion auf den Vorschlag des Barons sehen.

»Sie werden wunderbar harmonieren, da bin ich zuversichtlich«, bemerke die Baronin, ehe sie zu ihrem Mann blickte. »Zeige dem Herzog doch bitte die Miniatur.«

Sollte eine Miniatur die Frage beantworten, ob sie beide harmonierten? Gewiss würde Acton eine Braut nicht allein nach ihrem Aussehen auswählen. Konnte er sich überhaupt darauf verlassen, dass Miss Barclay auf diesem Abbild wahrheitsgetreu dargestellt war?

Der Baron holte eine gerahmte ovale Miniatur aus seiner Fracktasche hervor, die er Acton reichte. »Überzeugen Sie sich selbst, wie hübsch sie ist. Sie wird eine hervorragende Herzogin werden. Sie ist gescheit und sowohl mit der Nadel als auch am Pianoforte talentiert.«

Gescheit. Dies war eines der von seinem Vater verwendeten Worte, das er gegenüber der Witwe als die für ihn wichtigste Anforderung an eine Herzogin deklariert hatte. War es ein Zufall, dass Miss Barclay von ihrem Vater genauso beschrieben wurde?

»Und sie wird eine wunderbare Gastgeberin sein«, setzte die Baronin hinzu. »Sie hat mir bei der Vorbereitung von Dinnerpartys und ähnlichen Veranstaltungen sehr geholfen.«

Acton nahm die Miniatur entgegen, und in dem Moment, in dem er seinen Blick darauf senkte, sog er scharf die Luft ein. Von dem Abbild starrte ihm die Witwe entgegen, die er in Gloucester kennengelernt hatte.

Was um alles in der Welt wurde hier gespielt?

»Ich wusste, dass Sie unsere Tochter attraktiv finden würden«, bemerkte die Baronin in einem erfreuten, aber auch erleichtertem Tonfall, was Acton merkwürdig vorkam. Er war bereits zu dem Schluss gekommen, dass die Radstocks ein wenig unsympathisch waren, und nun fragte er sich, ob sie möglicherweise ernsthaft unsympathisch waren. Eventuell gehörten sie ja zu der Art von Eltern, die eine Tochter heranzogen, damit diese dann mit einem Herzog flirtete und ihm zum Schluss Wein ins Gesicht kippte.

Die Sache war verflixt rätselhaft. Dennoch biss er sich rasch auf die Zunge, ehe ihm noch herausrutschte, dass er bereits die Bekanntschaft ihrer Tochter gemacht hatte.

Miss Barclay. Sie war gar keine Witwe. Was war sie dann? Krank war sie nicht und sie hielt sich auch nicht daheim auf. Wussten ihre Eltern überhaupt, wo sie steckte?

Acton zog die Stirn in leichte Falten. »Es mutet mir seltsam an, dass Sie ohne Miss Barclay hierherkommen, wenn sie tatsächlich nur unter einer kleinen Erkältung leidet. Warum haben Sie nicht einfach ein paar Tage abgewartet, bis Ihre Tochter sich wieder erholt hätte? Diese Vorgehensweise wäre bestimmt die bessere Variante gewesen.«

Wieder lenkte er den Blick auf die Miniatur in seiner Hand. Miss Barclay lächelte nicht, doch von ihrer Art, den Kopf zu halten, ging etwas Lebendiges aus – es war eine geringfügige Neigung, von der ihre Energie auszustrahlen schien. Vielleicht war es aber auch ihr Blick, der ihn derart von ihr gefangen genommen hatte. Auf dem Abbild hielt sie ihre Augenlider nur ganz leicht gesenkt, was sie aussehen ließ, als würde sie etwas verbergen – vielleicht ein köstliches Geheimnis. War genau das nicht gestern Abend sein Gedanke über sie gewesen? Dass sie ein Geheimnis hatte? Jetzt war er sich sicher, dass sie eins hatte. Sie reiste durch Westengland und gab sich als Witwe aus, obwohl sie angeblich krank zu Hause lag.

Es lag durchaus im Bereich des Möglichen, dass er in die Miniatur Dinge hineininterpretierte, die schlicht nicht vorhanden waren, und er die charmanten und verführerischen Eigenschaften der Witwe, wie er sie kennengelernt hatte, dem Bild in seiner Hand zuschrieb. Charmant und verführerisch war sie gewesen ... bis sie ihn in die Schranken gewiesen und ihn mit Madeira besudelt hatte.

Im Nachhinein betrachtet, hatte er wahrscheinlich auch nichts anderes verdient. Er hatte einer jungen, unverheirateten Frau ein unsittliches Angebot gemacht. Zugegeben, er hatte sie für eine Witwe gehalten, aber gab ihm dies tatsächlich das Recht, so mit ihr zu sprechen?

Es war gut möglich, dass er in London zu viel Zeit in der Gesellschaft von Kurtisanen verbracht hatte.

Acton ließ seinen Blick vom Baron zur Baronin schweifen und fragte sich, ob einer der beiden auf seine Frage, warum sie die Genesung ihrer Tochter nicht abgewartet hätten, antworten würden.

Schließlich ergriff der Baron das Wort. »Wir wollten diese Gelegenheit nicht ungenutzt verstreichen lassen.«

Es klang, als fürchteten sie, er könnte sich für einen anderen Kandidaten entscheiden. Acton richtete seine Aufmerksamkeit auf die Baronin. »Sie sind eine Freundin meiner Mutter. Ich hätte gewiss gewartet, um Miss Barclay kennenzulernen.« Wenngleich ihm seine erste Reaktion zu Bewusstsein kam, die aus Verärgerung darüber bestanden hatte, warten zu müssen. Doch nun, da ihm Miss Barclays Identität bekannt war, wollte er diesem Rätsel auf den Grund gehen – wenn er dazu imstande sein sollte. »Existiert eventuell noch ein anderer Grund, warum sie nicht kommen wollte?«

Aus dem Gesicht der Baronin entwich so viel Farbe, dass Acton damit seine Antwort hatte. Miss Barclay *hatte nicht* kommen wollen. Ihr Widerstand war so ausgeprägt, dass sie deshalb wohl ausgerissen war. Was für eine leichtsinnige Frau. Welchen Zweck verfolgte sie damit?

Das wollte Acton unbedingt herausfinden. »Zufälligerweise muss ich gleich wieder aufbrechen, um mich um eine

Angelegenheit zu kümmern. Bei meiner Rückkehr ist Miss Barclay vielleicht wieder genesen und wird zugegen sein, um mich zu empfangen.« Wie er genau wusste, würde das nicht der Fall sein. »Es wird keinen Heiratsvertrag geben, ehe wir beide nicht der Meinung sind, dass wir harmonieren.« Er blickte zu seiner Mutter. Sie wirkte steif, ihr Rücken pfeilgerade.

»Das scheint das Vernünftigste zu sein«, meinte die Witwe, deren Blick allerdings ein wenig verhangen war und die die Brauen ein wenig tiefer gezogen hatte.

Mit einem letzten Nicken empfahl Acton sich, ohne ein weiteres Wort zu äußern. Er war fast schon auf der Treppe nach oben angelangt, als seine Mutter ihn einholte.

»Wellesbourne, bist du wütend?«, sprach sie ihn von hinten an.

Acton hielt inne und drehte sich um. Nach einem Blick in Richtung Salon sprach er mit leiser Stimme. »Ich bin nicht wütend, aber verwirrt. Es scheint seltsam, dass sie ohne ihre Tochter hierherkommen.« Und dass sie darüber logen, was mit ihr los war, was Acton jedoch vorerst für sich behielt. Der Baron und die Baronin wussten genau, dass ihre Tochter verschwunden war. Sie hatten im Hinblick auf ihren Aufenthaltsort die Unwahrheit gesagt.

Obwohl es ihn reizte, noch einmal umzukehren und die Eltern nach der Wahrheit zu fragen, war es ihm lieber, diese zunächst von Miss Barclay zu erfahren. Er würde nach Gloucester zurückkehren und ein Gespräch mit ihr führen, falls sie sich weiterhin dort aufhielt. Verflixt, aber sie konnte überall stecken. Den Anfang würde er in Gloucester machen und nicht eher ruhen, bis er sie aufgespürt hatte.

Sobald er herausgefunden hatte, was um alles in der Welt sich hier abspielte, würde er ihre Eltern informieren. Aller Wahrscheinlichkeit nach. Er konnte das ungute Gefühl nicht abschütteln, das ihn in ihrer Gegenwart beschlichen hatte.

»Es *ist* seltsam, dass die Eltern ohne ihre Tochter hergekommen sind«, lenkte seine Mutter ein.

»Und dass sie auf den Abschluss eines Ehevertrags gedrängt haben, ohne mir die Gelegenheit zu gewähren, ihre Tochter kennenzulernen. Sie können doch nicht ernstlich angenommen haben, ich würde mich auf so etwas einlassen.«

Seine Mutter verzog ihr Gesicht zu einer leichten Grimasse. »Ich hatte nicht gewusst, dass dies ihre Absicht war.«

»Es spricht nicht für sie.«

»Du *bist* wütend«, stellte sie fest und gestikulierte lebhaft mit den Händen.

»Nein. Also gut, vielleicht bin ich das ein bisschen. Ich finde es schlichtweg abstoßend. Haben die Eltern Miss Barclay aus einem bestimmten Grund nicht mitgebracht, um dann überstürzt einen Ehevertrag abschließen zu wollen? Das kommt mir verdächtig vor.«

Er wusste allerdings, dass Miss Barclay gar nicht zu Hause war. Aus welchem Grund hielt sie sich allein in Gloucester auf?

Acton schüttelte den Kopf. »Mutter, ich muss mich auf den Weg machen.«

»Aber du bist doch gerade erst angekommen. Was hast du so Dringendes zu tun, wenn du wusstest, dass du einige Zeit mit Miss Barclay verbringen würdest?«

»Es geht um Geschäfte, die ich wegen dieser Begegnung verschoben habe und die ich jetzt erledigen kann«, entgegnete er.

»Ich verstehe. Ich hatte gehofft, dich länger hier zu haben. Wirst du in ein paar Tagen wiederkommen, um Miss Barclay kennenzulernen?« Sie brachte ihre Frage in einem zaudernden Tonfall hervor, was sie öfter tat. Das erklärte sie damit, ihn noch nicht so gut zu kennen und ihrem daraus resultierenden Bestreben, nicht zu weit gehen zu wollen.

Wenn er diese Zurückhaltung auch zu schätzen wusste, da ihre Beziehung auch für ihn neu war, hoffte er dennoch, sie würde sich eines Tages einfach entspannen können und ihm frei heraus sagen, was sie ihm mitteilen wollte, ohne sich Gedanken über seine Reaktion zu machen. Hielt sie ihn für ein Ungeheuer?

»Wenn sie überhaupt hier erscheint. Ich gestehe, dass ich in diesem Punkt skeptisch bin.«

Sie fuhr fort: »Soll ich den Baron und die Baronin zum Bleiben einladen oder ihnen empfehlen, zu ihrer Tochter nach Hause zurückzukehren?«

Darauf, wie sich die Radstocks entscheiden würden, hatte er gar keinen Einfluss, doch er war von dieser Frage hin- und hergerissen. Wenn sie nach Hause zurückkehrten, dann nicht zu ihrer Tochter. »Es hat keinen Sinn, dass sie hierbleiben, wenn sie nicht unbedingt mit der Ankunft ihrer Tochter rechnen, und ihre Äußerungen schienen mir in dieser Hinsicht einigermaßen vage. Verfahre bitte, wie du es für richtig erachtest.«

»Sie gefallen dir nicht, oder?«, fragte sie.

Ihre direkte Frage überraschte ihn. »Ich gebe zu, ich fand sie ... ich weiß nicht, beinahe lästig?« Er ließ ein schwaches Kopfschütteln folgen. »Verzeih bitte. Ich weiß, dass sie eine gute Freundin von dir ist.«

»Sie hat mir in Bath sehr geholfen«, bemerkte seine Mutter mit leiser Stimme. Mit Actons jüngeren Schwestern hatte sie in Bath gelebt, nachdem sie fortgezogen war, als Acton gerade fünf Jahre alt gewesen war. Nur selten hatte sein Vater von ihr gesprochen und nur gesagt, es sei das Beste, wenn sie in getrennten Haushalten lebten. Bis Acton auf die Schule geschickt wurde, sah er sie jedes Jahr für zwei Wochen, wenn sie nach London kam, um dem jährlichen Ball in Wellesbourne House vorzustehen. Selbst in diesen

Wochen sah er sie nicht wirklich. Die meiste Zeit verbrachte er mit seiner Gouvernante.

»Es ist schon gut«, beruhigte ihn seine Mutter. »Du musst meine Freundinnen nicht mögen.«

Acton ließ seinem Verdruss freien Lauf und stieß einen tiefen Atemzug aus. »Du musst damit nicht einverstanden sein. Nicht alles, was ich tue, muss deine Zustimmung finden.«

Für eine winzige Sekunde weiteten sich ihre braunen Augen. »Eigentlich nicht, aber es steht mir, glaube ich, nicht zu, dir das zu sagen.«

»Du bist meine Mutter. Das hat man mir zumindest gesagt.« Es war eine abfällige Bemerkung, die er auch umgehend bereute. »Du *bist* meine Mutter.« Allerdings war sie eine Mutter, die ihn lange Zeit nicht gewollt hatte und jetzt mit einem Mal ihre Meinung geändert hatte. Actons Vermutung nach fühlte sie sich schuldig, nachdem sein Vater so unerwartet gestorben war.

»Das bin ich, aber ich habe deinen Argwohn und deine Verachtung verdient. Ich versuche, die von uns verlorene Zeit wieder aufzuholen. Manchmal fürchte ich allerdings, dass es dafür zu spät ist.« Sie bedachte ihn mit einem tiefgründigen Blick, und ihre Augen strahlten so viel Gefühl aus, dass es ihm fast unangenehm war. »Du brauchst mich lediglich darum bitten, wenn du möchtest, dass ich gehe, und ich werde Folge leisten. Ich möchte dir niemals Unannehmlichkeiten bereiten.«

Warum hast du mich dann damals im Stich gelassen?

Die Frage brannte ihm auf der Zunge, doch er ließ sie nicht heraus. Was hätte das für einen Sinn? All das war längst Vergangenheit. Nun war sie hier bei ihm und gab sich alle Mühe.

»Ich möchte nicht, dass du gehst«, entgegnete er. Darüber hinaus war sie im Witwensitz untergebracht. Es war nicht so, dass sie ihm ständig im Wege war oder sich in seine Angelegenheiten einmischte. Abgesehen von diesem Unsinn mit seiner Heirat, mit dem er einverstanden gewesen war, um dem leidigen Heiratsmarkt zu entgehen. »Bitte entschuldige dich in meinem Namen bei ihnen. Du kannst ihnen ausrichten, ich sei von der Reise erschöpft und müsste mich um geschäftliche Dinge kümmern.« Beides war nicht einmal gelogen. Acton war ein bisschen müde, nachdem er so früh aufgestanden war, und nun würde er sich gleich wieder auf den Weg machen. Außerdem war er wild entschlossen, Miss Barclay ausfindig zu machen.

»Es gibt keinen Grund für eine Entschuldigung. Möglicherweise war das ganze Unterfangen nicht die beste Idee.« Sie sah ihn mit einem verlegenen Lächeln an. »Ich hatte dir nur helfen wollen.«

»Wofür ich dir sehr dankbar bin. Vielleicht klappt es ja doch noch mit der Verbindung mit Miss Barclay.« Beinahe hätte er bei diesen Worten gelacht. Die Frau, die ihn mit Madeira besudelt hatte, würde ganz bestimmt nicht seine Herzogin werden.

Das hieß aber nicht, dass er nicht versuchen würde, ihr zu helfen. Denn aus welchem Grund auch immer sollte sie keinesfalls allein herumlaufen und sich als Witwe ausgeben. Sie könnte durchaus jemandem begegnen, der sich vom Inhalt eines Glases Wein im Gesicht nicht abschrecken ließe.

Er würde ihr helfen, ob ihr das nun behagte oder nicht.

KAPITEL 5

Ihr spartanisches Zimmer im Black Ivy Inn in Gloucester schien Persephone allmählich immer enger vorzukommen. Mit Ausnahme der Mahlzeiten, wie dem Dinner gestern Abend und dem Frühstück heute Morgen, nachdem sie sich anschließend auf den Weg gemacht hatte, um die Postkutsche nach Bristol zu erreichen, die aber aus unerfindlichem Grund gestrichen worden war, hatte sie den Raum nicht verlassen.

Nun harrte sie also eine weitere Nacht in ihrem erbärmlichen Zimmer mit der ungemein harten Matratze und dem schlecht schließenden Türschloss aus.

Stöhnend erhob sie sich von ihrem Stuhl und trat ans Fenster. Es musste dringend geputzt werden.

Wie um alles in der Welt war sie nur hier gestrandet?

Nachdem sie beschlossen hatte, die Flucht vor ihren Eltern samt ihren schrecklichen Heiratsplänen zu ergreifen, hatte sie eine regelreche Pechsträhne gehabt. Vielleicht wollte das Schicksal ihr klarmachen, dass sie einen Fehler begangen hatte.

Nein, so etwas glaubte sie eigentlich nicht. Dies war

trotzdem noch besser, als einen Halunken zum Mann zu nehmen, selbst dann, wenn er ein Herzog war.

Gestern hatte sie bei ihrer Ankunft in Worcester feststellen müssen, dass sie die Postkutsche nach Bristol verpasst hatte. Sie hatte abgewogen, ob sie das Geld für ein Gasthaus oder für eine Mietkutsche ausgeben sollte, und sich für Letzteres entschieden. Sie hatte sich allerdings nur eine Mitfahrgelegenheit bei jemandem leisten können, der bereits nach Gloucester fuhr und sie bis dorthin bringen würde.

Sie hatte entschieden, dass es besser war, bis dorthin zu gelangen und dann auch dort zu übernachten, als morgen in aller Frühe eine so weite Reise auf sich zu nehmen. Allerdings hatte sie ihre finanziellen Mittel nicht gründlich genug kalkuliert, und als sie in Gloucester angekommen war, hatte ihr Budget nicht mehr für eine Übernachtung im New Inn gereicht, wo sie die vergangene Nacht verbracht hatte.

Sie hatte sich gezwungen gesehen, von der High Street abzubiegen, und es war ihr gelungen, ein akzeptables, wenn auch schäbiges Gasthaus, das Black Ivy, mit einem einsilbigen Gastwirt und zwei hübschen Zimmermädchen, zu finden, deren Dienstmädchentracht mehr verriet, als Persephone für die Bediensteten eines Gasthauses für nötig gehalten hätte.

»Verflixt«, murmelte Persephone. Sie wandte sich vom Fenster ab, nahm ihren Hut und ihre Handschuhe und verließ das Zimmer.

Nachdem sie ihren Hut aufgesetzt hatte, zog sie ihre Handschuhe an und ging die Treppe hinunter. Die beiden Dienstmädchen waren gerade mit dem Putzen der Schankstube beschäftigt, was auch dringend nötig war. Persephone war gestern Abend zum Dinner heruntergekommen und hatte ihren Teller sogleich mit auf ihr Zimmer genommen, da die Gaststube für ihren Geschmack zu voll und die ausgelassenen Männer zu zahlreich gewesen waren. An diesem

Morgen war sie vorsichtig zum Frühstück hinuntergestiegen, nur um festzustellen, dass die Gaststube nach den Aktivitäten der letzten Nacht dringend einer Überholung bedurfte. Sie hatte sich ihre Mahlzeit wieder in aller Eile geschnappt und sich gleich wieder auf ihr Zimmer zurückgezogen.

Becky, die jüngere der beiden Frauen mit blassblondem Haar, wischte die Tische ab, während Moll, die ein paar Jahre älter als Persephone war und strähniges braunes Haar besaß, den Besen schwang.

Becky unterbrach ihre Arbeit und rief zu der anderen Magd hinüber. »Moll, habe ich dir erzählt, dass für die Kathedrale eine Putzfrau gesucht wird? Ich dachte, ich könnte dort wegen der Stelle einmal vorsprechen.«

»Man wird dort an deiner abendlichen Beschäftigung Anstoß nehmen«, gab Moll lachend zu bedenken. Sie blickte zu Persephone. »Brauchen Sie etwas, Mrs. Birdwhistle?«

Persephone hatte den Nachnamen ihrer Gouvernante angenommen, die sie noch immer schmerzlich vermisste. Die Frau hatte Pandora und sie mit fester, aber gütiger Hand erzogen. Wenn Persephone an die Liebe einer Mutter dachte, kam ihr Mrs. Birdwhistle in den Sinn.

»Ich brauche nichts, danke. Ich dachte, ich könnte einen Spaziergang unternehmen.«

»Es ist ein schöner Tag«, meinte Becky. »Ich werde versuchen, selbst ein bisschen rauszukommen.«

»In die Kathedrale?«, fragte Moll mit einem neckischen Lächeln.

Becky zuckte mit den Schultern. »Warum nicht? Vielleicht ist es besser als hier zu arbeiten.«

»Aber nicht so lustig, würde ich wetten.« Moll fegte den angehäuften Unrat auf einen ordentlichen Haufen.

Persephone verließ das Gasthaus und schlug den Weg zur High Street ein, wo sich die schöneren Gasthäuser befanden.

Bei zweien hatte sie nachgefragt, ehe sie hatte feststellen müssen, dass sie anderswo nach einer Unterkunft suchen musste, die innerhalb ihres schmalen Budgets lag.

Als sie um eine Ecke bog, erblickte sie eine Frau beim Fegen einer Treppe und sie bemerkte das Schild über der Tür: »West Gloucester Day School for Girls«.

Die junge Frau war wahrscheinlich Anfang dreißig, und ihr Haar war ordentlich hochgesteckt. Ein leichtes Lächeln umspielte ihre Lippen. Sobald Persephone näher gekommen war, konnte sie die Frau summen hören, doch als Persephone sich noch dichter heranwagte, blickte sie auf.

»Guten Tag«, richtete die Frau das Wort an Persephone.

»Guten Tag.« Persephone warf einen Blick auf das Schild. »Sie arbeiten hier?«

Nickend antwortete sie: »Ich bin die Schulleiterin.«

Hieß das etwas, die Schule gehörte ihr? Die Tagesschule, die Persephone und Pandora besucht hatten, war im Besitz eines Ehepaares gewesen und von ihnen geleitet worden. Während der Zeit, die Persephone in ihrem Zimmer gesessen hatte, war sie in Gedanken mit der Frage beschäftigt gewesen, was sie mit ihrer Zukunft anfangen würde. Sie durfte nicht außer Acht lassen, dass ihre Eltern erzürnt waren und sie möglicherweise nicht wieder bei sich aufnehmen wollten. In diesem Fall müsste sie sich eine Anstellung suchen. Sie hatte ins Auge gefasst, Gouvernante zu werden, aber es wäre auch akzeptabel, als Lehrerin an einer Schule zu arbeiten.

»Ich hoffe, Sie finden mich nicht unverschämt«, begann Persephone. »Ich frage mich, wie man Lehrerin wird.«

»Für eine Frau kann das schwierig sein, und selbstverständlich dürfen wir nur Mädchen unterrichten.« Sie beugte sich zu Persephone und sprach in einem leisen Ton, als würde sie ein Geheimnis verraten. »Unter uns gesagt, haben wir es besser getroffen. Jungen zu unterrichten ist viel schwieriger.«

Persephone lachte. »Das kann ich mir sehr gut vorstellen.« Insbesondere deshalb, weil eine ganze Menge darunter zu schier unerträglichen Männern heranwuchs.

Die Schuldirektorin richtete sich auf und hielt den Besenstiel fest in der Hand. »Falls Sie auf der Suche nach einer Stelle als Lehrerin sind, habe ich leider keine offene Stelle anzubieten, aber wenn Sie Ihren Namen und Ihre Adresse hinterlassen möchten, könnte ich Ihnen schreiben, falls sich daran etwas ändern sollte.«

Ihre Adresse. Wie sollte sie diese mitteilen, wenn sie nicht einmal sicher war, wo sie morgen wäre? Persephone verspürte eine aufkeimende Angst, ohne sich jedoch durchringen zu können, das geringste Bedauern über die Flucht vor ihren Eltern und ihrem überstürzten Plan zu empfinden.

»Ich weiß nicht, ob ich für eine Anstellung schon bereit bin, doch das wäre möglich. Meine Eltern hoffen auf meine Verheiratung, aber ich bin an ihrer Entscheidung nicht interessiert.«

Die grünen Augen der Schuldirektorin wurden ein wenig schmaler, als sie zur Antwort nickte. »Ich weiß sehr wohl, wie das ist. Als ich fünfundzwanzig wurde und noch unverheiratet war, händigte mir mein Vater meine bescheidene Mitgift aus und ermutigte mich, eine Stelle als Gouvernante anzunehmen. Genau das habe ich dann fünf Jahre lang getan. In jener Zeit lebte ich recht sparsam und mit meinem mageren Verdienst und der Mitgift erwarb ich diese Schule von einem Gentleman, der sich zur Ruhe setzen wollte. Das war vor vier Jahren.«

Sie war vierunddreißig und lebte unabhängig! »Und Sie haben nie geheiratet?«

»Das war nicht nötig«, entgegnete sie mit einem breiten Lächeln. »Wohnen Sie hier in Gloucester?«

Persephone schüttelte den Kopf. »Ich bin nur auf der Durchreise.«

»Wenn Sie allein auf sich gestellt sind, seien Sie bitte vorsichtig.«

»Das werde ich, danke.«

»Und schreiben Sie mir, wenn Sie bereit sind, eine Stelle als Lehrerin anzunehmen.« Die Schuldirektorin streckte ihre rechte Hand aus. »Ich bin Rachel Posthwaite. Wir werden sehen, ob ich Sie einstellen kann.«

Persephone nahm die Hand der Frau und schüttelte sie vorsichtig. Zum ersten Mal in ihrem Leben schüttelte sie jemandem die Hand. »Sie kennen noch nicht einmal meine Qualifikationen.«

Miss Posthwaite musterte sie und ließ ihren Blick aufmerksam über Persephone wandern. »Ich wage zu behaupten, dass Sie aus einer adligen Familie abstammen, vielleicht sogar aus dem Hochadel. Ihre Sprache und Diktion sind ausgezeichnet, und Ihre Haltung weist Sie als eine Lady aus, der man beigebracht hat, elegant zu gehen.«

Persephone blinzelte sie an. »Das alles haben Sie wahrgenommen?«

Miss Posthwaite lachte. »Sie erinnern mich an mich selbst. Passen Sie sehr gut auf, Miss? Lady?«

»Miss Barclay.« Zu spät merkte Persephone, dass sie es versäumt hatte, ihren Decknamen zu benutzen, doch ihrer Vermutung nach würde dies bei dieser freundlichen Frau keine nachteiligen Folgen haben. »Ich danke Ihnen für Ihre Großzügigkeit.«

Die beiden Frauen nickten sich zu, und Persephone setzte ihren Weg fort. Nun fühlten sich ihre Schritte unbeschwerter an und sie hatte ihre Schultern gestrafft, sodass sie aufrechter wirkte. Lächelnd warf sie einen Blick in Richtung der Schule zurück und sah, dass Miss Posthwaite sich nicht länger draußen vor der Tür aufhielt.

Weil sie nicht aufgepasst hatte und an der Ecke der High Street angekommen war, stieß sie direkt mit einem Mann zusammen.

»Vorsicht.« Sanft umfassten fremde Hände ihre Oberarme und hielten sie fest.

Diese Stimme ...

Keuchend riss Persephone ihren Kopf hoch. Das war unmöglich. Was tat *er* hier?

Er blickte sie aus seinen dunkelbraunen Augen an, und zog dabei die Mundwinkel nach oben. »Ich kenne Sie doch«, stellte er fest und sein Lächeln wurde noch breiter.

Und sie kannte ihn, den Herzog von Wellesbourne.

»Nein, Sie kennen mich nicht«, gab sie scharf zurück und löste sich aus seinem Griff.

»Aber ja doch, *Miss Barclay.*«

Persephone keuchte noch lauter, ehe sie dann die Hand vor ihren offen stehenden Mund schlug. Woher um alles in der Welt wusste er, wer sie war? Und warum hielt er sich nicht auf Loxley Court auf, um ihre Eltern kennenzulernen?

»Wir haben einiges zu besprechen«, kündigte er an, und zog dabei – vielleicht vor Belustigung – eine dunkle Augenbraue hoch. Freilich musste er ihre Situation mit Humor sehen.

»Wir haben nichts zu besprechen. Bitte entschuldigen Sie mich.« Mit pochendem Herzen machte Persephone Anstalten, sich an ihm vorbeizudrängeln.

Der Herzog fasste sie am Unterarm – zwar nicht schmerzhaft, aber mit festem Griff.

Persephone drehte sich zu ihm um und starrte erst auf seine Hand und dann auf sein Gesicht, das mit seiner überlegenen Miene zu sagen schien: *Ich bin ein Herzog, und du wirst tun, was ich sage.*

Sein Blick wurde schmal und er ließ nicht los, obwohl sie versuchte, ihm ihren Arm zu entwinden. »Sie haben eine

Menge Dinge zu erklären, Miss Barclay. Bevor Sie das nicht getan haben, werde ich Sie nicht gehen lassen.«

~

*A*cton konnte sein Glück kaum fassen, sie gefunden zu haben. Er war nach Gloucester zurückgeritten und hatte den Wirt des New Inn befragt, der ihn informierte, sie sei mit der Postkutsche weitergefahren. Daraufhin hatte er herauszufinden versucht, wohin sie gefahren war, aber niemand konnte sich an eine attraktive Frau in einem tristen braunen Kleid erinnern.

Ohne eine Ahnung zu haben, wohin er von hier aus weitersuchen sollte, hatte Acton die vergangene Nacht im New Inn verbracht, da er die Hoffnung hegte, dass der heutige Tag irgendeine Offenbarung mit sich bringen würde. Zunächst hatte er lange geschlafen und nun schlenderte er die High Street entlang, wo er geradewegs auf die Gesuchte stieß.

Sie war über das Wiedersehen mit ihm nicht annähernd so erfreut wie er darüber, sie gefunden zu haben.

Er sollte sie eigentlich nicht attraktiv finden, wenn sie offenkundig wütend war. Doch in ihrer Empörung war sie ein prächtiger Anblick, während aus ihren blauen Augen Verachtung sprach und ihre Oberlippe sich vor Abscheu kräuselte.

»Lassen Sie mich los«, forderte sie.

»Nur wenn Sie versprechen, nicht davonzulaufen. Ich werde Ihnen folgen und Sie fangen, und dann können wir das Ganze noch einmal von vorn anfangen.«

Sie bedachte ihn mit einem aufsässigen Blick. »Ich werde schreien und um Hilfe rufen. Ich werde behaupten, Sie würden mich belästigen.«

»Darauf werde ich sagen, dass Sie meine Verlobte sind

und sich schlecht benehmen. Wenn ich erwähne, dass ich der Herzog von Wellesbourne bin, wird sich niemand einmischen.« Es gefiel ihm nicht, sie auf diese Weise einzuschüchtern, aber er wollte verhindern, dass sie nun davonlief, nachdem er sie gerade erst auf wundersame Weise gefunden hatte.

Sie knurrte ihn an und noch immer fand er sie einfach atemberaubend. »Sie sind ein Ungeheuer.«

»Ich bin um Ihr Wohlergehen besorgt. Wenn mich das zu einem Ungeheuer macht, dann bin ich wohl eine wahre Bestie.« Als Antwort auf ihr Knurren knurrte er zähnefletschend zurück, als wäre er wirklich eine Bestie. Ihre Reaktion – sie riss die Augen auf und ihre Lippen teilten sich - brachte ihn beinahe zum Lächeln.

»Ich möchte nicht, dass Sie sich Sorgen um mich machen.«

Er betrachtete sie. Sie trug dasselbe triste braune Kleid wie an dem Abend, als er sie kennengelernt hatte, und es sah so aus, als hätte es etwas Pflege nötig. Miss Barclay hatte dunkle Ringe unter den Augen, und ihr Haar schimmerte nicht so glänzend, wie er es in Erinnerung hatte. »Ich würde sagen, Sie *brauchen* meine Sorge und meine Hilfe. Es ist nur richtig und gut, dass ich Ihnen nachgekommen bin.«

»Sie sind mir nachgekommen? Ich bin weder Ihre Verlobte, noch unterstehe ich in irgendeiner Weise Ihrer Verantwortung.«

»Das mag stimmen, aber ob Sie das nun wollen oder nicht, gilt Ihnen meine Sorge. Ich werde Sie jetzt loslassen, und Sie werden nicht weglaufen. Einverstanden?«

Sie schürzte die Lippen, worauf er sich keineswegs sicher war, ob sie bleiben würde.

»Bitte?«, flehte er. Er dachte an ihre unausstehlichen Eltern und deren Lüge, ihre Tochter sei krank zu Hause, während sie in Wirklichkeit durch Westengland reiste. Sie war auf der Flucht und musste glauben, dass sie nicht mehr weiterkonnte. »Ich will nur wissen, worum es Ihnen geht. Ich werde Sie keinesfalls zu etwas zwingen, was Sie nicht wollen.« Er ließ von ihrem Arm ab und kapitulierend hob er die Hände, ehe er sie ganz sinken ließ.

Sie musterte ihn misstrauisch, während sie sich den Unterarm rieb. »Gut, denn ich weigere mich, Sie zu heiraten.«

»Das ist ein Glück, denn ich möchte Sie auch nicht zur Frau nehmen.« Ehrlich gesagt hatte er nicht viel darüber nachgedacht, doch er schlussfolgerte, dass diese Worte zu hören am wichtigsten für sie war.

»Woher wissen Sie, wer ich bin?«, fragte sie und verschränkte die Arme vor der Brust, als könne sie ihn mit dieser Geste auf Abstand halten.

Acton war heilfroh, dass sie keinen Versuch machte, fortzulaufen. Er gestattete sich, ein wenig zu entspannen, wenn auch nicht ganz, da er blitzschnell bereit sein musste, sie zurückzuhalten, falls sie die Flucht ergreifen wollte. »Ihre Eltern haben mir eine Miniatur gezeigt, auf der ich Sie sofort erkannt habe.«

»Das haben Sie nicht.« Sie stöhnte leise und verdrehte ihre wunderschönen Augen.

»Ich glaube, Ihr Vater dachte, ich würde mich auf der Stelle für Sie entscheiden.«

»Hat er das gesagt?«, fragte sie scheinbar entsetzt.

»Nein, aber auf diesen Ausgang war er wohl sehr erpicht. Ihre Eltern sagten mir, Sie seien krank und zu Hause geblieben. Wissen sie überhaupt, wo Sie sind?«, hakte er nach und fragte sich, was für eine List diese Familie ausgeheckt hatte, um ihn in die Falle zu locken.

Sie presste ihre Lippen aufeinander. »All das geht Sie nichts an.«

»Doch, wenn unsere Eltern versuchen, uns in den

Ehestand zu drängen. Als Ihr potenzieller Verlobter mische ich mich ein. Das muss wohl jemand tun. Sie sollten nicht allein unterwegs sein. Es gibt viele schlimme Dinge, die...«

Miss Barclay schnitt mit der Hand vor ihm durch die Luft. »Halt. Bitte. Ich brauche keine Belehrungen von *Ihnen*, einem Hausierer von Schlechtigkeiten.«

Acton starrte sie an. »Ein was? Ich veräußere keine Schlechtigkeiten.«

»Sie bieten sie eifrig an. Über Ihren Ruf bin ich *durchaus* im Bilde, *Herzog*.«

»Ich bin kein schlechter Mensch«, brachte er zu seiner Verteidigung hervor.

Ein Paar in den Sechzigern blieb neben ihnen stehen. Die beiden hatten ein breites Lächeln im Gesicht. »Sie klingen wie wir«», sagte der Mann lachend.

»Die besten Streitgespräche führen immer zu den besten Versöhnungen«, fügte die Frau hinzu. Sie schenkte Acton und Persephone einen anzüglichen Blick. »Insbesondere im Schlafgemach.«

Der Mann kicherte mit ihr, während er ihren Arm tätschelte, der mit seinem verschlungen war. »Freches Ding.« Er blickte zu Acton und Miss Barclay. »Möge Ihre Ehe so lang und glücklich sein wie unsere.« Der Mann tippte sich zum Abschied an den Hut und führte seine Frau fort.

Miss Barclay drehte den Kopf und starrte ihnen nach. »Sie dachten, wir wären *verheiratet?*«

Acton versuchte, nicht zu lachen. »Ihr Gesichtsausdruck, als die Lady das Schlafgemach erwähnte, war das Beste, was ich seit langem gesehen habe.«

Sie richtete ihre Aufmerksamkeit wieder auf ihn. »Solche Dinge können Sie wirklich nicht sagen und dann behaupten, sie wären kein Ungeheuer. Gesittete Gentlemen lachen über junge Ladys in Not nicht.«

»Sie sind in Not?«, fragte er ernüchtert.

Ihre Gesichtsfarbe hatte sich intensiviert, und ihre Lippen waren geteilt. Tatsächlich konnte er sich gut vorstellen, dass sie in seinem Schlafgemach ganz genauso aussah, aber natürlich aus ganz anderen Gründen. »Wegen mir oder wegen der Dinge, die die Frau gesagt hat?«, hakte er nach.

»Wegen allem! Ich versuche, meine eigenen Angelegenheiten zu regeln und der Ehefalle zu entgehen.« Also lehnte sie eine Heirat ganz rigoros ab. Wenn es einen Plan gab, sie beide zusammenzubringen, dann war sie keine willige Mitspielerin.

Verstimmt stieß er die Luft aus. »Es gibt keine Ehefalle.«

»Ich bin sicher, dass meine Eltern anderer Meinung sind.«

Das konnte Acton nachvollziehen. Ihr Vater war eifrig darauf erpicht gewesen, die geschäftliche Seite der Heirat abzuwickeln, ohne dass Acton die Braut auch nur kennengelernt hatte. »Warum bestehen Ihre Eltern so sehr darauf, dass Sie mich heiraten?«

Sie verdrehte die Augen und schaute ihn an, als sei er des logischen Denkens unfähig. »Warum sollten sie das nicht tun? Sie sind ein Herzog.« Das letzte Wort brachte sie wie ein Schimpfwort hervor. »Für die meisten Menschen ist das mehr als genug. Ihre Persönlichkeit, Ihre Gesinnung oder Ihr Ruf spielen keine Rolle.«

»Doch Ihnen bedeuten diese Dinge viel«, brachte er leise hervor.

»Ich will keinen Halunken heiraten.« Mit diesen Worten wandte sie sich von ihm ab und schritt die Seitenstraße entlang, aus der sie gekommen war.

Er beeilte sich, neben ihr in Schritt zu fallen. »Ich habe Ihre Eltern kennengelernt, und obwohl unsere Bekanntschaft nur kurz war – ich ging wieder, sobald mir klar geworden war, wer Sie sind und dass Sie in Wirklichkeit keinesfalls krank daheim im Bett liegen –, habe ich das Gefühl, dass sie eventuell ... schwierig sind.«

Sie sah ihn mit einem argwöhnischen Blick an. »All das haben Sie aus einer kurzen Unterhaltung geschlossen?«

»Ihr Vater hatte unbedingt über den Ehevertrag sprechen wollen. Das fand ich geschmacklos, denn wir haben uns ja nicht einmal kennenlernen können. Nun, wir haben uns zwar getroffen, aber das wissen Ihre Eltern ja nicht.«

Sie blieb stehen und drehte sich zu ihm hin. »Bitte sagen Sie mir, dass sie das immer noch nicht wissen.«

»Sie wissen es nicht.«

Ihre Augen wurden schmal. Sie waren von einem so spektakulären Blau und voller Leben. Er bezweifelte, dass ihm mit ihr je langweilig werden könnte, selbst wenn er nur dasaß und sie betrachtete. »Warum haben Sie ihnen nicht gesagt, dass wir uns schon getroffen haben und wo?«

Er zuckte mit den Schultern. »Da Ihre Eltern in Bezug auf Ihren Aufenthaltsort – und auch den Grund Ihres Nicht-erscheinens – gelogen haben, ist mir klar geworden, dass irgendetwas im Gange ist. Mir kam der Gedanke, Sie würden vielleicht vor ihnen davonlaufen. Ihre Eltern schienen auch nicht übermäßig besorgt zu sein.« Er runzelte die Stirn. Das fand er beunruhigend, da er genau wusste, wie es war, einen Elternteil zu haben, der sich nicht kümmerte, aber dennoch hatte er seinen Vater, der für ihn da gewesen war.

»Ich bin mit meinen Eltern nach Cirencester gereist. Ich hatte die Absicht, sie nach Loxley Court zu begleiten, doch dann wurde mir klar, dass ich mich nicht zu einer Ehe zwingen lassen wollte, also bin ich gegangen. Ich habe die früheste Kutsche genommen, die Cirencester verließ, und so kam ich hierher nach Gloucester.«

»Ohne entschieden zu haben, ob wir zusammenpassen würden.«

Sie sah ihn an, als wäre er eine Schnecke, die eine

Schleimspur durch ihren geliebten Garten zog. »Ich bin ausreichend über Sie informiert, um *sicher zu* sein, dass wir nicht harmonieren werden. Jedenfalls hatte ich meinen Eltern eine Nachricht hinterlassen, dass ich nach Hause zurückkehre.«

»Das haben Sie aber nicht getan.«

»Nein«, entgegnete sie zaudernd. »Es gab da einige ... Missgeschicke.«

»Ich verstehe.« Das tat er zwar nicht, doch er hielt es für unklug, in diesem Moment näher auf ihr Malheur einzugehen.

Er kombinierte, dass ihre Eltern nach Loxley Court gefahren waren, nachdem sich ihre Tochter von ihnen getrennt hatte. Wahrscheinlich hatten sie damit gerechnet, dass ihre Tochter die von ihr angekündigten Schritte unternahm und heimkehrte. Dennoch hätten sie ihrer Tochter nachfahren sollen. Man lässt eine junge Lady ohne Begleitung nicht einfach unbeaufsichtigt reisen. Genau das war auch der Grund, warum Acton zurückgekommen war, um sie zu suchen.

Abrupt wandte sie sich wieder ab und setzte ihren Weg fort. »Ich weiß wirklich nicht, warum ich Ihnen all dies berichte, denn es geht Sie überhaupt nichts an.«

» Ich würde dagegenhalten, dass es mich sehr wohl etwas angeht, da meine Mutter mich angehalten hat, in Erwägung zu ziehen, Sie als Herzogin zu wählen.«

Sie schnaubte. »In meinen Augen sind Sie *nichts weiter* als eine unangenehme Erinnerung.«

»Nachdem Sie mich mit Madeira überschüttet haben, dachte ich mir schon, dass sie so über mich denken«, entgegnete er ironisch. Er blickte sich um, während sie voranschritten. »Wohin sind wir unterwegs?«

»Auch das geht Sie nichts an.«

»Ich begleite Sie nur, also werde ich es herausfinden.« Er sah, wie ihr Kiefer mahlte.

»Sie sind ein Tyrann.« Dann bog sie um die Ecke in eine Straße, die von einer Anzahl älterer, heruntergekommener Gebäude gesäumt war.

»Ich verlange ja nicht, dass Sie jemanden heiraten sollen«, lenkte er freundlich ein.

»Nein, sie fordern nur, dass ich Ihre Gesellschaft erdulde.« Wieder blieb sie stehen und bedachte ihn mit einem überdrüssigen Blick. »Können Sie mich bitte in Frieden lassen?«

Ohne seine Antwort abzuwarten, schaute sie nach rechts und links, ehe sie dann die Straße überquerte. Eilends folgte Acton ihr auf die andere Seite. »Nein, das geht leider nicht. Auch wenn Sie vielleicht nicht glauben, dass Ihnen schlimme Dinge zustoßen können, aber was wäre, wenn dieser Fall eintritt?«

Sie warf ihm einen empörten Blick zu. »Schlimme Dinge wie ein Halunke, der mich in einem Gasthaus verführen will?«

»Schlimmer. Ein Schurke, der Sie angreift und sich nicht von einem Nein abhalten lässt.«

Sie gingen noch ein paar Meter weiter, ehe sie dann vor einem heruntergekommenen Gasthaus stehen blieb. Ein Schild mit schwarzen Efeuranken hing schief über der Tür.

Er rümpfte die Nase. »Hier wohnen Sie also?«

»Nicht alle hier sind reiche Herzöge.«

»Das New Inn in der High Street, wo wir uns kennengelernt haben, ist sehr schön. Vorher konnten Sie es sich leisten.«

Sie brauste auf. »Na und? Jetzt kann ich das aber nicht mehr.«

Das machte ihn neugieriger denn je, mehr über ihre »Missgeschicke« zu erfahren. »Ich bezahle Ihr Zimmer dort

– Ihr *eigenes* Zimmer.« Er war sehr sicher, dass sie ihn abermals beschuldigen würde, sie kompromittieren zu wollen. War das nicht genau das, was Halunken taten?

Acton tat das allerdings nicht. Zumindest hatte er das bislang noch nicht getan. Verdammt, vielleicht sollte er wirklich langsam davon absehen, sich bei Frauen so draufgängerisch zu geben. Die meisten seiner Interaktionen waren als harmlos zu betrachten – gestohlene Küsse oder Berührungen und weiter nichts. Das schloss seine Eskapaden im Rogue´s Den allerdings nicht mit ein. Und diese waren nicht gerade das bestgehütete Geheimnis.

Könnte sein Ruf sich letztendlich als Hindernis erweisen, eine Braut zu finden? Vielleicht sollte er sein Verhalten noch einmal genau überdenken.

Ihm kam das erste Mal wieder in den Sinn, als ihm zu Ohren gekommen war, wie jemand seinen verwegenen Ruf zur Sprache gebracht hatte. Damals war er zweiundzwanzig Jahre alt gewesen und für die Saison in London gewesen. Als er seinen Vater gefragt hatte, ob er sein Verhalten besser zügeln sollte, hatte der Herzog lachend geantwortet: »Du bist der Erbe eines Herzogtums. Niemand außer mir kann dir dein Verhalten vorschreiben, und ich sehe kein Problem mit deinen Aktivitäten, solange du *diskret* bist.« Die Botschaft war klar: Mach, was du willst, aber lass dich nicht dabei erwischen, wenn du etwas Unanständiges tust.

Acton vermutete, dass sein Vater ihm bestimmt ans Herz legen würde, sich nicht um Miss Barclay zu sorgen, denn sie sei nicht seine Angelegenheit. Das stimmte wohl auch, aber er konnte ihr nicht einfach den Rücken kehren. Vielleicht lag es an seiner eigenen Erfahrung damit, wie es war, einen Elternteil zu haben, das sich nicht um einen kümmerte.

Während er mit seinen Gedanken woanders war, hatte Miss Barclay eine Hand in die Hüfte gestemmt und starrte ihn ungläubig an.

»Sie sind mit meinem Angebot nicht einverstanden?«, fragte er.

»Ich würde nichts von Ihnen annehmen, selbst wenn ich meinen letzten Penny ausgegeben hätte. Männer wie Ihresgleichen erwarten immer eine Gegenleistung.«

»*Ich* nicht«, konterte er entschlossen, da ihm die Geringschätzung, mit der sie ihn betrachtete, gar nicht gefiel.

»Würden Sie bitte einfach heimkehren und mich in Frieden lassen?« Sie wedelte mit ihrem Arm vage in östliche Richtung.

»Wenn ich nach Hause gehe, werde ich Ihren Eltern wahrscheinlich wieder begegnen.« Ob das stimmte, wusste er nicht. Vielleicht war das Paar abgereist, nachdem er im Anschluss an ihr Kennenlernen kehrtgemacht und Loxley Court verlassen hatte. Es gab nur eine Möglichkeit das herauszufinden – er würde einen Brief an seine Mutter schicken und sich erkundigen. Das würde er in Kürze tun, aber zunächst setzte er seine Rede fort: »Und wenn ich Ihre Eltern sehe, fürchte ich, ihnen dieses Mal sagen zu müssen, wo ich Sie gesehen habe. Es ist einfach nicht ratsam, dass Sie sich hier allein aufhalten.« Er ließ den Blick zu dem verfallenen Gasthaus schweifen. »Insbesondere *hier*.«

»Ich werde nur für eine Nacht hierbleiben«, entgegnete sie.

»Wo wollen Sie denn anschließend hin?«

»Das geht Sie nichts an«, fuhr sie ihn an. »Hören Sie auf, sich aufzuführen, als hätten Sie die Verantwortung oder irgendein Recht, mich zu kontrollieren.«

Acton wischte sich übers Gesicht. »Wir können so weitermachen wie bislang oder Sie sehen ein, dass Sie Hilfe brauchen. Sie können nicht viel Geld haben, wenn Sie hier statt im New Inn übernachten. Das Haus sieht aus, als könnte es jeden Moment einstürzen oder von Ratten wimmeln. Und, offen gesagt, sehen Sie aus, als könnten Sie etwas ... Pflege gebrauchen.« Absurderweise fand er sie trotzdem faszinierend – ihre scharfe Zunge, ihr desolater Aufzug und alles andere.

Ihr stand der Mund offen. »Es fällt Ihnen doch nicht wirklich ein, mein Aussehen zu kritisieren? Ihr Talent, Anstoß zu erregen, kennt wahrlich keine Grenzen.« Mit diesen Worten drehte sie sich auf dem Absatz um und betrat das Gasthaus.

Acton war ihr nach drinnen gefolgt und beobachtete, wie sie die Gaststube durchquerte und die Treppe hinaufging, um auf dem Treppenabsatz zu verschwinden, als sie um die Ecke bog.

»Kann ich Ihnen behilflich sein, Sir?«, fragte eine weibliche Stimme rechts von Acton.

Als er in diese Richtung blickte, sah er ein hübsches Dienstmädchen und zumindest nahm er an, dass dies ihre Position war. Ihr hellblondes Haar war hochgesteckt, und ihre Augen waren verführerisch auf ihn gerichtet. Ihre Kleidung war weder züchtig noch übertrieben freizügig, aber es brachte ihre Figur vorteilhaft zur Geltung.

»Ich würde gerne ein Zimmer nehmen, wenn eins frei ist«, sagte er.

Sie betrachtete ihn mit Überraschung und unverhohlenem Interesse. »Hier?«

»Ja.«

»Ich werde den Wirt holen, aber ich glaube, unser größtes Zimmer ist noch frei.« Sie klimperte mit den Wimpern, ehe sie sich wegdrehte.

»Warte, bevor du gehst, habe ich eine Frage.«

Sie drehte sich noch einmal zu ihm um und rückte dichter zu ihm heran. »Ja?«

»Die Frau, die gerade reinkam, wohnt sie hier?«

»Mrs. Birdwhistle?«

Mrs. Birdwhistle. Spielte sie wieder die Witwe? Und wie war sie auf diesen lächerlichen Namen gekommen?

»Ja, Mrs. Birdwhistle. Wie lange ist sie schon hier?«

»Erst seit gestern.«

Acton war auf mehr Informationen als nur diese magere Auskunft erpicht. Er machte einen Schritt auf das Dienstmädchen zu und setzte sein kokettestes Lächeln auf. »Und was kannst du mir über sie erzählen?«

Das Dienstmädchen stemmte eine Hand in die Hüfte und lenkte so seine Aufmerksamkeit auf ihre schmale Taille. »Meistens bleibt sie für sich und sie nimmt ihre Mahlzeiten auf ihrem Zimmer ein. Sie kam ohne Gepäck an, und sie hatte nicht einmal eine kleine Tasche dabei, was ich seltsam fand. Moll und ich sind der Ansicht, dass sie vor einem garstigen Ehemann davonläuft. Armes Ding.«

»Das ist bedauerlich.« Allerdings war das nicht die Wahrheit, doch er machte keine Anstalten, das Dienstmädchen von ihrem Verdacht abzubringen.

»Moll ist das andere Dienstmädchen«, bemerkte sie strahlend und überwand damit offenbar jeden kummervollen Gedanken, den sie für »Mrs. Birdwhistle« erübrigte. »Und ich bin Becky. Sagen Sie mir – *persönlich* – Bescheid, wenn Sie etwas brauchen.« Ihre Miene grenzte nun an ein lüsternes Grinsen und zeigte deutlich, wobei sie gern behilflich wäre.

Auch wenn Acton nicht an ihrer physischen Hilfestellung interessiert war, wusste er ihr Hilfsangebot sehr zu schätzen. »Danke, Becky«, murmelte er leise. »Ich werde mich ganz bestimmt an dich wenden, sollte ich Hilfe brauchen.«

Kichernd ging sie davon.

Acton nahm die Gaststube in Augenschein. Durch die niedrige Decke und dem schwarz gewordenen Kamin wirkte der Raum eher beengt. Es war jedoch sauber und aufgeräumt, wie er mit Erleichterung feststellte. Dass sein Zimmer in einem gleichen Zustand sein würde, konnte er nur hoffen. Er war zumindest mit seinen eigenen Bettlaken unterwegs, wohingegen er seinen Kammerdiener zu Hause gelassen hatte, wie es ihm gelegentlich in den Sinn kam. Er würde seine Sachen und die Reisetasche aus dem New Inn holen müssen. Was ein Jammer war, denn dort war es wirklich viel schöner. Doch sein Pferd würde er dort untergestellt lassen.

Bei seiner Rückkehr würde er Becky oder Moll bitten, sein Bett zu machen. Verdammt, er wünschte, er hätte auch zusätzliche Bettwäsche für Miss Barclay.

Mrs. Birdwhistle. Die ohne Gepäck reiste. Was stimmte da nicht?

Inzwischen hatte er so viele Fragen, doch bislang nur sehr wenige Antworten. Über sein Hiersein war Miss Barclay keinesfalls erfreut. Er musste sich mehr anstrengen, um ihr Vertrauen zu gewinnen. So wie bisher konnte sie unter keinen Umständen weitermachen.

Mit einem Mal kam ihm ein Gedanke und er konnte nicht glauben, nicht schon früher daran gedacht zu haben. Eventuell war sie gar nicht vor ihren Eltern oder ihm auf der Flucht. Was, wenn sie *zu* jemandem davonlief?

Die Überlegung, dass sie vielleicht einen anderen Mann heiraten wollte, war gar nicht so abwegig. Es könnte sich um jemanden handeln, mit dem ihre Eltern nicht einverstanden wären.

Sollte dies allerdings stimmen, stellte sich die Frage, wo dieser Gentleman war. War er irgendwo aufgehalten worden und sie musste sich nun allein durchschlagen? Wenn dem so war, war er wahrscheinlich nicht gut genug für sie. Falls Miss Barclay eingewilligt hätte, sich mit ihm, Acton, zu einer Verabredung oder aus anderen Gründen zu treffen, würde *er* verdammt noch mal auftauchen.

Acton musste ihre Situation erforschen und der Sache auf den Grund gehen. Hoffentlich würde ihm dies gelingen, ohne sie noch weiter zu verärgern. Er hatte eine Idee, von der er glaubte, dass sie eine bessernde Wirkung auf ihre Laune ausüben könnte.

Würde sie aber etwas von ihm annehmen? Wahrscheinlich nur in dem Fall, wenn sie nicht wusste, dass es von ihm stammte.

KAPITEL 6

Nachdem Persephone den Herzog in der Gaststube zurückgelassen hatte, schloss sie sich in ihrem Zimmer ein und ärgerte sich. Sie konnte sich nicht entscheiden, was schlimmer war: dass ihre Eltern, in dem Versuch, die Ehe ohne ihr Beisein abzusprechen zu ihrem Bräutigam in spe gereist waren, oder dass der Möchtegern-Bräutigam sich erfolgreich auf die Suche nach ihr gemacht hatte.

Jedenfalls hatte er ihren Eltern gegenüber verheimlicht, dass sie sich bereits getroffen hatten. Es war ... merkwürdig. Insbesondere beim Gedanken daran, dass er ständig von ihrer Sicherheit redete und er ihr weismachen wollte, dass sie seine Hilfe brauchte. Falls er tatsächlich so besorgt um sie war, warum hatte er dann nicht ihre Eltern darüber informiert, dass er sie in Gloucester angetroffen hatte?

Trotzdem war sie froh zu wissen, dass er davon abgesehen hatte. Die Aussicht, ihren Eltern gegenüberzutreten, nachdem sie ihnen entwischt war, begeisterte sie nicht.

Noch immer drehten sich ihre Gedanken um das Eintreffen des Herzogs und die Neuigkeiten, die er ihr mitgeteilt hatte, als der Sohn des Gastwirts mit einer Wanne herbeikam.

»Ich habe nicht um ein Bad gebeten.« Das konnte sich Persephone nicht leisten. Aber oh, wie wunderbar das doch klang!

»Man hat mir aufgetragen, die Wanne nach oben zu bringen«, entgegnete er, schob sich in den Raum und stellte die Zinkwanne vor dem Feuer ab. »Ich bin gleich mit dem Wasser zurück.«

»Aber ich kann das nicht bezahlen«, rief sie ihm hinterher, als er über die Schwelle trat.

»Es ist schon bezahlt«, rief er über die Schulter zurück und verschwand die Treppe hinunter.

Persephone runzelte die Stirn, obwohl sie innerlich einen Freudentanz aufführte, weil sie sich den ganzen Reisestaub und die Frustration von der Seele waschen wollte. Die Wanne war nicht groß, aber ausreichend.

Kurze Zeit später, als sie sich nach dem Abschrubben mit Seife, die ihr ebenfalls gebracht worden war, ohne dass sie dafür bezahlen konnte, im kühler werdenden Wasser räkelte, kam ihr in den Sinn, dass Wellesbourne dahinterstecken musste. Offensichtlich konnte er ihr ungepflegtes Aussehen nicht ertragen.

Sie ärgerte sich, dieses Geschenk anzunehmen, aber sie erinnerte sich daran, dass sie ihn nicht wiedersehen musste. Vermutlich hatte er ein Bad für sie arrangiert und war dann in seine *schönere* Unterkunft im New Inn zurückgekehrt.

Ein Klopfen an der Tür ließ sie noch tiefer in die Wanne sinken. »Ich bin beschäftigt!«, rief sie.

»Ich bin's, Moll«, antwortete die weibliche Stimme. »Ich habe Pakete für Sie. Ich weiß, dass Sie im Bad sind. Ich werde nicht hinschauen. Ich lege die Sachen einfach auf das Bett und gehe meiner Wege.«

Pakete?

»Einverstanden«, antwortete Persephone.

Moll schlüpfte ins Zimmer und schaute nicht in Persephones Richtung, als sie zwei in Papier eingeschlagene Pakete auf dem Bett ablegte. Persephone blieb mit dem Körper unter Wasser, wozu sie sich zusammenfalten musste, bis das Dienstmädchen gegangen war.

Die Neugierde trieb Persephone früher als vorgesehen aus der Wanne. Sie schnappte sich das vom Sohn des Gastwirts mitgebrachte Handtuch, ohne auf die ausgefransten Ränder und die raue Beschaffenheit zu achten. Sie trocknete sich gerade so weit ab, dass sie nicht tropfte, dann schlang sie das Handtuch um ihren Leib, bevor sie sich dem Bett zuwandte – es war keine große Entfernung, da das Zimmer so klein war.

Sie löste die Schnur des ersten Pakets und schlug das Papier zurück. Es sah aus wie Bettzeug. Es war aus weicher, glatter Baumwolle und es gab je einen Bezug für ein Kissen und die Matratze. Dazu noch eine Decke aus feiner grauer Wolle. Persephone trocknete sich ab und ließ das Handtuch auf den Boden fallen, um sich in die Decke zu wickeln.

Seufzend, als die weiche Wolle ihre frisch gereinigte Haut streichelte, wandte sie ihre Aufmerksamkeit dem anderen Paket zu. Darin befand sich ein Reisekleid aus leichter, in leuchtendem Blau gefärbter Wolle. Es erinnerte Persephone an die Miniatur-Iris, die im Frühjahr auf Radstock Hall blühten.

Auch Unterwäsche war beigelegt, was sie eigentlich hätte schockieren sollen. Oder sie hätte beleidigt sein müssen. Der Mann war ein berüchtigter Halunke, und eigentlich sollte sie keine Geschenke von ihm annehmen. Schon das Bad war zu viel gewesen. Doch die Vorstellung, nach diesem erfrischenden Bad ihre tagelang getragene Kleidung wieder anzuziehen, trieb sie beinahe zum Weinen.

Dann ließ sie den Blick auf der Bettwäsche ruhen. Sie

konnte sie doch bestimmt für eine Nacht behalten? Morgen könnte sie sie dann im New Inn an ihn zurückgeben.

Sie stieß die Luft aus und drehte sich zu dem Haken neben der Tür, worauf sie erstarrte, als sie entdecken musste, dass er leer war. Was war mit ihrem Morgenrock passiert? Persephone hatte ihn dort aufgehängt, ehe sie in die Badewanne gestiegen war. Hatte Moll ihn mitgenommen, als sie hereingekommen war? Persephone hatte nichts davon bemerkt, aber da die Tür einen Spalt offen stand, hätte das Dienstmädchen ihn auf dem Weg nach draußen in einem unbeobachteten Moment mitnehmen können.

Nun bliebe ihr keine andere Wahl, als das neue Kleid anzuziehen. Da ihre Unterwäsche noch auf dem Bett lag, beschloss sie, diese wieder anzuziehen. Auf diese Weise nahm sie nicht *alles* an, was Wellesbourne ihr geschickt hatte. *Wenn* tatsächlich der Herzog das Bad arrangiert und diese Dinge für sie besorgt hatte.

Als ihr Haar getrocknet und sie angekleidet war, drang bereits Lärm aus der Gaststube nach oben. Es klang ganz so, als würde es wieder ein geschäftiger, ausgelassener Abend werden. Der Sohn des Gastwirts war gekommen, um die Wanne zu leeren und sie wieder mitzunehmen. Dabei hatte er verlauten lassen, dass damit zu rechnen war.

Wie gestern Abend würde sie allerdings nur so lange hinuntergehen, bis sie ihr Abendessen auf einem Tablett serviert bekäme, damit sie hier in ihrem Zimmer speisen konnte. Allein und nur beim Schein zweier Kerzen.

Unter Zuhilfenahme des lädierten Spiegels an der Wand steckte Persephone ihr Haar auf und bewunderte, was sie von dem schönen neuen Kleid sehen konnte. Sie würde das Kleidungsstück nur ungern zurückgeben, denn es passte gut, wenn es auch eine Spur zu kurz war. Doch leider durfte sie es nicht behalten. Es sei denn, sie erfuhr, dass es nicht von dem Herzog stammte.

Wer sonst hätte es ihr allerdings schicken sollen? Persephone bezweifelte, dass ihr die Antwort auf diese Frage gefallen würde.

Sie bezog das Bett und das Kissen mit der neuen Bettwäsche und musste Wellesbourne für seine Fürsorge danken. Es war eine Sache, wenn ihm daran lag, dass sie schöner aussah – sie konnte nachvollziehen, dass er damit sein eigenes Bedürfnis befriedigte, und dies nicht unbedingt für sie tat –, aber dass er um ihr Wohlbefinden besorgt war, wenn sie schlafen ging? So etwas würde sie von einem Halunken wie ihm nicht erwarten.

Wollte er ihr vielleicht wirklich helfen, ohne dafür eine Gegenleistung zu erwarten. Oder, und das war sehr viel wahrscheinlicher, hatte er das Bettzeug beschafft, weil er auf eine Fortsetzung seiner Verführung hoffte und sicher sein wollte, ein sauberes und bequemes Bett vorzufinden.

Das würde sich obendrein damit decken, dass er ihren Eltern ihre erste Begegnung verheimlicht hatte. Dieser mysteriöse Umstand war ihr im Gedächtnis haften geblieben. Warum sollte er sein Wissen verheimlichen? Es sei denn, er gedachte sie zu verführen. Seine Motivation war ihr einfach nicht verständlich.

Ihr fiel wieder ein, was er über ihre Eltern gesagt hatte. Er schien die Rede ihres Vaters über einen Heiratsvertrag als verfrüht und lästig empfunden zu haben. Das musste doch für ihn sprechen, oder nicht?

Andererseits wäre es auch möglich, dass er an einer eventuellen Eheschließung nicht im Mindesten interessiert war und dem Treffen nur zugestimmt hatte, um seine Mutter zu besänftigen. Das wäre ein Verhalten, das zu einem Halunken passen würde.

Seine Beweggründe spielten allerdings keine Rolle. Sie war mit dem Herzog von Wellesbourne fertig. Endgültig.

Sie verließ ihr Zimmer und ging in die Gaststube. Der

Duft des Abendessens, insbesondere der dazu verwendeten Gewürze, wehte von unten herauf, worauf ihr Magen mit einem Knurren reagierte. Die gestrige Mahlzeit, der Lammeintopf, war überraschend wohlschmeckend gewesen.

Als sie auf dem Treppenabsatz um die Ecke kam, ließ sie den Blick in der Gaststube umherschweifen. Sie war nicht so überfüllt wie gestern Abend, was sich aber durchaus noch ändern konnte. Sie erblickte ein Paar glänzender Stiefel, die hinter einem Tisch hervorlugten. Als sie ihren Blick hob, sog sie scharf die Luft ein.

Wellesbourne war wiedergekommen.

Er hielt sich beim Kamin auf und hielt den Griff eines Kruges fest, der auf dem Tisch stand. Seine Lippen waren zu einem breiten, einnehmenden Lächeln verzogen, das Becky und Moll galt, die in der Nähe standen. Beide Dienstmädchen hatten sich ein wenig zu ihm hinuntergebeugt, um ihn zu ermutigen, ihre Mieder zu betrachten, die einen tieferen Ausschnitt aufwiesen als alle, die Persephone je getragen hatte. Allerdings war Persephones Garderobe ja auch durchweg sittsam. Wenn sie jetzt darüber nachdachte, waren selbst Pandoras Kleider noch verlockender als ihre eigenen. Sie war immer der Annahme gewesen, Pandora sei einfach attraktiver, aber vielleicht hatte ihre Mutter sie voller Absicht anders gekleidet.

Und warum auch nicht?

Persephone schüttelte die Gedanken an die Baronin ab und beobachtete, wie der Herzog mit den beiden Dienstmädchen kokettierte. Sollten sie nicht ihren Aufgaben nachkommen? Persephone wollte ihr Dinner, doch stören wollte sie die beiden nicht. Sie hoffte, vermeiden zu können, überhaupt mit dem Herzog sprechen zu müssen.

Allerdings sollte sie sich bei ihm bedanken.

Sollte sie das wirklich? Nichts deutete darauf hin, dass er

hinter dem Bad, dem Kleid oder dem Bettzeug steckte. Es war einfach die logischste Antwort.

Wenn er nicht offen über seine Tat sprechen wollte, warum sollte sie sich dann die Mühe machen, ihm ihren Dank auszusprechen? Sie konnten so tun, als wäre gar nichts davon passiert. Ja, so wäre es ihr lieber.

Die Dienstmädchen verabschiedeten sich schließlich von ihm, und Persephone schritt die Treppe hinunter. Selbstverständlich machte sich eine andere Frau, sehr attraktiv, mit rotem Haar und dunklen, sinnlichen Augen, an den Herzog heran, sobald die Dienstmädchen gegangen waren. Der Mann wirkte wie ein Magnet auf Frauen. Allerdings nicht auf Persephone.

Sie blieb auf der anderen Seite des Raumes und wandte sich in die Richtung, wo Becky gerade mit drei Männern an einem Tisch sprach. Einer von ihnen warf einen Blick zu Persephone und schenkte ihr ein anzügliches Lächeln.

Persephone drehte sich so, dass sie Becky aus den Augenwinkeln sehen konnte, aber nicht die Männer am Tisch. Als Becky mit ihnen fertig war, fing Persephone sie ab und fragte nach ihrem Essen.

»Ich werde es Ihnen gleich holen, meine Liebe. Wir haben heute Abend viel zu tun, wie Sie sehen können. Suchen Sie sich doch einen Platz zum Sitzen, und ich bringe Ihnen dann ein Glas Ale oder Wein.« Noch ehe Persephone darlegen konnte, dass sie nicht die Absicht hatte, sich irgendwo hinzusetzen, war die Dienstmagd schon wieder verschwunden. Wenn sie sich tatsächlich einen Platz suchte, musste sie damit rechnen, dass der Herzog es als Einladung betrachten würde, sich zu ihr zu setzen.

Oder er käme so wie jetzt einfach auf sie zu.

Persephone blieb wie erstarrt stehen, als er sich näherte. Er war beinahe unsäglich attraktiv und besaß ein so liebenswürdiges Lächeln, das sie wie ein unerfahrenes Mädchen zum Kichern verlocken wollte. Seine Gesichtszüge wirkten wie gemeißelt, als wäre er das Werk eines antiken Bildhauers – eine kantige Kieferpartie, bezaubernde Grübchen, ein aufreizender Ausdruck um den Mund. Er erweckte den Anschein, als fehlte nie viel, bis er lächelte, und als könnte er seine gute Laune einfach nicht unterdrücken. War er nie traurig, gelangweilt oder wütend?

Sie wusste, dass er überrascht aussehen konnte. Das hatte er auf das wundervollste demonstriert, und zwar sowohl als sie ihm den Wein ins Gesicht geschüttet hatte, als auch bei ihrer Begegnung auf der Straße.

Sogar jetzt sah er etwas überrascht aus. »Guten Abend, Miss Barclay. Ich war mir nicht sicher, ob ich Sie heute hier treffen würde. Moll sagte, Sie speisen lieber in Ihrem Zimmer.«

»Bitte nennen Sie mich Mrs. Birdwhistle.«

»Ach ja, ich habe ihren Decknamen gehört.« Er lehnte sich dichter zu ihr und sie nahm seinen Duft von Sandelholz und Amber wahr. »Wie um alles in der Welt sind Sie auf diesen Namen gekommen?«

»Mrs. Birdwhistle war meine Gouvernante. Ich habe sie sehr geschätzt.«

»Dann ist es in der Tat ein großartiger Name.«

Persephone stand nicht der Sinn danach, sich mit ihm zu unterhalten. »Was tun Sie denn hier? Sollten Sie nicht in Ihrem *schöneren* Gasthaus sein?«

»Wie drollig von Ihnen, aber nein. Ich wohne jetzt hier.«

Sie war überrascht, dass er seine gewiss gut ausgestattete Suite im New Inn gegen das eintauschen würde, was man ihm hier als Zimmer zur Verfügung gestellt hatte. »Spionieren Sie mir nach?«

»Ich habe ein Auge auf Sie. Das ist ein Unterschied.« Er klang selbstgefällig.

»Es wäre mir lieber, sie hätten das nicht. Warum passen

Sie stattdessen nicht auf die Dienstmädchen auf? Sie scheinen sich ja mit ihnen angefreundet zu haben.«

Er hob eine Schulter. »Ich bin zu allen freundlich. Das liegt an meinem liebenswürdigen Wesen.«

Ihr Gedanke galt der rothaarigen Frau, die den Platz der Dienstmädchen eingenommen hatte. »Man könnte es sogar kokett nennen.«

Aha! Also konnte er doch unbehaglich aussehen! Kurz wandte er seinen Blick von ihr ab, und seine Mundwinkel zogen sich kaum merklich nach unten. »Ähm, ja. So hat man mich schon einmal oder besser zwanzig Mal genannt.«

Sie wölbte eine Augenbraue und murmelte: »Nur zwanzig Mal?«

Er ließ den Blick über sie schweifen. »Sie sehen heute Abend wunderschön aus.«

»Aha, Sie flirten schon wieder.« Sie konnte nicht umhin, sich gerade jetzt an eine der Regeln für Halunken zu erinnern: Flirte nie mit einem Halunken. Sie machten es einem wirklich schwer, indem sie fortwährend flirteten, doch Persephone würde nicht nachgeben.

»Darf ich Ihnen nicht einfach einmal ein Kompliment machen?«

Hoffte er etwa darauf, dass sie seine Geschenke anerkennen würde? Wenn er nicht deutlich machte, dass sie von ihm stammten, würde sie sie nicht erwähnen. »Ich danke Ihnen.«

»Die Farbe lässt Ihre Augen noch mehr strahlen.«

Sagte er das nur, um zu flirten oder war das Kleid von ihm passend zu ihrer Augenfarbe gewählt worden? In Anbetracht der Tatsache, dass er so fürsorglich an das Bettzeug gedacht hatte, musste sie sich fragen, ob er sich allen Ernstes tiefere Gedanken über seine Aufgabe gemacht hatte, als sie bei einem Halunken erwartet hätte. Vielleicht war dies aber auch genau die Masche der Halunken, wenn sie Frauenkleider auf die Augenfarbe abstimmten. Sie hatte keine Ahnung.

Er fuhr fort: »Ich hatte gehofft, Sie überreden zu können, hier in der Gaststube mit mir zu speisen.«

»Es ist ... zu lärmend.« Gerade wollte sie noch sagen, es sei zu riskant, aber ein weiteres Angebot von ihm, ihr eine andere Unterkunft zu bezahlen, wollte sie wirklich nicht erhalten.

»Es geht hoch her. Ich könnte mich oben zu Ihnen gesellen?«

Sie hielt den Kopf schräg und besann sich auf die Regel, niemals mit einem Halunken allein zu sein. »Das ist aber dreist von Ihnen. Außerdem habe ich nur einen Stuhl.« Und der Tisch war kaum groß genug für ihr Gedeck, geschweige denn für zwei.

»Ich habe zwei Stühle zu meinem Tisch in meinem Zimmer. Wir könnten dort speisen«, brachte er sehr charmant und mit viel zu viel Anmaßung hervor.

»Nein, vielen Dank.« Auch diese Regel für Halunken würde sie nicht brechen. Nicht schon wieder. Sie hatte schon genug Zeit allein oder fast allein mit ihm verbracht.

Er trat näher an sie heran und blickte sie aufreizend an. Dann schürzte er die Lippen zu einem leichten Schmollmund. Heiliger Himmel, funktionierte das bei anderen Frauen?

»Bitte überlegen Sie es sich noch einmal«, bat er und schaffte es irgendwie, seine Aufforderung nicht wie ein Flehen klingen zu lassen. Er schien es sogar ziemlich ernst zu meinen. Vielleicht war sein Schmollmund gar nicht gespielt.

Selbstverständlich war er das! Auf keinen Fall konnte sie es sich leisten, sich von seiner unbestreitbaren Anziehungskraft mitreißen zu lassen. »Sie können damit aufhören«, brachte sie in einem Tonfall hervor, der kälter war, als sie beabsichtigt hatte. »Ihr Flirt wird bei mir nicht fruchten.«

Sein Schmollmund machte einem Stirnrunzeln Platz. »Gar nicht? Die Menschen und insbesondere die Frauen, finden mich in der Regel sehr einnehmend. Der Ansicht war ich auch gewesen, als wir uns das erste Mal in Gloucester begegneten. Ich habe sofort eine Verbindung zu Ihnen gespürt und schwören können, dass Sie es ebenfalls gefühlt haben.«

»Überhaupt nicht. Ich habe nur vorgegeben, mich für Sie zu interessieren.«

»Stimmt das?« Er schüttelte den Kopf. »Ich hatte das völlig falsch verstanden – und Sie. Ich gestehe, dass mich dies beunruhigt. Ich bin stolz auf meine Fähigkeit im Einschätzen von Menschen.«

Er tat ihr sogar ein bisschen leid, denn er schien wirklich überrascht und vielleicht sogar etwas verletzt zu sein. »Ich kann nicht glauben, dass ich die erste Person bin, die für Ihre Bemühungen unempfänglich ist.«

»Das sind Sie wahrscheinlich in der Tat.« Er schien darüber nachzudenken. Persephone strengte sich an, die Augen nicht zu verdrehen. Er blinzelte, ehe er sich dann wieder auf sie konzentrierte. »Warum haben Sie den Wein auf mich gekippt?«

»Ich denke, das war offensichtlich. Ich wollte Sie nicht heiraten, und das war der beste Weg, Sie abzuschrecken, die mir eingefallen war.«

Er lachte. »Das ist unlogisch. Ich wusste nicht einmal, wer Sie sind. Wir hatten uns ja noch gar nicht vorgestellt. Ehrlich gesagt, fand ich dieses Mysterium provokant.« Er hielt inne und musterte sie eingehend. »Woher wussten Sie, wer ich bin?«

»Sie sagten, Sie seien in der Nähe von Stratford-upon-Avon zu Hause, und als Sie erklärten, Sie würden dorthin reisen, um Ihre potenzielle Braut kennenzulernen, schloss ich daraus, dass Sie der Mann sein mussten, den ich treffen sollte. Ich wusste auch, dass der Herzog von Wellesbourne ein übermütiger, prahlerischer Halunke ist, und Sie passen ganz sicher auf diese Beschreibung.«

Er legte eine Hand auf seine Brust. »Sie stoßen einen Dolch direkt in mein Herz.«

Persephone konnte ein Verdrehen der Augen dieses Mal nicht verkneifen. »Wenn ich es mir recht überlege, werde ich mit Ihnen zu Abend essen. Ich werde um eine Flasche Madeira bitten, damit ich den gesamten Inhalt über Sie schütten kann.«

Seine Mundwinkel wanderten nach oben, und am liebsten hätte sie mit ihm gelacht. Dies war eine vollkommen absurde Unterhaltung. Doch sie lachte nicht. Denn gerade in dieser Situation durfte sie ihn nicht auch noch ermutigen. Aus diesem Grund behandelte sie ihn weiterhin so schlecht. Er musste sie einfach wieder in Ruhe lassen.

»Dann werde ich auch um eine Flasche bitten«, entgegnete er. »Wir können einander ja in dem Versuch umkreisen, unser jeweiliges Ziel zu bespritzen.«

Das Bild ließ ein kleines Schnauben aus Persephones Nase entweichen. Sofort schlug sie sich die Hand vors Gesicht und wandte den Blick ab.

»Es gefällt mir, wenn Sie schnauben«, flüsterte er. »Es klingt bezaubernd.«

Sie warf ihm einen überraschten Blick zu. War es ihm ernst? Das konnte sie nicht sagen. »Jetzt weiß ich, dass Sie unaufrichtig sind und nur versuchen, mich zu becircen. Oder mich zu verführen. Ich kann mir keinen anderen Grund vorstellen, warum Sie nach mir suchen würden, ohne meinen Eltern zu sagen, dass wir uns begegnet sind.« Trotz allem konnte sie sich einfach nicht vorstellen, dass er das tun wollte – sie war einfach nicht die Art von Frau, die von einem Mann wie ihm verführt wurde. Sie zog übereifrige Pfarrer oder zweitgeborene Söhne an, die in ihren Schulferien nichts Besseres zu tun hatten, als mit einer naiven Blaustrumpflady zu tändeln. Das war der Fall beim ersten und zweiten Mann gewesen, die sich mit ihr geküsst hatten.

»Ich verspreche, dass ich Sie nicht zum Verführen ausgesucht habe.« Seine Stimme klang vollkommen aufrichtig, und das enttäuschte sie eigentlich. Es wäre schön gewesen, wenn das sein Wunsch gewesen wäre, wenn sie auch keineswegs die Absicht hatte, seinen Avancen nachzugeben.

»Ich möchte mich vergewissern, dass ich Sie verstehe«, sprach er weiter. »Sobald Sie über meine Identität Bescheid wussten, täuschten Sie Interesse vor – Sie provozierten *mein* Interesse geradezu –, um mich dann mit Madeira zu besudeln. Und das nur, weil Sie meinen Ruf kannten und deshalb von vornherein beschlossen hatten, dass wir einzig und allein aus diesem Grund nicht zusammenpassen würden. Haben Sie Ihre Eltern deshalb nicht nach Loxley Court begleitet?«

»So ist es, und das war eine gute Kurzfassung.«

»Und ich habe mich schon gefragt, ob Sie vielleicht mit einem Gentleman eine Verabredung haben. Ich hätte wissen müssen, dass dies Unsinn war. Eine Frau mit einer Abneigung gegen draufgängerisches Verhalten würde sich sicher nicht auf eine skandalöse Situation einlassen.« Es entging ihm nicht, wie sie die Nasenlöcher leicht aufblähte, und er fragte sich nach der Ursache dafür.

»Ich bin mit niemandem verabredet. Ich versuche, einer Eheschließung mit *Ihnen* zu entgehen.«

Er richtete sich auf. »Sie sollten nicht alles glauben, was Sie über andere Leute hören. Ich bin nicht der Halunke, für den ich gehalten werde. Es ist bedauerlich, dass Sie mich nicht einmal kennenlernen wollten, denn ich glaube tatsächlich wir hätten harmonieren können. Sie haben einen bewundernswerten scharfen Verstand.«

Sie klimperte mit den Wimpern und ahmte damit die Dienstmädchen nach, die ihn so angeschaut hatten. »Wenn man bedenkt, dass Sie mich vielleicht auserkoren hätten! Ich könnte in Ohnmacht fallen.« Sie presste ihre Hand an die Stirn.

»Nur zu. Ich werde Sie auffangen«, ermunterte er sie mit großer Freude, als würde er wirklich darauf hoffen, dass sie in seinen Armen die Besinnung verlor.

Mit Erleichterung stellte Persephone in diesem Moment fest, dass Becky mit einem Tablett in ihre Richtung kam. »Das Dinner für Mrs. Birdwhistle«, verkündete sie und reichte das Tablett an Persephone weiter, bevor sie Wellesbourne zuzwinkerte.

Persephone rechnete damit, dass sie bleiben und noch mehr mit den Augen klimpern würde, doch sie setzte ihren Weg fort und eilte zu einem Tisch, an dem drei Männern saßen, die ihr freudig zujubelten, als sie ankam. Mit dem Tablett in der Hand nickte Persephone dem Herzog zu. »Dann wünsche ich Ihnen einen schönen Abend.«

Sichtlich enttäuscht stieß er die Luft aus. »Dann werde ich wohl vermutlich allein essen müssen.«

»Das bezweifle ich. Becky, Moll oder diese attraktive Rothaarige werden Ihnen sicher gern Gesellschaft leisten, dessen bin ich sicher.«

»Ich werde meine Mahlzeit allein verzehren. In der Nähe der Treppe, damit ich sicher sein kann, dass Sie ungestört bleiben.«

Das hatte Persephone gar nicht bedacht. »Sie werden sich nicht mehr lange um mich kümmern müssen. Gleich morgen früh breche ich auf.«

Erstaunt zog er die Augenbrauen in die Höhe. »Ach? Wohin wollen Sie denn?«

»Nach Hause.«

»Das ist östlich von Bath, nicht wahr?«

Sie sah keinen Grund, ihm diese Information vorzuenthalten. Wahrscheinlich wusste er ohnehin schon, wo sie wohnte. »Radstock Hall. Nun, vielen Dank, dass Sie sich um meine Sicherheit gekümmert haben.« Das war mehr, als sie von ihren Eltern sagen konnte. Diese Erkenntnis ließ ihren Magen zusammenschrumpfen und beeinträchtigte ihren Appetit.

»Es war mir ein Vergnügen. Ich muss Ihnen sagen, dass ich vorhin einen Brief an meine Mutter auf den Weg gebracht habe, in dem ich mich erkundige, ob Ihre Eltern nach Hause zurückgekehrt sind oder auf Loxley Court warten wollen, bis Sie sich von Ihrer Krankheit erholt haben. Während meines Aufenthalts dort haben Ihre Eltern mir mitgeteilt, dass Sie nach Ihrer baldigen Genesung zu ihnen stoßen würden.«

Er hatte an seine Mutter geschrieben? »Sie haben doch nichts davon gesagt, dass Sie mich gefunden haben?«

»Das habe ich nicht.«

Auch wenn sie ihn vielleicht nicht mochte, schätzte sie seine Art, mit dieser Situation umzugehen sehr. »Danke.«

»Ich frage mich, ob Sie mit Ihrer Abreise vielleicht warten möchten, bis wir eine Antwort von meiner Mutter erhalten haben?«, schlug er vor.

Vielleicht war es gut, darüber informiert zu sein, was ihre Eltern taten. War das wirklich von Belang? Ganz gleich, was sie als Nächstes tat, wären ihre Eltern wütend auf sie. Aller Wahrscheinlichkeit nach würden sie sie nur dann freudestrahlend empfangen, wenn sie an Wellesbournes Arm hereinspazierte und ihn als ihren Verlobten vorstellte.

Ihre Eltern würden begeistert sein. Nicht, weil sie sich eine hervorragende Partie gesichert oder vielleicht sogar verliebt hätte. Ihnen würde ein Stein vom Herzen fallen, dass die Familie gerettet wäre – sowohl in gesellschaftlicher als auch in finanzieller Hinsicht. Es galt viele Schulden zu begleichen, die allesamt daher rührten, dass der Baron und die Baronin sich so präsentierten, als gehörten sie zur wohlhabenden Elite. Es überraschte Persephone, dass sie überhaupt noch eine Mitgift hatte.

»Haben Sie eine Entscheidung getroffen?« fragte Wellesbourne. »Vermutlich denken Sie über meinen Vorschlag nach, noch einen Tag hier auszuharren.«

Persephone war von dem, was auf sie zukommen würde, tatsächlich nicht begeistert – sei es die Rückkehr nach Radstock Hall oder ein unabhängiges Leben als Jungfer.

Da konnte sie auch noch einen weiteren Tag aushalten. Zumal sie ja nun sauberes Bettzeug hatte.

»Also gut. Ich werde bleiben. Noch einen weiteren Tag.«

»Ausgezeichnet. Guten Appetit!«, wünschte er ihr freundlich.

»Gute Nacht«, murmelte Persephone, ehe sie sich umdrehte und die Treppe hinaufging. Als sie am Treppenabsatz angekommen, noch einmal nach unten blickte, erkannte sie, dass er sie immer noch beobachtete. Sie fragte sich, ob er sich tatsächlich einen Platz am Fuße der Treppe suchen würde.

Auf dem Weg zu ihrem Zimmer musste sie sich widerwillig eingestehen, dass sie sich von dem Wissen, jemanden zu haben, der auf sie aufpasste, beruhigt fühlte. Ein Jammer, dass es nicht von Dauer war.

Acton war in aller Frühe auf, denn es war unmöglich, auf der entsetzlichen Matratze in seinem Zimmer im Black Ivy zu schlafen. Er bedauerte seinen Umzug in das schäbige Gasthaus zwar nicht, denn so konnte er für Miss Barclays Sicherheit sorgen, doch das Bett machte ihm doch sehr zu schaffen. Kein Bettbezug der Welt könnte seine Qualität verbessern. Acton war dennoch froh darüber, sein eigenes Bettzeug mitgebracht zu haben.

Das restliche Mobiliar des Zimmers war nicht viel besser. Es bestand aus einer klapprigen Kommode mit klemmenden Schubladen, einem quadratischen Tisch mit Wasserflecken auf der Platte, zwei Holzstühlen für diesen Tisch und zwei gepolsterten Sesseln neben dem rußgeschwärzten Kamin. Einst musste der Stoff, mit dem die Sessel bezogen waren, rot gewesen sein, doch inzwischen war er zu einem dunkelrosa verblasst und mit Flecken und ein paar Löchern übersäht. Er hatte sich nicht unbedingt in einen dieser Sessel setzen wollen, doch dann sagte er sich, dass er hochmütig war. Seines Vaters Stimmer klang in seinem Kopf: »Genau so, wie es sich gehört. Du bist ein Herzog!«

Würde sein Vater Actons Unterkunft sehen, wäre er entsetzt. Vielleicht wäre er von Actons Verhalten sogar frustriert. Warum vertat er seine Zeit mit einer jungen Frau, die seine Hilfe gar nicht wollte?

Er konnte sie allerdings schlecht den Wölfen überlassen – oder was auch immer für Gefahren noch dort draußen auf sie lauerten. Das schloss auch ihre Eltern mit ein. Noch immer konnte er nicht begreifen, warum die Eltern nicht nach Hause zurückgekehrt waren, um ihrer Tochter zu folgen, die gar nicht nach Hause gefahren war.

Die ganze Angelegenheit war ein einziger Wirrwarr. Acton war absolut ratlos, wie diese Sache ausgehen würde. Und wie er zugeben musste, war er in diesem Punkt bemerkenswert engagiert. Miss Barclay mochte ihn vielleicht nicht leiden, doch er fand sie hingegen erstaunlich faszinierend. Und dass sogar, nachdem sie einen Flirt mit ihm vorgetäuscht hatte, um ihn dann mit Wein zu besudeln. Weder fürchtete sie sich davor, ihn zurechtzuweisen, noch ließ sie sich von seinem Titel einschüchtern.

Nachdem er seine Morgenwäsche mit sehr kaltem Wasser aus dem Krug auf der Kommode vollzogen hatte, kleidete er sich an und begab sich dann nach unten in die Gaststube. Er hoffte, Miss Barclay anzutreffen, obwohl er allerdings damit rechnete, dass sie in ihrem Zimmer frühstücken würde. Gestern Abend hatte er die Treppe genau im Auge behalten. Niemand war hinaufgegangen. Dann hatte er sich auch noch bei Moll vergewissert, dass Miss Barclay und er derzeit die einzigen Gäste waren, die im Gasthaus logierten.

Er hoffte, Miss Barclay davon überzeugen zu können, in das New Inn umzusiedeln. Sie würden sich dort beide erheblich wohler fühlen.

Wie es der Zufall wollte, fand er Miss Barclay unten an einem Tisch beim Kamin sitzend vor. Tatsächlich handelte es sich um den einzigen Tisch in der Gaststube, der nicht mit

Unrat besät war. Offenbar hatten die Dienstmädchen nach dem gestrigen Abend noch nicht wieder Ordnung geschaffen.

Miss Barclay sah in seine Richtung, und wie er bemerken musste, trug sie ihr dunkelbraunes Reisekleid, anstatt das von ihm für sie gekaufte Kleid. War etwas damit geschehen? Zumindest wirkte ihr Kleid nun frisch und gebügelt, wie er auch erwartet hatte, nachdem er die Dienstmädchen dafür entlohnt hatte, sich darum zu kümmern. »Guten Morgen, Mrs. Birdwhistle.«

»Guten Morgen.« Mit argwöhnischem Blick beäugte sie ihn, als er sich ihr näherte. »Sie sind früh aufgestanden.«

»Bin ich das?«, fragte er, als er an ihren Tisch trat.

»Ich dachte, Herzöge schlafen bis zum Nachmittag.«

»In London ist das vielleicht während der Saison so üblich.« Auch er hatte das öfter getan, als zu zählen er in der Lage war. »Ich muss zugeben, dass meine Matratze keine angenehme Erholung ermöglicht hat.«

»Ich war der Annahme, die Unterkunft eines Herzogs sei der meinen überlegen.«

»Nun, ich besitze einen zweiten Stuhl an meinem Tisch«, scherzte er. »Kippt Ihre Kommode zur Seite und klappert fürchterlich, wenn Sie versuchen, eine der Schubladen herauszuziehen? Ich sage bewusst ›versuchen‹, weil die Schubladen furchtbar klemmen und nur schwer zu öffnen sind.«

»In meiner Kommode *fehlt* eine ganze Schublade.« Ihre Gesichtszüge blieben gleichgültig, doch in ihren Augen war ein Anflug von Heiterkeit zu erkennen.

»Nun, dann sind wir offenbar ebenbürtig. Uns bleibt immer noch die Möglichkeit, ins New Inn zu wechseln. Es macht mir nichts aus, für Ihre Unterkunft aufzukommen.«

»Das weiß ich, aber ich kann Ihr Angebot keinesfalls annehmen.«

»Sie haben die anderen Dinge angenommen, die ich für Sie besorgt habe.« Gestern Abend hatte er gehofft, sie würde etwas dazu sagen. Ganz eindeutig hatte sie das Bad genommen, denn ihr Haar war wieder glänzend und sie roch nach einem undefinierbaren, aber berauschenden Blumenduft. Und sie hatte das Kleid getragen, das er ihr gekauft hatte. Dass sie auf die Benutzung des Bettzeugs verzichtet hatte, konnte er nicht glauben. Sie mochte verdammt starrköpfig sein, doch für dumm hielt er sie nun wirklich nicht.

Verblüfft blinzelte sie ihn an. »Welche Dinge?«

Wusste sie das wirklich nicht? Er hatte keine Nachricht beigelegt und auch niemanden gebeten, ihr zu sagen, wer für die Sachen aufgekommen war. Das hätte als Unhöflichkeit gegolten.

»Ich habe für die Bereitstellung eines Bades bezahlt«, antwortete er. »Ich habe auch Laken für Ihr Bett gekauft und das schöne Kleid, das Sie gestern Abend getragen haben.«

»Ach, das waren Sie? Ich habe mich schon gewundert. Haben Sie auch angeordnet, dieses Kleid waschen zu lassen?« Sie blickte an sich herab. »Ich bin dafür sehr dankbar, denn ich wollte das blaue Kleid nicht annehmen, doch das Dienstmädchen hatte mein Kleid mitgenommen, und somit blieb mir keine Wahl. Ich wollte das Kleid und die Unterwäsche demjenigen zurückgeben, der die Sachen geschickt hatte. Letztere habe ich nicht getragen.«

Tatsächlich nicht? Er hatte die Sachen mit Sorgfalt und Bedacht ausgewählt. »War die Größe falsch gewählt?« Er runzelte die Stirn.

»Das Kleid war kurz, was Ihnen gestern Abend bei der Kakophonie hier unten nicht aufgefallen ist. Ich kann nicht sagen, ob die Unterwäsche passt.« Sie schürzte ihre zierlichen rosa Lippen. »Es ist furchtbar anmaßend von Ihnen, so etwas zu kaufen, besonders etwas so ... Intimes wie Unterwäsche.«

»Ich habe doch nur versucht, Ihnen zu helfen. Sie sind unglaublich dickköpfig.«

»Ich möchte keine Geschenke von einem Mann annehmen, mit dem ich nicht verwandt bin. Wenn ich deshalb dickköpfig bin, dann sei dem so. Ich halte mein Verhalten eher für weise Voraussicht, die der Verhütung eines eventuellen Skandals dient.«

Ungläubig starrte er sie an. »Sie reisen ohne Begleitung in Westengland umher und wollen sich damit rühmen, einen Skandal zu verhüten?« Er konnte nicht an sich halten und musste darüber lachen.

Becky trat mit einem Tablett an den Tisch. »Ich habe Ihr Frühstück, Mrs. Birdwhistle.« Sofort wandte sie sich an Acton. »Guten Morgen, Mr. Loxley. Darf ich Ihnen ein paar Eier und vielleicht ein Steak bringen?«

Er lächelte sie breit an. »Was immer zu haben ist, wäre göttlich, danke, Becky.«

»Immer am Flirten«, murmelte Miss Barclay.

Als das Dienstmädchen davongegangen war, schaute Acton zu Miss Barclay hinüber. »Ich bin freundlich und höflich. Sie verdrehen alles auf eine Weise, die als negatives Zeichen gegen mich zu verstehen ist. Es ist wirklich nicht so, als wäre Flirten etwas Schlechtes.«

»Fragen Sie Ihre zukünftige Herzogin, wie sie dazu steht.«

Er zuckte innerlich zusammen. Sollte er weiterhin mit Frauen schäkern, könnte sich seine Ehefrau tatsächlich gekränkt fühlen. Doch was kümmerte ihn das? Sein Vater hatte ihm von klein auf beigebracht, dass Ehefrauen zwar eine Notwendigkeit sind, was aber keineswegs heißt, dass er ihnen die Treue halten müsste. Acton hatte gewusst, dass sein Vater seiner Frau nicht treu war, aber warum sollte er das auch, wenn sie ihn verlassen hatte, um getrennt zu leben? Worüber Acton allerdings nicht Bescheid wusste und woran er, um ehrlich zu sein, noch nie einen Gedanken verschwendet hatte, war die Frage, ob seine Mutter treu gewesen war. Die Tatsache, dass sie nach dem Tod seines Vaters sechs Monate lang in Trauer gegangen war, schien ein Hinweis darauf, doch ob er sie das tatsächlich jemals fragen würde, glaubte er nicht.

»Sie haben recht«, lenkte er leise ein. Er warf einen Blick auf ihr abgedecktes Tablett. »Das werden Sie wohl mit nach oben nehmen? Gibt es eine Möglichkeit, Sie zu überreden, hier mit mir zu frühstücken? Im Augenblick ist niemand außer uns hier, und Sie müssten das Tablett nicht nach oben tragen.«

Sie zögerte, um dann einen Blick in Richtung Treppe zu werfen. Er hätte schwören können, ihr Magenknurren gehört zu haben. Als sie das Tuch vom Tablett zog, fragte er sich, ob das den Ausschlag gegeben hatte? Hatte ihr Hunger gesiegt? Dass es die Verlockung seiner Gesellschaft war, bezweifelte er sehr.

Nachdem sie ein paar Happen von ihren Eiern verzehrt hatte, blickte sie ihn stirnrunzelnd an. Sie schluckte und warf ihm einen prüfenden Blick zu. »Sie scheinen zu glauben, ich würde die Situation genießen, in der ich mich befinde. Ich habe mir meine derzeitigen Umstände wahrhaftig nicht ausgesucht. Ich bin in die erste Kutsche gestiegen, die ich von Cirencester aus nehmen konnte, um meinen Eltern zu entfliehen, ehe sie aufwachen und mich aufhalten konnten. Zufällig fuhr diese Kutsche nach Gloucester. Dann bestieg ich die falsche Kutsche, was mich vollkommen aus dem Konzept brachte, *und* meine Reisetasche wurde entwendet.«

Sie hatte also mehr durchlitten, als ihm bewusst gewesen war. »Wie gut, dass Sie jemanden haben, der Ihnen hilft. Einen Freund sogar.«

»Wir sind keine Freunde.« Sie schenkte den Tee aus der

Kanne auf ihrem Tablett in die Tasse. »Ich sollte mich Ihnen wirklich nicht anvertrauen.«

»Es freut mich aber, dass Sie es getan haben, denn ich habe mich zu Ihrem persönlichen Beschützer erkoren.«

Der Tee spritzte über den Rand ihrer Tasse. »Meinen *was*? Ich bin doch nicht Ihre Geliebte und das werde ich auch niemals werden.«

Acton zog eine Grimasse und verachtete sich dafür, etwas derartig Törichtes gesagt zu haben, was sie dazu gebracht hatte, ihren Tee zu verschütten. »›Beschützer‹ war eine denkbar schlechte Wortwahl. Ich bitte um Verzeihung. Ich sorge mich um Ihre Sicherheit.«

Mit ihrer Serviette wischte sie sich erst die Hand ab, ehe sie dann den verschütteten Tee fortwischte. »Sie sorgen auch dafür, mir ein ewiges Ärgernis zu sein.«

»Das ist nicht meine Absicht. Ich will nur helfen.«

Sie rührte Zucker in ihren Tee. »Das beteuern Sie immer wieder. Die einzige Hilfe, die ich im Moment von Ihnen annehme, sind jegliche Informationen, die Ihre Mutter über meine Eltern bereitstellen kann.«

Acton hoffte noch heute auf ihre Antwort, doch es war wahrscheinlicher, dass diese nicht vor morgen eintreffen würde. Er musste Miss Barclay nur dazu bewegen, noch einen Tag zu bleiben. Im Grunde waren es noch zwei Tage, denn wahrscheinlich würde sie erst am nächsten Tag eine Passage in einer Postkutsche buchen können.

Verflixt, aber das bedeutete zwei weitere Nächte in diesem grässlichen Bett. Wenigstens waren die Mahlzeiten hier gut, und erheblich besser, als das Äußere des Gasthauses vermuten ließ.

»Dann stehe ich Ihnen dafür gern zur Verfügung«, erbot sich Acton. »Und ich werde mich auch um Sie kümmern. Dieser Punkt ist, fürchte ich, nicht verhandelbar.«

»Sie sind genauso selbstherrlich wie jeder Herzog, das ist

mir sehr wohl bewusst.« Dann nippte sie an ihrem Tee und nickte mit dem Kopf in Richtung Becky, die gerade mit Actons Frühstück herankam.

»Das Steak hätte zu lange gedauert, also habe ich Schinken gebracht«, erklärte das Dienstmädchen und lächelte Acton erwartungsvoll an.

»Danke, Becky. Ich bin sicher, es wird genauso köstlich sein wie gestern Abend.«

Das Dienstmädchen wandte ihre Aufmerksamkeit Miss Barclay zu. »Ich hoffe, Sie sind mit Ihrem Kleid zufrieden. Meine Tante kümmert sich um die Wäsche.«

Miss Barclay schluckte einen Bissen Toast herunter. »Es ist wunderbar. Bitte richten Sie Ihrer Tante meinen Dank aus.«

»Das blaue Kleid gefällt mir allerdings besser«, stellte Becky fest. »Ihre Augen kommen darin besser zur Geltung.«

»Ähm, danke.«

»Rufen Sie mich, falls Sie noch etwas brauchen«, setzte das Dienstmädchen fröhlich hinzu, ehe sie in die Küche zurückkehrte.

Acton schenkte seinen Tee ein. »Die Meinungen scheinen einstimmig – Sie sollten das blaue Kleid behalten.«

»Einstimmig?«, fragte sie. »Ich kann mich nicht erinnern, irgendeine Frage gehört zu haben, ob ich irgendetwas behalten sollte. Weder dieses noch die anderen Kleidungsstücke kann ich von Ihnen annehmen.«

»Was ist mit dem Bettzeug? Wir bleiben noch mindestens eine Nacht hier. Die wollen Sie doch sicher behalten?« Jetzt hatte er sie am Haken.

Ihr Mund wurde schmal.

»Vermutlich kann ich sie zurücknehmen, falls Sie sie nicht behalten wollen«, bot er an.

»Na schön. Ich werde die Bettwäsche für die Dauer

unseres Aufenthalts behalten. Sie sind eine Leihgabe an mich, einverstanden?«

Darauf nickte er ihr nur zu. »Dann betrachten Sie doch das Kleid und die anderen Sachen auch als Leihgabe.«

Sie nahm ihren Toast in die Hand. »Was werden Sie mit den Sachen machen, wenn ich sie zurückgebe? Werden Sie sie Ihrer nächsten Geliebten geben? Oder haben Sie vielleicht schon eine?«

Acton dachte an seinen Freund Droxford, der vielleicht der beste Grimassenschneider eines finsteren Blickes in England war, und wünschte, er hätte diese Kunst ebenfalls erlernt. Bei seinem nächsten Treffen mit seinem Freund würde er ihn um Unterricht im finster Dreinschauen bitten. »Ich habe derzeit keine Geliebte, und ich würde niemals etwas, das ich für Sie erstanden habe, an eine meiner, äh, Freundinnen weiterverschenken.« Er war im Begriff gewesen Liebhaberin zu sagen, doch dann kam er zu dem Schluss, dass es unangemessen wäre und Miss Barclays Tadel nach sich ziehen würde.

Er fragte sich, ob sie wirklich nur anständig war oder, schlimmer noch, prüde. Falls Letzteres der Fall war, würden sie wohl doch nicht zusammengepasst haben. Acton konnte sich nicht vorstellen, mit einer Frau verheiratet zu sein, die an den körperlichen Aspekten der Ehe keinen Gefallen fand.

»Dieses Kleid ist wahrscheinlich ohnehin zu sittsam für Ihre Freundinnen«, stellte Miss Barclay fest.

Sie hatte recht, was er aber nicht sagte. Er hoffte, dass sich aus der »Leihgabe« etwas Dauerhaftes entwickelte, doch unter Umständen bestand das Problem auch in der unzureichenden Länge des Kleides. »Ich könnte eines der Dienstmädchen bitten, das Kleid länger zu machen. Würden Sie es dann behalten?«

»Ich glaube, Sie meinen, den Saum herauszulassen«,

entgegnete sie. »Und nein, ich würde es trotzdem nicht behalten.«

Ein resigniertes Seufzen entfuhr ihm. »Na schön. Ich dachte nur, es wäre die perfekte Farbe für Sie. Und ich dachte, es könnte Ihnen in dieser schwierigen Zeit eine Freude bereiten.« Er nahm etwas von seinem Ei auf seine Gabel. »Mir war gar nicht klar, mit wie vielen Herausforderungen Sie zu kämpfen hatten.« Es war furchtbar, dass ihr zu allem Überfluss auch noch die Reisetasche abhandengekommen war. Acton erstarrte, ehe er einen Bissen nahm. »Ihr Geld war nicht in Ihrer Reisetasche, oder?« Das würde erklären, warum sie sich vor ein paar Tagen noch das New Inn hatte leisten können, und jetzt nicht mehr.

Sie sah ihn erbost an. »Halten Sie mich für dumm? Mein Geld war und ist immer bei mir.«

Jetzt kam *er* sich dumm vor. »Sehr vernünftig. Ich halte Sie keineswegs für dumm. Ich bin von Ihrer Entschlossenheit angesichts Ihrer unglücklichen Lage tatsächlich sehr beeindruckt.«

»Danke«, entgegnete sie mit einem Anflug von Unsicherheit, als wüsste sie nicht, was sie ihm sagen sollte. Sie schien auch wirklich nicht zu wissen, was sie mit seiner Freundlichkeit anfangen sollte. Anscheinend war sie felsenfest davon überzeugt, dass er ein Halunke war.

»Um ehrlich zu sein, haben Sie dieses Kleid verdient und noch viel mehr. Betrachten Sie es als eine Entschädigung für den Verlust Ihrer persönlichen Sachen.«

»Nicht von *Ihnen*. Es sei denn ... Sie haben doch nicht meine Tasche gestohlen, oder?«

»Selbstverständlich nicht. Aber da Sie mich ohnehin für einen korrupten Menschen halten, warum lassen Sie mich nicht für meine Sünden bezahlen?«

Sie machte den Mund auf und schloss ihn gleich wieder. Nach einem Moment fing sie langsam an zu sprechen.

»Darin steckt meiner Ansicht nach eine gewisse Logik. Es würde mir helfen, mich damit abzufinden, das Bad und das Bettzeug angenommen zu haben.« Sie warf ihm einen verlegenen Blick zu. »Ich fürchte, ich konnte mich nicht überwinden, diese Dinge abzulehnen. Als ich das Bett in meinem Zimmer hier sah, war ich verzweifelt, weil ich meine Laken nicht hatte.«

»Nun, hoffentlich hat derjenige, der Ihre Reisetasche gestohlen hat, den Inhalt dringender nötig als Sie.«

Sie lachte, ohne jedoch viel Humor hineinzulegen. »Was für ein wohltätiger Gedanke.«

»Ich versuche, das Positive an den Dingen zu finden«, entgegnete er. Sein Vater hatte ihm immer wieder geraten, sich von Traurigkeit und Enttäuschung abzuwenden, da diese Gefühle einen Menschen nur schwächen würden.

»Was ich verwirrend finde.« Sie nahm ihre Tasse auf und trank einen großen Schluck.

»Warum ist das so?«

»Weil Sie ein perfekter Halunke sind.« Sie stellte ihre Tasse auf die Untertasse zurück und ordnete dann ihr Besteck als Zeichen, dass sie ihr Frühstück beendet hatte. »Ich hätte nicht gedacht, dass Sie so fröhlich oder ... angenehm sind.«

»Ich muss Sie fragen, wie Sie einen Halunken definieren.«

»Männer, die Frauen ausnutzen und ihre Stellung und ihr Privileg als Gentleman ausbeuten. Männer, die nicht ... ernsthaft oder aufrichtig sind.«

»Ich verstehe. Nun, manche mögen denken, ein Halunke sei einfach ein Mann, der das Leben genießt. Tatsächlich sind Halunken *recht* angenehm. Niemand würde uns faszinierend finden, wenn wir uns wie Bestien aufführen würden.« In Wahrheit konnte Droxford manchmal äußerst unangenehm sein und doch gelang es ihm, bei den Frauen unglaublich beliebt zu sein. Sie schienen Gefallen an seiner schroffen Art zu finden, als könnten sie ihn irgendwie erweichen, wo alle anderen versagt hatten. Er sah Miss Barclay stirnrunzelnd an. »Sie scheinen an Ihrer Abneigung gegen mich festzuhalten.«

Sie zuckte mit den Schultern. »Das bedauere ich, aber ich kann Ihnen nicht trauen. Oder Sie mögen.«

»Warum?«, hakte er erneut nach. Ihre Feindseligkeit machte ihn unsicher. Er hielt sich keineswegs für einen schlechten Menschen, und inzwischen hatte er bereits den Entschluss gefasst, sich nicht mehr so forsch zu geben.

Es verstrichen einige Augenblicke, während derer sie zu überlegen schien, was sie sagen sollte. Er wappnete sich für etwas wirklich Vernichtendes.

»Was habe ich verbrochen?«, fragte er.

»Es geht nicht im Besonderen darum, was *Sie* getan haben. Wenngleich Ihr Ruf schon miserabel genug ist. Und Sie umgeben sich mit Leuten – Ihren Freunden –, die einen noch schlechteren Ruf haben.«

Das stimmte wohl. Beim Gedanken an seine Freunde musste er zugeben, dass sie mehr oder weniger genauso triebhaft waren, wie er selbst. Einige darunter genossen für ihre sexuellen Leistungsfähigkeiten besonderen Ruhm, während ein oder zwei andere für ihren Hang zu hohen Einsätzen, sei es bei Wetten oder anderen Wettbewerben bekannt waren, und sie alle waren wahrscheinlich mit der Schuld behaftet, ihre Position auf verschiedene Weise zu ihrem Vorteil zu nutzen. Als sein Vater ihm eine Einladung zum Rogue's Den verschafft hatte, war Acton damals hocherfreut gewesen und er war zudem auch Mitglied im White's, Brooks's und im Phoenix Club. Dort suchte er eher Zerstreuung als bei Almacks oder den vielen Bällen und Geselligkeiten, zu denen er eingeladen war. Er konnte sich den Luxus leisten, seine Heirat hinauszuzögern und einfach zu tun, was ihm gefiel.

Ihre Definition eines *Halunken* kam ihm wieder in den Sinn. Vielleicht führte er sich nicht sonderlich ernsthaft auf. Aber er war aufrichtig – oder versuchte es zumindest. Und jetzt wollte er wirklich eine Frau finden. Es bestand allerdings dennoch die Möglichkeit, dass er sein Bestreben nicht ernst genug genommen hatte.

»Habe ich Sie zum Nachdenken gebracht?«, fragte sie und riss ihn aus seinen Grübeleien.

Ja, das hatte sie tatsächlich. Er besann sich darauf, was sie zuvor gesagt hatte. Sie hatte gemeint, er hätte nichts Besonderes getan, was ihr Misstrauen rechtfertigte, und gleichzeitig hatte sie auf den schlechten Ruf seiner Freunde hingewiesen. »Hat einer meiner Freunde Ihnen irgendwie geschadet?«

»Nicht genau.« Ihre Antwort erfolgte sehr schnell und sie sah ihm dabei nicht in die Augen.

Acton war sich nicht sicher, ob all seine Freunde so umsichtig waren wie er selbst. Er wusste, dass einige darunter es mit den jungen Ladys etwas zu weit trieben und ihre Aufmerksamkeit auf die leichte Schulter nahmen. Sie stahlen Küsse, ohne an eine Heirat zu denken. Verflixt, dass taten sie alle – Acton hatte schon so manche junge Dame geküsst, als er noch ganze Saisons auf dem Heiratsmarkt und, noch häufiger, auf Hauspartys zugebracht hatte. Nun war es an der Zeit seinen Handlungen und ihren Folgen mehr Achtsamkeit zukommen zu lassen.

Miss Barclay legte ihre Serviette auf den Tisch. »Ich werde diese Unterhaltung jetzt beenden. Sie haben eine frustrierende Art, mir Dinge zu entlocken, wenn ich mir eigentlich nur wünsche, Sie würden mich in Ruhe lassen.«

»Mir liegt wirklich daran, dass Sie diese Vorstellung von mir begraben«, entgegnete er, gleichermaßen frustriert. »Ich werde Sie nicht allein lassen. Für was für einen Schuft halten Sie mich eigentlich?« Sie warf ihm einen verwunderten Blick zu, worauf er beinahe gelacht hätte. »Antworten Sie nicht darauf, denn ich weiß es bereits: einen außerordentlichen. Dennoch bin ich der Schuft, der auf Sie achtgibt, bis Sie nach Hause zurückgekehrt sind. Wäre es nicht einfacher, wenn wir einfach Freunde werden?«

Sie starrte ihn an. »Eine junge Lady *kann nicht* mit einem berüchtigten Halunken befreundet sein.«

»Das können wir hier draußen am Rande Englands, wo wahrscheinlich niemand weiß, wer wir sind.«

»Nur weil Sie sich ›Mr. Loxley‹ nennen, glauben Sie, niemand würde Sie erkennen? Insbesondere nachdem Sie drüben im New Inn Ihren richtigen Namen benutzt haben?«

»Niemand aus dem New Inn wird mit jemandem hier sprechen und umgekehrt.« Nur der Stallmeister im New Inn wusste, dass er hier untergebracht war, weil Actons Pferd dort unterstand. Verdammt. Aber das spielte wahrscheinlich keine Rolle.

Wahrscheinlich.

Sie lehnte sich auf ihrem Stuhl zurück und betrachtete ihn einen Moment lang. »Ich verstehe nicht, was Sie hier wollen. Ein Halunke, der sich plötzlich wie ein edler Ritter benimmt?«

»Ich bin ein Herzog.« Es gelang ihm, das letzte Wort zu flüstern. »Es ist meine Pflicht, mich um die zu kümmern, die ...« Er hielt inne, bevor er ›unter ihm standen‹ aussprechen konnte. Gütiger Himmel, wie aufgeblasen er klang. Und privilegiert, genau wie sie einen Halunken beschrieben hatte. Ehrlich gesagt, erinnerte ihn sein eigenes Verhalten an das seines Vaters. War auch er ein Halunke gewesen? Höchstwahrscheinlich. »Um sich um andere zu kümmern. Außerdem sind Sie keine Fremde – unsere Mütter sind gute Freundinnen.«

Ihre Nasenflügel hatten sich gebläht, als er sich abrupt unterbrochen hatte. »Sie fühlen sich also verpflichtet?«

»Müssen Sie alles verdrehen und ins Negative verwandeln?« Sofort wünschte er, das zurücknehmen zu können. Nach allem, was er über ihre Eltern wusste, könnte das Negative für sie die Norm sein. »Ich bitte um Verzeihung. Ich kann mir nicht vorstellen, was Sie an diesen Punkt gebracht hat, an dem Sie das Gefühl hatten, dass Ihnen keine andere Wahl blieb, als sich in Gefahr zu begeben.«

»Sie halten mein Verhalten wirklich für gefährlich?«

»Es ist bestimmt nicht *sicher*, jedenfalls nicht für eine junge Lady.«

»Woher wollen Sie das wissen? Haben Sie sich je in die Lage einer solchen versetzt? Ich wage zu behaupten, dass Sie eine Reihe von jungen Ladys in Gefahr gebracht haben. Liege ich da falsch?«

Sie hatte ihn erwischt.

»Ähm, nein. Ich gebe zu, dass es Zeiten gegeben hat, in denen ich … romantische Begegnungen eher als Zeitvertreib betrachtet habe, wozu der Heiratsmarkt meiner Meinung tendiert.«

»Ich versichere Ihnen, dass der Versuch, eine gute Ehe einzugehen, für die meisten jungen Ladys kein Vergnügen ist. Es ist eine Frage des Familienstolzes, der Pflicht und in vielen Fällen auch der Notwendigkeit.«

Ihm war klar, dass er nicht offiziell auf dem Heiratsmarkt erscheinen sollte, wenn er nicht vorhatte, auch zu heiraten, weshalb er seine Aktivitäten während der Saison in den letzten Jahren auf ein Minimum beschränkt hatte. »Ich versuche, mich zu bessern. Sie zeigen mir, wie ich es schaffen kann, und ich schäme mich ein wenig, das zugeben zu müssen.« Er hoffte, dass er ein guter Mensch war, und es war für ihn ein Schlag, zu hören, dass er es vielleicht nicht war.

»Bin ich Ihr Projekt zur Selbstverbesserung?« War da eine Spur von Humor zu vernehmen?

Dankbar für diese unbeschwerte Art der Unterhaltung,

lächelte Acton. Seine Neigung zur Schurkenhaftigkeit, sowohl in der Vergangenheit als auch der Gegenwart, belastete ihn allmählich. »Warum nicht? Betrachten Sie es einfach so, als würden wir uns gegenseitig helfen.«

Ihr Blick wurde erneut misstrauisch, und er befürchtete, auch diese Runde an sie zu verlieren. »Na gut. Ich *behalte* das Kleid. Aber das ist die einzige Hilfe – neben dem Bad und der Bettwäsche –, die ich von Ihnen annehmen werde.«

Es war der kleinste aller Siege, den er jedoch für sich verbuchen würde. »Ich nehme nicht an, dass Sie heute Abend mit mir unten essen wollen?«

Sie zog ihre Augenbraue in die Höhe. »Ich denke, wir haben bei diesem Frühstück mehr als genug Zeit miteinander verbracht.«

Hatten sie das? Dann würde es ihr bestimmt nicht gefallen, wenn er darauf bestand, sie nach Hause zu begleiten.

Sie erhob sich, und er sprang auf. »Sehen wir uns vielleicht später am Nachmittag?«, fragte er.

»Wahrscheinlich nicht«, antwortete sie, als sie sich der Treppe näherte. »Ich werde beschäftigt sein, denn ich muss einen Saum herauslassen.«

Er konnte sich ein Lächeln nicht verkneifen, als er sie auf der Treppe um die Ecke biegen sah. Endlich hatte er Fortschritte bei der unfreundlichsten aller jungen Ladys der Welt gemacht. Nein, das war ungerecht. Sie floh vor der Aussicht, zu etwas gezwungen zu werden, was sie nicht wollte. Sie hatte das Gefühl, es gäbe keine anderen Möglichkeiten. Wie sehr wünschte er sich, er könnte erfahren, warum. Sie mochte zwar denken, dass sie ihm zu viel verriet, aber es gab noch viel mehr, dass er unbedingt wissen wollte.

Er wollte herausfinden, was sie wirklich wollte, und das bestand nicht nur aus ihrem Bestreben, eine Heirat mit ihm zu vermeiden. Mit diesem Wissen könnte er ihr dann vielleicht helfen, dies zu erreichen.

Und warum war ihm das so wichtig? War dies tatsächlich ein ernstgemeinter Versuch, ein besserer Mensch zu werden und seinen Ruf aufzupolieren?

Möglicherweise spielte dies ein wenig in seine Entscheidung hinein. Die Erkenntnis, dass es einer Zufallsbegegnung mit seiner potenziellen Braut bedurfte, um ihm zu verdeutlichen, dass sein Verhalten und seine Einstellung dringend überholt werden mussten, erfüllte ihn mit Unbehagen.

Allerdings war sie gar nicht seine potenzielle Braut. Sie war eine Frau, die zur Vermeidung ihn zu heiraten viel aufs Spiel setzte. Das Mindeste, was er für sie tun konnte, war dafür zu sorgen, dass sie ihn nicht heiratete.

KAPITEL 8

Nach dem Frühstück hatte Persephone sich von Moll Nähzeug geborgt, um den Saum des blauen Kleides auszulassen. Die Näharbeit zog sich bis in den Nachmittag hinaus, doch als sie endlich fertig war, wurde ihr langweilig. Schmerzlich vermisste sie die beiden Bücher, die sie in ihre Reisetasche gepackt hatte.

Zu ihrer Langeweile summierte sich noch das Wissen um Wellesbournes Nähe, und wenn sie Zeit mit ihm verbrachte, würde dies gewiss ihre Langeweile zerstreuen. Er mochte lästig sein, doch andererseits war er auch unterhaltsam. Er besaß einen feinen Sinn für Humor. Das Frühstück heute Morgen mit ihm hatte sie tatsächlich genossen. Je mehr Zeit sie mit ihm verbrachte, desto mehr schien ihre Abneigung gegen ihn zu schwinden.

Was töricht war. Sie konnte sich unter keinen Umständen erlauben, zu vergessen, dass er in seinem Innersten ein Halunke war, denn sonst könnte sie das gleiche Schicksal wie Pandora ereilen.

Nein, nicht wie Pandora. Nie würde sie sich so weit vergessen, um sich in jemanden wie Wellesbourne zu verlieben. Aber … war er wirklich so schlimm wie Bane? Soweit sie informiert war, hatte er bislang noch niemanden ruiniert. Sie konnte seine Hilfe annehmen, ohne sich seinen Schurkereien auszusetzen, derer er als Halunke fähig war. Sie musste sich nur an die Regeln halten, was ihr allerdings bislang nicht besonders gut gelang.

Seine Hilfe anzunehmen, war das Klügste, was sie in ihrer derzeitigen Lage tun konnte. Wäre ihre Reisetasche nicht gestohlen worden, wäre sie auf seine Hilfe gar nicht angewiesen gewesen. Außerdem war seinem Argument, er würde für seine Sünden büßen, indem er ihr half, nichts entgegenzusetzen.

Das wollte sie jedenfalls glauben.

Würde er zu ihrem Zimmer kommen, sobald er den Brief von seiner Mutter erhielt? Davon musste sie ausgehen.

Persephone hoffte, dieser Brief würde heute ankommen. Sie stellte fest, dass sie sich immer stärker darüber sorgte, wie ihre Eltern auf ihre Tat reagieren würden und welche Folgen dies für sie hätte.

Vielleicht sollte sie mit Wellesbourne zu Abend essen. Wenigstens wollte sie herausfinden, ob er den Brief erhalten hatte.

Nach einem unsäglich langen Nachmittag war die Zeit für das Abendessen endlich gekommen. Ungeduldig verließ Persephone ihr Zimmer und machte sich auf den Weg nach unten, wo sie die Gaststube wieder einmal sehr belebt vorfand. Lärm und Hitze schlugen ihr entgegen.

Als sie sich umblickte, bemerkte sie den Herzog an einem der Tische auf der anderen Seite des Raumes. Er war nicht allein. Seinen Tisch teilte er mit der Frau, die ihn gestern Abend angesprochen hatte, der rothaarigen Schönheit. In ihr Gespräch vertieft, hatten die beiden die Köpfe einander zugeneigt. Ihre Miene wechselte von konzentriert zu lächelnd. Dann lachten sie. Sie berührte ihn am Ärmel. Das schien ihn keineswegs zu stören.

Warum hatte Persephone auch nur eine Sekunde gedacht, sie sollte ihre Zeit mit ihm verbringen? Er war ein Halunke ohne jedes Ehrgefühl, der in einem fort mit der nächstbesten Frau flirtete, die ihm vor Augen kam.

Sie beschloss, ihm auszuweichen – sicher hätte er sie benachrichtigt, wenn er eine Nachricht von seiner Mutter erhalten hätte – und ging an der Außenseite des Raumes entlang zu Moll, die einen Tisch abwischte. Sobald das Dienstmädchen damit fertig war, fing Persephone sie ab und bat um ihr Abendessen.

»Ich gehe und hole es.« Moll warf ihr einen entschuldigenden Blick zu. »Aber vielleicht müssen Sie noch ein bisschen warten. Die Köchin hat sich vorhin verbrannt, und es ist ein kleiner Rückstand bei den Bestellungen entstanden.«

»Ich verstehe, danke.« Persephone blieb an der Wand stehen und warf einen Blick auf Wellesbourne. Er lachte und redete immer noch mit der schönen Frau. Das ärgerte sie. Aber warum? Er interessierte sie nicht und er war nicht mehr als eine Nervensäge, die darauf bestand, ihr zu helfen.

»Guten Abend, schöne Frau.« Ein Mann trat dicht an Persephones rechte Seite. Zu nahe.

Sein Atem roch biergeschwängert, und der Rest von ihm stank schlichtweg. Er beugte sein Gesicht zu ihr. »Sie haben doch ein Zimmer hier, oder?«

»Entschuldigen Sie«, murmelte sie und trat einen Schritt beiseite.

Der Mann fasste sie am Arm. »Seien Sie jetzt nicht so hochnäsig. Lassen Sie uns ein bisschen Spaß haben.« Er grinste sie an, ehe er einen Schluck aus dem Humpen trank, den er in der anderen Hand hielt.

Plötzlich durchfuhr sie die Angst und ihr Herz fing an zu rasen. »Nein, danke.« Sie entzog ihm ihren Arm und stieß ihn von sich, damit er sie nicht wieder packen konnte. Er stolperte, wobei sein Humpen kippte, sodass er mit Bier überschüttet wurde.

Persephone zögerte nicht. Sie interessierte sich auch nicht mehr für ihr Abendessen. Rasch lenkte sie ihre Schritte in Richtung Treppe.

Ehe sie jedoch dort ankam, wurde sie von Wellesbourne abgefangen. »Da sind Sie ja. Ich habe es irgendwie übersehen, dass Sie herunterkamen. Ist alles in Ordnung?«

»Mir geht es gut«, flunkerte sie. Noch immer zitterte sie vor lauter Aufregung - und vor Angst, der Mann, den sie gerade geschubst hatte, könnte ihr nachsetzen. »Ich gehe nur wieder nach oben. Hier unten ist es zu voll.«

Er runzelte die Stirn. Da er sich nicht zu dem Vorfall äußerte, nahm Persephone an, dass ihm der Tumult entgangen war. Und warum sollte er auch darauf geachtet haben, wenn er auf seine Tischdame konzentriert war?

»Was ist mit Ihrem Abendessen?« Er blickte auf ihre leeren Hände. »Vermutlich sind Sie heruntergekommen, um es zu holen?«

»Ich glaube, das Personal ist zu beschäftigt. Ich habe oben etwas zu essen.« Sie hatte einen Brotkanten. »Kehren Sie zu Ihrer Freundin zurück.« Persephone blickte zu der Frau, die sie interessiert beobachtete.

»Sie ist nicht meine Freundin«, entgegnete er. »Wie wäre es, wenn ich Ihnen das Essen nach oben bringe?«

»Nein, danke.« Persephone wurde immer aufgewühlter. Sie musste von ihm weg! Sie wollte auch nachsehen, was der Mann gerade tat, der sie gepackt hatte, doch aus Furcht, dabei versehentlich Augenkontakt herzustellen, wagte sie dies nicht. »Bitte entschuldigen Sie mich.«

»Da kommt Moll«, meinte der Herzog.

Persephone zwang sich zu warten, während das Dienstmädchen die Gaststube durchquerte. Als sie mit dem Abendessen ankam, hätte Persephone ihr am liebsten das Tablett entrissen, um damit die Treppe hinauf zu flüchten.

»Sie mussten also doch nicht warten«, meinte Moll mit einem breiten Lächeln.

»Danke«, entgegnete Persephone mit einem gezwungenen Lächeln, als sie das Tablett entgegennahm. Dann drehte sie sich um und eilte die Treppe hinauf.

In ihrem Zimmer angekommen, stellte sie das Tablett auf den kleinen Tisch und kehrte zur Tür zurück.

Sie verriegelte das Schloss, das sich seit ihrer Ankunft locker angefühlt hatte. Nun sorgte sie sich, dass es nicht verschlossen bleiben würde.

Nervös drehte sie ihren Stuhl so, dass sie die Tür im Auge behalten konnte. Auf ihrem Tablett lag ein Messer. Es konnte ihr als Waffe dienen, sollte sie eine brauchen.

Warum musste sie nur diese unsinnige Angst aushalten? Gleich morgen früh würde sie nach Hause fahren.

Ihre eigentliche Sorge bestand allerdings in der Tatsache, dass sie hatte weglaufen müssen, um dem Plan ihrer Eltern zu entgehen, wodurch sie nun an diesen Punkt gekommen war. Zu Hause mochte sie im Großen und Ganzen sicherer sein, wobei sich allerdings die Frage stellte, für wie lange dem so wäre? Welche Zukunft erwartete sie?

Am Ende stellte sich heraus, dass Persephone den Appetit auf ihr Abendessen verloren hatte.

~

Acton behielt die Treppe auch dann noch im Auge, als Miss Barclay mit ihrem Abendessen um die Ecke verschwunden war. Obwohl er nicht gesehen hatte, was ihr passiert war, konnte er erkennen, wie erschüttert sie gewesen war. Er hatte beobachtet, wie sie sich an der Außenwand des Raumes ihren Weg gesucht hatte, und seine

Aufmerksamkeit zwischen ihr und Charity Staunton, der charmanten rothaarigen Sirene, die sich zu ihm an den Tisch gesetzt hatte, hin und her schweifen lassen. Offenbar war er gerade von Charity abgelenkt gewesen, dass er nicht mitbekam, was passiert war.

Er hatte allerdings gesehen, dass Miss Barclay vor einem Mann flüchtete, der seine durchnässte Kleidung abwischte. Er hatte Miss Barclays Notlage bemerkt und sich sofort bei Charity entschuldigt, während er sich im Stillen für seine Unachtsamkeit verfluchte.

Moll hatte sich entfernt, doch Acton folgte ihr. »Moll, hast du irgendetwas mit Miss ... Birdwhistle erlebt?« Fast hätte er sie Miss Barclay genannt.

Das Dienstmädchen zuckte mit den Schultern. »Nein. Vielleicht habe ich sie mit dem Herrn dort drüben reden sehen.« Sie gestikulierte in Richtung des Mannes mit den besudelten Kleidern. »Ich bin mir aber nicht ganz sicher. Heute Abend geht es hier hoch her.«

Und schon war sie wieder weg.

Stirnrunzelnd lenkte Acton den Blick zur Treppe und runzelte noch mehr die Stirn. Er blickte auf den Mann zurück, mit dem Miss Barclay gesprochen haben könnte, und beschloss, ein Auge auf ihn zu haben.

In der Zwischenzeit kehrte er zu Charity zurück, die einen Schmollmund zog und von ihm wissen wollte, warum er so lange fort war.

»Ich habe mich nur um eine Freundin gekümmert«, entgegnete er, bevor er an seinem Portwein nippte.

»Dieses mausgraue Ding?«, fragte Charity.

Mausgrau? »So würde ich sie nicht bezeichnen.«

Zugegeben, Miss Barclay trug noch immer ihr langweiliges braunes Kleid anstelle des hübschen blauen, das er ihr gekauft hatte. Hatte sie den Saum nicht auslassen können?

Charity schenkte ihm ein breites Lächeln, ohne dabei

jedoch ihre Zähne aufblitzen zu lassen. Das war ein verräterisches Zeichen dafür, dass sich hinter ihren Lippen wahrscheinlich etwas Unansehnliches verbarg. »Ich bin froh, dass sie sich zurückgezogen hat.«

Becky brachte ihnen das Abendessen, und Acton aß mit einem Auge auf den grobschlächtigen Mann gerichtet. Moll hatte dem Grobian einen frischen Humpen gebracht, als das Essen kam, und in der Zeit, in der Acton seine Mahlzeit verspeiste, trank der Mann den Humpen aus und holte sich einen neuen. De Kerl musste gehörig betrunken sein.

»Haben Sie gehört, was ich gesagt habe?« Charitys Frage lenkte seine Aufmerksamkeit auf sie, und er wandte seinen Blick zögernd von dem Mann auf der anderen Seite des Raumes ab.

»Ähm, nein. Es tut mir leid.«

Sie schürzte die rotgeschminkten Lippen und sah ihn an. »Sie sind abgelenkt, seit diese Frau Sie von mir fortgelockt hat. Ich habe Sie nur gefragt, ob Sie nach dem Essen auf Ihr Zimmer gehen wollen, aber ich frage mich, ob sie vielleicht ihre Bettgespielin ist.« Charity klang verstimmt. Eifersüchtig sogar.

Acton hatte keine Zeit – oder die Geduld – für diese Art von Unfug. Seine oberste Priorität galt Miss Barclay und ihrem Schutz. Warum um alles in der Welt saß er eigentlich noch bei Charity? Er hätte sie einfach sitzen lassen und seine ganze Aufmerksamkeit auf den Betrunkenen richten sollen.

Wütend über sich selbst blickte Acton zu dem betrunkenen Mann zurück, der allerdings verschwunden war.

Überraschenderweise stieg Panik in Actons Kehle auf. Er richtete seine Aufmerksamkeit auf die Treppe und nahm gerade noch schemenhaft eine Person wahr, die um die Ecke bog. War es der Betrunkene?

Acton gedachte nicht, ein Risiko einzugehen. »Sie müssen mich entschuldigen«, murmelte er und stand auf. »Ihre

Mahlzeit ist bezahlt. Und trinken Sie, was Sie wollen.« Er warf keinen Blick mehr zu ihr zurück, als er vom Tisch zur Treppe hastete.

Er nahm zwei Stufen auf einmal und schaute den Korridor entlang in Richtung von Miss Barclays Zimmer und gerade rechtzeitig, um zu sehen, wie ihre Tür zuschlug. Als er in diese Richtung rannte, hörte Acton sie schreien. Er rannte noch schneller und riss die Tür auf, als sie gerade rücklings auf das schmale Bett in dem winzigen Zimmer fiel.

Der Betrunkene aus der Gaststube stand über ihr, doch er drehte den Kopf, um Acton anzustarren. »Sie stören!«

»Ganz bestimmt.« Acton stürzte auf den Mann zu und packte ihn am Kragen seiner Jacke. Er zerrte ihn vom Bett fort und schlug ihn mit der Faust in den Bauch.

Der Mann grunzte, als Acton im Stillen dem Gentleman Jacksons Etablissement für seine Ausbildung im Faustkampf dankte. Acton hielt den Mann fest und zog ihn zur Tür. »Gehen Sie auf der Stelle und kommen Sie nicht zurück. Ich habe kein Problem damit, Sie verhaften zu lassen und vor Gericht zu stellen. Haben Sie das verstanden?«

Der Mann hob den Kopf und sah mit trüben, geröteten Augen zu ihm auf. Er nickte.

»Sagen Sie, dass Sie mich verstehen, damit ich sicher sein kann, dass Sie meine Worte begriffen haben, oder ich schlage Sie noch einmal.«

»Ich verstehe. Und ich werde mich übergeben.« Der Mann schlug sich die Hand vor den Mund.

Acton warf ihn in den Korridor. »Nicht hier drin, das werden Sie nicht.«

Ohne abzuwarten, was als Nächstes geschah, schlug Acton die Tür zu und drehte am Schloss. Er spürte sofort, dass es nicht einrastete. »Das ist kaputt.«

»Anscheinend.«

»Sie können nicht hierbleiben.« Er drehte sich zu ihr um

und sah, dass sie aufgestanden war. Sie hatte die Arme um ihren Leib geschlagen, als ob ihr kalt wäre.

»Nein.«

Es überraschte Acton, dass sie nicht widersprach, doch es war nicht zu übersehen, wie blass und verängstigt sie war. Und sie hatte allen Grund dazu.

Er wollte sie trösten, indem er sie in seine Arme nahm, bis ihr Zittern aufhörte. Aber er musste davon ausgehen, dass sie das insbesondere von ihm ganz bestimmt nicht wollte.

»Sie haben gesagt, das würde passieren«, flüsterte sie mit brüchiger Stimme. »Dass ein Degenerierter mich angreift.«

Fast hörte es sich so an, als hätte er dies vorausgesagt, was nicht der Fall war. Er hatte sie nur zur Vernunft bringen wollen, indem er sie auf Dinge hinwies, die passieren *könnten*. »Das habe ich ganz bestimmt nicht gehofft.«

»Das würde Sie noch schrecklicher machen, als Sie ohnehin schon sind«, murmelte sie.

»Ich halte mich nicht für schrecklich.« Warum verteidigte er sich in diesem Moment? Sie brauchte seine Fürsorge, keinen Streit.

»Nein, das sind Sie nicht. Ich erkenne, dass Sie mir tatsächlich zu helfen versuchen. Aber ich kann auch nicht übersehen, dass Sie trotzdem noch ein lüsterner Halunke sind. Müssen Sie zu der Frau da unten zurück?«

»Nein.«

»Weil Sie beide sich in Ihrem Zimmer treffen werden?«

»Auf keinen Fall.« Früher, vor zwei Wochen noch, hätte er genau das arrangiert. Aber nicht jetzt, wo er Miss Barclay beschützte. »Ich gebe zu, dass ich durch diese Frau abgelenkt war, und das bedaure ich zutiefst. Ich hoffe, Sie können mir verzeihen. Sie sind mein wichtigstes Anliegen. Ich möchte Sie nur in Sicherheit wissen«, brachte er mit fester Stimme hervor und trat einen Schritt auf sie zu, sodass nur noch wenige Zentimeter sie voneinander trennten. »Das habe ich gerade getan, nicht wahr?«

»Ja, wofür ich Ihnen sehr dankbar bin.«

Er konnte den Puls an ihrem Hals pochen sehen, und ihre Wangen waren jetzt gerötet. »Dieser Vorfall tut mir so leid.«

»Ich sollte gleich morgen früh nach Hause fahren.« Sie zögerte und holte stotternd Luft.

»Sie klingen unsicher.«

»Es ist nur ... ich bin nicht sicher, ob ich nach Hause zurückkehren kann. Es sei denn, ich stimme zu, Sie zu heiraten. Oder einen anderen von meinen Eltern ausgesuchten Mann.«

Noch nie hatte Acton sie so verletzlich gesehen. »Haben Ihre Eltern Sie in irgendeiner Weise bedroht?«

Wieder zögerte sie ihre Antwort ein wenig hinaus. »Ich bin ihre unliebsame Tochter.«

Das beantwortete seine Frage eigentlich nicht, doch es vermittelte ihm einen Einblick. »Sie haben eine jüngere Schwester. Haben Sie noch andere Geschwister?«

Sie schüttelte den Kopf.

»Sie ist zu Hause?«

»Nein. Ich kann nicht...« Sie wandte den Blick von ihm ab. »Ich möchte das nicht mit Ihnen besprechen. Es ist ... privat.«

Ganz offenbar war die Sache mit ihrer Schwester auch beunruhigend. »Ich würde Sie gerne trösten. Wenn Sie mich lassen.«

Ihr Blick wanderte zurück zu ihm. »Wie?«

»Ich könnte Sie festhalten, bis es Ihnen besser geht?«

Sie zog eine ihrer dunkelblonden Brauen leicht in die Höhe.

Er hielt die Hände hoch. »Es soll eine platonische Umarmung sein, die dazu beitragen soll, Ihnen Linderung hinsichtlich Ihrer Unruhe zu verschaffen.«

Sie brauchte einen Moment für ihre Antwort, die ihn dann schockierte. »In Ordnung.« Sie ließ die Arme sinken.

Mit einer zaghaften Bewegung trat Acton dichter an sie heran. Er legte einen Arm um sie, dann den anderen. Anstatt sie an sich zu ziehen, hielt er sie einen Moment lang einfach so umschlungen.

»Das ist unangenehm«, bemerkte sie zu seinem Nacken, denn ihr Scheitel befand sich auf der Höhe von seinem Mund. Wie leicht und befriedigend wäre es, ihr einen beruhigenden Kuss auf die Stirn zu drücken.

»Sollen wir also aufhören?« Er hielt den Atem an, weil er merkte, dass er das nicht unbedingt wollte.

Sie neigte ihren Kopf nach unten und schob ihn unter sein Kinn, während sie sich an ihn drückte. Sie ließ ihre Hände zu seiner Taille wandern und schmiegte sich in seine Umarmung. Acton schlang seine Arme noch fester um sie und schloss die Augen. Sie war warm und so nah, um endlich ihren blumigen Duft zu identifizieren: Maiglöckchen.

Sein Körper fing an, auf sie zu reagieren. Er spürte ihre Rundungen und lauschte dem gleichmäßigen Klang ihres Atems, als sie in seinen Armen entspannte. Um ein Haar hätte er sie geküsst. Das Bedürfnis, mit seinen Lippen über ihre Schläfe zu streifen, war einfach überwältigend. Nicht um sie zu erregen, sondern um sie wissen zu lassen, dass sie sicher und beschützt war.

Sie zog sich ein wenig zurück und blickte zu ihm auf. »Ich danke Ihnen. Nun fühle ich mich wieder besser.«

Er fühlte sich mehr als nur besser. Er fühlte sich … aufgeweckt. Lebendig. Als hätte er still im Dunkel geschlafen und plötzlich wären die Vorhänge aufgerissen worden, und ein heller, aufregender Tag zeigte sich dahinter, den zu beginnen er kaum erwarten konnte.

Sie hielt ihren Blick mit seinem verhaftet und teilte ihre

Lippen dabei unbewusst. Acton musste beinahe stöhnen. Jetzt wollte er sie ebenso erregen, wie sie ihn.

War dies eine Aufforderung, sie zu küssen? Wie gern hätte er seinen Mund auf ihren gedrückt, um ihr deutlich zu machen, dass nicht alle Männer – und nicht alle Halunken – Bestien waren.

Er ließ seine Hand an ihrem Rücken hinaufwandern und legte dann die Handfläche in ihren Nacken. Sein Puls hämmerte bis in seine Ohren. Noch nie hatte er sich so sehr auf ein einziges Vorhaben konzentriert. Eigentlich war das Küssen schon immer seine zweite Natur gewesen. Dies hier war jedoch anders. Sein gesamtes Wesen verzehrte sich danach, und es würde sein Leben verändern, dessen war er sicher.

Ehe er den Kopf senken konnte, löste sie ihre Hände von ihm und trat einen Schritt zurück. Es gab keinen Kuss

Noch nie war Acton so niedergeschmettert gewesen.

KAPITEL 9

Wenn Persephone sich nicht von ihm entfernt hätte, wäre es zu einem Kuss gekommen. Das konnte sie in seinen Augen lesen und sie spürte es auch an der Reaktion ihres eigenen Körpers. Sie wollte seine Lippen auf ihren fühlen, sich selbst verlieren und den grauenhaften Übergriff vergessen, dem sie gerade ausgesetzt gewesen war.

Doch unmöglich konnte sie dies einfach geschehen lassen – keinesfalls mit ihm. Das fand sie eigentlich bedauerlich, denn sie war sich sicher, dass ihre bisherigen Erlebnisse auf dem Gebiet des Küssens im Vergleich zu Wellesbournes Expertise verblassen würden. Würde sie wetten, wäre sie bereit, ihr gesamtes Geld darauf zu setzen, dass er wie ein echter Meister küsste.

Sie erzitterte, aber nicht wegen des Mannes, der in ihr Zimmer gestürmt war, und verschränkte ihre Hände vor der Brust. »Ich bin Ihnen dankbar, dass Sie noch rechtzeitig gekommen sind.« Eigentlich war sie deshalb auch überrascht, denn er schien hauptsächlich mit der rothaarigen Frau beschäftigt gewesen zu sein.

»Ich wünschte, dies wäre nie passiert. Ich kann sehen,

dass Sie immer noch aufgewühlt sind.« Die Stirn in Falten gelegt, betrachtete er sie mit offenkundiger Besorgnis.

Allerdings war sie tatsächlich noch immer beunruhigt – nun ja, so *war es*. Er hatte jedoch ihre Reaktion darauf bemerkt, dass er sie fast geküsst hatte, ohne ihn allerdings zurechtzuweisen. Am besten wäre es, wenn er weiter glaubte, dass sie noch immer wegen des betrunkenen Unholds durcheinander war.

»Sie sollten heute Nacht in meinem Zimmer schlafen«, stellte er fest.

»Mit Ihnen?« Sie wollte ablehnen, doch ihr war auch bewusst, dass es die einzige Möglichkeit für sie darstellte, sich in Sicherheit zu fühlen, wenn sie damit gegen einige Regeln für Halunken verstieß.

»Ja, gewiss. Ich schlafe in einem der Sessel, und Sie können das Bett haben. Morgen früh können wir dann besprechen, was wir unternehmen – entweder warten wir auf den Brief meiner Mutter oder wir fahren einfach so schnell wie möglich nach Radstock Hall.«

Wir, als wären sie Paar. »Der Sessel kann nicht bequem sein.«

»Schlimmer als das Bett kann es nicht werden. Ich weiß nicht, wie Ihre Matratze ist, aber meine hat mehr Klumpen als ein Feld voller Steine.«

»Sie ist ähnlich unangenehm«, entgegnete sie mit einem schwachen Lächeln.

Unverwandt blickte er auf ihren Mund. »Ist das ein Lächeln?«

»Ein sehr kleines.«

»Mir reicht es vollauf. Sie sind eine außergewöhnliche Frau, Miss Barclay. Sollen wir Ihre Sachen zusammenpacken?«

Persephone sammelte die wenigen Gegenstände ein, die sie hatte. Sie stellte fest, dass sie fast alles von ihm bekommen hatte, einschließlich der Bettwäsche, die der Herzog gerade vom Bett zog. Es war ein seltsamer Anblick, einen Mann seines Standes bei einer so alltäglichen Aufgabe zu beobachten. Dass ein Herzog oder ein Halunke sich zu so etwas herablassen würde, hätte sie nie gedacht. Doch Wellesbourne überraschte sie immer wieder.

Er erfüllte aber auch ihre Erwartungen in Hinsicht auf Frauen, indem er ein starkes Interesse an denjenigen demonstrierte, deren Bekanntschaft er gerade erst gemacht hatte.

Dieser Mann war ein Rätsel, aber keines, das sie zu lösen gedachte. Für sie galt es nur, die vor ihnen liegende Nacht zu überstehen und morgen würde sie dann eine Entscheidung über ihre Zukunft treffen – wenn möglich, nachdem sie einen Brief von seiner Mutter über ihre Eltern erhalten hatten.

All das war ihre Schuld. Wenn Persephone nicht das Gefühl gehabt hätte, vor ihren Eltern davonlaufen zu müssen, wäre sie nie in diese Lage geraten. Und das war die Antwort – sie konnte ihren Eltern nicht länger vertrauen oder sich auf sie verlassen. Sie würde ihren eigenen Weg gehen müssen, was wahrscheinlich eine Zukunft als bezahlte Gesellschafterin oder Gouvernante bedeutete.

Nach Radstock Hall konnte sie jedenfalls nicht wieder zurückkehren. Die Erkenntnis war sowohl erschreckend als auch merkwürdigerweise befreiend. Vor allem aber war sie erschreckend.

»Miss Barclay?«

Blinzelnd stellte Persephone fest, dass sie ihre wenigen Habseligkeiten umklammert hielt, während sie ihren aufgeregten Gedanken nachhing und ins Leere starrte. »Ja, tut mir leid, ich bin bereit.«

Wellesbourne ging zur Tür und hielt sie ihr auf. Sie trat auf den Korridor hinaus und hielt kurz inne, bevor sie ihren

Fuß neben eine Lache von Erbrochenem setzte. »Sieht aus, als hätte er sich tatsächlich übergeben«, meinte sie.

»Charmant.« Wellesbournes Tonfall troff vor Sarkasmus. »Hier entlang.« Er umrundete die Sauerei und führte sie zum anderen Ende des Korridors. Sein Zimmer hatte einen Schlüssel, den er aus seiner Tasche fischte und ins Schloss steckte.

»Eine verschließbare Tür. Wie großzügig.«

Er sah sie an und wackelte mit den dunklen Brauen. »Warten Sie, bis sie eingetreten sind.« Er hielt die Tür auf.

»Ich kann es kaum erwarten, Ihre wacklige Kommode mit den klemmenden Schubladen in Augenschein zu nehmen.« Sie ging an ihm vorbei ins Zimmer. Der Raum war mehr als doppelt so groß wie ihrer, und auch das Bett war doppelt so groß. Und es gab vier Fenster, da das Zimmer die Hausecke einschloss. Es war allerdings trotzdem genauso schäbig und trist wie ihr eigenes Zimmer, aber mit einem funktionierenden Türschloss.

Persephone war schockiert, dass er sich hier aufhalten würde, um sie zu beschützen. »So haben Sie sicher noch nie irgendwo gewohnt.« Sie legte ihre Sachen auf die Kommode, neben die angeschlagene Waschschüssel und einen Krug.

»Nein, habe ich nicht.« Er hatte die Tür geschlossen und verriegelte sie nun, ehe er das Bettzeug, das er bei sich trug, auf den Tisch legte. »Und Sie?«

»Nein«, gab sie zu und hoffte, es würde auch nie wieder dazu kommen.

»So schlimm ist es nicht. Ich würde mich in die Gosse legen, wenn ich das tun müsste, um Sie zu beschützen.«

Persephone lenkte ihre Aufmerksamkeit auf ihn. Hatte er gerade gesagt, er würde für sie in die Gosse gehen? »Ich bin sicher, dass Sie diesen Satz bei Ihren zurückliegenden Flirts ganz bestimmt nicht benutzt haben«, sagte sie mit einem halben Lächeln.

Er grinste. »Ich kann mit Gewissheit sagen, dass dieses Thema noch nie zur Debatte gestanden hat.«

Als sie sich daraufhin umschaute, fragte sie sich, welcher Sessel wohl als sein Bett fungieren würde. Es standen zwei Sessel vor dem Kamin. Der rote Stoff, der die Polster bedeckte, war ausgeblichenen, und einer der Sessel wies eine ovale Verfärbung auf. Er könnte die Sessel zusammenstellen und seine Beine von einem zum anderen strecken. So könnte es funktionieren. Auch die beiden Holzstühle von dem runden Tisch beim Fenster könnten sie dazustellen. Das würde seine Bettstatt unterstützen. Allerdings wäre sein Nachtlager erbärmlich unbequem. Wenngleich er auch gesagt hatte, es könne gar nicht so schlimm wie das Bett werden. Was war schlimmer, eine klumpige Matratze oder eine harte Oberfläche unter dem Allerwertesten?

Nun dachte sie schon an seine Kehrseite, auf die sie gelegentlich einen Blick durch die auseinanderklaffenden Frackschöße erhascht und dabei eifrig versucht hatte, den Anblick zu ignorieren. Seine Kleidung wies einen tadellosen Schnitt auf und sie passte sich perfekt an die Konturen seines wohlgeformten Körpers an. Sie hielt es für akzeptabel, wenn nicht sogar für notwendig, dass sie ihn auf die gleiche Weise anstarrte, wie er die Frauen.

»Ich muss mich noch einmal entschuldigen«, brachte er hervor und durchbrach mit seiner inbrünstigen Stimme das Schweigen zwischen ihnen.

Persephone drehte sich zu ihm um. Er blickte sie aufmerksam an, während er die Stirn weiterhin in Falten gelegt hatte.

»Ich hätte mich dort unten unter keinen Umständen ablenken lassen dürfen. Sie brauchten meinen Schutz.«

»Da ich diesen nicht unbedingt gewollt hatte und zugegebenermaßen sogar versucht habe, Sie davon abzuhalten, mich zu sehen, dürfen Sie sich keine Vorwürfe machen.« Es war schon schwierig genug, mit seiner Beharrlichkeit in Hinsicht auf ihre Sicherheit fertigzuwerden. Da wollte sie wirklich nicht auch noch seine Schuldgefühle aushalten müssen. Rasch wechselte sie das Thema. »Wenn wir die vier Sitzmöbel zusammenschieben, könnte vielleicht ein passables Bett daraus werden. Es wird zumindest nicht klumpig sein.«

Nachdem er einen Blick auf die Sessel beim Kamin geworfen hatte, konzentrierte er sich wieder auf sie. »War das Humor?«

Zur Antwort zog sie eine Schulter hoch. »Möglicherweise.« Dann wandte sie ihre Aufmerksamkeit dem Bett zu und fragte: »Sollen wir Ihr Bettzeug durch meines austauschen?« Sie bezweifelte nicht, dass ihre Bettwäsche auf das größere Bett passen würde, da sie für das schmalere Bett in ihrem Zimmer überaus großzügig bemessen gewesen war.

Ein Schauer durchfuhr sie, als die Erinnerung an den Betrunkenen, der sie auf das Bett gestoßen hatte, plötzlich in ihren Gedanken aufblitzte. Sie war gerade dabei gewesen, ihr Abendessen zu verzehren, als sie ihn vor ihrer Tür randalieren hörte. Sogleich hatte die Angst sie gepackt, und das gerade heruntergeschluckte Essen lag ihr wie ein Stein im Magen. In der Hoffnung, das Türschloss würde seinem Ansturm standhalten, war sie auf unsicheren Füßen aufgestanden und hatte sich nach einer Waffe umgesehen, ehe sie sich wieder an das Messer auf ihrem Tablett erinnerte. Bevor sie es jedoch in die Hände bekommen konnte, war der Unhold schon durch die Tür gestürmt, die er hinter sich zuschlug, ehe er sie mit seiner fleischigen Hand gepackt hatte, um sie auf das Bett zu werfen.

Das Blut in Persephones Adern war zu Eis erstarrt, als ihr aufgegangen war, was passieren würde. Sie hatte versucht, sich durch einen Schrei bemerkbar zu machen, und vielleicht hatte sie diesen auch ausgestoßen, aber sie hatte sich wie eingefroren gefühlt.

Dann war Wellesbourne ins Zimmer gepoltert und hatte sie gerettet. Seine Tat entsprach genau dem, was er versprochen hatte – er hatte für ihre Sicherheit gesorgt.

Nun konnte sie ihm kaum weiterhin mit Abneigung begegnen, oder? Was nicht bedeutete, dass sie seine Annäherungsversuche willkommen heißen musste, wobei es allerdings auch nicht so war, dass er diese weiterhin unternahm. Vielleicht könnten sie Freunde werden, wie er es vorgeschlagen hatte.

»Das ist nicht notwendig«, antwortete der Herzog auf ihre Frage nach dem Bettzeug. »Ich werde einfach die zusätzliche Decke nehmen, die das Gasthaus zur Verfügung gestellt hat, wenn es Ihnen nichts ausmacht.«

Als sie zum Bett schaute, erkannte sie, dass seine Decke viel dicker war als diejenige aus ihrem Zimmer. Sie war dankbar gewesen für die extra Decke, die Wellesbourne für sie gekauft hatte. Sie blickte ihn fragend an. »Sind Sie sicher, dass man hier nicht darüber Bescheid weiß, dass Sie ein Herzog sind?«

»Ich haben keinem etwas gesagt. Warum?«

»Ihre Decke ist weitaus besser als meine«, antwortete sie darauf. »Aber offensichtlich haben Sie ja auch höhere Kosten für Ihre palastartige Unterkunft auf sich genommen.« Wie auch für das Bad, das er für sie bezahlt hatte. Zweifelsohne hatte auch er eines genossen.

Mit einem leisen Lachen nickte er. »Das ist wohl nachvollziehbar, nehme ich an.«

»Sie müssen diese Decke nehmen, und auch Ihre eigene. Ich kann die Decke benutzen, die Sie mir geborgt haben. Ich bestehe darauf, da Sie mir schon das Bett überlassen.«

»In Ordnung. Und jetzt zeigen Sie mir Ihre Idee mit dem Bett aus den Sitzmöbeln.«

Persephone schob einen Holzstuhl vom Tisch zum Kamin, wo die gepolsterten Sessel standen.

»Wie kann ich behilflich sein?«, fragte er.

»Schieben Sie den zweiten Stuhl vom Tisch zu den anderen heran«, wies sie ihn an.

Er gesellte sich zu ihr und stellte die Stühle in einer Reihe auf, wobei die gepolsterten Sessel einander gegenüberstanden und die Holzstühle dazwischen die Mitte des »Bettes« bildeten.

Sie trat zurück. »Können Sie sich so wenigstens hinlegen?«

Als er daraufhin lachte, funkelten seine dunklen Augen vor Vergnügen. Er war in der Tat überaus attraktiv, insbesondere wenn er lächelte oder lachte, was er häufig tat. Viel öfter als Persephone. »Was glauben Sie, wie kleingewachsen ich bin?«, fragte er.

Als sie daran dachte, dass ihr Kopf genau unter sein Kinn passte, wenn sie ihr Gesicht gesenkt hielt, ging ihr auf, dass er wahrscheinlich größer war, als es dieses Arrangement erlaubte.

»Wollen Sie in mein Zimmer zurückkehren und meinen Stuhl holen? Vielleicht hilft das ja?«

»Es könnte auch ohne ihn klappen.« Dann setzte er sich auf einen der Holzstühle und schwang die Beine hoch, ehe er sich zurücklegte. Er passte gerade so auf sein Lager. »Offenbar bin ich nicht so groß, wie ich glaube.« Er seufzte auf eine Weise, die sie für eine gespielte Enttäuschung hielt.

Sie erlaubte sich ein Lächeln. »Ich werde es niemandem weitersagen.«

»Gott sei Dank.« Er richtete sich auf. »Aber dann können wir ja auch niemandem von unserem gemeinsamen Abenteuer erzählen.«

Nein, das konnten sie nicht. Persephone würde allerdings Pandora davon erzählen. Aber würde sie das tatsächlich?

Pandora würde es sicher nicht gutheißen, mit Wellesbourne freundschaftlichen Umgang zu pflegen, wie Persephone es tat. Dieser Mann hatte jedoch unter Beweis gestellt, dass er … anders war. »Sie sind nicht der Herzog, den ich erwartet hatte.«

»Das zu hören, freut mich wirklich. Offensichtlich hatten Sie eine wirklich unmögliche Person erwartet, aufgrund der schlimmsten Aspekte meines Rufs.«

Ein Teil von ihr wollte ihm in aller Ausführlichkeit berichten, was sein unmöglicher Freund Pandora angetan hatte, doch der stärkere Teil wollte ihre Schwester beschützen. Persephone hoffte weiterhin, dass Pandora nicht ruiniert wäre, und dass zwischen Bane und ihr in Weston Vorgefallene würde sich nicht zu einem dauerhaften Klatsch entwickeln.

»Können Sie mir vielleicht erklären, was passiert ist, dass Sie so felsenfest davon überzeugt hat, dass ich ein schrecklicher Mensch bin?«

»Darüber kann ich nicht mit Ihnen sprechen.«

»Selbst wenn es dabei um mich geht? Oder einen meiner Freunde?«

Sie schürzte die Lippen und schüttelte langsam den Kopf.

Kapitulierend warf er die Hände in die Luft. »Also gut. Ich werde Sie nicht weiter bedrängen. Sie sollen nur wissen, dass *ich* ernstlich versuche, mich zu bessern, und wenn Sie mir etwas sagen wollen, das mir dabei hilft, wäre ich Ihnen dankbar.«

Sie war von seinem Wunsch zur Veränderung fasziniert. »Warum versuchen Sie, sich zu bessern?«

»Wenn eine entzückende junge Lady wie Sie lieber Gefahr und Ruin riskiert, als mich auch nur kennenzulernen, muss mein Verhalten verkehrt sein.«

Er fand sie entzückend? »Ich kann mir nicht vorstellen,

warum Sie eine hohe Meinung von mir haben. Ich war reichlich garstig zu Ihnen.«

»Mit gutem Grund – wie Sie behaupten. Und von dem Wenigen, was mir über Ihre Lebensumstände bekannt ist, verstehe ich, warum Sie sich allein und defensiv fühlen. Sie sollen nur wissen, dass Sie in mir einen Verbündeten haben.«

Das hatte er gerade erst deutlich gezeigt, als er ihr zu Hilfe gekommen war. »Ich weiß nicht, was ich getan hätte, wenn Sie nicht in mein Zimmer gekommen wären«, sagte sie leise.

»Denken Sie nicht einmal daran«, entgegnete er rasch. »Das meine ich ernst. Machen Sie sich keine solchen Gedanken. Ich habe es rechtzeitig geschafft und werde von nun an Sorge dafür tragen, dass so etwas nicht noch einmal passiert. Ob es Ihnen gefällt oder nicht, bleibe ich bei Ihnen – an Ihrer Seite –, bis Sie sicher zu Hause sind.«

»Und was ist, wenn ich nicht nach Hause will?« Sofort wünschte sie, ihre Worte zurücknehmen zu können. »Vergessen Sie, was ich gesagt habe. Ich bin erschöpft und muss mich ausruhen.«

»Sie haben auch nichts gegessen, glaube ich.«

Sie hatte ein paar Bissen zu sich genommen, doch sie fühlte sich nicht im Entferntesten hungrig. Ein guter Nachtschlaf wäre das Beste. Sie hoffte nur, in ihrem derzeitigen Zustand überhaupt tief schlafen zu können. Tatsächlich war sie geneigt, einfach wachzubleiben und mit Wellesbourne zu plaudern. Er hatte großes Talent, sie davon abzuhalten, zu eingehend an vorhin zu denken. Er hatte sie sogar zum Lächeln gebracht.

»Wir sollten zu Bett gehen«, schlug sie vor. »Morgen früh wird mein Verstand wieder klar sein und dann können wir überlegen, was ich tun soll.« Wollte sie ihn tatsächlich zu Rate ziehen?

Diese Idee klang gar nicht einmal so schlecht.

»Das ist eine ausgezeichnete Idee.« Er holte eine der Decken vom Bett und kehrte zu den Stühlen zurück. Dort machte er es sich bequem und begann, seine Stiefel auszuziehen.

Die Hitze stieg Persephone am Hals hinauf und konzentrierte sich zwischen ihren Brüsten. Er hatte doch nur seine Stiefel ausgezogen! Sie hatte gar keinen Gedanken daran verschwendet, ob sie sich entkleiden sollte, doch das schien ihr eine denkbar schlechte Idee zu sein. Seit ihre Reisetasche gestohlen worden war, schlief sie in ihrem Unterhemd statt in einem Nachthemd, aber heute Nacht würde sie lieber in ihrem Kleid ins Bett gehen.

Sie setzte sich auf die Bettkante und schnürte ihre Stiefel auf. »Ich schnarche nicht«, versicherte sie.

»Das ist eine Erleichterung. Ich auch nicht.«

»Manchmal rede ich vor mich hin«, fügte sie hinzu, während sie ihre Stiefel und die Strümpfe auszog, die sie zusammenlegte. Zumindest tat sie das früher, als sie und Pandora noch ein Zimmer geteilt hatten. Gelegentlich schliefen sie noch immer im gleichen Bett, wenn sie lange auf waren und sich unterhielten. Manchmal lasen sie auch zusammen und eine von ihnen schlief ein.

»Wie faszinierend. Jetzt will ich die ganze Nacht wachbleiben, falls Sie etwas Spannendes sagen.«

Persephone setzte sich auf das Bett zurück und legte die Beine auf die Matratze. »Dass Sie etwas davon verstehen werden, möchte ich bezweifeln. Meine Schwester behauptet, das meiste sei Kauderwelsch.«

»Wie schade. Ich kann mir nur vorstellen, was Sie im Schlaf von sich geben würden.« Er bedachte sie mit einem anzüglichen Blick, der von einem schiefen Lächeln begleitet wurde, bevor er seine Beine wieder auf seine provisorische Bettstatt schwang.

Sie wollte ihn nicht liebenswert finden oder sich von

seiner provokanten Art erweichen lassen. Allerdings schwebte sie in großer Gefahr, dass das genau geschehen würde. Da war es besser, sich noch einmal defensiv zu geben. »Ich habe Ihnen nicht erlaubt, mit mir zu flirten.«

»Das haben Sie bedauerlicherweise nicht. Ich fürchte, das ist meine Natur.« Er zog die Decke über seinen Körper.

Persephone legte sich in die Kissen zurück und der Duft von Sandelholz und Amber des Herzogs erfüllte ihre Sinne. »Ich fürchte um Ihre Frau, die sich das gefallen lassen muss.« *Wenigstens würde sie ihn immer aus der Nähe riechen können.*

»Hoffentlich wird es ihr gefallen.« Seine Stimme klang, als ob er lächelte. Persephone drehte den Kopf allerdings nicht zu ihm hin, um das zu bestätigen.

»Ich meinte, wenn Sie das mit anderen Frauen machen.« Sie schlüpfte unter die Bettdecke und bemühte sich dabei, sich nicht vorzustellen, dass sie dort schlief, wo er geschlafen hatte. Ein weiterer Grund, warum es gut war, dass sie voll bekleidet zu Bett gegangen war. Würden ihre entblößten Hautstellen die Stellen berühren, wo seine entblößten Hautstellen gelegen hatten, würde sie sich sicher entblößte Hautstellen von ihnen beiden zusammen vorstellen.

»Das sagen Sie nun zum zweiten Mal und ich habe mir Ihre Worte zu Herzen genommen. Ich werde mit niemandem außer meiner Frau flirten.« Seine leidenschaftliche Antwort rüttelte sie aus ihren unkeuschen Gedankengängen auf – augenscheinlich war sie auch nicht besser als er.

»Warum nicht? Sie haben gesagt, es sei Ihre Natur. Das klingt, als könnten Sie nicht anders. Inwiefern sollte sich das ändern, wenn Sie verheiratet sind?«

»Weil ich beschlossen habe, es zu ändern.« Zum ersten Mal klang er fast erbost.

Persephone lächelte und hoffte für ihn, er würde erreichen, was er sich vorgenommen hatte. »Sie werden es, glaube ich, nicht bereuen.«

Ein Grunzen war seine Antwort. »Ich habe die Lampe brennen lassen. Wollen Sie Licht?«

»Ich brauche es nicht, aber danke der Nachfrage.«

Sie hörte, wie er aufstand, und dann war die Lampe erloschen. In der Dunkelheit wurde sie sich seines Geruchs auf dem Bettzeug und des Wissens, dass er dort gelegen hatte, wo sie gerade war, merkwürdigerweise noch bewusster.

»Gute Nacht, Miss Barclay.«

»Gute Nacht, Herzog.«

»Wellesy oder Acton, wenn Sie möchten.«

»Wellesy?« Sie musste ein Kichern zurückhalten.

»Höre ich da den Anflug eines Lachens? Ich wäre beleidigt, wenn Sie meinen Spitznamen amüsant fänden, aber über den Wohlklang Ihres Heiterkeitsausbruchs bin ich auf das Äußerste erfreut. Und noch ehe Sie mich des Flirtens bezichtigen: Ich darf mich über Sie freuen. Das kommt unter Freunden vor, und ich habe beschlossen, dass wir welche sind. Sie können morgen früh mit mir darüber debattieren, wenn Sie wollen.«

Es gefiel ihr, mit ihm zu debattieren, das war ihr vollkommen bewusst, aber in diesem Fall würde sie davon absehen. »Ich muss Sie wohl als Freund akzeptieren, glaube ich.«

»Klingen Sie nicht so begeistert«, riet er mit einem sardonischen Lachen.

Wieder kicherte sie, wobei sie sich dieses Mal allerdings nicht die Mühe machte, es zu unterdrücken. Sie schnaubte auch. Die Vorstellung, dass ihr Lachen jemanden erfreute, vor allem einen Mann wie ihn, war zu erheiternd, um einfach darüber hinwegzusehen. »Da wir Freunde sind, soll ich Sie mit Ihrem Vornamen anreden oder mit dem lächerlichen Wellesy? Was ist mit Loxley? War das nicht früher Ihr Name?«

»Mein ganzes Leben lang, bis mein Vater letztes Jahr starb. Lox oder Loxley. Aber meine Amme und meine

Gouvernante haben mich immer Acton genannt.« Er erinnerte sich vage daran, auch von seiner Mutter so genannt worden zu sein, aber häufiger nannte sie ihn Loxley.

»Was gefällt Ihnen am besten?«

»Ich habe nie darüber nachgedacht, aber vermutlich Acton. Das ist *mein* Name, den ich mit niemandem in meinem Stammbaum teilen muss.«

Persephone fand diese Enthüllung faszinierend. Wie seltsam oder sogar überwältigend muss es sein, Teil einer langen Ahnenreihe zu sein, die größer ist als man selbst. So viel Verantwortung und Erwartung. Das war ihr vorher gar nicht bewusst gewesen.

»Ich wollte über den Namen Wellesy nicht lachen. Zumal ich selbst einen Spitznamen habe.«

»Bitte verraten Sie ihn mir!« Seine Stimme klang eindeutig inbrünstig.

Schmunzelnd dachte sie an ihre Schwester, die nicht in der Lage gewesen war, Persephone zu sagen, als sie sprechen lernte. »Meine Schwester hat mich immer Persey genannt.«

»Das ist ein *toller* Spitzname. Viel besser als Wellesy.«

»Lox ist nicht schlecht«, sagte Persephone. »Haben Sie Geschwister? Wurden Sie von ihnen so genannt?«

»Ich habe zwei jüngere Schwestern. Sie haben mich gar nichts genannt. Wir haben nicht im selben Haushalt gelebt. Sie wohnten bei meiner Mutter.«

Persephone kam sich töricht vor. Sie hatte natürlich von Lady Wellesbournes beiden Töchtern gewusst. Allerdings war sie nicht darauf gekommen, dass es seine Schwestern waren, was töricht war. »Kannten Sie sie überhaupt?«, hakte sie leise nach und fragte sich, ob sie überhaupt laut genug gesprochen hatte, dass er ihre Frage hören konnte.

»Nein, also ich weiß nicht wirklich, wie es ist, Geschwister zu haben. Ich kann mir vorstellen, dass es schön ist.«

Seine Stimme klang ausdruckslos, als ob er sich das eigentlich gar nicht vorstellen könnte. Möglicherweise wollte er das aber? Verdammt, sie *war* seine Freundin geworden. Sie fing an, ihn zu mögen und sie wollte ihn besser kennenlernen. Er war erheblich vielschichtiger und umsichtiger, als sie sich hätte vorstellen können.

»Meine Schwester ist mir der liebste Mensch auf Erden«, entgegnete Persephone.

»Das ist wundervoll«, meinte er leise, und vielleicht sogar wehmütig.

»Gute Nacht, *Acton*«, wünschte sie ihm, obwohl sie eigentlich dachte, sich noch die ganze Nacht mit ihm unterhalten zu können.

»Gute Nacht, Persey.«

Persephone war über ihr Versäumnis schockiert, ihm zu sagen, dass er sie nicht so nennen sollte, denn dieser Name war einzig Pandora vorbehalten. Aber es klang irgendwie richtig.

~

Als er zum zweiten Mal die Bewegung an seinem Bein spürte, schreckte Acton auf und war sofort hellwach. Er hatte sich vorgestellt, dass es sich bei dem ersten Stupser um Perseys Hand gehandelt haben könnte, da er von ihren Gliedern geträumt hatte, die sich mit seinen verschlangen.

Dies war jedoch nicht Persey.

Acton trat mit seinem Bein aus und hörte das unverwechselbare Krabbeln kleiner Füße von Nagetieren auf den Dielen. Nachdem er sich den Schlaf aus den Augen geblinzelt hatte, war gerade noch genug Licht von der Feuerstelle vorhanden, um den Schatten der Ratte zu sehen, ehe sie unter der Kommode verschwand.

Fluchend richtete er sich auf und rieb sich instinktiv mit den Händen über die Beine. Dann sprang er auf und sah sich verstohlen im Zimmer nach anderen Kreaturen um.

Wäre er nur nicht von seiner Schlafstatt gefallen, dann hätte er nicht auf dem Boden geschlafen. Es war wie ein Wunder, dass sein Körper auf der harten Oberfläche überhaupt zur Ruhe gekommen war. Die Decke war zur Seite gerutscht und ein Zipfel war an einem der Stühle aufgehängt. Acton zupfte daran und wurde mit einer weiteren Ratte belohnt. Diese war kleiner, aber lauter, denn sie stieß ein durchdringendes Quieken aus, was Acton so überraschte, dass er vor Schreck die Decke von sich schleuderte und schrie.

»Was ist passiert?« Die schläfrige Frage kam von Persey aus dem Bett.

Acton kam sich wegen seiner Reaktion auf die zweite Ratte wie ein Dummkopf vor, aber er hatte wirklich nicht damit gerechnet, dass dieses Ungeziefer unter seiner Decke lauerte. Gütiger Himmel, aber gab es noch mehr von ihnen? Versuchten diese Biester sogar, das Bett zu erklimmen, in dem Persey lag?

»Ich glaube, Sie sollten aufstehen«, brachte er so ruhig wie möglich hervor und er erkannte, dass sie sich bereits aufrichtete, während sie sich mit der Hand über die Augen wischte. »Ich habe festgestellt, dass ich mit Ratten das Lager geteilt habe.« Ihn schauderte bei dem Gedanken an die beiden Nager, die mit ihm unter der Decke gekuschelt hatten.

»Ratten?« Sie klang, als würde sie ihm nicht glauben. »Wie sind sie auf Ihr Sesselbett gelangt?«

»Das sind sie nicht. Ich bin runtergefallen. Zweimal. Ich beschloss, auf dem Boden zu nächtigen. Das war offensichtlich kein guter Einfall.«

»Oh je, das tut mir so leid. Und war es mehr als eine?«

»Zwei«, sagte er düster. »Bis jetzt.«

»Hat es vor heute Abend keine Ratten gegeben?«, fragte sie.

Er schüttelte den Kopf. »Nein.«

»Das ist jetzt die zweite Ihrer Vorhersagen, die eingetroffen ist. Ein Mann hat mich angegriffen, und jetzt gibt es hier Ratten.«

Actons Beobachtung, dass das Black Ivy von Ratten heimgesucht war, kam ihm wieder in den Sinn. Er trat auf das Bett zu. »Dass das tatsächlich zutrifft habe ich eigentlich nicht geglaubt. Ich hatte Ihnen nur veranschaulichen wollen, was passieren *könnte*.«

»Da nun beides eingetreten ist, muss ich mich fragen, ob Sie irgendwie damit zu tun haben.« Sie traf seinen Blick, und im schwachen Licht der Morgendämmerung war es einfach unmöglich, auch nur ansatzweise erkennen zu können, was sie dachte. »Um Ihren Standpunkt zu beweisen.«

Sein Kiefer erschlaffte. »Das glauben Sie doch nicht wirklich von mir?« Vor allem der betrunkene Unhold, der sie belästigt und noch Schlimmeres mit ihr im Sinn gehabt hatte. Und *Ratten*? »Für was für eine Bestie halten Sie mich?« Er unternahm nicht den geringsten Versuch, seine Entrüstung zu verbergen.

»Nein, ich kann das nicht von Ihnen glauben. Es ist einfach ein schrecklicher Zufall. Bitte unterlassen Sie weitere schwarzmalerische Äußerungen, was alles schiefgehen könnte«, fügte sie mit einem Augenzwinkern hinzu.

Froh darüber, dass sie ihm nun wenigstens ein kleines bisschen Vertrauen entgegenbrachte, entspannte Acton sich. »Was für ein Glück für mich. Ich bin über diese unangenehmen Geschehnisse genauso erschüttert wie Sie. Deshalb bestehe ich auch darauf, dass wir unverzüglich aufbrechen.«

»Aber es ist mitten in der Nacht. Wohin sollen wir gehen?«

»Die Morgendämmerung ist bereits angebrochen, glaube ich.« Acton trat an das Fenster und schob den Vorhang beiseite, um hinauszuschauen. Tatsächlich kam die Sonne gerade über den Horizont. »Ich werde Zimmer im New Inn buchen.«

»Zimmer, Plural?«, fragte sie.

»Nun, eine Suite von Zimmern, die miteinander verbunden sind. Ich muss darauf bestehen, dass wir in derselben Suite schlafen, was bedeutet, dass es nur einen Zugang zu diesen Räumlichkeiten gibt. Ich werde dafür sorgen, dass wir getrennte Schlafzimmer oder zumindest getrennte Betten haben werden.«

»Ehe Sie vorschlagen, dass wir uns als Ehepaar ausgeben, um einen Skandal zu vermeiden, wäre es mir lieber, wenn wir uns als Geschwister ausgeben. Sie könnten mein älterer Bruder sein. Das bedeutet allerdings, dass wir nicht ins New Inn zurückkehren können, da man Sie dort als Wellesbourne und mich als Mrs. Birdwhistle kennt.«

»Geschwister? Aber wir sehen uns nicht im Geringsten ähnlich.«

»Dann können wir Halbgeschwister sein«, sagte sie spröde, bevor sie sich über die Bettkante beugte. »Hoffentlich habe ich keine Ratte in meinem Stiefel.«

Das hatte Acton gar nicht bedacht. Die Vorstellung, eine Ratte könnte in einem seiner Stiefel Unterschlupf gefunden haben, war überaus beunruhigend. Ein rauer, fast würgender Laut stieg aus seiner Kehle auf.

»Geht es Ihnen gut?«, fragte Persey.

»Es ist alles gut«, gab er zur Antwort, obwohl es sich anhörte, als würde ihm jemand die Kehle zuschnüren.

»Keine Ratten im Stiefel«, verkündete sie.

Acton beobachtete wie erstarrt, wie sie ihre Stiefel anzog. Schließlich wandte er seine Aufmerksamkeit der Stelle zu, wo seine Stiefel neben einem der Sessel standen. Ein Stiefel war umgekippt, und somit eine offene Einladung für eine Ratte, es sich darin gemütlich zu machen.

Einen Moment später spürte er einen Luftzug hinter sich. Er drehte sich um, sein Blick fiel auf den Boden, wo er Perseys Stiefel und den Saum ihres Kleides sah. Als er seinen Blick auf ihr Gesicht richtete, stieß er die Luft aus.

»Sie wirken erschrocken. Haben Sie noch eine Ratte gesehen?«, fragte sie.

»Nein. Noch nicht.« Er warf einen Blick auf seinen umgestürzten Stiefel. Vielleicht hatten sich die Nagetiere zusammengerottet, um ihn gemeinsam umzustoßen und einen Unterschlupf zu schaffen.

»Haben Sie ... Angst vor Ratten?«

»Das dachte ich nicht. Aber jetzt muss ich diese Annahme revidieren.«

»Haben Sie zuvor schon mal Ratten gesehen?«

»In London. Auf den Straßen – bestimmten Straßen. Aber immer aus der Ferne. Ich habe meinen Schlafplatz nicht mit ihnen geteilt. Oder mein Schuhwerk.«

Sie wölbte die Brauen und ihre Augen weiteten sich leicht. »Ist da eine in Ihrem Stiefel?«

»Wenn ich das wüsste. Es scheint möglich. Beide Stiefel standen aufrecht, als ich mich hingelegt habe.«

»Soll ich nachschauen?«, fragte sie.

Er schätzte es nicht, dass sie ihn aufzog. Die Situation war in jeder Hinsicht beschämend – seine Angst, seine Offenbarung ihr gegenüber und seine Abhängigkeit von ihrem Wagemut. »Würden Sie das tun?« Heftig schüttelte er den Kopf. »Nein, was passiert, wenn eine Ratte Sie anspringt?«

»Ich bin zuversichtlich, dass sie mehr Angst vor mir hat als ich vor ihr.« Sie ging auf seine Stiefel zu. »Ohnehin ist es eher unwahrscheinlich, dass sich dort drin noch etwas verbirgt, nicht nach dem Lärm, den wir verursacht haben.«

»Seien Sie vorsichtig«, warnte er, als sie sich bückte, um den Stiefel aufzuheben. »Vielleicht sollten Sie vorher einfach dagegentreten.«

Er konnte nicht sehen, was sie als Nächstes tat, denn mit ihrem Körper verstellte sie ihm die Sicht auf den Stiefel. Plötzlich sprang sie auf und kreischte.

Acton ebenfalls. Auch er wich nach hinten aus, bis er auf die Bettkante traf.

Persey drehte sich um. Sie hielt seine beiden Stiefel. Dann lachte sie. Und lachte. Es war ein großartiger Heiterkeitsausbruch.

Er starrte sie an. »War da eine Ratte?«

Mit dem Sprechen hatte sie ihre Mühe, während sie inmitten ihres Lachanfalls zu atmen versuchte. »Nein.«

Stirnrunzelnd verschränkte er die Arme vor der Brust. »Das war nicht lustig.« Aber der Klang ihres Lachens – laut und voller Freude – besserte seine Stimmung erheblich. Er wünschte, er wäre weniger aus dem Konzept, damit er den Moment intensiver genießen könnte.

Unverzüglich ernüchterte sie – jedenfalls versuchte sie das. »Es tut mir leid. Das war nicht nett von mir. Ich fürchte, ich konnte nicht widerstehen. Ein Mann mit Ihrem Ruf, der sich vor Ratten fürchtet ... das war vollkommen unerwartet. Und, wenn ich ehrlich bin, wirklich liebenswert.«

Sie fand ihn liebenswert? Dann war es das vielleicht wert, dass sie sich über ihn lustig machte und er in Gesellschaft von Ratten schlief. Nein, Letzteres wohl eher nicht.

Sie hielt seinen Stiefel und fügte hinzu: »Außerdem sind Sie das vielleicht nicht gewöhnt, weil Sie ohne Geschwister aufgewachsen sind. Meine Schwester fürchtet sich vor Spinnen, und ich habe ihr den einen oder anderen Streich ähnlicher Natur gespielt.« Sie schnitt eine Grimasse.

Acton sinnierte gelegentlich darüber nach, was er dadurch, dass er nicht mit seiner Mutter und seinen Schwestern zusammengelebt hatte, verpasst hatte, insbesondere jetzt, da seine Mutter im Witwensitz untergebracht war. Meist versuchte er aber, gar nicht daran zu denken, denn das weckte seine »nachgiebigeren« Gefühle, die – wie sein Vater sich so bemüht hatte ihm beizubringen – für Männer ihres Standes unnötig waren.

»Ich kann den Humor nachvollziehen, wenn ich mich in Ihren ... rattenfreien Stiefel versetze.«

Sie lachte und schnaubte gleichzeitig. Dann riss sie die Augen auf, presste die Lippen zusammen und wandte den Blick von ihm ab.

»Tun Sie das nicht«, bat Acton. »Gerade eben haben Sie aus vollem Herzen gelacht, und es war himmlisch. Es gefällt mir, wenn Sie lachen *und* schnauben.«

»Das ist nicht sehr damenhaft.« Sie blickte zu ihm, und er konnte ihre Selbstvorwürfe in ihrem Blick erkennen. Offenbar hatte man ihr eingetrichtert, nicht zu schnauben, wie ihm, keinen sanften Gefühlen nachzugeben. Das war aber nicht dasselbe. Es konnte nicht schaden, zu schnauben.

Hieß das etwa, dass es auch nicht schlimm war, wenn er sich gestattete, traurig darüber zu sein, seine Mutter und seine Schwestern in seiner Kindheit nicht um sich gehabt zu haben?

Acton verdrängte diesen Gedanken. »Es ist mir einerlei, ob das damenhaft ist oder nicht. Sie sind mein Ritter ohne Furcht und Tadel, der dafür gesorgt hat, dass mir keine Gefahr von meinen Stiefeln droht.«

Sie reichte ihm die Stiefel. »Sie sind der Ritter, nachdem Sie mich gestern Abend vor diesem Betrunkenen gerettet haben.«

»Darüber wollten wir doch nicht reden, schon vergessen?« Es freute ihn allerdings, ihr Ritter zu sein. »Packen wir unsere Sachen, und ich sage dem Wirt, dass wir gehen. Und dass er ein Rattenproblem hat.«

Acton beabsichtigte auch, ihm von dem Unhold zu erzählen, der Persey gestern Abend angegriffen hatte, und ihm dringend zu empfehlen, dem Mann den Zutritt zu seinem Gasthaus zu verwehren. Es war wirklich schade, dass Acton dem Gastwirt seine Identität eines Herzogs nicht offenbart hatte, denn das hätte sehr viel Gewicht gehabt.

Persey ging ihre Sachen holen. »Was ist mit dem Brief, den Sie von Ihrer Mutter erwarten?«

Richtig, das auch noch. »Ich werde den Gastwirt anweisen, ihn dorthin zu schicken, wo immer wir eine Unterkunft finden.« Acton machte sich daran, seine Sachen aus der Kommode in seine Reisetasche zu packen.

»Wissen Sie, wo wir statt des New Inns noch unterkommen könnten?«

»In der High Street gibt es mehrere schöne Gasthäuser. The Traveler's Rest ist ein großes Gasthaus für die Gäste der Postkutschen. Von dort aus könnte ich wahrscheinlich eine Passage für uns buchen.«

»Für *uns*?«, fragte sie erstaunt, während sie seine Laken vom Bett abzog.

»Wenn Sie glauben, ich ließe Sie ohne meine Begleitung nach Hause fahren, irren Sie sich gewaltig. Nach der vergangenen Nacht kann ich mir nicht vorstellen, dass Sie das wirklich wollen.«

»Mir macht nur Sorgen, was passiert, wenn wir zusammen gesehen werden.«

»Wir müssen die Nacht ja nicht woanders verbringen. Ich werde dafür sorgen, dass alles gut geht.« Er beeilte sich, seine Sachen zu packen, während Persey sein Bettzeug zusammenlegte. Sie bildeten ein gutes Team und das nicht nur, wenn es darum ging, sich gegenseitig zu beschützen.

Doch das hatte ihm, wie er zugeben musste, am besten gefallen.

Anfangs war er ihr nach Gloucester gefolgt, um seine

Neugierde zu stillen, doch seit ihrer Begegnung auf der Straße waren seine Gedanken von ihr beherrscht und sein Bedürfnis erweckt, dafür zu sorgen, dass ihr nichts zustieß. Das betrachtete er nun als seine Pflicht und Verantwortung.

»Bereit?«, fragte er.

»Ja.«

Acton öffnete die Tür und führte sie durch den Korridor zur Treppe. »Was werden Sie tun, nachdem wir von meiner Mutter Informationen über Ihre Eltern erhalten haben?«

»Um ehrlich zu sein, bin ich gar nicht so sicher, ob das überhaupt noch eine Rolle spielt. Was Sie von Ihrer Mutter erfahren, meine ich. Ich bin zu dem Schluss gekommen, dass ich unabhängig davon, was meine Eltern getan haben oder tun, einen ... anderen Weg finden muss.« Am oberen Treppenabsatz zögerte sie. »Ich glaube nicht, dass ich tatsächlich nach Hause zurück kann.«

Acton konnte nicht verhindern, dass ihm bei dieser Ankündigung der Mund offen stand. War es wirklich so furchtbar? »Aber Sie sind eine unverheiratete junge Frau. Wohin wollen Sie denn gehen?«

»Ursprünglich hatte ich ein paar Tage bei einer Freundin in Bristol bleiben wollen, doch jetzt scheint es das Beste zu sein, zu meiner Tante nach Bath zu fahren.«

»Dann werden wir nach Bath fahren. Heute?«

»Gehe ich recht in der Annahme, dass wir nicht in einem Gasthaus übernachten müssen?«

»Es sei denn, es ist Ihr Wunsch«, entgegnete er und war nicht überrascht, als sie den Kopf schüttelte.

Aller Wahrscheinlichkeit nach würden sie bei Einbruch der Dunkelheit in Bath eintreffen.

Noch nie hatte Acton eine derart tiefe Enttäuschung verwinden müssen.

KAPITEL 10

Obwohl sie das Gasthaus nur für kurze Zeit aufsuchten, während sie auf ihre Kutsche warteten, war das Traveler's Rest eine willkommene Abwechslung nach dem Black Ivy. Persephone und Acton waren früh eingetroffen und hatten, nachdem Acton die Passage nach Bath arrangiert hatte, die den Ort später am Vormittag verließ, ein wunderbares Frühstück eingenommen.

Persephone fühlte sich so wohl, wie seit Tagen nicht mehr und in der gemütlichen Gaststube des Wirtshauses entspannte sie sich, während sie auf den Aufbruch der Kutsche warteten.

Waren wirklich erst vier Tage vergangen, seit sie ihre Eltern verlassen hatte? Es kam ihr wie ein Monat vor. Ein Teil von ihr hoffte, dass der Brief von Actons Mutter vor ihrer Abreise eintreffen würde. Persephone würde liebend gern erfahren, ob der Baron und die Baronin in Loxley Court geblieben oder nach Acton abgereist waren.

Noch immer konnte sie nicht fassen, dass ihre Eltern ohne sie weitergefahren waren und versucht hatten, den Ehevertrag in ihrer Abwesenheit zu schließen. Nach der

Forderung, sie solle den Herzog heiraten, und der damit verbundenen Drohung, sollte sie das eigentlich nicht überraschen. Tatsächlich hatten ihre Eltern ihr gesamtes Verhalten geändert, nachdem Pandora kompromittiert worden war. Immer schon waren sie etwas zu selbstbezogen und distanziert gewesen, aber Persephone hatte geglaubt, sie sorgten sich um ihre Töchter. Bis Pandora ihre Pläne für eine glänzende Ehe zunichtegemacht hatte und Persephone sich dagegen sträubte, sich einer Verbindung zu opfern, die sie nicht wollte.

Und wofür? Um ihren Ruf zu retten und die Finanzen ihres Vaters irgendwie aufzubessern? Persephone war nicht sicher, wie das funktionieren sollte. Vermutlich hatte er Acton ihre Mitgift, so gering sie auch sein mochte, angeboten. Hoffte er, Acton würde seine Schulden bezahlen? Oder verließ er sich auf seine familiäre Verbindung zu einem Herzog, welche seine Gläubiger in Schach halten würde? Persephone hatte keinen genauen Einblick, wie schlimm die Lage war, aber die Veränderung in ihrem Verhalten – ihre völlige Verzweiflung nach Pandoras Fiasko – schien darauf hinzudeuten, dass ernsthaft Gefahr drohte. Etwas Ernsteres als nur ihren Ruf zu verlieren.

Sie waren keine prominente Familie, so war es nicht. Bestenfalls waren sie in der Gesellschaft von Bath Mittelmaß. Obwohl ihr Vater ein Baron war, war sie der Annahme, dass ihr Ansehen in London ganz und gar unbedeutend wäre.

Acton kam ins Wohnzimmer, den Hut in der einen und ein Pergament in der anderen Hand. Sein dunkles, kastanienbraunes Haar war leicht zerzaust, was ihn sympathischer und weniger herzoglich erscheinen ließ.

»Raten Sie mal, was gerade angekommen ist?« Mit einem Lächeln hielt er das Papier hoch.

»Der Brief Ihrer Mutter?«

Er nickte. »Ihre Eltern haben Loxley Court gestern verlassen.«

»Haben Sie gesagt, wohin sie wollten?«

»Zurück nach Radstock Hall, um Ihre Genesung zu beaufsichtigen.« Er wackelte mit den Brauen. »Wie rücksichtsvoll von ihnen.«

Persephone stieß ein scharfes, humorloses Lachen aus. »Ja, ihre Sorge um mein Wohlergehen ist herzerwärmend.« Sie verdrehte die Augen. »Jetzt bin ich aber sehr froh, dass ich nicht nach Hause zurückkehre.« Sie verspürte wirklich eine deutliche Erleichterung.

»Wahrscheinlich ist es so das Beste«, stimmte er ernst zu. »Die Kutsche ist bereit, wenn Sie es sind.«

Jetzt, da Persephone beschlossen hatte, nicht mehr nach Hause zurückzukehren, wollte sie unbedingt nach Bath fahren. Vor allem, um Pandora zu sehen, und auch ihre Tante Lucinda. Schnell stand sie auf und nahm ihren Hut von der Armlehne des Stuhls, auf dem sie gesessen hatte. »Ich bin so weit.«

»Ihre Reisetasche ist bereits in der Kutsche verstaut, und ich verspreche, dass sie nicht gestohlen wird.« Acton hatte jemanden geschickt, der eine Tasche besorgt hatte, in der sie die Sachen packen konnte, die er für sie gekauft hatte.

»Wo wäre ich ohne Sie?« Persephone wollte diese Frage nicht unbedingt beantworten, und sie war dankbar für die derzeitige Situation. Es könnte viel schlimmer sein.

»Zum Glück müssen Sie im Augenblick darüber nicht nachdenken«, konterte er lächelnd, während er sie nach draußen begleitete.

Persephone befestigte ihren Hut, ehe sie in die Kutsche stieg. Der Innenraum war bequem, mit Samtpolstern auf den beiden Sitzbänken nach vorne und hinten, Fenster gab es ebenfalls auf beiden Seiten und eine Laterne, die bei Dunkelheit Licht spenden konnte.

Sie würden die Laterne nicht brauchen, da sie noch vor Einbruch der Dunkelheit in Bath ankommen sollten. In vier oder fünf Stunden würde sie sich von Acton verabschieden.

Dachte sie an ihn, einen Herzog und Halunken, wirklich als *Acton*?

Offensichtlich.

Wie sich die Dinge in kurzer Zeit verändert hatten. Aus der Not heraus. Sie hatte ihn gebraucht, und das war keine Schande oder Reue. Allerdings *hatte* sie einige der Regeln gebrochen, die sie und ihre Freundinnen aufgestellt hatten. Das hatte sich nicht vermeiden lassen. Bald würde sie in Bath eintreffen, und dann konnte sie all dies – und diesen ganz besonderen Halunken – der Vergangenheit angehören lassen.

Acton stieg ein und setzte sich neben sie auf die in Fahrtrichtung weisende Sitzbank. Er hatte einen Korb bei sich, den er auf der gegenüberliegenden Sitzbank abstellte. »Verpflegung für später.«

»Ich bin mir nicht sicher, ob ich nach diesem opulenten Frühstück noch etwas essen muss«, bemerkte Persephone. Im Augenblick jedenfalls fühlte sie sich reichlich gesättigt.

»Nur für den Fall.« Er zwinkerte ihr zu, was zur Folge hatte, dass sich scheinbar ein Schmetterling in ihrem Bauch niedergelassen hatte.

Persephone hatte bemerkt, dass hinten an der Kutsche ein Pferd angebunden war. Acton hatte erwähnt, dass er sein Pferd mitnehmen würde. Es überraschte sie, als sie erfuhr, dass es im New Inn untergebracht war, doch sie hegte Zweifel, dass es im Black Ivy angemessen hätte versorgt werden können.

Kurz bevor sich die Kutsche in Bewegung setzte, warf sie einen Blick aus dem Rückfenster. »Wie heißt Ihr Pferd?«

»Herkules. Ich weiß, es ist furchtbar unoriginell. Aber ebenso wie Ihr Name entstammt er der altertümlichen

Geschichte. Vermutlich haben Ihre Eltern die Geschichte von Hades und Persephone gemocht?«

»Ich wurde Ende März geboren, weshalb mein Vater mich nach der Frühlingsgöttin benennen wollte. Zu meinem Bedauern ist sie eher als Königin der Hölle bekannt.«

»Ich muss gestehen, dass ich das gedacht habe, aber nicht über Sie. Andererseits sind Sie jetzt aber auch Persey für mich.« Er grinste sie an, und der Schmetterling in ihrem Unterleib flatterte wild. »Hat Ihre Schwester ebenfalls einen Namen aus dem Altertum?«

»Pandora.«

»Lag auch für ihren Name ein bestimmter Grund vor?«, wollte er wissen.

»Es ging nur darum, dass er schön klang. Meine Mutter wollte denselben Anfangsbuchstaben für unsere Namen.«

»Was wird Ihre Schwester zu den Geschehnissen sagen?«, fragte er.

Das hatte Persephone auch schon überlegt. Pandora wäre bestimmt erzürnt darüber, wie Persephone von ihren Eltern behandelt worden war. »Sie wird sich freuen, dass ich mich nicht auf eine Heirat mit Ihnen eingelassen habe. Sie hat nicht gewollt, dass ich unsere Eltern nach Loxley Court begleite.«

Beim Gedanken an Pandora musste Persephone wieder daran denken, was ihrer Schwester widerfahren war, worauf ihr natürlich gleich wieder Bane und die Freundschaft zwischen Acton und ihm einfiel. Sie sollte Acton wirklich verabscheuen. Sie war es Pandora schuldig, sich ihm gegenüber feindselig zu geben.

Allerdings hatte Acton das Gegenteil dessen getan, was Bane sich hatte zuschulden kommen lassen – er hatte Persephone beigestanden, als sie ihn am meisten gebraucht hatte. Sie betrachtete Actons Profil, während die Kutsche dahinrollte, und sie wunderte sich, wie es sein konnte, dass er mit diesem Halunken so gut befreundet war.

Persephone lenkte das Gespräch von Pandora ab. »Ich freue mich schon darauf, meine Tante wiederzusehen, wenn wir in Bath ankommen.«

»Ich bin froh, dass Sie jemanden haben, der Ihnen Unterschlupf gewährt, da Sie sich ja nicht sicher sind, ob Sie zu Hause willkommen sind.« Er runzelte die Stirn, doch sein Blick blieb geradeaus gerichtet. »Ich bin nicht geneigt, an Ihren Eltern Gefallen zu finden.«

Die Art und Weise, wie er das hervorbrachte – die Kombination von Worten und Tonfall –, reizte sie zum Lachen. Und sie schnaubte. Sie zügelte sich, ehe sie sich wieder automatisch den Mund zuhalten wollte. Der Gedanke, dass sie mit diesem Mann mehr sie selbst sein konnte als mit ihrer unmittelbaren Familie, war seltsam.

Offenbar verwirrt drehte er ihr den Kopf zu. »Das war lustig?«

»Wohl nur für mich. Es ist nur ... die Vorstellung, dass ein Herzog einen solchen Kommentar abgibt ... Das fand ich furchtbar amüsant. Insbesondere, weil dies meine Eltern schrecklich stören würde. Sie sind auf nichts anderes aus, als ihre Position zu verbessern.« Und ihre Kasse aufzufüllen, wovon sie jedoch nichts sagen würde. Wenn ihre Familie als unvermögend bekannt würde, könnte dies ihre oder Pandoras Verheiratung noch erschweren.

Falls Pandora jedoch bereits ruiniert war, spielte dieser Umstand dann keine Rolle mehr. Persephone sandte ein stilles Gebet in den Himmel, dass der Skandal sich auf ein minimales Maß beschränkte.

Acton beugte sich dichter zu ihr. »Was glauben Sie, was Ihre Eltern unternehmen werden, wenn sie erfahren, dass Sie bei Ihrer Tante in Bath sind? Ist das die Schwester Ihrer Mutter oder Ihres Vaters?«

»Sie ist die Schwester meines Vaters, und ich bin nicht sicher, was meine Eltern unternehmen werden. Vermutlich werden sie mich zu überreden versuchen, Sie zu heiraten. Es wäre vielleicht für alle das Beste, wenn Sie ihnen einen Brief schicken, in dem Sie ihnen mitteilen, kein Interesse daran zu haben, mich zu Ihrer Herzogin zu machen.«

Er zog die Brauen zusammen. »Wenn das Ihr Wunsch ist.«

»Das ist es, danke.« Warum zauderte er scheinbar? »Haben Sie einen anderen Einfall?«

Er schüttelte den Kopf. »Das habe ich nicht, nein. Es tut mir leid, wie weit dies für Sie gekommen ist. Mir ist immer noch unklar, warum Ihre Eltern Ihnen nicht einfach erlauben, sich einen Ehemann auszusuchen.«

»Das war keine Option.«

»Was meinen Sie damit?«

»Ich hatte drei Saisons in Bath und keinen Heiratsantrag. Es ist nicht so, als könnte *ich* einen Antrag machen.«

Er machte große Augen. »Wie kann das möglich sein? *Drei* Saisons und Sie sind unverheiratet?«

Sie zog eine Grimasse. »Autsch. Das tut ein bisschen weh.«

»Verzeihung. Das hatte ich so nicht sagen wollen. Ich meinte nur, dass ich nicht glauben kann, dass Ihnen nicht mehrere Heiratsanträge gemacht worden sind. Sie sind klug und humorvoll und auch einfallsreich. Und Sie sind wirklich wunderschön.«

»So hat mich noch niemand beschrieben«, entgegnete sie leise, wobei sie mit den Fingern zappelte und dann die Hände in den Schoß legte.

»Niemand? Das kann ich mir unmöglich vorstellen.« Er klang verwirrt.

»Die Erhebung auf meiner Nase ist absolut unattraktiv, und meine Haare können ... als glanzlos erachtet werden.«

»Ihr Haar ist prachtvoll, und die Erhebung ist ungemein reizvoll.« Jetzt klang seine Stimme verteidigend. Gott segne ihn.

»Das würde meine Schwester auch sagen.«

»Ihre Schwester ist sehr klug. Ich werde sie, glaube ich, mögen.«

Persephone war nicht sehr zuversichtlich, dass er die Chance dazu bekommen würde. Für alle wäre es das Beste, wenn Pandora keinen von Banes Freunden traf.

Acton gähnte plötzlich. Er schlug sich die Hand vor den Mund und warf ihr einen verlegenen Blick zu.

»Sie müssen vollkommen erschöpft sein«, bemerkte sie. »Ich bin müde, aber wahrscheinlich habe ich vergangene Nacht mehr geschlafen als Sie. Warum gönnen Sie sich nicht ein kleines Nickerchen?«

»Und was ist, wenn Sie einschlafen? Ich möchte nichts von Ihren Worten verpassen, die Sie im Schlaf von sich geben.«

»Habe ich gestern Abend geredet?«, fragte sie.

»Nicht, dass ich wüsste.«

»Nun, ob ich überhaupt schlafen werde, möchte ich bezweifeln. Das letzte Mal, als ich in einer Postkutsche eingeschlafen bin, erwachte ich am falschen Ort«, bemerkte sie ironisch. »Zugegeben, ich war in die verkehrte Kutsche gestiegen, aber ich hätte meinen Fehler früher bemerkt und wäre an einer früheren Haltestelle wieder ausgestiegen.«

»Das tut mir sehr leid.« Er blickte sie mit unverhohlener Bewunderung an. »Sie sind nicht nur einfallsreich, sondern auch unnachgiebig in Ihrer Entschlossenheit.«

Persephone könnte sich an seine Komplimente gewöhnen. Und an seine Fürsorge.

Er lehnte sich in einen Winkel der Kutsche, schloss die Augen und verschränkte die Arme vor der Brust. Sie würde sich bemühen, ihn nicht zu genau zu beobachten, wenn er schlief, aber das würde schwierig werden. Er sah so gut aus. Sie stellte fest, dass seine Gesichtszüge gewöhnlich sehr lebhaft waren. Sein Gesicht nun in Ruhe zu betrachten, würde ihr eine andere Seite von ihm offenbaren. Es juckte sie in den Fingern, den Verlauf seiner Wangenknochen, die Kontur seines Kiefers und die Rundung seiner Lippen nachzuzeichnen. Stattdessen schaute sie ihn nur an. Dann ermahnte sie sich, aus dem Fenster zu schauen, damit er nicht plötzlich aufwachte und sie bei ihrer faszinierten Begutachtung ertappte.

Wie konnte sie von so einem Mann wie ihm fasziniert sein? Mit Erstaunen musste sie anerkennen, dass ein Herzog ihr nicht nur Interesse entgegenbrachte, sondern sie zu mögen schien und sie obendrein ... attraktiv fand. Aber er schien alle Frauen anziehend zu finden. Den Anschein erweckte er zumindest. Erschien sie ihm tatsächlich so anders?

Wahrscheinlich nicht.

Nun, so konnte sie sich das besser vorstellen. Auf jeden Fall war es bestimmt sicherer. Und einfacher.

In Gedanken verloren bemerkte Persephone nicht, dass die Kutsche langsamer geworden war, bis sie ganz stand. Sie befanden sich längst noch nicht in der Nähe von Bath. Sie schätzte ihre Zeit in der Kutsche auf etwa eine Stunde.

Acton rührte sich nicht einmal. Sie würde ihn nicht wecken, falls das nicht notwendig war. Leise setzte sie sich auf die andere Sitzbank und schob sich zur Tür. In dem Moment, als sie die Klinke berührte, erstarrte sie. Was, wenn da etwas nicht mit rechten Dingen zuging? Etwas Gefährliches? Vielleicht waren sie von Straßenräubern aufgehalten worden.

Hätte sie dann nicht Schreie oder andere Geräusche hören müssen? Sie schüttelte den Kopf und verdrehte die

Augen in Actons Richtung. *Er* hatte ihr solche Gedanken in den Kopf gesetzt, indem er sie vor Dingen wie bösen Männern und Ratten warnte.

Trotzdem würde sie warten, bis der Kutscher an die Tür kam.

Nach einem Moment tat er es und klopfte auf das Holz. »Euer Gnaden?«

Jetzt wachte Acton auf, und seine Augenlider flatterten. Blinzelnd breitete er die Arme aus und hob den Kopf.

»Wir haben angehalten«, sagte Persephone. »Der Kutscher ist draußen.«

Acton wischte sich mit der Hand über das Gesicht, dann öffnete er die Tür. »Was ist passiert?«

Das Gesicht des Kutschers war von Sorgenfalten gezeichnet. »Eines der Pferde hat ein Hufeisen verloren.«

»Verdammt.« Actons Gesicht spiegelte das des Kutschers wider. »Lassen Sie mich mal sehen.« Er kletterte hinunter und reichte Persephone die Hand.

»Ich bin kein Hufschmied, Euer Gnaden«, entgegnete der Kutscher nervös. »Ich werde in die nächste Stadt gehen und einen holen müssen.«

Sie folgte den beiden Männern zum vorderen Teil der Kutsche und beobachtete, wie der Kutscher auf das betreffende Pferd zeigte. Es war nicht schwer zu erkennen, welchem Pferd ein Hufeisen fehlte, da es dieses Bein schonte.

Acton streichelte den Hals des Tieres. »Das ist nicht gut, mein Junge. Aber wir werden dich gleich wieder in Ordnung gebracht haben.« Er wandte sich an den Kutscher. »Haben Sie eine Ahnung, wie weit das nächste Dorf entfernt ist?«

»Nur ein paar Meilen.«

»Gut, dass wir mein Pferd haben. Sie reiten mit dem Tier ins Dorf und suchen einen Hufschmied.« Acton griff in seinen Frack und zog einige Münzen heraus. »Bezahlen Sie ihm das und sagen Sie ihm, der Herzog von Wellesbourne würde um seine Hilfe bitten.«

»Unverzüglich Euer Gnaden.« Der Kutscher ging zu seinem Pferd und murmelte dem Tier beruhigende Worte zu, bevor er zum hinteren Teil der Kutsche eilte und Herkules losband, der für den Fall, dass Acton einen Teil des Weges reiten wollte, gesattelt worden war. »Ich bin wieder da, ehe Ihr auch nur bemerkt habt, dass ich fort gewesen bin.«

»Wir kommen schon zurecht«, entgegnete Acton und winkte ab, als der Kutscher davonritt. Als er zu dem Pferd zurückkehrte, flüsterte Acton dem Tier zu: »Wir kriegen dich schon wieder hin. Dein Kutscher scheint zu wissen, wovon er redet. Es ist dir kein Schaden entstanden, was?«

»Ist mit dem Pferd sonst alles in Ordnung?«, fragte Persephone. Sie konnte zwar reiten, doch von der generellen Pflege von Pferden hatte sie keine Ahnung.

»Es hat ganz den Anschein. Es sieht so aus, als hätte der Kutscher unverzüglich angehalten, damit das Pferd nicht zu lange ohne Eisen lief. Denn daraus entwickeln sich immer Probleme. Das hätte ich nur ungern erlebt.« Er fuhr fort, das Pferd zu streicheln. »Du bist ein braves Tier, nicht wahr?«

Persephone konnte sich ein Lächeln nicht verkneifen, als er dem Pferd freundliche Worte zuraunte. »Ihr seid sehr nett. Ich wusste gar nicht, dass Halunken ein Herz für Pferde haben.«

»Wir unternehme alle möglichen Dinge, die wenig spaßig sind, wie zum Beispiel Abhandlungen über den Anbau von Feldfrüchten zu lesen, die neuesten wissenschaftlichen Entdeckungen zu diskutieren oder über die besten Spazierstöcke zu debattieren.«

»Aber Sie können kein Kleid säumen«, befand sie frech.

»Stimmt«, gab er reumütig zur Antwort und grinste. »Sollen wir die Rückkehr des Kutschers im Freien abwarten, da wir stundenlang in der Kutsche eingesperrt sein werden?«

Die Kutsche stand am Straßenrand, und es gab eine Wiese, auf der sie eine Decke ausbreiten und sich daraufsetzen konnten. In der Nähe befand sich auch eine Hecke, und sie stellte sich vor, wie bewaffnete Räuber heraussprangen und riefen: »Steht still und gebt Eure Geld heraus!«

»Ist es sicher?«, fragte sie.

»Warum nicht?«

»Ich fürchte, Ihre schrecklichen Warnungen vor lauernden Gefahren lassen mich nun andauernd mit dem Schlimmsten rechnen. Als die Kutsche anhielt, habe ich mich gefragt, ob wir vielleicht von einer Bande von Straßenräubern gestellt worden waren.«

»O nein.« Er presste die Lippen zusammen, und es war eindeutig, dass er sich alle Mühe gab, nicht zu lachen.

Sie schlug ihm auf den Arm, woraufhin das Pferd wieherte.

»Oh-oh, jetzt haben Sie das Pferd verschreckt«, stellte Acton mit einem neckischen Unterton fest, und seine Augen glühten vor Belustigung.

Persephone streichelte das Tier am Hals. »Ich bitte um Verzeihung. Dieser Mann mag nett zu dir sein, aber zu anderen kann er geradezu biestig sein. Insbesondere zu Frauen.«

»Das ist überhaupt nicht wahr«, begehrte Acton mit anhaltendem Humor auf. »Ich mache nur Späße, und das wissen *Sie*, glaube ich, nur zu gut, Miss Ratte-im-Stiefel.«

Kichernd schritt Persephone zur Tür der Kutsche. »Touché. Ich hole eine Decke, damit wir dort drüben auf dem Rasen sitzen können. Wollen Sie etwas aus dem Korb?«

»Ein Ale vielleicht?«

Persephone holte das Bier und die Decke und reichte ihm die Flasche, während sie die Decke auf dem Boden ausbreitete. Sie setzte sich und ordnete ihren Rock, während er sich zu ihr setzte aber nicht so nah wie in der Kutsche.

Acton öffnete das Ale und setzte die Flasche an seinen Mund, hielt aber inne, bevor er trank. »Gibt es Becher, oder trinken wir nur aus der Flasche?«

»Keine Becher«, antwortete sie. »Aber ich brauche kein Ale.« Sie war nicht durstig. Aber sie konnte nicht umhin, sich vorzustellen, dass sie ihren Mund da anlegen würde, wo er jetzt einen Schluck nahm. Wollte sie das? Wahrscheinlich kam dies einem Kuss so nahe wie sie je kommen würde. Nicht, dass sie ihn küssen wollte.

Um ihre abschweifenden Gedanken abzulenken, fragte sie: »Wohin werden Sie gehen, wenn wir in Bath angekommen sind?«

»Ich werde die Nacht im Haus meiner Mutter verbringen. Ich sollte wahrscheinlich morgen nach Loxley Court zurückkehren. Und dann werde ich nächste Woche zu einer Hausparty erwartet.«

»Das klingt gut.«

»Ähm, vielleicht. Ich besuche sie in Begleitung meiner Mutter, um in Frage kommende Bräute kennenzulernen.« Sein Blick traf den ihren, als er schnell hinzufügte. »Das war der Plan, sollte ich zu dem Schluss kommen, dass Sie und ich nicht zusammenpassen. Ähm, *wir* hätten uns entschieden. Sie und ich, meine ich.«

»Nun, das haben wir«, gab Persephone zur Antwort, die sich nicht mit diesem Gedanken aufhalten wollte. »Ich war noch nie auf einer Hausparty. Wie ist das?«

Die nächste halbe Stunde verbrachten sie im Gespräch vertieft zu, das sich um Hauspartys handelte, und die lächerlichen Spiele die gespielt wurden, sowie über die verschiedenen Aktivitäten, die die Gastgeberin in der Regel vorbereitet hatte. Während sie sich unterhielten, hatte sich der Himmel verdunkelt. Acton schaute auf. »Ich glaube, es könnte regnen. Ich wollte fragen, ob ich den Korb holen soll, damit wir eine kleine Mahlzeit zu uns nehmen können, aber vielleicht müssen wir uns in die Kutsche zurückziehen.«

Persephone legte den Kopf schief. »Es sieht wirklich so aus, als könnte es regnen«, stimmte sie zu, als ein Tropfen auf ihrer Nase landete. »Oh!«

»War das ein Regentropfen?«, wollte er wissen.

»Ja.« Sie rappelte sich bereits auf.

Acton verschloss das Ale und sprang ebenfalls auf. Nun fing der Regen an, immer stärker zu fallen. Dann zuckten Blitze durch die Wolken. Er riss die Decke hoch und rief: »Los!«

Persephone eilte zur Kutsche und stieg schnell ein. Acton folgte ihr, reichte ihr das Ale und die Decke, ehe er sich selbst hinaufhievte. Er bewegte sich jedoch zu schnell und stieß sich den Kopf, als er ungeduldig in die Kutsche drängte.

»Au.« Er zuckte zusammen, ließ sich auf den rückwärtig gerichteten Sitz fallen und massierte sich die Stirn.

Persephone legte die Flasche und die Decke beiseite und setzte sich auf den anderen Platz. »Lassen Sie mich mal sehen.«

Er ließ die Hand sinken, um sein gerötetes Fleisch zu zeigen. Persephone berührte die Stelle sanft. »Die Haut ist nicht aufgeplatzt. Aber sie ist furchtbar rot.«

»Ich gebe diesem Sesselbett die Schuld.«

Verwirrt konnte sie den Zusammenhang nicht erkennen. »Warum?«

»Gestern Abend dachte ich, ich sei zu groß dafür. Heute dachte ich, ich sei klein genug, um es in die Kutsche zu schaffen, ohne mir den Kopf zu stoßen.«

Persephone lachte, und sein Blick traf den ihren und hielt ihn fest.

Ihre Gesichter waren sich so nah. Sie konnte eine schwache Sommersprosse an seiner Nasenwurzel sehen, die aus einer nicht intimen Entfernung nicht wirklich sichtbar war.

»Ich liebe es, wenn Sie lachen. Es ist so vorbehaltlos und ... unverfälscht. Sie sind nicht wie andere junge Ladys. Sie täuschen nichts vor. Sie kokettieren nicht. Und sie geben auch nicht vor, etwas zu sein, was Sie nicht sind.«

»Sind Sie wirklich echt?«, fragte Persephone. Damit meinte sie nicht nur ihn, sondern auch die Dinge, die er zu ihr sagte und welche Gefühle er in ihr weckte. Sie hatte Halunken immer als unaufrichtig erachtet und sie musste wissen, ob auch er das war. Zumindest jetzt, in diesem Moment.

»Sie streicheln meinen Kopf«, raunte er leise, und sein Mundwinkel hob sich. »Sagen Sie es mir.«

Mit dem Daumen streichelte sie über seinen Haaransatz. Er war *zu* real. Und zu nah bei ihr. Und zu ... verlockend.

»Ziehen Sie sich zurück oder ich küsse Sie«, flüsterte er und beinahe berührten sich ihre Lippen.

Persephone vermochte nicht, auszuweichen. Sie war vollkommen von ihm hingerissen. Mit einer Hand streichelte sie über sein Gesicht und umfasste dann seine Wange, als seine Lippen die ihren trafen.

Die Verbindung fühlte sich himmlisch an. Neckend und schmeichelnd bewegte sich sein Mund langsam über ihrem. Sanfte Küsse, die sie erregten und den Beweis dafür erbrachten, was sie erwartet hatte: er erwies sich als vorbildlicher Küsser.

Er hielt den Kopf ein wenig schräg und der Kuss gewann an Länge und Tiefe, während seine Lippen sich an ihren öffneten. Sie ahmte seine Bewegungen nach und dachte nur, dass all ihr in der Vergangenheit über das Küssen erworbene Wissen sicherlich unzureichend war. Dann glitt seine Zunge an ihren Lippen vorbei, und sie setzte die ihre ein, um sie zu empfangen. Ein Laut stieg tief aus seiner Kehle auf. Seine Hand wanderte zu ihrer Hüfte.

»Euer Gnaden?«

Der Kutscher war zurück.

Überrascht schreckte Persephone auf. Acton hielt sie an der Hüfte fest. »Vorsichtig. Stoßen Sie sich nicht den Kopf«, murmelte er lächelnd. Es war jedoch ein anderes Lächeln. Es zeigte sein inzwischen gewohntes Amüsement und Heiterkeit, doch nun lag auch etwas Wollüstiges darin, ein Versprechen auf das, was hätte kommen können, wären sie nicht unterbrochen worden.

Sie konnte sich nicht entscheiden, ob sie enttäuscht oder erleichtert war. Wahrscheinlich beides.

Acton öffnete die Tür einen Spalt, während Persephone sich auf die andere Sitzbank setzte. »Sie haben also den Hufschmied gefunden?«

»Das habe ich. Hoffentlich lässt der Regen bald nach. Dann kann er das Hufeisen ersetzen und wir können unseren Weg fortsetzen.«

»Das haben Sie gut gemacht, vielen Dank.« Acton schloss die Tür und lehnte sich gegen die Rückbank, während er seinen Blick auf sie gerichtet hielt. »Jetzt können wir vermutlich einfach nur abwarten. Was sollen wir sonst tun?«

Persephone war sich reichlich sicher, wonach ihm der Sinn stand. Sie hatte einen Blick auf die Ausbuchtung in seiner Hose riskiert. Sie dachte nicht daran, noch weitere Küsse zuzulassen – oder andere Zudringlichkeiten. »Sagten Sie nicht, Sie wollten etwas essen?« Sie griff nach dem neben ihm stehenden Korb, und hob ihn auf ihren Schoß. So geschützt würde sie den gesamten Weg nach Bath weiterfahren, um eine Barriere zwischen ihnen schaffen. »Lassen Sie uns etwas essen.«

»Und wenn ich Sie lieber wieder küssen würde?«

Sie konnte nicht in seine Richtung schauen. Also öffnete

sie den Deckel des Korbs und zog ein kleines Tuch hervor. »Das war ein Fehler. Bitte, reden wir nicht mehr darüber.« Sie warf ihm einen finsteren Blick zu.

Er seufzte. »Ich hoffe nur, Sie werden das nicht bereuen.«

Was für eine großspurige Behauptung.

Auch sie konnte nur hoffen, dies nicht zu bereuen.

KAPITEL 11

Seit dem Kuss mit Persey kam ihm jeder einzelne Augenblick so lang wie eine Woche vor. Dieses Gefühl und die durch das verlorene Hufeisen des Pferdes entstandene Verzögerung in Verbindung mit dem darauffolgenden Regenguss, der das Ersetzen des Eisens erschwert hatte, führten dazu, dass bei ihrer Ankunft in Bath die Sonne bereits am Horizont verschwunden war.

Auch die Zeit für das Dinner war längst vorbei, nicht, dass er hungrig gewesen wäre, denn jedes Mal, wenn Acton an Perseys Lippen unter seinen und ihre Zunge an seiner dachte, aß er etwas aus dem Korb, um sich abzulenken. Es war nur gut, dass sie endlich an ihrem Ziel angekommen waren, denn er war sicher, dass ihr Proviant inzwischen verzehrt war.

Das Essen diente auch dazu, seine Gedanken von seinem schurkischen Verhalten abzulenken. Trotz all seiner Beteuerungen, er würde sich ändern, hatte er sich in dem Augenblick, als er die Gelegenheit dazu hatte eine andere Wahl zu treffen, als sich einem Kuss hinzugeben, sich genauso benommen, wie immer – wie ein Halunke eben.

»Es tut mir leid, was vorhin vorgefallen ist«, meinte er und brach damit das Schweigen, das während der ganzen Fahrt geherrscht hatte. Seit dem Kuss hatte sie ihn kaum angeschaut.

»Das muss es nicht.«

»So ist es aber. Ich habe mich genauso benommen, wie Sie es von mir erwartet hatten, und ich habe so sehr versucht, das nicht zu tun.«

»Ich trage die gleiche Schuld«, bemerkte sie und schaute ihn kurz an. »Vergessen wir einfach, dass es passiert ist.«

Das könnte Acton niemals. Die Erinnerung an ihre Lippen würde ihn bis zu seinem Todestag begleiten.

Als er aus dem Fenster blickte, erkannte Acton die Türme der Abtei. Er hatte nicht viel Zeit in Bath verlebt, was wahrscheinlich damit zusammenhing, dass seine Mutter und seine Schwestern hier gelebt hatten und sein Vater London den Vorzug gegeben hatte. Er wusste, dass seine Mutter ein Haus am St. James's Square besaß, das ganz in der Nähe des Crescent lag, wo laut Persey ihre Tante residierte.

Je näher sie dem Crescent kamen, desto unruhiger wurde Acton. Er hatte keine Ahnung, wann er Persey wiedersehen würde. Oder *ob* er sie wiedersehen würde.

»Darf ich Ihnen morgen einen Besuch abstatten, ehe ich die Stadt verlasse?«, fragte er, als die Kutsche in den Crescent einfuhr.

Wieder lenkte sie den Blick in seine Richtung, um ihn dann aber rasch abzuwenden. »Es wäre besser, wenn Sie davon absehen würden.«

»Warum? Sind wir denn keine Freunde?«

»Doch, aber ich werde mit meiner Tante beschäftigt sein. Ich habe viel mit ihr zu besprechen und ich muss einige Dinge entscheiden.«

Dafür hatte er volles Verständnis, doch er spürte auch, dass sie noch mehr verbarg. Nie war sie vollkommen aufrichtig darüber gewesen, warum sie nicht einmal in Betracht zog, ihn zu heiraten. Warum sie ihren Ruf – und noch mehr – aufs Spiel setzte, um einer Verbindung mit ihm zu entgehen. Ihren Standpunkt zu seinem Ruf und dem seiner Freunde kannte er, und er wusste, dass einer seiner Freunde sich möglicherweise etwas hatte zuschulden kommen lassen, um ihre Abneigung zu wecken. Trotzdem schmerzte ihn ihre Abweisung, insbesondere jetzt, da er sie kannte.

Als die Kutsche vor dem Haus ihrer Tante zum Stehen kam, wurde ihm klar, dass er ihrer würdig sein wollte. Er war sich nur nicht sicher, wie.

»Ich hoffe für Sie, dass alles gut geht«, brachte sie hervor und setzte sich aufrechter hin. »Im Haus Ihrer Mutter, meine ich.«

Er hatte Persey vorhin erzählt, dass er noch nie dort zu Besuch gewesen war, und dann abrupt das Thema gewechselt und Unsinniges von sich gegeben. War das gewesen, als sie über ihre Lieblingsweincreme geplaudert hatten?

Die Tür ging auf und Acton entstieg der Kutsche. Er hielt seine Hand hoch, um Persey behilflich zu sein. Ihr Blick traf seinen – nur flüchtig –, ehe sie ihre Hand in seine legte. Der Drang, sie an sich zu ziehen und noch einmal zu küssen, war überwältigend, doch sie entzog sich seinem Griff in dem Moment, in dem ihre Füße das Pflaster berührten.

»Ich geleite Sie zur Tür«, bot er an.

Der Kutscher hatte ihre Reisetasche in der Hand.

»Das ist nicht nötig«, sagte sie mit einem energischen Nicken. Sie nahm dem Kutscher die Reisetasche ab, bedankte sich für die angenehme Fahrt und beglückwünschte ihn zu seinem Verhalten bei dem Missgeschick mit dem Hufeisen. Der Kutscher kehrte zu den Pferden zurück und ließ Acton und Persey allein auf dem Bürgersteig stehen.

Sie drehte sich zu Acton, wobei sie ihm allerdings noch

immer nicht in die Augen sehen konnte. »Ich kann Ihnen nicht genug für Ihre Hilfe danken. Ich werde mich für die Geschenke revanchieren, die Sie mir gemacht haben.«

Im Stillen flehte er sie an, ihn anzuschauen. »Ich werde nichts akzeptieren, also versuchen Sie es gar nicht erst.«

»Ich hätte wissen müssen, dass Sie das sagen würden. Leben Sie wohl, Acton.«

Als sie sich umdrehte und die Stufen zur Tür hinaufschritt, meinte er: »Gute Nacht, Persey.«

Die Tür öffnete sich, und Acton erblickte einen Butler, ehe sie sich wieder schloss. Dann stand er schließlich allein draußen in der Nacht und wünschte, er hätte noch etwas gesagt.

Doch was?

Er versuchte, seinen grimmigsten Blick aufzusetzen, und fragte sich, ob Droxford ihn gutheißen würde, um dann wieder in die Kutsche zu steigen, um die kurze Fahrt zum St. James's Square anzutreten. Acton fühlte sich seltsam, zum Haus seiner Mutter zu fahren, doch seit sie vor beinahe einem Jahr in sein Leben getreten war, hatte sie versucht, ihn zu einem Besuch zu bewegen. Bestimmt hätte sie nichts dagegen, wenn er dort übernachtete.

Trotzdem könnte er auch im White Hart Inn unterkommen.

Die Kutsche hielt vor dem Haus seiner Mutter am St. James's Square. Nachdem er dem Kutscher erklärt hatte, wo sich der Stall für sein Pferd befand, ergriff Acton seine Reisetasche und marschierte auf die Tür zu.

Er klopfte, und ein elegant gekleideter Butler öffnete. Acton hatte erwartet, dass er die Livree von Wellesbourne tragen würde, was allerdings nicht der Fall war. Der Mann sah aus wie ein Endfünfziger und war fast genauso groß wie Acton, der einen Meter achtzig maß. Er hatte hellgraues Haar und schockierend dunkle, buschige Augenbrauen.

Seine blauen Augen musterten Acton mit großer Beobachtungsgabe.

»Ihr müsst Seine Gnaden sein.«

Acton hatte keine Nachricht vorausgeschickt. Was er allerdings hätte tun sollen. Verflixt, er war zu sehr auf Persey konzentriert gewesen. »Ja. Woher wussten Sie das?«

Der Butler schürzte leicht die Lippen. »Es gibt ein Porträt von Euch im Salon Eurer Frau Mutter.«

Sie besaß ein Porträt von ihm? »Ist das neu?« Seit einigen Jahren hatte Acton nicht mehr für ein Gemälde Modell gesessen.

»Neu genug, dass Ihr noch ganz genauso ausseht. Ich glaube, es wurde vor etwa vier Jahren gemalt.«

Ja, das war ungefähr das letzte Mal gewesen. Das Portrait hatte allerdings im Londoner Arbeitszimmer seines Vaters gehangen. Acton hatte es abgehängt, weil es ihm seltsam anmutete, sich selbst an der Wand zu sehen. Nun war er sich nicht sicher, wo das Bild abgeblieben war. Hatte es auf geheimnisvolle Weise seinen Weg hierher gefunden? »Hat sie es schon so lange?«, fragte er.

Die Stirn des Butlers legte sich leicht in Falten, um sich sofort wieder zu glätten. »Gewiss.«

Gab es zwei Porträts?

»Wollt Ihr nicht hereinkommen?«, fragte der Butler und warf Acton einen erwartungsvollen Blick zu.

»Ach, ja sicher. Ich danke Ihnen. Ich bleibe über Nacht hier. Hoffentlich macht es nicht zu viele Umstände. Ich hätte vor meiner Ankunft Bescheid geben sollen.«

»Das ist überhaupt kein Problem.«

»Danke, ähm …« Acton wusste nicht, wie der Butler hieß, und er hatte deshalb ein schlechtes Gewissen.

»Ich bin Simmons.« Er neigte den Kopf.

»Es ist mir ein Vergnügen, Sie kennenzulernen, Simmons. Ich weiß es zu schätzen, dass Sie mir entgegenkommen.«

»Es ist uns ein Vergnügen, Sir. Eure Schwestern halten sich im Salon auf. Ich fürchte, das Abendessen ist bereits beendet. Soll ich eine kleine Mahlzeit für Euch vorbereiten lassen?«

Seine Schwestern? »Nein, danke. Ich habe schon gegessen.« Er hätte nicht einmal einen Keks durch seine Speiseröhre zwängen können. »Sie sagen, meine Schwestern sind hier? Alle beide?«

»In der Tat.«

»Sind ihre Ehemänner auch zugegen?« Acton hatte seine Schwestern seit mehreren Jahren nicht mehr gesehen und dachte, es wäre vielleicht weniger peinlich, wenn ihre Ehepartner anwesend wären.

»Das sind sie nicht.«

So viel zu diesem rettenden Gedanken.

»Sehr gut. Ich danke Ihnen, Simmons.«

Der Butler winkte einem Lakaien, der herankam und Actons Koffer entgegennahm. »Ihr werdet im zweiten Stock wohnen. Ich bedaure, Euch mitteilen zu müssen, dass Lady Donovan das Zimmer Eurer Mutter benutzt, welches das größte ist.«

»Gern nehme ich mit dem Zimmer vorlieb, zu dem Sie mich schicken«, entgegnete Acton lächelnd.

»Es ist das Eckzimmer auf der südwestlichen Seite – das grüne Zimmer. Wenn es Euch nichts ausmacht, uns ein paar Minuten Zeit zu geben, um alles vorzubereiten ... vielleicht möchtet Ihr Eure Schwestern im Salon begrüßen?«

Das *sollte* er tun. Und seiner Vermutung nach musste er das auch, zumal er nicht auf direktem Wege in sein Zimmer gehen konnte. Verflixt, er hätte unbedingt ins White Hart Inn gehen sollen. War es zu spät dafür?

Wahrscheinlich.

Er rang sich ein weiteres Lächeln ab und stellte dabei fest, dass ihm diese Geste noch nie so schwergefallen war. »Ich gehe jetzt nach oben.«

Simmons nickte, und Acton durchmaß die Eingangshalle, welche in die Treppenhalle an der Rückseite des Hauses mündete. Als er die Treppe hinaufstieg, fühlten sich seine Füße bleiern an. Was sagte man zu Schwestern, die man seit sechs Jahren nicht mehr zu Gesicht bekommen hatte? Inzwischen waren beide verheiratet, und er war nicht einmal auf ihren Hochzeiten gewesen. Sein Vater war natürlich hingegangen. Er hatte behauptet, es sei nicht nötig, dass Acton zugegen war. Tatsächlich hatte er Acton bei beiden Gelegenheiten auf eines seiner anderen Anwesen geschickt, um dort geschäftliche Dinge zu erledigen. Es war, als hätte er Actons Teilnahme an den Ereignissen *gar nicht gewollt*.

Bislang hatte Acton noch nie aus dieser Sicht darüber nachgedacht.

Vor der Tür zum Salon – er war überzeugt, dass es sich um den Salon handelte, holte er tief Luft, nahm die Schultern zurück und setzte sein charmantestes Lächeln auf. Moment, warum hatte Simmons ihn nicht angekündigt?

Nun gut, jetzt war es zu spät.

Er betrat den Salon. Seine Schwestern saßen zusammen, jede auf ihrem eigenen Sessel, in einer Sitzgruppe beim Kamin. Die eine war mit Handarbeiten beschäftigt, während die andere zeichnete. Sie boten ein perfektes Bild von femininem häuslichen Glück.

»Guten Abend, Schwestern.« Das Wort »Schwestern« hinterließ einen seltsamen Geschmack auf seiner Zunge.

Sie rissen die Köpfe hoch. Die ältere der beiden, Francesca, die jetzt Lady Donovan hieß, hatte dunkelrotes Haar und eine spitze Nase. Er erinnerte sich, dass sie wie auch ihre Mutter groß und gertenschlank war. Cecily war zwei Jahre jünger. Sie war noch ein Säugling gewesen, als ihre Mutter Francesca und sie mitgenommen hatte. Ihr Haar war kastanienbraun wie seins, doch es ging mehr ins Rötliche. Und ihre Augen waren von einem atemberaubenden Haselnussbraun, wobei das Grün das Braun fast überstrahlte.

»Loxley?«, brachte Cecily hervor und blinzelte ungläubig.

»Wellesbourne«, korrigierte Francesca, wobei sich ihre Augen leicht verengten. »Ein kleiner Irrtum, da wir ihn nicht mehr gesehen haben, seit er das Herzogtum geerbt hat.«

Cecily hob eine Schulter. »Wir sehen ihn nur selten.«

Sprachen sie *mit* ihm? Er war sich nicht sicher.

»Ich hoffe, es geht euch beiden gut«, meinte er gleichmütig und fragte sich, wann er sich zurückziehen könnte.

Francesca legte ihre Handarbeit beiseite und schaute ihn erwartungsvoll an. »Verzeih meine Unverblümtheit, aber warum bist du hier? Wir haben dich nicht erwartet.«

»Nun, nein. Ich habe keine Nachricht geschickt. Ich wusste nicht, dass hier jemand wohnt.« Warum fühlte er sich in der Defensive? »Ich war, ähm, mit einem Freund unterwegs, und wir sind in Bath gelandet. Da es schon so spät ist, habe ich mir gedacht, heute über Nacht hierzubleiben. Morgen werde ich nach Loxley Court zurückkehren.«

»Solltest du nicht eine potenzielle Braut kennenlernen?«, fragte Cecily. Sie hatte ihren Bleistift auf dem kleinen, schrägen Zeichentisch vor sich abgelegt.

Sie wussten davon? Ihre Mutter musste die beiden wohl informiert haben. »Das sollte ich, ja, aber sie wurde krank.« Es war am unkompliziertesten und das Beste, mit der Lüge fortzufahren. Auf keinen Fall wollte er verraten, dass *sie* seine Reisebegleiterin gewesen war.

»Es ist seltsam, dich hier zu haben«, meinte Francesca und sah genauso unbehaglich aus, wie er sich fühlte.

»Nun, ich möchte keinen Skandal verursachen«, meinte er lachend und versuchte, die Stimmung etwas aufzulockern.

Cecily winkte mit der Hand. »Nichts wird den aktuellen Skandal in den Schatten stellen, der derzeit durch die Stadt fegt.« Sie legte den Kopf schief und sah ihn direkt an. »Bist du nicht mit Banemore befreundet?«

Actons Magen krampfte sich zusammen. »Was hat er getan? Oder was hat er angeblich getan?«

Francesca schaffte es irgendwie, ihre Nase über Acton zu rümpfen. »Er hat eine junge Lady und wahrscheinlich ihre ganze Familie ruiniert. Ich wage zu behaupten, dass daran nichts ›Angebliches‹ ist.«

»So ein Schuft, sich auf solche Weise aufzuführen, während er mit einer anderen verlobt ist.« Cecily schüttelte den Kopf.

Acton war verwirrt. Bane war nicht verlobt. Das war er wenigstens vor zwei Wochen noch nicht gewesen. Acton war mit ihm und einigen Freunden nach Weston gereist. Er hatte die Nacht auf dem Landsitz des Herzog von Henlow, The Grove, verbracht, ehe er zu einem weiteren Freund nach Wales aufgebrochen war.

»Das muss ein Irrtum sein, oder, was wahrscheinlicher ist, es handelt sich nur um dummes Gerede, das in der Realität jeder Grundlage entbehrt.« Acton wusste, dass Bane der Schlimmste unter ihnen sein konnte, wenn es darum ging, sich bei jungen Ladys Freiheiten herauszunehmen, aber er würde es nie übertreiben. Das stimmte nicht ganz. Er würde einfach seine Hoffnung darauf setzen, nicht erwischt zu werden. Kalter Schweiß rann Acton über den Nacken.

Francesca drehte sich nun noch weiter zu ihm. »Er wurde von Mrs. Lawler in einer kompromittierenden Umarmung mit einer jungen Frau *gesehen*. Das ist kein Irrtum.« Seine Schwester hatte die Stimme erhoben.

»Aber er ist nicht verlobt«, hielt Acton dagegen und fühlte sich noch mehr in die Defensive gedrängt. Dabei ging es nicht einmal um ihn. »Vielleicht hat sich Mrs. Lawler geirrt, und Bane wird *diese* junge Lady heiraten. Die, mit der er zusammen gewesen ist.« Das ergab mehr Sinn. Bane würde, wenn er in solch einer Situation gefangen wäre, einer Lady nicht den Rücken kehren.

Cecily drehte sich ebenfalls, um ihm direkt ins Gesicht zu sehen. »Banemore hat Mrs. Lawler sehr deutlich gesagt, dass er die Frau, mit der er erwischt wurde, *nicht* heiraten wird, weil er bereits verlobt ist. Wie ich schon sagte, er ist ein Schuft.«

So gefühllos konnte Bane doch nicht sein. Und er war nicht verlobt! Und selbst wenn, hätte er stattdessen die Frau geheiratet, die er kompromittiert hatte. Was für ein Schlamassel, wenn das stimmte. In beiden Fällen würde eine junge Lady von der Gesellschaft verleumdet werden. Doch Acton musste annehmen, dass es der kompromittierten jungen Frau schlechter ergehen würde.

»Es muss eine Erklärung geben«, entgegnete Acton ruhig. Er würde seinem Freund gleich morgen früh schreiben. Allerdings war sich Acton nicht ganz sicher, wo Bane im Moment war. Dann fiel ihm ein, dass er Bane nächste Woche auf der Hausparty sehen würde. Oder? Vielleicht würde Bane nicht kommen, wenn all das hier vor sich ging. Vielleicht würde er sogar bereits verheiratet sein? Acton würde einen ihrer Freunde ausfindig machen – Somerton wohnte nicht weit entfernt – und die Wahrheit herausfinden.

»Es gibt eine«, sagte Francesca entschlossen. »Bane ist ein Halunke.«

Acton runzelte die Stirn. Nein, es war wohl eher ein finsterer Blick! Droxford wäre stolz. »Man sollte nicht alles glauben, was man hört.«

»Natürlich musst du das sagen«, bemerkte Cecily. »Dein Ruf ist auch nicht viel besser.«

Francesca verschränkte die Arme vor der Brust, und ihr Blick wurde ein wenig schmaler. »Ihr Halunken haltet alle zusammen. Ist das wie ein organisierter Club, oder schwärmt ihr einfach wie triebhafte Vögel zusammen aus?«

Actons Schwestern starrten ihn erwartungsvoll an. Sollte das wirklich eine richtige Frage sein?

»Äh, nein. Nicht alle meine Freunde sind Halunken.« Er zog eine Grimasse, als er merkte, wie schlimm das klang.

»Gewähre ihnen ein bisschen Zeit«, schlug Francesca vor.

»Ehrlich gesagt, dürft ihr wirklich nicht alles glauben, was ihr zu hören bekommt«, wiederholte er. »Wenn ihr mich besser kennen würdet, könntet ihr sehen, dass ich ein guter Mensch bin. Ich bin kein Halunke.«

»Wir haben nicht gesagt, dass du einer bist, aber einen engen Freund wie Banemore zu haben, spricht nicht für dich«, bemerkte Cecily. »Weißt du, wer ein guter Mensch ist? Miss Barclay. Sie hat nicht darum gebeten, von deinem Freund ruiniert zu werden.«

»In der Tat«, stimmte Francesca zu. »Sie ist die Einzige in dieser Situation, die Mitleid verdient.«

Acton hörte kaum, was Francesca sagte. Der Name *Miss Barclay* hallte in seinem Gehirn wider. Großer Gott, hatte Bane Persey ruiniert? Acton würde ihn erdrosseln.

Das erklärte so vieles. Perseys extreme Abneigung gegen ihn und die Ablehnung von Actons Hilfsangeboten. Die Notwendigkeit, rasch zu heiraten, und der Wunsch ihrer Eltern, dafür zu sorgen, dass dies geschah. Bane sollte der sein, der sie heiratet. Hatte er eine Verlobung erfunden, um dies zu vermeiden? Das konnte Acton sich beim besten Willen nicht vorstellen aber im Moment konnte er nur eines deutlich sehen: rot.

Er konnte sich nicht besinnen, wann er das letzte Mal so erzürnt gewesen war. So wütend.

Doch, das konnte er. Und es war erst kürzlich. Als dieser betrunkene Unhold über Persey herfallen wollte. Ihn überkam ein überwältigender Drang, nach Gloucester zurückzukehren, den Mann zu fangen und ihn vor den Richter zu zerren. Er zürnte sich selbst, weil er das nicht getan hatte. Er hatte Persey nur beschützen wollen, und das hatte bedeutet, bei ihr zu bleiben.

Diese Ausrede hatte er jetzt nicht mehr.

Gleich morgen früh würde er aufbrechen und Bane ausfindig machen. Dann würde er den Halunken dazu zwingen, das Richtige zu tun.

War er nun also einer Meinung mit seinen Schwestern, dass Bane ein Halunke war? Wie schnell hatte er seine Meinung geändert, als er erfuhr, dass die junge Lady, die sein Freund ruiniert hatte, eine Bekannte von ihm war. Eine Frau, die ihm etwas bedeutete. Und die etwas viel Besseres verdient hatte, als weggeworfen zu werden.

Cecily lehnte sich zu Francesca und flüsterte: »Überdenkt er seine Einstellung?«

Obwohl sie leise sprach, konnte Acton sie hören und war sicher, dass sie ihn gemeint hatte. »So ist es«, antwortete er langsam. »Ihr müsst mich entschuldigen. Es tut mir leid, dass ich euch heute Abend belästigt habe. Ich weiß, es ist unangenehm ... zusammen zu sein.«

Francesca faltete die Hände im Schoß. »Das heißt nicht, dass etwas falsch daran ist. Wir hätten einladender sein sollen.«

Acton nickte undeutlich. »Ich hätte mein Kommen vorher ankündigen sollen.«

»Du wusstest ja nicht, dass wir hier sind«, meinte Cecily. »Und wenn du das gewusst und eine Nachricht geschickt hättest, würden wir dich eingeladen haben, zu kommen.« Sie blickte in Richtung Francesca, die ihre Worte mit einem leichten Nicken bestätigte.

Nun, das war schön, dachte er. Es war nicht so, dass er seine Schwestern nicht mochte. Er kannte sie nur nicht. Und als sein Vater gestorben war, waren sie beide bereits verheiratet und lebten ihr eigenes Leben. Während seine Mutter versucht hatte, eine Beziehung zu ihm aufzubauen, hatte sich zwischen seinen Schwestern und ihm nichts getan. Vielleicht sollten sie alle etwas daran ändern.

»Es kann sein, dass ich noch einen Tag bleiben möchte.« Auf diese Weise könnte er Persey morgen besuchen und herausfinden, was wirklich geschehen war. Dann könnte er sich auf die Suche nach Bane machen. »Wenn euch das recht ist.«

Die Schwestern tauschten Blicke aus, und Cecily sprach zuerst. »Das wäre schön. Du kannst uns beweisen, dass du kein Halunke bist.« Sie lächelte, und Acton entspannte sich ein wenig. Er hoffte wirklich, dass seine Schwestern Sinn für Humor hatten.

»Ich bezweifle, dass er das an einem Tag schafft«, fügte Francesca mit einem Augenzwinkern hinzu.

»Das stimmt vermutlich«, pflichtete Cecily ihr bei. »Aber es ist ein guter Anfang.«

Ja, das war es. »Wir sehen uns dann morgen früh.« Er verbeugte sich höflich vor ihnen, bevor er sich entfernte.

Er machte sich auf den Weg nach oben zu dem Zimmer, das ihm der Butler gezeigt hatte. Als er es betrat, fiel ihm auf, wie sehr es ihm gefiel. Grün war seine Lieblingsfarbe, und das Zimmer war in verschiedenen Farbtönen dekoriert. Er fühlte sich willkommen und wie zu Hause. Das Bettzeug erinnerte ihn sogar an sein Zimmer in Loxley Court.

In einer der Ecken standen ein Schreibtisch und ein Bücherregal sowie ein gemütlicher Sessel mit dunkelgrünem Bezug. Er stellte sich vor, dort zu sitzen und zu lesen, während das Fenster den Blick auf den Rasen und die Bäume in der Mitte des Platzes freigab.

Er ging zum Bücherregal und zog ein paar Bücher heraus. Sie gehörten zu seinen Favoriten. Dort stand auch eine gemeißelte Katze. Er nahm sie in die Hand und streichelte über den glatten schwarzen Stein. Die Bewegung löste eine Erinnerung an einen schwarzen Kater aus, an das Streicheln seines weichen Fells. Er hatte dunkelgelbe Augen. Und sein Name war Domino gewesen. Was war nur aus ihm geworden? Acton erkannte, dass die Erinnerung aus der Zeit stammte, bevor seine Mutter fortgegangen war. Vielleicht hatte sie den Kater mitgenommen.

Nachdenklich setzte er die Katze ab und drehte sich um, um den Rest des Zimmers zu betrachten. Es gab einen Schrank, einen Kamin mit einem schwach lodernden Feuer, einen weiteren Stuhl, das Bett, einen Beistelltisch und eine Kommode mit allen Schubladen. Aber klemmten sie auch?

Er hätte gelächelt, als er sich an seine Scherze mit Persey erinnerte, aber der Gedanke an sie machte ihn unruhig. Er überlegte, ob er zu dieser späten Stunde noch zum Crescent gehen sollte, um sie zu sprechen.

Aber es war zu spät, und sie hätte sich nach ihrem Reisetag durchaus bereits zurückgezogen haben können. Ganz zu schweigen davon, wie früh sie wegen der Rattenproblematik aufgestanden waren.

Wie lange das plötzlich her war.

Morgen sollte es früh genug für ein Gespräch mit ihr sein. Er würde versuchen, nicht zu zeitig zu erscheinen.

~

*P*ersephone blickte sich nicht nach Acton um, bis die Tür zu Tante Lucindas Haus geschlossen war. Dann gönnte sie sich einen Blick auf das Portal und dachte an Acton auf der anderen Seite, der wohl gerade in die Kutsche stieg und die kurze Strecke zum St. James's Square zurücklegte. Er hielt sich in so großer Nähe zu ihr auf, und doch hätte er ebenso gut in London sein können.

Sie schüttelte den Kopf, als müsse sie ihre Gedankengespinste abschütteln und reichte dem Lakaien, der ihr die Tür geöffnet hatte, ihre Tasche. »Danke, Davis. Sind meine Tante und meine Schwester noch wach?«

»Gewiss, Miss. Sie sind im Salon.«

»Wunderbar.« Sie bedankte sich mit einem freundlichen Lächeln, ehe sie die Treppe hinaufging. Seit sie sich erinnern konnte, war sie mehrmals im Jahr bei Tante Lucinda zu Gast gewesen, und Persephone kannte das Haus so gut wie Radstock Hall. In vielerlei Hinsicht mochte sie es sogar lieber. Ihre Schwester Pandora und sie hatten hier viele glückliche Tage mit ihrer Tante verbracht, die selbst keine Kinder hatte.

An der Schwelle des Salons hielt sie inne und lächelte. Pandora saß auf einem Sofa und las ein Buch, und Tante Lucinda saß neben einer Laterne und las in einer Zeitung.

Als sie eintrat, hustete Persephone ein wenig. »Guten Abend.«

»Persey!« Pandora sprang vom Sofa auf, warf das Buch zur Seite und stürmte auf sie zu. Sie umarmte Persephone heftig. »Was machst du denn hier? Sag mir, was ist in Loxley Court passiert?« Sie zog sich zurück und schnitt eine Grimasse. »Bist du verlobt?« Ihr Gesicht wurde blass. »Sind Mama und Papa auch hier?«

Tante Lucinda eilte auf Persephone zu. Wie immer war sie mit ihrem umwerfenden roten Kleid und dem goldbraunen, mit rubinroten Kämmen tadellos frisierten Haar der Inbegriff von Eleganz und sah aus, als habe sie vor, auszugehen, anstatt zu Hause bei ihrer Nichte zu bleiben. »Pandora, lass sie doch erst einmal Luft holen. Persey, ich kann mir nicht vorstellen, dass deine Eltern hier sind, sonst wären sie bei dir. Das wirft viele Fragen auf, aber da deine Schwester dich bereits mit mehreren bombardiert hat, musst du ihre zuerst beantworten.« Sie legte ihren Arm um Persephone und drückte sie. »Komm, Persey.« Auch sie benutzte Pandoras Spitznamen, womit sie angefangen hatte, kurz nachdem er eingeführt worden war. Außer Pandora war sie die Einzige, die sie so nannte.

Und jetzt Acton.

Das hatte er jedenfalls getan, als sie noch Bekannte waren. Was sie jetzt nicht mehr waren. Zumindest redete sie sich das ein.

»Ich bin nicht verlobt.« Persephone nahm die Hand ihrer Schwester, und sie schritten zum Sofa, wo sie sich zusammen hinsetzten.

Tante Lucinda nahm wieder auf dem Sessel gegenüber dem Sofa Platz. »Du und der Herzog haben nicht zusammengepasst?«

Persephone machte sich auf ihre Reaktionen gefasst. »Ich habe ihn dort nicht einmal getroffen. Ich habe es noch nicht einmal bis nach Loxley Court geschafft.«

Pandora schnappte nach Luft. »Was meinst du damit?«

»Mir wurde klar, dass ich den Herzog nicht heiraten kann, was hatte es also für einen Sinn, ihn überhaupt kennenzulernen? Ich ließ Mama und Papa in Cirencester zurück.«

Wieder keuchte Pandora auf. »Du bist einfach *gegangen*?«

»Ich habe ihnen eine Nachricht hinterlassen, ich sei nach Radstock Hall zurückgekehrt.«

»Und hast du das getan?«, fragte Tante Lucinda. »Du musst sie bereits vor einigen Tagen verlassen haben, und deine Reise hierher sollte nicht so lange gedauert haben.«

Persephone überlegte, ob sie den beiden einfach sagen sollte, sie sei nach Hause gefahren, ehe sie sich entschlossen hatte, hierher zu kommen, doch dann urteilte sie, dass ihre Lüge mit Leichtigkeit auffliegen könnte.

»Das ist eine kuriose Geschichte.« Persephone stockte einen Moment, als sie überlegte, was sie erzählen könnte. Sie konnte schlecht von ihrem Irrtum mit der falschen Kutsche, ihrer gestohlenen Reisetasche, dem gewalttätigen Betrunkenen, den Ratten und ganz sicher nicht von diesem Halunken berichten.

Halunke?

Vielleicht war er das in ihren Augen gar nicht mehr. Wie auch immer, er gehörte der Vergangenheit an, und am besten vergaß sie ihn ganz.

»Ist das ein neues Kleid?«, fragte Pandora. »Ich kann mich gar nicht daran erinnern.«

»Ähm, ja. Ich musste es kaufen, weil ich Cirencester ohne irgendetwas verlassen habe«, flunkerte Persephone. »Ich habe mich vor dem Morgengrauen davongestohlen und musste leise sein, weil ich nur ein paar Meter von Mama und Papa entfernt schlief.«

Pandoras Stirn legte sich in Falten. »Ist etwas mit dem Kleid passiert, das du getragen hast?«

»Es wurde sehr schmutzig. Zum Glück konnte ich es in dem Gasthaus säubern lassen, in dem ich in Gloucester übernachtet habe.«

»Dort bist du also gewesen«, brachte Tante Lucinda hervor. »Warum bist du nicht hierher zurückgekommen?«

»Das wollte ich, doch ich hielt es für das Beste, mit der ersten Kutsche, die an jenem Morgen von Cirencester abfuhr, nach Gloucester zu fahren. Dann gab es Probleme mit der Anschlussverbindung, sodass ich erst heute Abend ankam. Es kam eins zum anderen«, sagte sie müde. »Heute hat das Pferd unterwegs ein Hufeisen verloren.«

»Meine Güte, das klingt alles sehr teuer«, vermutete Tante Lucinda. »Wie hast du das alles bezahlt?«

»Ich hatte mein Nadelgeld mitgenommen.« Es war nicht genug gewesen, um das alles zu bezahlen, aber das musste Tante Lucinda ja nicht wissen. Der Grund, warum sie überhaupt eine anständige Summe beisammengehabt hatte, war, dass Tante Lucinda ihr und Pandora zu Weihnachten und an ihren Geburtstagen Geld schenkte.

Tante Lucinda sah sie mit einem anerkennenden Lächeln an, wobei sich ihre schmalen Brauen sanft schräg stellten. »So ein kluges Mädchen.«

»Ich kann nicht glauben, dass du das alles allein geschafft hast.« Pandora blinzelte. »Ich meine, ich kann es glauben, aber es ist ein Glück, dass du unversehrt bist.«

»Ich habe großes Glück gehabt.« Allerdings nur dank Acton. Diese Erkenntnis hätte sie vor ein paar Tagen noch geärgert, aber jetzt war sie unglaublich dankbar, dass er sich auf die Suche nach ihr gemacht hatte.

»Ich bin so froh, dass du zur Vernunft gekommen bist und den Herzog nicht geheiratet hast.« Pandora warf ihr einen verlegenen, entschuldigenden Blick zu. »Es tut mir so leid, dass ich so schrecklich war, als du zugestimmt hast, mit Mama und Papa zu gehen. Ich wollte nur nicht, dass du deine Zukunft für meinen Fehler opferst.«

»Es war kein Fehler«, widersprach Persephone vehement. »Du bist betrogen worden. Du dachtest, dieser Halunke würde dich lieben und somit hattest du allen Grund zu erwarten, dass er dich heiraten würde. Dass er weder das eine noch das andere getan hat, ist *sein* Fehler, nicht deiner.«

»Warum bist du hierhergekommen, anstatt nach Hause zu gehen?«, fragte Tante Lucinda. »Nicht, dass ich es bedauere, dich hier zu haben. Du weißt, dass du immer willkommen bist.«

»Genau aus diesem Grund bin ich zu euch gekommen«, sagte Persephone mit einem flüchtigen Lächeln. Sie verabscheute, wiederholen zu müssen, was der Baron und die Baronin zu ihr gesagt hatten, doch das konnte sie nicht geheim halten, nicht wenn sie entscheiden musste, was sie ohne die Unterstützung ihrer Eltern anfangen sollte. »Sie haben mir gesagt, ich hätte keinen Platz mehr in ihrem Haushalt, wenn ich Wellesbourne nicht heiraten würde. Warum sollte ich mit diesem Wissen nach Hause gehen?«

Pandora holte scharf Luft. »Oh, Persey, dann sind sie ja noch furchtbarer, als ich es mir je vorgestellt habe. Wie können sie dich nur so behandeln?«

Eine Antwort gab es darauf wohl nicht und Persephone versuchte erst gar nicht, eine zu geben.

Tante Lucinda stieß einen leisen, aber sehr undamenhaften Fluch aus. »Mein Bruder ist ein großer Hornochse. Ich kann manchmal kaum glauben, wie es möglich ist, dass Hugh und ich verwandt sind. Ich bin so froh, dass du hergekommen bist, Liebes«, meinte sie mit einem herzlichen Lächeln zu Persephone. »Wir finden schon eine Lösung. Weißt du schon, was du als Nächstes tun willst?«

Persephone dachte an ihre Begegnung mit der Direktorin der West Gloucester Day School for Girls. »Nicht wirklich, aber ich habe mir über einiges Gedanken gemacht.«

»Das ist nicht richtig!«, warf Pandora ein. »Du solltest nicht ohne die Unterstützung unserer Eltern eine Zukunft planen müssen.«

Tante Lucinda richtete ihren ruhigen Blick auf Pandora. »Kein Grund zur Sorge, Liebes. Weder Persey noch du müsst losziehen und euren Weg ohne Hilfe finden. Ihr beide werdet immer einen Platz hier bei mir haben.«

»Danke«, murmelte Persephone und kämpfte gegen den Kloß in ihrem Hals an. Sie hätte wissen müssen, dass Tante Lucinda für sie da sein würde. Aber Persephone fragte sich, ob sie einfach an einem Punkt angelangt war, an dem es schwierig war, über den Schmerz der Enttäuschung und der verlorenen Erwartung hinwegzugehen.

»Ich kann hier nicht bleiben«, bemerkte Pandora scharf. Sie blickte zu Tante Lucinda. »Du leidest bereits.«

Persephone sah von ihrer Schwester zu Tante Lucinda. »Was meint sie?«

Tante Lucinda winkte ab und wirkte unbeteiligt, was ganz im Gegensatz zu Pandoras Verhalten stand. »Sehe ich aus, als würde ich leiden?« Sie formte ihren Mund zu einem schiefen Lächeln.

»Du nimmst das auf die leichte Schulter, aber ich bin eine wandelnde Plage. Niemand will in meiner Nähe sein, und du solltest mich auch meiden.« Pandora stand auf und stakste aus dem Zimmer.

Persephone wollte sich erheben, aber Tante Lucinda bedeutete ihr mit einer Geste zu bleiben. »Lass sie in Ruhe. Sie sieht die Dinge im Moment nicht im besten Licht, was ja auch zu erwarten ist. Ihre Welt wurde auf den Kopf gestellt. Genau wie deine. Ich könnte meinem Bruder wirklich eine Ohrfeige verpassen. Ich denke, wir sollten ihn und deine Mutter wissen lassen, dass du hier bist.«

Dann würden ihre Eltern aber mit Sicherheit herkommen, und Persephone wollte sie nicht sehen. Sie würden sie wahrscheinlich zurück nach Loxley Court schleppen. Oder irgendwo anders hin, wo sie gezwungen werden könnte, jemanden zu heiraten, der die Anforderungen ihrer Eltern zufriedenstellte.

Da sie nicht weiter darüber nachdenken wollte, rutschte Persephone auf dem Sofa nach vorne. »Sag mir bitte die Wahrheit darüber, was hier mit Pandora los ist.«

Tante Lucinda seufzte, und Persephone konnte sofort sehen, dass es nicht so rosig stand, wie ihre Tante Pandora glauben machen wollte. »Es läuft nicht gerade gut, nehme ich an. Sie ist erst wenige Tage hier, aber das eine Mal, als sie das Haus verließ – es war einen Tag nach ihrer Ankunft –, wurde sie direkt auf der Straße geschnitten. Verständlicherweise war sie über den Vorfall sehr aufgebracht und hat das Haus seitdem nicht mehr verlassen.«

Persephones blutete das Herz für ihre Schwester. »Das ist nicht fair. Ich bin sicher, dass niemand Bane so behandelt.«

»Vielleicht nicht. Aber er hat eine Menge Kritik einstecken müssen, insbesondere weil er behauptet, verlobt zu sein. Aber niemand weiß, wer diese andere Frau ist.«

»Gut. Kein verlobter Gentleman sollte sich so verhalten wie er.« Persephone konnte sich so ein Betragen bei Acton nicht vorstellen, was wieder einmal zeigte, dass es einen Unterschied zwischen Halunken gab. Wohl eher verschiedene Kategorien des Halunkentums, vermutete sie. Sie konzentrierte sich wieder auf ihre Tante und bemerkte: »Vielleicht sollten wir die Stadt für eine Weile verlassen.« Sie dachte an einen Besuch bei Tamsin in Cornwall oder bei Gwen in Bristol und verwarf Letzteres sofort. Das war zu nah an Bath, und der Klatsch über Pandora war möglicherweise schon dort angekommen. Hatte er seinen Weg nach London gefunden? Wenn ja, dann wäre Pandora endgültig ruiniert.

Persephone hoffte, dass Bane mehr zu leiden hatte, als Pandora es musste. Vielleicht würde seine Verlobte ihr Eheversprechen kündigen.

»Das habe ich auch schon überlegt«, sagte Tante Lucinda. »Ich habe eine Freundin in Kent, bei der wir wohnen könnten.«

»Wie wäre es, wenn wir zu unserer Freundin Tamsin nach Cornwall fahren?«, schlug Persephone vor.

Tante Lucindas Augen leuchteten auf. »Das ist eine wunderbare Idee. Das wäre gut für Pandora. Und für dich.«

»Du bist immer so lieb.« Persephone hielt sich mit der Frage zurück, warum sie nicht ihre Mutter gewesen sein konnte. »Stimmt es, dass du davon nicht betroffen bist?« Das würde Persephone wirklich zu schaffen machen. »Und sei bitte aufrichtig.«

»Ich habe nicht gelogen, als ich sagte, ich würde nicht darunter zu leiden haben. Es macht mir nichts aus, dass ich weniger Einladungen bekomme. Es hilft mir auch zu erkennen, welche Leute meine wahren Freunde sind.« Tante

Lucinda schnippte einen Fussel von ihrem Rock. »Abgesehen davon gibt es nur wenige, die mich einladen würden, zusammen mit Pandora einen gesellschaftlichen Besuch abzustatten. Die Leute meinen, es müsse Zeit ins Land gehen, bis sich der Klatsch und Tratsch irgendwann gelegt hat.«

Aber wie viel Zeit? Müssten sie Wochen oder Monate fortbleiben? Jahre? Vielleicht war es am besten, wenn Persephone und Pandora zu einem Dasein als Jungfern übergingen. Sie könnten ein gemütliches Cottage in Cornwall bei Tamsin finden. Ihre Freundin lebte an einem ziemlich abgelegenen Ort. Niemand dort würde von Pandoras Skandal wissen.

Persephone wollte die Sache aber nicht so sehen. Dies war *Banes* Skandal.

Die Strapazen des Tages in Verbindung mit der Sorge um Pandora übermannte Persephone plötzlich. »Ich glaube, ich muss mich zurückziehen. Es war eine sehr lange Reise.«

»Das war es wohl tatsächlich.« Tante Lucinda stand zusammen mit Persephone auf und umarmte sie kurz, aber herzlich. »Du hast eine Menge durchgemacht, sowohl was deine Eltern anbelangt als auch das, was du in deiner Zeit unterwegs erlebt hast. Ich kann mir nicht vorstellen, dass es *nichts* Interessantes oder Aufregendes zu erzählen gab.« Sie sah Persephone mit fragend hochgezogener Augenbraue an.

»Nichts, wovon du etwas hören möchtest«, sagte sie kryptisch. »Wirklich, alles ist so gut gelaufen, wie man es sich nur wünschen kann. Ich bin dieselbe, die ich war, als ich Radstock Hall verließ.«

Das war ganz und gar nicht der Fall. Die mit Acton verbrachte Zeit war einmalig gewesen. Die Küsse, die sie ausgetauscht hatten, waren voller Magie gewesen. Deshalb würde sie auch gar nicht erst über eine weitere gebrochene Regel für Halunken nachdenken.

Wie dem auch war, kam es auf diese Dinge auch gar nicht an, und all das lag nun hinter ihr. Sie machte sich für die Zukunft keine Hoffnung auf eine Ehe und musste sich damit abfinden, dass sie wahrscheinlich ein beschauliches Leben an einem abgelegenen Ort führen würde. Wenigstens hätte sie Pandora.

Das war jedoch kein rechter Trost. Persephone fühlte sich dadurch nur noch schlechter, denn Pandora hatte sich einen Ehemann und eine Familie weit mehr gewünscht als Persephone. Das hatte sie auch verdient.

Es musste einen Weg geben, die Angelegenheit zu Pandoras Gunsten zu regeln. Persephone konnte es nicht ertragen, sie leiden zu sehen. Sie würde alle Hebel in Bewegung setzen, um ihre Schwester glücklich zu sehen.

KAPITEL 12

Trotz der beunruhigenden Gedanken an Persey in Banes Armen war es Acton gelungen, zur Ruhe zu kommen und einzuschlafen. Dann hatte er von ihr geträumt, und in seinem Traum war sie nicht mit Bane, sondern mit ihm zusammen. Acton hatte ihre Küsse noch einmal erlebt und war wohl sogar noch ein wenig weiter gegangen.

Er war nur froh, dass es Morgen war und er Persey endlich aufsuchen konnte. Er musste unbedingt herausfinden, was Bane getan hatte, und die Situation in Ordnung bringen. Acton dachte gar nicht daran, zuzulassen, dass Persey ruiniert wurde.

Er gesellte sich zu seinen Schwestern im Speisezimmer und war überrascht, als er Cecilys Schwangerschaft bemerkte. Gestern Abend hatte sie gesessen und es war ihm nicht aufgefallen. Als sie heute aufstand und zur Anrichte ging, um sich ein weiteres Stück Toast zu holen, bemerkte er die Wölbung ihres Bauches.

Sollte er eine Bemerkung dazu machen? Das wollte er, aber er wollte auch nicht, dass sie sich deshalb unwohl fühlte. Sie unterhielten schließlich keine enge Beziehung.

»Ja, Cecily ist schwanger«, sagte Francesca mit einem halben Lächeln. »Ich kann sehen, dass du es bemerkt hast. Wie ich auch sehe, dass du dir überlegst, ob du etwas sagen sollst.«

»Wie schlau du bist«, sagte er mit einem schnellen Lächeln. »Ich möchte nicht zu weit gehen. Aber ich möchte dir gratulieren, Cecily.«

»Danke«, antwortete Cecily, als sie sich wieder auf ihren Platz setzte. »Das Baby sollte etwa um die Jahreswende herum auf die Welt kommen.«

Acton wollte fragen, ob dies ihr erstes Baby war. Sollte er es nicht schon wissen, ob er Onkel war? Mit einem Mal fühlte er sich ganz furchtbar. »Dazu fällt mir ein, dass ich kein guter Bruder gewesen bin. Ich ...« Gerade wollte er sagen, er sei lange der Ansicht gewesen, dass seine Schwestern ihn nicht kennenlernen wollten, doch er war sich gar nicht so sicher, ob er das wirklich glaubte. Sein Vater hatte ihm gesagt, seine Mutter würde einer getrennten Lebensführung den Vorzug geben und sie waren übereingekommen, dass es das Beste für die Mädchen war, bei ihr zu sein, und für Acton, bei seinem Vater. Ihre Eltern hatten die Entscheidungen getroffen, denen sie sich als Kinder hatten fügen müssen.

»Du hast was?«, drängte Francesca.

»Ich würde euch gerne besser kennenlernen«, antwortete er, wobei ihm aufging, dass es wirklich stimmte. Er war froh über die Anwesenheit seiner Schwestern und dass seine Überraschungsreise nach Bath sie zusammengebracht hatte, für wie lange auch immer. »Es ist mir peinlich zu sagen, dass ich nicht einmal weiß, ob eine von euch bereits Kinder hat. Ich glaube, Francesca vielleicht, aber ich bin mir nicht sicher.« Er ließ den Blick auf seinen Teller sinken, den er gefüllt hatte, bevor er am Tisch Platz genommen hatte. Er wollte die Enttäuschung oder den Schmerz in ihren Augen nicht sehen. Ihm kam in den Sinn, dass ihn der Umstand, seine Schwestern, ihre Ehemänner oder ihre Kinder nicht zu kennen, sicherlich als Halunken qualifizierte – jedenfalls auf die Art und Weise, wie Persey einen beschrieben hatte.

»Ich habe einen Sohn und eine Tochter«, antwortete Francesca. »Er ist vier und sie ist fast zwei.«

»Ich habe eine Tochter, Georgie, die zwei Jahre alt ist«, fügte Cecily hinzu, während sie ihr Toastbrot mit Marmelade bestrich.

»Es tut mir so leid, dass ich das nicht wusste. Und dass ich sie nicht kennengelernt habe.« Wie auch hinsichtlich seines sonstigen Verhaltens nahm er sich vor, das zu ändern. Nur weil er seine Schwestern nicht gut kennengelernt hatte, hieß das nicht, dass er ihre Kinder nicht kennenlernen sollte. Das Gegenteil war der Fall. Er sollte dafür sorgen, dass er sie nicht nur kennenlernte, sondern sie auch wie eine Familie behandelte. »Sie sind nicht hier, oder?«

»Nein, meine Kinder sind zu Hause in der Nähe von Salisbury«, antwortete Francesca.

»Und meine Tochter ist auch zu Hause, in der Nähe von Andover. Falls du das nicht wusstest.« Cecily sagte den letzten Satz ohne Groll.

Leider hatte er das wirklich nicht gewusst. »Ich würde sie gerne kennenlernen, und auch eure Ehemänner.« Eigentlich hatte er Donovan in London kennengelernt. Er war ein paar Jahre älter als Acton, Viscount und Erbe einer Grafschaft. Acton glaubte nicht, dass er Fairhope schon einmal getroffen hatte. Wenn er sich recht erinnerte, stammte der Mann aus Yorkshire. Warum lebten er und seine Frau dann in Hampshire? Vielleicht besaßen sie dort ein Anwesen und wählten es als ihren Hauptwohnsitz, damit die Schwestern in der Nähe voneinander leben konnten. »Wohnt ihr absichtlich nahe beieinander?«, fragte er.

»Ja«, antwortete Cecily. »Wir stehen uns sehr nahe.«

Irgendwie traf ihn diese einfache Aussage ins Herz und hinterließ einen schrecklichen Schmerz. Die Stimme seines Vaters erklang in seinem Kopf und sagte ihm, er solle solche weiche Gefühle ignorieren.

»Du gehst also nach dem Frühstück?«, fragte Francesca, bevor sie an ihrem Tee nippte.

»Eigentlich hatte ich gehofft, ich könnte noch ein oder zwei Tage bleiben. Wenn es euch nichts ausmacht.«

»Es ist Mamas Haus, und sie würde wahrscheinlich wollen, dass du bleibst.« *Wahrscheinlich.* »Wir sind nur für eine Woche hier, um einzukaufen und Freunde zu besuchen, und wir haben noch fünf Tage vor uns.«

Acton musste daran denken, dass er mit seinen Freunden Billard und Karten spielte, wobei sie in der Regel um alles wetteten, und sie ihre Zeit in geselliger Runde verbrachten oder in Clubs gingen. Es herrschte ein starker Wettbewerb zwischen ihnen. Wer trank am meisten oder gewann am meisten, um nur einige Beispiele zu nennen. Wenn er so darüber nachdachte, war Bane als inoffizieller Anführer der Gruppe oft die treibende Kraft. War es möglich, dass er gelegentlich zu weit ging? War das bei Persey der Fall gewesen? Acton fühlte sich angewidert, nicht nur von Bane, sondern auch von sich selbst. Er würde seine Sache besser machen. Angefangen damit, wie er Persey behandelte.

Wieder fühlte er sich von seinem schlechten Gewissen geplagt, weil er sie geküsst hatte. Und doch hatte sie gemeint, sie seien beide schuld. War es falsch, sie zu küssen, wenn sie das wollte? Es war ja nicht so, als hätte er *nicht* die Absicht, sie zu heiraten. Er erstarrte. Würde er sie heiraten wollen? Das würde er, wie ihm gerade klar wurde. Und wie er auch von ihrem Vorsatz wusste, nicht an ihn gefesselt sein zu wollen.

Acton wollte sie unbedingt sehen, um die Wahrheit darüber zu erfahren, was mit Bane geschehen war. »Ich bleibe noch einen Tag«, sagte er. »Vielleicht zwei. Ich muss mich um ein paar Dinge kümmern«, fügte er vage hinzu und hoffte, seine Schwestern würden ihn nicht nach Einzelheiten fragen. »In der Tat, ich muss einen Besuch abstatten.« Er stand auf, sein Frühstück war noch nicht beendet.

»Um diese Zeit?«, fragte Francesca erstaunt.

Es war noch früh, was ihm allerdings egal war. Er konnte nicht länger warten. »Ich muss erst nach meinem Pferd sehen, und ich werde wahrscheinlich einen Spaziergang machen, bevor ich meinen Besuch mache. Bis später, ihr beiden.«

Acton holte Hut und Handschuhe, um dann eilig das Haus zu verlassen. Aber er ging nicht zu den Stallungen. Er ging zügig zum Crescent. Ein kompakter Butler mit ergrautem dunkelbraunem Haar und Brille begrüßte Acton.

»Guten Morgen«, sagte Acton. »Ich bin hier, um Miss Persephone Barclay zu sprechen.«

»Ich bedaure, aber sie empfängt niemanden.« Der Butler warf einen Blick auf die große Uhr in der Halle, als wolle er fragen, ob Acton sich der frühen Stunde überhaupt bewusst war.

Nun ja, es war noch verflucht früh für Besuche. Das war ihm allerdings egal. Mit all dem Charme, den er aufbringen konnte, lächelte er. »Ich bin der Herzog von Wellesbourne.«

»Wie dem auch sei, Euer Gnaden, Miss Barclay empfängt niemanden.« Der Butler drückte sich mit einfachen Worten, aber einer ernsten Autorität aus, die angesichts seiner geringen Statur beeindruckend war.

»Gestatten Sie mir, deutlicher zu werden. Ich *muss* Miss Barclay sprechen. Es handelt sich um eine dringende Angele-genheit.«

Nun presste der Butler die Lippen zu einer dünnen Linie zusammen. Er wirkte vollkommen unbeeindruckt. Doch bevor er Acton ein drittes Mal abweisen konnte, trat eine Frau hinter ihm in die Eingangshalle.

»Wer spricht bereits zu solche einer unchristlichen Stunde vor?«, fragte sie.

»Seine Gnaden, der Herzog von Wellesbourne, Madam«, antwortete der Butler.

Die Frau, bei der es sich um Perseys Tante handeln musste, war von der untadeligen Frisur ihres hellbraunen Haars bis zum samtbesetzten Morgenmantel eine elegante Erscheinung. Mit ihren grünen Augen nahm sie ihn mit prüfender Präzision in Augenschein. Als ihr Blick den seinen traf, wölbte sie neugierig eine Braue.

Verflucht. Acton hatte gar nicht überlegt, dass er jemanden anderen außer Persey antreffen könnte. Was für einen Grund sollte es für seinen dringenden Besuch geben?

»Ich verstehe«, murmelte sie zu niemandem im Speziellen. »Herzog, obwohl es eine Freude ist, Sie zu sehen, muss ich mich fragen, warum Sie hier sind und dazu noch zu dieser Zeit.«

»Er hat eine dringende Angelegenheit mit Miss Barclay zu besprechen«, entgegnete der Butler.

Ihre fein geschwungene Augenbraue blieb in ihrer erhöhten Position. »Ach ja? Kommen Sie doch auf ein kurzes Gespräch herein«, lud Lucinda ihn ein.

Der Butler zog die Tür ein Stück weiter auf, und Acton trat ein.

»Geben Sie Harding Ihre Sachen«, wies sie ihn an, ehe sie sich in Richtung Treppenhalle drehte.

Acton zog seine Handschuhe aus und zusammen mit seinem Hut übergab er die Dinge dem Butler. »Danke, Harding.«

Hardings Gesichtsausdruck war undurchschaubar, und Acton war sich beinahe sicher, dass er irgendwie das Missfallen des Butlers erregt hatte.

Acton folgte Lucinda in die Treppenhalle und überlegte, was er wohl sagen könnte, wenn Perseys Tante bei ihrer Unterhaltung zugegen wäre. Seiner Vermutung nach würde sie das sein. Die Tage, die sie allein miteinander hatten verbringen können, lagen hinter ihnen.

Er würde so tun müssen, als wäre er gekommen, um herauszufinden, ob er ein Arrangement für Bane aushandeln könnte. Allerdings war ihm über Banes Übertretung oder sein derzeitiges Tun nicht das Geringste bekannt. Acton könnte den Karren in dieser Sache noch mehr in den Dreck fahren.

Lucinda führte ihn in den Salon, der sich als ein prächtig dekorierter Raum erwies, welcher den außergewöhnlich guten Geschmack der Frau wie auch ihren Reichtum verriet. Der große Kronleuchter in der Mitte des Raumes war atemberaubend.

Sie drehte sich zu ihm um. »Sie finden den Kronleuchter attraktiv?«

»Er ist atemberaubend.«

»William Parker hat ihn entworfen. Er hat auch die Bilder kreiert, die in den Upper Rooms hängen. Vielleicht haben Sie die schon einmal gesehen?«

Das hatte er natürlich nicht. »Ich war noch nicht in den Upper Rooms.«

»Wie ist das möglich? Bei einem Mann Ihres Formats? Wenn die Saison im Oktober beginnt, finden jede Woche zwei Bälle statt. Sie sollten wenigstens einen oder zwei besuchen.« Sie warf ihm einen prüfenden Blick zu. »Ich denke, mittlerweile sollten Sie schon verheiratet sein. Sie sollten Ihre Suche auf Bath ausdehnen. Aber vielleicht sind Sie ja deshalb hergekommen.« Sie formte ihre Lippen zu einem charmanten Lächeln.

Ja, gewiss! Persephone und er sollten doch herausfinden,

ob sie zusammenpassen. »Genau deshalb bin ich gekommen.«

Lucinda tippte sich mit dem Finger an ihre Lippe und hielt ihn kurz in die Luft. »Ich muss mich fragen, woher Sie überhaupt wissen, dass Persephone hier ist?«

Nun ja, verflixt. Woher sollte er das eigentlich wissen? Wenn überhaupt, müsste er annehmen, sie sei zu Hause, weil sie krank war und ihre Eltern sie dort gelassen hatten, damit sie sich erholte. Genau das war die Antwort. »Ihre Eltern kamen ohne sie in Loxley Court an und erklärten, sie sei krank. Ich beschloss, sie in Radstock Hall aufzusuchen. Aber sie war nicht da, also dachte ich, ich sehe mal nach, ob sie hier ist.« Das hörte sich alles völlig absurd an. Und es konnte sehr wohl im Widerspruch zu dem stehen, was Persey ihr erzählt hatte. Was hatte er sich nur dabei gedacht, hierher zu kommen?

»Es überrascht mich, dass Sie überhaupt auf die Idee kommen, hier zu suchen«, sinnierte Lucinda.

»Ähm, das hat meine Mutter vorgeschlagen«, log er.

Es entstand eine lange Pause, bevor Lucinda ein einziges Mal nickte. Es hatte ganz den Anschein, als würde sie über seine erfundene Erklärung nachdenken und überlegen, ob sie ihm glauben sollte. »Das scheint sinnvoll.«

Es mochte vielleicht sinnvoll scheinen, doch er war sich keineswegs sicher, dass sie überzeugt war.

Ehe er sich weitere Lügen ausdenken konnte, erschien Persey in der Tür. Sie trug einen rosa Morgenmantel, der schon einige Jahre aus der Mode war. Trotzdem sah sie mit ihrem dunklen, goldenen Haar, das sie sich aus dem Gesicht strich, aber nicht festgesteckt hatte, reizend darin aus. Da sie ihr Haar offen trug, wirkte sie unbeschwerter. Möglicherweise hatte sie sich aber seit ihrer Ankunft hier auch einfach nur entspannt. Das würde einen Sinn ergeben.

»Tante Lucinda?«, meldete sich Persey zu Wort und betrat langsam den Raum.

Lucinda lächelte. »Da bist du ja, Persey. Du hast heute Morgen einen Gast. Das ist der Herzog von Wellesbourne. Der Mann, den du kennenlernen solltest, ehe du erkrankt warst.«

Ihre Tante war also in dieses Märchen eingeweiht. War sie an der Ausarbeitung beteiligt gewesen? Nein, offenbar teilte sie die Meinung von Perseys Eltern nicht.

»Was für eine Überraschung, Sie heute Morgen hier zu sehen«, bemerkte Persey, und ihre Augen drückten dabei weit mehr aus als ihre Worte. Es war, als würde sie aus den kleinen Flammen in den Tiefen ihres blauen Blicks Funken auf ihn schießen.

Acton verbeugte sich vor ihr. »Nachdem Sie nicht nach Loxley Court hatten kommen können, beschloss ich, Sie in Radstock Hall zu besuchen. Dann erfuhr ich jedoch, dass Sie hier in Bath sind. Also habe ich mich im Haus meiner Mutter einquartiert. Auf diese Weise wäre ich näher dran, wenn es Ihnen besser geht. Sie sehen wunderbar aus, das muss ich sagen.«

»Es geht mir gut, danke. Meine Tante hat mir geholfen, wieder vollends zu genesen.«

Wie lange wollten sie noch hier stehen und offen lügen? Er musste dem Drang widerstehen, aufzulachen. Mit Ausnahme der angestrebten Verbindung zwischen Persey und ihm schien ihre Tante Lucinda nichts über ihn zu wissen. Vermutlich hatte Persey nichts von ihrer Begegnung erzählt, nachdem sie ihre Eltern in Cirencester verlassen hatte.

»Nun, ich denke, ich sollte euch beiden die Möglichkeit geben, euch kennenzulernen«, meinte Lucinda. »Ich mache es mir einfach auf dem Flur bequem und lasse die Tür natürlich offen.« Sie drehte sich um und neigte ihren Kopf zu Persey, ehe sie sich entfernte.

Sobald Lucinda fort war, gab Persey ihm ein Zeichen, sich zu ihr auf die andere Seite des Raumes zu begeben. In einer der Ecken stand ein Sofa. Sie setzte sich auf die Kante, und er ließ sich neben ihr nieder – nicht zu nahe –, wobei er ihr seinen Oberkörper so gut er konnte zuwandte.

»Was machen Sie hier?«, wollte sie wissen, und das Feuer in ihren Augen loderte immer stärker.

»Ich bin gekommen, um Ihnen zu helfen«, sagte er in einem leisen, aber dringlichen Ton. »Warum haben Sie mir nicht die Wahrheit über den Vorfall mit Bane gesagt?«

Ihr Kiefer krampfte sich zusammen. »Sie haben davon gehört?«

»Von meinen Schwestern – sie wohnen auch gerade im Haus unserer Mutter. Es hat mich alles gekostet, nicht sofort zurückzukehren und mit Ihnen zu sprechen. Ich *musste* heute Morgen kommen.«

»Das mussten Sie nicht. Was wollen Sie denn unternehmen?«

»Bane muss das in Ordnung bringen.« Er musste sich anstrengen, um mit leiser Stimme zu sprechen. »Ich werde ihn aufsuchen und verlangen, dass er das Richtige tut.« Auch wenn Acton dieser Schritt nicht behagte. Der Gedanke, sie würde mit seinem besten Freund verheiratet sein, beunruhigte ihn.

Sie verschränkte die Arme vor der Brust, was ihn an die Persey erinnerte, die er bei ihrer ersten Begegnung gesehen hatte. »Wie kann er so etwas tun, wenn er mit einer anderen verlobt ist?«

»Ich bin mir nicht sicher, ob er das tatsächlich ist. Zumindest war *mir* davon nichts bekannt und ich habe ihn vor etwa zwei Wochen das letzte Mal gesehen. Von Heirat hat er kein Sterbenswort gesagt.« Und Acton hätte von seinem Freund einen Kommentar dazu erwartet. Wenn einer von ihnen vor den Traualtar trat, würde wahrscheinlich eine Feier ausgerichtet werden, wenn diese auch eher von der Natur einer Beerdigung sein mochte.

»Sie glauben, Bane würde Ihnen seine Pläne verraten?«, spottete sie. »Rücksichtnahme auf andere scheint nicht zu seinen Stärken zu gehören.«

»Ich denke, seinen Freunden würde er sagen, wenn zu heiraten beabsichtigte. Ich habe erwähnt, dass ich darüber nachdenke.«

»Sie haben bewiesen, dass Sie anders sind als Bane«, sagte sie leise und blickte auf ihren Schoß.

Acton verspürte den dringenden Wunsch, seinen Freund zu verprügeln. Und Persey zu umarmen. »Es tut mir so leid, dass er Ihnen Leid zugefügt hat.«

Ihr Blick schnellte nach oben. »Nicht *mir* hat er ein Leid zugefügt.«

Über diese Antwort verblüfft, fragte sich Acton, ob er sie falsch verstanden hatte. »Aber er hat Sie kompromittiert.«

Für einen winzigen Augenblick stand ihr der Mund offen, bevor sie sich die Hand vor den Mund hielt. Einen Moment später ließ sie die Hand in den Schoß fallen und warf ihm einen strengen Blick zu. »Nicht mir, sondern meiner Schwester hat er das angetan. Wie kommen Sie darauf, dass ich es war?«

Erleichterung durchströmte ihn, ohne dass seine Wut auf Bane verflogen wäre. Er war noch immer wegen Perseys Schwester empört. Allerdings war er jetzt verdammt froh, dass es nicht Persey gewesen war, die auf irgendeine romantische Weise mit Bane in Berührung gekommen war. Das hatte ihn mehr beunruhigt, als er sich eingestehen wollte.

»Meine Schwester sagte, er habe Miss Barclay kompromittiert. Ich dachte, das wären Sie, aber sie hat sich wohl falsch ausgedrückt.« Dass das nicht sein konnte, hätte er eigentlich wissen müssen. Persey hatte angedeutet, dass ihre Abneigung gegen Bane und seine Freunde nicht auf etwas zurückzuführen war, das *ihr* widerfahren war. »Ich würde Ihrer Schwester trotzdem gern behilflich sein.«

»Wie? Wollen Sie Bane zwingen, sie zu heiraten? Ich bin mir ziemlich sicher, dass sie damit nicht einverstanden wäre. Jetzt nicht mehr. Er hat sie vollkommen ruiniert – nicht nur gesellschaftlich, sondern auch in romantischer Hinsicht. Durch seine Behandlung ist sie am Boden zerstört.« Sie lehnte sich ein wenig nach vorn und ihr Gesichtsausdruck war von Empörung beseelt. »Er hatte ihr versichert, unbedingt mit ihr zusammen sein zu wollen und dass er sie über alle Maßen liebte. Als sie dann bei einer Umarmung ertappt wurden, behauptete er, bereits verlobt zu sein. Was für ein Mann tut so etwas?«

Die Sorte von Mann, die sich nicht einfangen lassen will. Und diejenigen, die über die Stränge schlagen.

Über die Stränge schlagen?

Bane hatte sich weit darüber hinaus gewagt. Er hatte sich gegenüber Perseys Schwester unangemessen verhalten, während er mit einer anderen verlobt war. Acton erkannte jetzt, dass selbst eine Umarmung unschicklich gewesen war, wenn Bane nicht die Absicht hatte, Perseys Schwester den Hof zu machen. Er war grausam und unaufrichtig zu ihr gewesen.

»Das weiß ich nicht«, antwortete Acton leise, während er mit dem Unbehagen über sein eigenes Verhalten und das eines Mannes, den er für einen engen Freund hielt, dasitzen musste.

»Nun, während Sie über die Übertretungen Ihres Freundes nachdenken, sollten Sie wissen, dass Pandora direkt geschnitten worden ist, als sie sich aus dem Haus unserer Tante gewagt hat. Und jetzt sagt sie zu Tante

Lucinda, dass sie das Haus überhaupt nicht mehr verlassen wird.«

Acton dachte angestrengt darüber nach, wie er Perseys Schwester helfen könnte, aber er war ratlos. Es schien, als sei der Schaden in den Augen der Gesellschaft bereits angerichtet.

Persey fuhr fort: »Bane wird meiner Vermutung nach nicht im Geringsten darunter zu leiden haben.« Sie murmelte noch etwas. Es klang wie ein Fluch.

»Ich werde ihn aufsuchen und von ihm verlangen, dass er sich für seine Taten verantwortet.«

Sie riss die Augen auf. »Sie wollen ihn herausfordern?«

»Das nicht.« Bane hatte zwar eine Tracht Prügel verdient, aber Acton hatte nicht vor, sich mit seinem besten Freund zu duellieren. Konnte solch ein Mann, der unschuldige junge Frauen ruinierte, überhaupt noch sein Freund sein? »In irgendeiner Form muss er sich für seine Taten verantworten. Irgendwie.«

»Sie glauben nicht, dass er überhaupt verlobt ist?«, fragte Persey. »War das eine Lüge, die er sich ausgedacht hat, um Pandora nicht heiraten zu müssen?«

»Das weiß ich nicht, aber ich werde es herausfinden. In der Zwischenzeit muss es etwas geben, was ich tun kann, um die Situation Ihrer Schwester zu verbessern. Vielleicht würde es helfen, wenn ich ihr irgendwie meine Unterstützung versichern würde?«

Sie wirkte skeptisch, und ihre Augen verengten sich ein wenig. »Wie soll das helfen?«

Er zog eine Schulter hoch. »Ich bin ein Herzog. Und Banes Freund. Wenn ich sie öffentlich unterstütze und Bane kritisiere, könnte das die Gerüchte eindämmen.«

Perseys Stirn verfinsterte sich. »Das würde alles nur noch verschlimmern. Ich bin mir nicht sicher, ob das in unserem Sinne ist. Vielleicht verlassen wir Bath ohnehin.«

»Wohin wollen Sie reisen und wie lange?« Er stellte die Frage sehr schnell und möglicherweise mit zu viel Intensität.

»Da sind wir uns noch nicht sicher. Und Ihnen würde ich das auch nicht verraten. Dass Sie oder Bane auftauchen und uns stören, können wir ganz und gar nicht gebrauchen.«

Das tat weh. Acton konnte ja verstehen, dass die Schwestern Bane nicht sehen wollten, doch ihn ebenfalls nicht? »Ich war immer nur Ihr treuester Verbündeter.«

»Das mag zwar stimmen, aber trotzdem sind Sie ein enger Freund des leibhaftigen Teufels.«

»Das bleibt abzuwarten«, entgegnete er, womit er sich selbst überraschte. »Wenn er getan hat, was Sie gerade gesagt haben, bin ich mir nicht sicher, ob wir weiter Freunde bleiben werden.«

»*Wenn* ... Zweifeln Sie etwa an mir?« Ihre Stimme war lauter geworden.

»Nein. Ich ... er ist nicht der Mann, den ich zu kennen gedacht habe. Ich meine, er kann übertrieben charmant sein und sich hier und da einige Freiheiten erlauben, aber sich so erwischen zu lassen, und dann seiner Verantwortung und Ehre den Rücken zu kehren, das geht zu weit.« Er schüttelte den Kopf. »Nein, es dreht sich nicht nur darum, erwischt worden zu sein. Er hätte gar nicht erst in diese Situation geraten dürfen, insbesondere dann nicht, wenn er bereits verlobt war.«

»Es überrascht mich, dass Sie das sagen«, entgegnete sie leise.

»Ich lerne. Das versuche ich zumindest. Lassen Sie mich sehen, ob ich helfen kann, oder dachten Sie, die Stadt unverzüglich zu verlassen?«

»Ich bin sicher, dass Pandora Letzteres vorziehen wird. Erlauben Sie mir, mit Tante Lucinda zu sprechen. Bleiben Sie also eine Weile in Bath?« Persey war ganz bei der Sache, was ihre Schwester betraf – und so gehörte es sich auch.

»Für den Moment.« Er würde sich über die Gelegenheit freuen, sie und ihre Schwester zu begleiten.

Nach einem Moment des Zögerns schaute sie zur Tür, wo ihre Tante auf dem Flur wartete. »Was ist mit unserer ... Situation? Sollen wir so tun, als würden wir sehen, ob wir harmonieren?«

»Das scheint die beste Vorgehensweise zu sein«, meinte er und dachte bei sich, dass es gar nicht so schwer sein würde. Tatsächlich genoss er es bereits, Zeit mit ihr zu verbringen.

Spielte er am Ende wirklich mit dem Gedanken, dass sie zusammenpassen könnten? In echt? Es spielte keine Rolle. Sie hatte ihr Desinteresse bereits deutlich kundgetan.

Das war allerdings geschehen, ehe sie einen Kuss ausgetauscht hatten.

»In Ordnung«, entgegnete sie. »Ich kann wohl so tun, als würde ich für kurze Zeit eine Heirat mit Ihnen in Betracht ziehen.« Sie gab einen nicht gerade ermutigenden Laut des Widerwillens von sich. »Meine Eltern werden begeistert sein«, fügte sie mit Sarkasmus hinzu, was ihn zu der Annahme verleitete, dass das vorherige Geräusch an diese gerichtet war und nicht an die Tatsache, dass er ihr den Hof machen würde. Ihre Augen funkelten. »Es wird mir ein großes Vergnügen sein, ihnen schließlich zu sagen, dass wir nicht heiraten werden.«

Auch das klang wenig ermutigend. Vielleicht hatten ihre Küsse keinen so großen Einfluss auf sie ausgeübt wie auf ihn.

Persey fuhr fort: »Ich werde mit meiner Tante und Pandora besprechen, ob wir Ihre Hilfe brauchen und in Bath bleiben.«

»Ich werde alle Hebel in Bewegung setzen, um den von Bane verursachten Schaden zu begrenzen.«

Sie schaute ihn mit einem aufrichtigen Blick an. »Versuchen Sie nur nicht, ihn dazu zu bringen, Pandora zu heiraten. Bitte.«

Acton nickte. »Wenn das Ihr Wunsch ist.«

»Es ist Pandoras Wille, da bin ich sicher. Irgendwann hat sie mir mal gesagt, dass sie Bane nicht heiraten würde, und wenn er der letzte lebende Mann auf Erden wäre.«

Dann war daran also nichts mehr zu rütteln. Dennoch wollte Acton herausfinden, was sein Freund angestellt hatte und warum. Er wollte auch herausfinden, ob Bane tatsächlich heiraten würde. Zunächst würde er zum Haus seiner Mutter zurückkehren und mehrere Briefe schreiben, die er an Bane und ihre Freunde zu schicken gedachte.

»Sie sollten jetzt gehen«, meinte Persey, die sich gleichzeitig vom Sofa erhob.

Verflixt. Er wollte nicht gehen. Sie hatten noch nicht einmal miteinander geplaudert. Zumindest nicht über etwas anderes als dieses Desaster mit ihrer Schwester und Bane.

Acton stand auf, ohne sich jedoch zu entfernen. »Wie geht es Ihnen? Hoffentlich konnten Sie nach dem gestrigen Tag gut schlafen. Es war ein langer Tag, an dem wir stundenlang in einer Kutsche gereist und eine Weile am Wegesrand gestrandet waren.« Er fragte sich, ob sie genauso viel über die Ereignisse in dieser Zeit nachgedacht hatte, wie er.

»Das habe ich, danke, aber nur, weil ich vollkommen erschöpft war. Ich fürchte, ich bin heute Morgen sehr früh aufgewacht, und sofort waren meine Gedanken bei Pandora, was mich am Weiterschlafen gehindert hat.«

»Ich weiß, wie das sein kann.« Denn sein erster Gedanke nach dem Aufwachen hatte Persey gegolten, die er so schnell wie möglich hatte sehen wollen. Er hatte sich nur zum Frühstück gezwungen, um nicht *zu* früh zu erscheinen.

Sie neigte ihren Kopf zur Seite. »Wir sollten uns eine gemeinsame Unternehmung überlegen, denke ich. Vielleicht einen Spaziergang in Sydney Gardens. Oder wir könnten uns zum Tee im Pump Room verabreden?«

»Was immer Sie für das Beste halten. Ich kann mich auch mit meinen Schwestern beraten, da sie sich in Bath sehr gut auskennen.«

»Sie sind hier aufgewachsen, nicht wahr?«, fragte Persey. Auf sein Nicken hin fuhr sie fort: »Werden Ihre Schwestern Sie bei Ihrem Vorhaben unterstützen?«

Er musste ihnen nicht mehr verraten, als dass er herausfinden wollte, ob er und Persey zusammenpassen würden, wie ihre Mutter vorgeschlagen hatte. »Ihnen den Hof zu machen? Warum nicht?«

»Weil meine Schwester als Ausgestoßene betrachtet werden könnte.« Bei diesem Wort zuckte sie zusammen, und Acton wünschte sich, er könnte die ganze Misere hinter ihnen allen lassen.

»Das wird sie nicht. Zumindest ist das unser Bestreben, und ich nehme es genauso ernst, wie ich meine Aufgabe ernst genommen habe, Sie zu beschützen.« Er hielt ihren Blick fest und konnte nicht umhin, sich zurückzuerinnern, wie sie sich in seinen Armen angefühlt hatte. Es würde ihm nicht die geringste Mühe bereiten, ihr den Hof zu machen.

»Danke.« Schließlich wandte sie den Blick ab. »Und jetzt gehen Sie.« Sie ging auf die Tür zu, und ihm blieb keine andere Wahl, als ihr zu folgen.

»Ich werde später eine Einladung schicken.« Kurz bevor sie die Tür erreichten, ergriff er Perseys Arm. »Wie lautet der Nachname Ihrer Tante?«, flüsterte er.

»Barclay-Fiennes«, antwortete Persey.

Er ließ ihren Arm los, und Persey trat in die Halle. »Tante Lucinda, der Herzog geht jetzt.»

Lucinda erhob sich von einem Stuhl und blickte Acton an. »Werden wir Sie wiedersehen, Herzog?«

»Ganz bestimmt, Mrs. Barclay-Fiennes. Ich freue mich

schon darauf.« Acton verbeugte sich vor ihr und Persey, ehe er die Treppe wieder hinunterging.

Als er Harding seinen Hut und seine Handschuhe abnahm, dachte er an die vielen Einzelheiten, über die er noch nicht mit Persey gesprochen hatte, wobei ihn insbesondere interessierte, ob sie eine Ahnung hatte, was mit ihren Eltern war. Eines war allerdings sicher. Ihre Eltern würden sich freuen, wenn sie erfuhren, dass er ihrer Tochter den Hof machte.

Nun ja, vielleicht nicht gerade den Hof machte, denn das wäre zu förmlich. Wie auch immer man ihr weiteres Kennenlernen nun auch nennen wollte, wären der Baron und die Baronin bestimmt begeistert. Acton konnte sich nicht vorstellen, dass Persey das gefallen würde, wie auch ihm nicht.

Es geschah allerdings zum Wohle von Pandora. Die Zeit, die er mit Persey verbringen konnte, war einfach ein glücklicher Zufall.

Dann wurde ihm klar, dass er seine Verbindung zu Persey ironischerweise Bane und seinem ungebührlichen Betragen zu verdanken hatte. Acton wollte ihm trotzdem eine Ohrfeige verpassen.

KAPITEL 13

Kaum war Acton die Treppe hinunter gegangen und verschwunden, führte Tante Lucinda Persephone zurück in den Salon. »Wie ist es mit Wellesbourne gelaufen?«

Persephone war überrascht und sogar verärgert, dass er vorgesprochen hatte, obwohl sie ihn ausdrücklich gebeten hatte, davon abzusehen. Nachdem sie jedoch gehört hatte, dass er sie für diejenige hielt, die Bane kompromittiert hatte, und seine Empörung erkannte, konnte sie nicht anders, als sich geschmeichelt zu fühlen. Wahrscheinlich war es sogar mehr als das – der Schmetterling in ihrem Bauch, den sie bereits in der Kutsche bemerkt hatte, war wieder einmal aufgewacht.

Als Acton dann erfuhr, dass Pandora die Leidtragende war, war sein Wunsch zu helfen nicht schwächer geworden. Er hatte sich sogar bereit erklärt, so zu tun, als würde er Persephone den Hof machen, um Pandoras Ansehen zu verbessern.

Hoffentlich hatten sie Erfolg damit.

Wenn nicht, würden Persephone und Pandora Bath so schnell wie möglich verlassen.

»Persey? Hat er dich verärgert?«, fragte Tante Lucinda drängend, als sie sich in ihren Lieblingssessel setzte.

Als Persephone merkte, dass sie in ihren Gedanken Acton nachhing, schüttelte sie den Kopf, was sowohl als Antwort gemeint war, als auch um einen gewissen Halunken aus ihren Gedanken zu vertreiben. Sie ließ sich auf das Sofa sinken, das neben dem Sessel ihrer Tante stand. »Ganz und gar nicht. Wir, ähm, haben über das Wetter und Bath gesprochen. Er hat nicht viel Zeit hier verbracht.«

»Das ist richtig. Seine Mutter lebt hier. Oder lebte – soweit ich weiß, verbringt sie jetzt viel Zeit im Witwensitz auf seinem Anwesen.«

»Kennst du die Witwe?«, fragte Persephone.

»Nicht so gut wie deine Mutter, aber ja, wir haben uns im Laufe der Jahre angefreundet.«

Sie war neugierig auf seine Mutter. »Es ist traurig, dass die Herzogin und seine Schwestern getrennt von ihm und seinem Vater lebten.«

»Ich weiß nicht, ob das nun traurig ist oder nicht. Die Herzogin wirkte stets gut gelaunt. Sie war ein prominentes Mitglied der feinen Gesellschaft von Bath, und ihre beiden Töchter haben ausgezeichnete Partien gemacht. Ich kann mir vorstellen, dass der Herzog dabei eine gewisse Rolle im Hintergrund gespielt hat. Es ist ja nicht so, dass sie verfeindet waren. Solange der Herzog lebte, fuhr die Herzogin nach London, um den jährlichen Ball in Wellesbourne House zu leiten.«

»Das kommt mir so seltsam vor«, sinnierte Persey. »Getrennte Leben zu führen, aber zu einem gesellschaftlichen Ereignis zusammenzukommen. Was ist mit Feiertagen oder besonderen Anlässen?«

Tante Lucinda zuckte mit den Schultern. »Ihre Ehe war

arrangiert, glaube ich, und es mag sein, dass sie nicht besonders gut harmonierten. Sie haben das Beste daraus gemacht. Ich würde dir raten, das nicht zu tun, wenn du es verhindern kannst. Heirate jemanden, mit dem du gerne dein Leben verbringen möchtest.«

»Jemanden, den ich liebe?«

»Das wäre ideal, aber manchmal ist Liebe schwer zu finden. Und zu halten.« Sie lächelte schwach. »Ich glaube, Hal und ich haben uns anfangs geliebt«, sagte sie in Bezug auf ihren verstorbenen Mann. »Aber es hat nicht gehalten. Wir haben uns jedoch respektiert und die Gesellschaft des anderen genossen, und ich glaube, das ist mehr, als die meisten von sich sagen können.«

Persey erinnerte sich kaum an ihren Onkel Hal. Er war gestorben, als sie acht Jahre alt war. »Ich weiß nicht, ob ich mir darüber Sorgen machen muss«, meinte sie ironisch.

»Warum sagst du so etwas? Nur weil dir der richtige Mann noch nicht über den Weg gelaufen ist, heißt das nicht, dass er nicht kommen wird.«

Acton war ihr buchstäblich in den Weg getreten. Oder sie in seinen. Es war allerdings schon ihre zweite Begegnung, als sie ihm auf der Straße in die Arme lief. Schon ihre erste Begegnung war reiner Zufall gewesen. Wäre sie nicht vor ihren Eltern geflohen, wären sie sich nie unter solchen Umständen begegnet.

Zumindest nicht in jener Nacht. Sie hätten sich aber in Loxley Court kennengelernt. Unter ganz anderen Umständen. Sie fragte sich, wie das wohl abgelaufen wäre. Das würde sie wohl leider nie erfahren.

Bedauerte sie diese verpasste Gelegenheit? Die Chance, herauszufinden, ob sie tatsächlich zusammenpassen würden?

Es fiel ihr schwer, diese Möglichkeit nicht in Betracht zu ziehen, seit sie sich geküsst hatten. Es waren keinesfalls ihre ersten Küsse, aber bei weitem die besten. Der Gedanke, dies nicht noch einmal mit ihm tun zu können, stimmte sie traurig.

Dabei vergaß sie allerdings die Regeln für Halunken: Gib einem Halunken nie eine Chance, zweifle nie am Ruf eines Halunken und vertraue nie darauf, dass ein Halunke sich ändert. Sie hatte zwar Vertrauen zu ihm gefasst und mochte ihn sogar ganz gern, aber sie würde gut daran tun, nicht zu vergessen, dass Männer wie er nicht plötzlich mit ihrem Halunkendasein aufhörten.

Tante Lucinda schenkte ihr ein keckes Lächeln. »Ich frage mich sogar, ob dieser Mann dir vor heute Morgen schon einmal über den Weg gelaufen ist.«

Persephone erstarrte. »Wellesbourne?«

»Warum nicht? Er scheint sehr interessiert zu sein. Er wollte dich unbedingt kennenlernen. Als du nicht in Loxley Court ankamst, fuhr er nach Radstock Hall, um dich zu sehen, obwohl man ihm sagte, du seist krank, und weil du nicht da warst, hat er dich hier in Bath gesucht.« Sie klopfte mit den Fingernägeln auf die hölzerne Armlehne ihres Sessels und verzog dabei den Mund. »Der Gedanke, dass deine Eltern weiter nach Loxley Court gefahren sind, anstatt nach Radstock Hall zu eilen, um sich zu versichern, dass du heil nach Hause gekommen bist, ist einfach schrecklich. Gedachten sie etwa, die Hochzeit in deiner Abwesenheit zu arrangieren? Ohne deine Zustimmung?«

Persephone konnte schlecht mit Ja antworten, denn dann würde ihre Tante sich fragen, woher sie das wissen konnte. »Das könnte ihre Absicht gewesen sein, würde ich vermuten.«

»Scheinbar sind sie auch nicht direkt von Loxley Court nach Hause gefahren, zumindest hat der Herzog das nicht erwähnt. Wo um alles in der Welt stecken sie? Vielleicht sind sie noch in Loxley Court und warten auf dich und den

Herzog«, schlug Lucinda sardonisch vor. »Ich werde Radstock Hall benachrichtigen, dass du hier bist.«

»Muss das sein?«, fragte Persephone.

»Nur weil ihr Benehmen einfach schrecklich ist, heißt das nicht, dass wir es ihnen nachmachen sollten. Also, wann wirst du den Herzog wiedersehen?«

Pandora schritt ins Zimmer und setzte sich zu Persephone auf das Sofa. »Welcher Herzog?«

»Wellesbourne hat heute Morgen vorgesprochen«, sagte Tante Lucinda fröhlich. »Er scheint an Persey interessiert zu sein.«

Mit offenem Mund und einem entgeisterten Blick starrte Pandora ihre Schwester Persephone an. »Wie konntest du nur? Er ist ein enger Freund dieses Teufels.« Offensichtlich sprach sie Banes Namen nicht mehr aus, was Persephone nicht beanstanden konnte.

»Ich habe nicht gesagt, *ich* sei interessiert.« Aber sie war definitiv daran interessiert, ihn noch mehr zu küssen oder ihm dabei zuzusehen, wie er von ihrem Haar fasziniert war. Sie hatte ihn vorhin immer wieder dabei erwischt, wie er sie angestarrt hatte. Zuerst hatte sie sich darüber geärgert, dass ihr Haar nicht ordentlich frisiert war, doch dann hatte sie sich gefreut, weil es seine Aufmerksamkeit erregt hatte. Was sie nicht hätte überraschen sollen, denn schon vorher hatte er bemerkt, dass es ihm gefiel. Wie auch die unschöne Erhebung auf ihrer Nase.

Tante Lucinda runzelte die Stirn. »Das dachte ich mir schon. Du wirst ihn wiedersehen. Bald. Das hat er zumindest gesagt.«

»Ähm, ja, ich dachte, seine Anwesenheit könnte helfen, die Dinge für Pandora leichter zu machen.«

»Aber er ist ein Freund dieses Halunken«, wandte Pandora mit zusammengebissenen Zähnen ein.

Persephone sah ihre Schwester hoffnungsvoll an.

»Gerade wegen ihrer Freundschaft dachte ich, dass es hilfreich sein könnte. Außerdem ist er ein Herzog. Und das kann nicht schaden.«

Tante Lucinda warf Persephone einen spitzen Blick zu. »Hast du zugestimmt, ihn wiederzusehen, nur um Pandora zu helfen?«

Mit einem Blick zu Pandora, die immer noch aufgeregt war, hoffte Persephone, ihr zu zeigen, dass Acton anders war. »Er ist sich bewusst, dass er hilft«, antwortete Persephone schnell und wich dem Kern der Frage ihrer Tante aus. »Er hat gehört, was mit Pandora geschehen ist, und seine Hilfe angeboten. Wellesbourne ist wegen Bane sehr verärgert.«

»Es klingt, als hättet ihr weit mehr als nur das Wetter und Bath besprochen«, bemerkte Tante Lucinda. »Nun, es wäre gewiss verkehrt, seine Hilfe abzulehnen. Ich muss dich, fürchte ich, fragen, ob er dir tatsächlich den Hof macht oder nur seine Hilfe anbietet? Oder vielleicht ist es beides.«

Pandora stieß einen angewiderten Laut aus. »Persephone würde mit dem besten Freund des Teufels bestimmt nichts anfangen. Wellesbourne kann auch nicht besser sein.«

»Pandora, Liebes, du darfst wirklich nicht alle Männer über einen Kamm scheren«, riet Tante Lucinda. »Deine Erfahrung mit Banemore ist nicht die Norm.«

Das konnte Persephone wirklich nur bezeugen. Acton war ganz anders als Bane. Vielleicht sollte sie ihrer Schwester von Actons Freundlichkeit erzählen, die über die gerade angebotene Hilfe hinausging. Das würde allerdings bedeuten, dass sie alles preisgeben müsste, was sie bislang geheim gehalten hatte. Warum sollte sie aber Pandora etwas davon verheimlichen? Nie hatten sie als Schwestern etwas voreinander verheimlicht.

Bis Pandora die Lüge vorgebracht hatte, ihre Mutter würde ihren Spaziergang mit Bane beaufsichtigen. Persephone hatte sie nicht einmal danach gefragt. Glaubte sie,

Persephone hätte ihr geraten, sie solle nicht gehen? Oder dass ihre Schwester versucht hätte, sie davon abzuhalten?

In Wahrheit hätte Persephone wohl beides getan. Zwar unterstützte sie ihre Schwester bei dem Versuch, ihre Gefühle für einen Gentleman zu ergründen, aber sie hätte es nicht gutgeheißen, wenn sie ohne Begleitung mit jemandem wie Bane spazieren gegangen wäre.

Pandora atmete tief ein und aus. »Vermutlich muss ich jede Hilfe annehmen, die mir angeboten wird. Aber ich möchte unter keinen Umständen, dass Wellesbourne versucht, eine Art Versöhnung zwischen mir und diesem Teufel herbeizuführen. Ich würde ihn nicht heiraten, selbst wenn er der letzte Mann auf Erden wäre.«

»Verstanden«, meinte Persephone.

Tante Lucinda nickte. »Eine ausgezeichnete Entscheidung. Persephone. Ich hoffe, du wirst Wellesbourne eine Chance geben. Er ist nicht Banemore. Nun müsst ihr mich beide entschuldigen, denn ich habe Korrespondenz, die meiner Aufmerksamkeit bedarf.« Sie stand auf und verließ den Salon.

Pandora drehte sich um und sah Persephone an. »Ich kann nicht glauben, dass der Herzog hierhergekommen ist. Was ist denn geschehen? Und wo sind Mama und Papa? Sie haben ihn ja offensichtlich nicht begleitet.«

Persephone wischte sich mit der Hand übers Gesicht und drehte sich zu ihrer Schwester um. »Ich hätte dir gestern Abend alles erklärt, aber du bist wütend gewesen und hinausgegangen, und ich hatte dich nicht stören wollen.«

»Ich rege mich viel zu sehr auf.« Pandora schniefte. »Ich muss über das Geschehene hinwegkommen. Das versuche ich ja. Jetzt erzähl mir alles.«

»Wo soll ich anfangen?« Persephone stieß die Luft aus. »Denke bitte daran, dass Tante Lucinda nichts davon weiß, und ich möchte, dass es auch dabei bleibt.« Auf Pandoras

Nicken hin fuhr sie fort. »Als ich Mama und Papa in Cirencester verließ, nahm ich die erste Postkutsche, die ich erreichen konnte und landete in Gloucester. Ich übernachtete in einem Gasthaus, und an dieser Stelle wird die Geschichte fast unglaublich: Ich lernte Wellesbourne kennen.«

Pandora starrte sie an. »Du hast ihn in einem Gasthaus getroffen?«

»Ja, aber wir wurden uns nicht vorgestellt. Wir haben zufällig zusammen zu Abend gegessen, und durch unser Gespräch konnte ich seine Identität erraten. Als mir klar wurde, wer er war, täuschte ich romantisches Interesse an ihm vor und schüttete ihm ein Glas Madeira ins Gesicht.«

»Das hast du nicht getan!« Pandora brach in ein leises Lachen aus und sank auf das Sofa zurück.

Persephone konnte nicht anders, als mit ihr zu lachen.

Als Pandora wieder zu Atem gekommen war, fragte sie, was anschließend geschehen war.

»Am nächsten Morgen bin ich losgefahren, aber ich habe die falsche Postkutsche genommen und bin in Worcester gelandet. Und jemand hat meine Reisetasche gestohlen. Es war eine absolute Katastrophe.«

Pandora beugte sich vor und staunte. »Wie hast du das geschafft?«

»Zum Glück hatte ich mein Geld bei mir. Danach musste ich es sehr vorsichtig ausgeben. Als ich nach Gloucester zurückkehrte, traf ich Wellesbourne zufällig auf der Straße. Nachdem er auf Loxley Court war, wo er von Mama und Papa erfahren hatte, dass ich krank zu Hause war, ist er nach Gloucester zurückgekehrt, um mich zu suchen.«

Pandora hob ihre Hand. »Warte. Ich will sicher sein, alles richtig zu verstehen. Der Herzog ging nach Hause, traf Mama und Papa, erfuhr, dass du angeblich krank bist, und kam dann, um dich zu suchen? Waren Mama und Papa bei ihm?«

»Das waren sie nicht«, antwortete Persephone mit einem Hauch von Groll. »Nachdem ich sie verlassen hatte, fuhren sie weiter nach Loxley Court und versuchten, einen Ehevertrag auszuhandeln, ohne dass ich den Herzog überhaupt kennengelernt und entschieden hätte, ob ich ihn heiraten wollte.«

Mit zusammengekniffenen Augen schüttelte Pandora den Kopf. »Sie sind einfach furchtbar. Ich hätte ehrlich gesagt nicht gedacht, dass sie so rücksichtslos sein können.«

»Ich glaube, sie sind sich einfach selbst am wichtigsten«, sagte Persephone.

»Haben sie Wellesbourne auf dich angesetzt, damit auch du kompromittiert wirst?« Pandora machte wieder ein angewidertes Geräusch. »Das traue ich ihnen inzwischen zu.«

»Wellesbourne hat ihnen nicht einmal etwas davon gesagt, dass er mich getroffen hat. Sie hatten ihm eine Miniatur von mir gezeigt, und er wusste sofort, wer ich war und dass ich gerettet werden musste.«

Pandora rollte mit den Augen. »Natürlich hat er das. Hoffentlich hast du ihn eines Besseren belehrt.«

»Oh, das habe ich versucht. Wiederholt.« Persephone lächelte, als sie daran dachte, wie oft sie versucht hatte, ihn wegzustoßen. »Ich war nicht im Entferntesten an seiner Hilfe interessiert, vor allem nicht, wegen seiner Freundschaft zu einer ganz bestimmten Person.«

»Du bist eine treue Schwester«, meinte Pandora und gab Persephone einen Klaps auf die Hand.

»Er war jedoch sehr hartnäckig, und es stellte sich heraus, dass ich seine Hilfe benötigte. Er kaufte das blaue Kleid, das ich trug, und bezahlte mir ein Bad.« Persephone schaute ihre Schwester direkt an. »Es war das beste Bad, das ich je genossen hatte. Trotzdem habe ich mich sehr bemüht, es abzulehnen. Am Ende hatte es keinen Sinn mehr. Und ich beschloss, dass er es sich leisten konnte, für diese Dinge zu bezahlen, was er obendrein auch verdient hatte, nach all dem Schmerz und dem Leid, das Männer wie er verursachen.«

»Amen.« Pandora rümpfte ihre vorwitzige Nase. »Ich kann mir nur vorstellen, was er als Gegenleistung verlangt hat. Wie hast du dich seinen Avancen entzogen?«

Persephone hustete. »Er hat nichts als Gegenleistung verlangt.« Und seinen Annäherungsversuchen hatte sie sich nicht ganz entzogen. Sie hatte sogar gehofft, dass er sich wieder nähern würde.

Nein, das konnte nicht ernstlich ihr Wunsch sein. Sie beide hatten keine gemeinsame Zukunft. *Traue niemals einem Halunken, der verspricht, sich zu ändern,* hallte es in ihrem Kopf wider. Pandora brauchte sie, und bis sie sich eingelebt hatte und dieser Albtraum der Vergangenheit angehörte, würde Persephone sie nicht im Stich lassen.

»Absolut bemerkenswert«, sagte Pandora mit beachtlicher Ehrfurcht. »Wie bist du hierhergekommen, nach Bath?«

»Ich musste Wellesbournes Hilfe annehmen. Er hat eine Privatkutsche angeheuert, um uns hierher zu fahren.«

Pandora schien verblüfft. »War er gestern Abend bei dir?«

»Er war in der Kutsche, als ich ankam, ja. Dann fuhr er weiter zum Haus seiner Mutter.«

»Ihr wart also eine ganze Weile allein unterwegs. In einem Gasthaus und dann wieder in einer Kutsche. Du hast die erste Halunkenregel gebrochen. Hast du auch andere gebrochen?«

Innerlich zuckte Persephone zusammen. Pandora hatte die Dinge auf den Punkt gebracht, Acton hatte Persephones Abwehrmechanismen durchbrochen. »Ich habe versuche, es nicht zu tun. Aber er ist nicht so schurkisch, wie ich es erwartet habe. Und er versucht zu ändern, wie er ist.«

Pandora musterte sie einen Moment. »Du kennst ihn ziemlich gut.«

Persephone zuckte gleichgültig mit den Schultern, wenngleich sie sich unwohl fühlte. Sie war nicht sicher, welche Vermutungen ihre Schwester haben könnte, doch mehr wollte sie nicht verraten – weder etwas von dem Überfall des Betrunkenen noch, dass sie über Nacht ein Zimmer mit Acton geteilt hatte, und schon gar nichts von ihrem leidenschaftlichen Kuss. »Gut genug, nehme ich an. Wie ich schon sagte, hat er starrsinnig darauf bestanden, dass ich seine Hilfe annahm, da ich allein unterwegs war. Als mein potenzieller Ehemann fühlte er sich verantwortlich.«

»Allerdings ist gar nicht dein potenzieller Ehemann.« Pandoras Stimme sank fast auf ein Flüstern. »Oder ist er das?«

»Ganz und gar nicht. Als wir uns gestern Abend trennten, glaubte ich, ihn nie wiederzusehen. Dann erfuhr er, was zwischen Bane und dir passiert war, und heute Morgen kam er, um mir erneut seine Hilfe anzubieten.«

»Nicht für dich, aber für mich?«

»Ja genau.« Persephone fragte sich, ob er gekommen wäre, wenn er von Anfang an gewusst hätte, dass ihre Schwester Pandora und nicht sie selbst von seinem Freund kompromittiert worden war. Das war wahrscheinlich nicht von Belang, da er sein Angebot zur Unterstützung weiter aufrechterhielt, als er die Wahrheit erfahren hatte.

»Es ist also alles Unsinn, was du Tante Lucinda erzählt hast? Er ist gar nicht hergekommen, um dir den Hof zu machen.«

Persephone schüttelte den Kopf. »So ist es. Er hat Tante Lucinda auch erzählt, er sei auf der Suche nach mir nach Radstock Hall gereist, was aber nicht stimmt. Hoffentlich kommt diese Täuschung nicht ans Licht.«

»Das wird sie, wenn Mama und Papa zugegen sind.« Pandora blinzelte einige Male. »Wo sind sie?«

»Ich habe keine Ahnung.«

»Ich kann nicht glauben, dass du sie verlassen hast und

sie einfach weiter nach Loxley Court gefahren sind, als sei das gar keine große Sache – und auch nicht gerade gefährlich.« Pandora lächelte dünn und berührte Persephones Hand erneut. »Ich bin froh, dass der Herzog dich gefunden und in Sicherheit gebracht hat. Es ist gut zu wissen, dass wenigstens noch ein anständiger Gentleman existiert, obwohl ich immer noch nicht glauben kann, dass jemand wie er mit Bane befreundet ist. Wie geht es weiter?«

»Ich bin mir nicht sicher, aber Acton und ich sprachen über einen Spaziergang in Sydney Gardens oder einen Tee im Pump Room.«

»Ich bin mir nicht sicher, ob ich mich irgendwo hinsetzen möchte«, meinte Pandora, und ihr Gesicht wurde ein wenig blasser. »Wenn wir im Park sind, kann ich mich verstecken oder die Flucht ergreifen.«

Persephone wollte ihrer Schwester so gern versichern, dass dies nicht nötig sei, aber sie hatte wirklich keine Vorstellung, was sich ereignen könnte. Die Flucht wäre eine gute Alternative, sollte die Situation einen negativen Verlauf nehmen. »Dann wäre der Park meine erste Wahl.«

»Ich danke dir, Persey. Ich weiß nicht, was ich ohne dich anfangen würde.«

Persephone grinste. »Dann ist es sehr gut, dass du das nie erleben musst.«

KAPITEL 14

Sobald Acton in das Haus seiner Mutter zurückgekehrt war, verfasste er seine Briefe, die er dann an Somerton, Droxford, Shefford und den verdammten Bane schickte. Somerton und Droxford würden wahrscheinlich mühelos zu finden sein. Somertons Anwesen lag nicht weit von Bath entfernt, und Droxford hielt sich fast immer in seinem Haus in Hampshire auf. Die Briefe an Shefford und Bane waren an die herzoglichen Residenzen ihrer Väter adressiert worden, mit der ausdrücklichen Anweisung, sie an Shefford und Bane weiterzuleiten, falls diese dort nicht anwesend waren.

Hoffentlich war irgendjemand über Banes derzeitigen Aufenthaltsort im Bilde, oder wusste zumindest, ob er sich tatsächlich mit Heiratsabsichten trug. Man sollte meinen, es sollte eine Ankündigung in einer Zeitung erschienen sein, doch Acton hatte nichts dergleichen gesehen. Nicht, dass Acton explizit darauf geachtet hätte. Falls tatsächlich eine Mitteilung in der Zeitung veröffentlicht worden wäre, sollte die Identität von Banes geheimnisvoller Braut das

Gesprächsthema Nummer eins sein, oder etwa nicht? Er würde seine Schwestern danach fragen.

Zuerst wollte er jedoch das Porträt im Salon seiner Mutter betrachten, das der Butler erwähnt hatte. Nachdem er sich bei der Haushälterin nach dem Weg erkundigt hatte, ging er zu ihrer Suite im ersten Stock auf der Rückseite des Hauses.

Ihr Salon war schlicht, und dennoch bezaubernd in sonnigem Gelb und hellem Blau eingerichtet. Er fand ihn fröhlich und stellte sich vor, dass die Farben selbst den trübsten Wintertag aufheiterten. Es ergänzte, was er über seine Mutter wusste. Seit sie beide sich in den letzten Monaten kennengelernt hatten, war sie ihm fast durchweg als angenehm erschienen. In gewisser Weise erinnerte sie ihn an sich selbst. Das kam ihm seltsam vor, da er fernab von ihrem Einfluss aufgewachsen war. Vielleicht waren manche Dinge aber auch einfach im Erbgut verankert.

Das Porträt war leicht zu finden. Es hing zwischen den Porträts seiner Schwestern. Sie schienen alle etwa im gleichen Alter gemalt worden zu sein, als sie Anfang zwanzig waren. Bei der Betrachtung der nebeneinander hängenden Bilder wurde die Ähnlichkeit zwischen ihnen offensichtlich. Seine Augenform war dieselbe wie Francescas und sein Mund glich Cecilys. Letztere sah mit ihrem Lächeln und ihren Sommersprossen ihrer Mutter am ähnlichsten.

Das wichtigste Detail war jedoch, dass dieses Porträt von ihm mit demjenigen identisch war, das sein Vater in seinem Arbeitszimmer in Loxley House aufhängen lassen hatte. Diese Kopie musste er für Actons Mutter in Auftrag gegeben haben. Acton wollte wissen, was es damit auf sich hatte. Hatte sie ihn um ein Porträt gebeten? Hatte sein Vater es einfach kopieren lassen und ihr geschenkt? Gab es noch andere kopierte Porträts? Acton hatte in seiner Jugend für mindestens drei weitere Porträts Modell gesessen, eines davon im Alter von achtzehn Jahren, auf dem er zusammen mit seinem Vater zu sehen war.

Stets hatte Acton nur die Meinung seines Vaters über den Weggang seiner Frau gehört. Sie waren übereingekommen, dass ein getrenntes Leben das Beste sei, da ihre Vorlieben einfach unterschiedlichen Dingen galten. Acton hatte Jahre gebraucht, um dahinter zu kommen, dass sie sich nicht mochten.

Er konnte sich beim besten Willen nicht daran erinnern, dass seine Mutter ihn verlassen hatte. Ein fünfjähriger Junge wäre darüber doch gewiss verzweifelt gewesen. Wenn er jetzt darüber nachdachte, verwirrte es ihn, wie seine Mutter einfach so hatte gehen können.

Ihm wurde klar, dass er seinen Gedanken dazu nie viel Zeit gewidmet hatte. Denn sein Vater hatte ihm immer wieder eingetrichtert, dass Nachdenken über solche Dinge schwächend auf die Konstitution eines Mannes wirkt. In gewisser Weise stimmte Acton zu, denn je mehr er darüber nachdachte, was in den letzten Monaten der Fall gewesen war, desto unbehaglicher fühlte er sich. Es war erheblich einfacher – und weniger quälend – diese Sache ganz aus seinem Kopf zu verbannen.

Acton wandte sich von dem Porträt ab, verließ den Salon und traf sofort auf Simmons. »Es ist ein Brief für Euch eingetroffen, Euer Gnaden.« Er reichte Acton ein gefaltetes Pergament.

»Danke, Simmons.« Acton faltete das Schreiben auseinander, als der Butler sich entfernte.

Wir würden es vorziehen, in den Sydney Gardens spazieren zu gehen, falls Sie noch einen gesellschaftlichen Ausflug in Betracht ziehen. Der heutige Tag wäre geeignet, wenn Sie einverstanden sind. Wenn nicht, werde ich das verstehen.

In Dankbarkeit,

Persey

Sie hatte ihre Botschaft mit Persey unterschrieben. Acton lächelte, als ihn ein Schwindel ereilte. Natürlich zog er dies noch in Betracht. Er war fest entschlossen zu helfen. Das wollte er zumindest versuchen. Er hatte bereits Briefe an seine Freunde verschickt und wartete ungeduldig auf ihre Antworten.

»Sydney Gardens also«, murmelte er vor sich hin, ehe er sich in den Salon begab. Seine Schwestern waren anwesend; Francesca saß am Schreibtisch und schrieb, während Cecily lesend in einem Sessel an einem der Fenster saß.

»Guten Tag«, begrüßte Acton die beiden. »Ich hatte gehofft, ihr würdet heute Nachmittag mit mir in Sydney Gardens spazieren gehen.«

»Das wäre schön«, freute sich Cecily und blickte von ihrem Buch auf.

Er konnte ihnen nicht verschweigen, dass die Barclay Schwestern sich ihnen anschlossen. Würde ihre Tante sie auch begleiten? Ganz sicher als Anstandsdame.

»Ich gestehe, ich habe einen Hintergedanken. Der Zweck des Spaziergangs ist, dass Miss Barclay, die ich auf Wunsch unserer Mutter kennenlernen sollte, und ich herausfinden wollen, ob wir zusammenpassen.«

»Galt ihr dein Besuch von heute Morgen?«, wollte Francesca wissen und drehte sich auf ihrem Stuhl am Schreibtisch zu ihm um.

»So ist es. Wir haben uns zu einem Spaziergang heute Nachmittag entschlossen.«

»Mama erwähnte Miss Barclay in ihrem letzten Brief, den ich erst gestern erhalten habe«, sagte Francesca. »Sie schrieb, Miss Barclay sei nicht wie erwartet in Loxley Court angekommen, da sie krank war.«

»Ich kann mir vorstellen, dass Mutter auch den Teil

einbezog, in dem ihre Eltern, der Baron und die Baronin Radstock, ohne sie nach Loxley Court kamen«, bemerkte Acton.

Francesca nickte. »Das hat sie. Das ist alles sehr merkwürdig. Und Miss Pandora Barclay ist diejenige, die Banemore kompromittiert hat. Ich glaube, Cecily hat sich bei der Frage, welche Schwester das war, geirrt.«

»Ja, ich habe die falsche Schwester genannt«, meinte Cecily mit einer leichten Grimasse.

Francesca wandte sich an Acton. »Ehrlich gesagt, solltest du einen großen Bogen um die ganze Familie machen.«

»Warum sagst du das?«, fragte Cecily. »Mama ist ihren Freunden gegenüber loyal, besonders denen, die ihr gegenüber loyal waren.«

»Das heißt aber nicht, dass Wellesbourne dieselbe Loyalität zeigen muss.« Francesca zuckte mit den Schultern. »Lady Radstock hat meiner Meinung nach schon immer einen Mangel an Aufrichtigkeit an den Tag gelegt.«

Acton fand die Einschätzung seiner Schwester über die Baronin interessant. »Ich mochte Miss Barclay, als ich sie heute Morgen kennenlernte. Ich bin gespannt, ob wir zusammenpassen werden. Unabhängig von deiner Meinung ist die Baronin eine Freundin von Mutter. Wir sollten ihrer Familie helfen, anstatt sie zu meiden.«

»Da hast du vermutlich recht.« Francesca wandte sich wieder dem Schreibtisch zu.

»Ich stimme dir zu, Wellesbourne«, meinte nun auch Cecily. »Mama hat immer gesagt, die Baronin sei ihr eine gute Freundin.«

Angesichts dessen, was er über Perseys Mutter wusste, war Acton darüber noch immer überrascht. Er fragte sich, was seine Mutter so für die Baronin einnahm.

»Ich glaube nicht, dass Mama über den Skandal Bescheid

weiß«, bemerkte Francesca. »Ich schreibe ihr gerade darüber, da sie das sicher erfahren will.«

Cecily legte ihr Buch auf den Schoß und hielt einen Finger zwischen die Seiten, als sie es schloss. »Ja, sie wird helfen wollen. Bestimmt würde sie nicht wollen, dass Miss Pandora über die Maßen zu leiden hat.«

»Ich habe Mitleid mit Miss Pandora, aber warum sollte man auch annehmen, dass ein unbegleiteter Spaziergang mit Banemore nicht in einer Katastrophe enden würde?« Francesca warf einen Blick zu Acton. »Mir ist sehr wohl bewusst, dass er dein enger Freund ist, aber du kannst nicht leugnen, dass er einen entsetzlichen Ruf hat.«

Acton zog eine Grimasse. »Ist er wirklich entsetzlich?« Wie stand es dann um Actons eigenen Ruf?

»Inzwischen schon«, meinte Francesca.

Dies war ein guter Zeitpunkt, um nach Banes Verlobung zu fragen. »Apropos Banemore, weiß eine von euch über eine Ankündigung oder irgendwelche Neuigkeiten bezüglich seiner angeblichen Verlobung?«

Cecily schüttelte den Kopf. »Kein Wort, und glaube mir, die Leute spekulieren schon. Es muss bald eine Ankündigung geben, sonst denken die Leute, er hätte gelogen, um die arme Miss Pandora nicht zu heiraten.«

Genau das war Acton Vermutung. Wenn das stimmte, dann hatte Bane sich seinen *entsetzlichen* Ruf wirklich verdient.

Er lenkte das Gespräch wieder auf den Spaziergang. »Kann ich also damit rechnen, dass ihr beide heute Nachmittag mit uns kommen werdet?«

Cecily nickte. »Ja. Ihre Tante wird sie vermutlich begleiten? Sie ist reizend.«

»Ich komme mit«, verkündete Francesca. »Ich mag Mrs. Barclay-Fiennes sehr gern. Und, ehrlich gesagt, ist es nicht gerecht, dass Miss Pandora so sehr unter ihrer unüberlegten

Entscheidung zu leiden hat. Ich zweifle in keiner Weise daran, dass Bane die ganze Schuld trägt. Soweit wir wissen, hat er Miss Pandora becirct, um mit ihr allein zu sein und seine Annäherungsversuche waren vollkommen unerwünscht.« Angewidert schürzte sie die Lippen.

»Das würde sich sicher mit seinem Ruf decken«, pflichtete Cecily ihrer Schwester bei.

Acton konnte seine Zunge nicht länger im Zaum halten. »Ist *mein* Ruf so schlecht?«

»Nein, aber du hast dich auch nicht in einer kompromittierenden Situation erwischen lassen und dich dann geweigert, die Frau zu heiraten.« Francesca warf ihm einen spitzen Blick zu. »Wenn du das allerdings wagen würdest, gehörst du in denselben Club verbannt.«

Cecily kicherte. »Die Blackguard Society.«

»Bring Wellesbourne nicht auf dumme Gedanken«, warnte Francesca lachend.

Im Gegenteil, Acton wollte bestimmt nicht in einem solchen Club sein wollen. Aber scheinbar war er das bereits. Und es hatte auf seinen ehrlichen Versuch Auswirkungen, eine Braut zu finden. Persey war davor zurückgeschreckt, und er musste davon ausgehen, dass andere einnehmende, kluge Frauen ebenfalls so urteilen würden. Ein Grund mehr, dafür zu sorgen, dass er seine Einstellung und sein Verhalten änderte.

»Ich hoffe, dass mein Ruf sich bessern wird.« Acton neigte den Kopf in Richtung seiner Schwestern. »Vor allem, da ihr beide mir mit Rat und Tat beistehen könnt.«

»Das kann man nur hoffen«, meinte Cecily. »Es ist gut, dich hier zu haben, das muss ich zugeben.«

Acton dankte ihr mit einem herzlichen Lächeln. »Mir geht es genauso. Gibt es eine Kutsche, mit der wir nach Sydney Gardens fahren können?« Er hatte einige im Marstall gesehen, war sich aber nicht sicher, ob eine davon seinen Schwestern gehörte.

Francesca antwortete. »Wir haben beide eine, aber frag nach Cecilys. Sie ist neuer als meine.« Sie zwinkerte ihrer jüngeren Schwester zu.

»Großartig. Wir sehen uns später.« Acton verabschiedete sich mit der Absicht, sich höchstpersönlich in den Marstall zu begeben und die Fahrt mit der Kutsche zu organisieren.

Ein Gefühl der Vorfreude breitete sich in seinem Bauch aus, als er an das Wiedersehen mit Persey dachte. Ihm war bewusst, dass dies nicht der Hauptgrund für ihren Spaziergang war, doch auf diesen Teil freute er sich am meisten.

~

Persephone war über den kleinen Kleiderbestand froh, den sie im Haus ihrer Tante hatte, wenn er auch ein oder zwei Jahre aus der Mode war. Allerdings war es auch nicht so, dass sie viel Garderobe aus dem aktuellen Jahr besaß. Sie hatte nicht mehr als ein Ausgehkleid und ein Abendkleid, die beide in ihrem Zimmer im Gasthaus in Cirencester zurückgeblieben waren. Mit deren Hilfe hatte sie Actons Wohlwollen gewinnen sollen, wenn sie sich in Loxley Court kennenlernten.

Irgendwie war es ihr gelungen, seine Freundschaft in einem praktischen braunen Reisekleid zu gewinnen, also achtete sie nicht so sehr darauf, was sie trug. Dennoch fühlte sie sich neben Pandora, deren flaschengrünes Ausgehkleid nagelneu war, nicht sonderlich attraktiv. Und der Hut ihrer Schwester war besonders keck, mit einer Pfauenfeder und Zierblumen.

Die Kutsche stand am Crescent bereit und wartete, dass sie einstiegen und die eine Meile nach Sydney Gardens fahren konnten. Doch gerade als Tante Lucinda die Hand des

Kutschers nahm, um in die Kutsche einzusteigen, packte Pandora Persephones Arm.

»Ich kann nicht«, flüsterte sie. »Fahrt ihr beiden allein.«

Lucinda löste sich von dem Kutscher und wandte sich zu Pandora um. »Blödsinn. Du kommst mit uns. Du siehst bezaubernd aus und du wirst der Welt zeigen, dass du dich nicht einschüchtern lässt. Und dass du dich nicht von einem Halunken wie Bane hast besiegen lassen.«

Persephone wollte angesichts der Rede ihrer Tante applaudieren. »Das hätte ich selbst nicht besser sagen können.« Sie legte Pandora eine Hand auf den Rücken und schob sie sanft zur Kutsche. »Steig ein.«

Pandoras Augenbrauen zogen sich zu einem tiefen Stirnrunzeln zusammen, und ihr Mund verzog sich zu demselben Ausdruck. »Wenn das hier schiefgeht, werde ich eine Woche lang mit keinem von euch sprechen.«

»Es wird nichts schiefgehen«, versicherte Tante Lucinda mit großer Zuversicht. »Das wird ein Triumph, du wirst sehen.« Sie wartete, während der Kutscher Pandora als Erste beim Einsteigen behilflich war. Dann warf sie Persephone einen hoffnungsvollen Blick zu und drückte kurz die Daumen.

Persephone sprach ein stilles Gebet, als ihre Tante als Nächste in die Kutsche stieg. Bald darauf waren sie auf dem Weg. Es dauerte nur wenige Minuten, bis sie die Gärten erreichten. Der Kutscher hielt an und sie stiegen in der Nähe aus, wobei Persephone sich bei Pandora unterhakte, ehe sie die Gärten vom Sydney Place aus betraten.

»Es wird alles gut«, flüsterte Persephone, als sie das Zittern ihrer Schwester spürte.

»Ich bin so nervös«, flüsterte Pandora zurück. »Was ist, wenn sich alle abwenden?«

»Ich kenne mindestens drei Leute, die das nicht tun.« Zumindest hoffte Persephone das. Das hing davon ab, ob

Acton seine Schwestern überreden konnte, ihn zu begleiten.

Plötzlich kam er auf sie zu, mit zwei Ladys zu seiner Rechten. Es waren eindeutig seine Schwestern, denn die Familienähnlichkeit war groß. Aber Persephone war ihnen auch schon ein paar Mal in der feinen Gesellschaft von Bath begegnet. Aber mit Acton hatte sie die Schwestern noch nie zusammen gesehen.

Acton verbeugte sich, als er sie erblickte. »Guten Tag, Mrs. Barclay-Fiennes, Miss Barclay, Miss Pandora.«

»Guten Tag, Herzog«, erwiderte Tante Lucinda und sank in einen Knicks. Persephone und Pandora taten es ihr gleich.

Persephone bemerkte, dass Pandora den Blick auf den Boden gerichtet hielt. Das war nicht gut. Sie musste den Kopf hochhalten und die Leute herausfordern, beleidigend zu werden.

»Erlauben Sie mir, Ihnen meine Schwestern vorzustellen, Lady Donovan und Lady Fairhope«, sagte er. »Aber ich glaube, Sie sind sich schon einmal begegnet.«

»Das sind wir in der Tat«, entgegnete Lady Fairhope, die Kleinere der beiden. Sie schien schwanger zu sein und für einen kurzen Moment fragte sich Persephone, ob sie das jemals erleben dürfte. Sie hatte begonnen, den Glauben daran zu verlieren, doch die Dinge konnten sich ändern. Sie warf einen verstohlenen Blick zu Acton, nur um festzustellen, dass auch er sie ansah.

Persephone unterdrückte ein Lächeln, während sich ihr Inneres zu überschlagen schien. »Es ist schön, Sie zu treffen«, sagte sie zu seinen Schwestern.

»In der Tat«, stimmte Tante Lucinda zu. »Schade, dass Ihre Mutter nicht hier ist, um sich uns anzuschließen, aber ich habe gehört, sie hält sich in Loxley Court auf.«

»So ist es«, bestätigte Lady Donovan. »Sie sollte Miss Barclay mit unserem Bruder bekannt machen.«

»Meine liebe Nichte war leider ein paar Tage krank, aber jetzt geht es ihr schon viel besser. Sollen wir uns die Spätsommerblumen ansehen?« Tante Lucinda gestikulierte in Richtung des Weges.

Acton ging auf Persephone und Pandora zu. »Meine Damen, es wäre mir eine Ehre, wenn Sie mir erlauben würden, Sie zu begleiten.«

Pandora warf ihm einen skeptischen Blick zu, während sich ihre Lippen fast zu einem verärgerten Flunsch verzogen. »Sehr hübsch gesagt. So hat auch Ihr Freund mit mir gesprochen.«

»Ich bin sicher, der Herzog ist nicht wie sein Freund«, bemerkte Persephone und riskierte dabei einen verstohlenen Blick in Actons Richtung.

»Das hoffe ich nicht.« Acton verzog das Gesicht zu einer Grimasse. »Lasst uns heute nicht über ihn sprechen. Das Wetter ist schön, und die Gesellschaft ist herrlich. Er würde die Stimmung nur ruinieren.«

Persephone lächelte, denn ihrer Ansicht nach hatte er das gut hinbekommen. »Hört, hört.«

Trotzdem wirkte Pandora unruhig. Bestimmt war sie nervös. Und Persephone konnte sich vorstellen, dass Acton ihre Erinnerungen an Bane wachrief, und sei es nur, weil die beiden befreundet waren.

Sie begannen ihren Spaziergang – Acton lief zwischen Persephone und Pandora, die Tante und seine Schwestern hinter ihnen.

»Das ist ein hübscher Hut«, meinte Acton zu Pandora.

Pandora hielt ihren Blick geradeaus gerichtet. Ihre Gesichtszüge waren wie versteinert. »Danke.«

Auf die Reaktionen der Leute neugierig schaute Persephone sich um. Dutzende von Menschen waren anwesend, von denen einige bereits in Pandoras Richtung sahen und zu reden begannen.

Actons Arm stieß sacht gegen Persephones, worauf sie unverzüglich den Kopf zu ihm drehte. Er tat das Gleiche, und ihre Blicke trafen sich. Sie erkannte etwas Neues in seinem Blick – eine lebhafte Erwartung. Es war beinahe wie eine Art ... Hunger. Oder erkannte sie vielleicht nur ihr eigenes Spiegelbild in ihm?

In aller Öffentlichkeit mit ihm spazieren zu gehen, war eine berauschende Erfahrung. Sie war schon mit anderen Männern spazieren gegangen, aber noch nie mit jemandem, mit dem sie so viele Intimitäten ausgetauscht hatte, wobei es nicht nur darum ging, sich ein Zimmer zu teilen oder sich zu küssen. Er wusste Dinge über sie und ihre Familie, die kein anderer wusste. Und sie wusste dasselbe über ihn. Doch auch das genügte nicht. Ihr Verlangen nach mehr war fast greifbar.

»Einen Moment«, rief Tante Lucinda von hinten. Ein Damen-Trio hatte sich genähert, um mit Actons Schwestern und Tante Lucinda zu sprechen. Sie traten beiseite, um sich zu unterhalten.

»Lass uns zu ihnen gehen«, schlug Persephone vor.

»Müssen wir das tun?« Pandora wirkte sehr blass. »Das möchte ich lieber nicht.«

»Ich bin gleich hier bei Ihnen«, meinte Acton freundlich.

Pandora warf ihm einen zweifelnden Blick zu. »Und wie soll das helfen?«

»Ich bin ein Herzog. Die Leute mögen und respektieren mich. Sie sind höflich zu jedem, der mit mir zusammen ist.«

»Das gilt wohl vermutlich auch für Ihren grauenhaften Freund«, meinte Pandora mit leicht gekräuselten Lippen. »Nicht jeder mag oder respektiert einen, nur weil man ein Herzog sind.«

»Von Auge zu Auge verhalten sie sich mir gegenüber jedoch so«, sagte er mit einem Augenzwinkern. »Außer Sie vielleicht. Ich glaube, Sie mögen mich nicht besonders.«

»Ich bin nicht geneigt, Ihre Gesellschaft erträglich zu finden.« Pandora reckte ihr Kinn in die Höhe.

»Ja, genau so ist es richtig«, lobte Persephone mit einem ermutigenden Lächeln. »Mach nur weiter so. Und jetzt komm und zeige dich diesen Damen in deinem ganzen Stolz und deiner Schönheit, die dort stehen geblieben sind, um zu plaudern.« Sie stupste Pandora mit dem Ellbogen an.

»Also gut«, lenkte Pandora mit zusammengebissenen Zähnen ein. Es war ihr hoch anzurechnen, dass sie einen gelassenen Gesichtsausdruck aufsetzte und es sogar fertigbrachte, noch hübscher als je zuvor auszusehen.

Sie tauschten Höflichkeiten mit dem Trio aus, das sichtlich neugierig auf das Geschehen war. »Woher kennen sich Ihre beiden Familien?«, erkundigte sich eine der Ladys.

Eine andere der Ladys antwortete. »Sie scheinen zu vergessen, dass Lady Radstock und die Herzogin von Wellesbourne gute Freundinnen sind.«

»Aber ja, wie dumm von mir«, sagte die erste Lady mit einem leichten Lachen. Irgendetwas an ihrem Auftreten ließ darauf schließen, dass diese Frau auf das Genaueste darüber im Bilde war, wie die beiden Familien miteinander verbunden waren, aber auf neue Informationen hoffte.

»Wir freuen uns, dass wir alle zur gleichen Zeit in Bath sind«, bemerkte Acton und lenkte damit die Aufmerksamkeit der Ladys auf sich.

»Schließt das auch Ihre Eltern ein?«, fragte die dritte Lady.

»Mein Bruder und die Baronin sind nicht hier«, antwortete Tante Lucinda.

»Unsere Mutter ist ebenfalls nicht zugegen«, fügte Lady Donovan hinzu.

Sie unterhielten sich noch einige Minuten mit dem Trio, bevor sie sich verabschiedeten und ihren Weg fortsetzten. Diese Art von Interaktion wiederholte sich noch zweimal und in einem Fall war eine Mutter mit ihrer Tochter stehen geblieben, um sich zu unterhalten, da sie eindeutig Actons Aufmerksamkeit erhaschen wollten und alles daransetzten, Pandora zu ignorieren. Ehrlich gesagt, beachteten sie niemanden außer Acton. Wieder einmal ein Beweis dafür, dass Männer, insbesondere Adlige, sich aufführen konnten, wie sie wollten. Trotzdem waren sie beliebt und wurden bewundert.

Als sie wieder zu sechst waren, stellte Tante Lucinda fest, dass der Spaziergang ein Erfolg war. Sie blickte zu Actons Schwestern. »Ich kann Ihnen nicht genug dafür danken, dass Sie Pandora heute unterstützt haben. Ich glaube, das hat einen großen Unterschied gemacht.«

»Ja, vielen Dank«, meldete sich auch Pandora zu Wort. Noch immer wirkte sie ein wenig unsicher, aber die Angst war endlich aus ihrem Blick gewichen.

Tante Lucinda wandte sich an Persephone und Acton. »Macht jetzt einen kurzen Spaziergang, damit wir euch sehen können, denn ihr sollt ja auch entscheiden, ob ihr zueinander passt.« Sie sah die beiden mit einem ermutigenden Lächeln an.

Acton bot Persephone seinen Arm an. Sie legte ihre Hand auf seinen Ärmel und wurde augenblicklich mit einer köstlichen Wärme belohnt, die sie durchströmte und sich tief in ihrem Bauch niederließ.

»Stimmen Sie mit Ihrer Tante überein, dass dies für Pandora ein Erfolg war?«, fragte Acton, als sie ein Stück gegangen waren.

»Ich denke, es ist noch zu früh, um das zu beurteilen, aber Tante Lucinda ist auf diesem Gebiet viel erfahrener als ich. Ich bin Ihren Schwestern dankbar, dass sie heute gekommen sind. Wie gefällt es Ihnen, Zeit mit ihnen zu verbringen?« Sie betrachtete sein Profil, während sie seine Antwort erwartete.

»Es ist eigentlich ganz angenehm. Sie haben einen guten

Sinn für Humor und scheinen daran interessiert, eine engere Beziehung zu mir aufzubauen.«

»Heißt das, Sie sind das auch?« Er hatte nicht gesagt, dass dem nicht so war, aber Persephone hatte den Eindruck, dass sie keinerlei Beziehung zueinander pflegten, und das schien ihn nicht gestört zu haben.

»Überraschenderweise, ja. Ich hätte nicht gedacht, dass ich es vermissen würde, sie nicht in meinem Leben zu haben. Wie kann man etwas vermissen, das man nie gekannt hat?« Sein Blick traf den ihren, und sie nickte ihm sanft zu.

»Ich verstehe dieses Gefühl.«

»Es stellt sich jedoch heraus, dass ich sehr viel verpasst habe, weil ich meine Schwestern – und meine Mutter – nicht in meinem Leben hatte.« Sie nahm eine Spur von Verwirrung wahr, so als ob er mit dieser Erkenntnis ringen würde. »War es schwierig, das zu akzeptieren?«, fragte sie leise.

»So ungefähr, ja. Es ist einfach ... nicht das, was ich erwartet habe. Ich hatte immer nur meinen Vater. Jetzt ist er nicht mehr unter uns und ohne meine Schwestern und meine Mutter hätte ich niemanden mehr.«

Persephone wollte die Arme um ihn legen und ihm versichern, er sei nicht allein. Aber wie konnte sie solche Versprechungen machen? Sie war nur eine Freundin für ihn, und selbst seine Freunde – zumindest einer darunter – waren in letzter Zeit enttäuschend für ihn gewesen.

Er schenkte ihr ein halbes Lächeln. »Wenigstens haben Sie Ihre Schwester. Und Ihre Tante. Ich mag sie recht gern. Es ist gut für Sie, die beiden in Ihrem Leben zu haben, denn Ihre Eltern sind ... verzeihen Sie mir, ich sollte nicht schlecht über sie reden.«

Lachend drückte Persephone seinen Arm. »Oh, bitte tun Sie das. Ich habe im Moment nichts Gutes über sie zu sagen. Wir wissen ja noch nicht einmal, wo sie sich *aufhalten*. Sind Sie sicher, dass sie Loxley Court verlassen haben? Vielleicht sind sie noch dort und warten auf Ihre Rückkehr.«

Acton schmunzelte. »Dann werden sie noch eine Weile warten müssen. Ich habe im Moment nicht vor, Bath zu verlassen.«

»Ich dachte, Sie hätten eine Einladung«, sagte sie. »Zu einer Hausparty?«

»Ich bin nicht geneigt, daran teilzunehmen, zumal Bane dort sein soll. Ich habe ihm und einigen unserer gemeinsamen Freunde geschrieben, um mich nach seiner mysteriösen Braut zu erkundigen. Wenn ich herausfinde, dass er darüber gelogen hat, dann ...« Sein Kiefer krampfte sich zusammen, und sie konnte seinen Puls in seinem Nacken beobachten, der dort pochte. »Mir ist noch nicht ganz klar, was ich tun werde, aber ich werde ihn nicht länger meinen Freund nennen.«

Sie liefen im Kreis, um zu den anderen zurückzukehren, und hatten gerade die Hälfte der Strecke hinter sich. »Ich habe mich so sehr in Ihnen getäuscht«, meinte Persephone und legte ihre freie Hand auf seinen Arm, wo ihre andere Hand seinen Ärmel hielt.

Er hielt kurz inne, und ihre Blicke trafen sich. »Ich bin mir nicht sicher, ob Sie das tatsächlich getan haben – zumindest nicht ganz. Ich hoffe, mich vielleicht zu verändern. Auf jeden Fall habe ich das Gefühl, mein Leben hätte sich verändert, seit wir uns getroffen haben.«

Persephones Herz geriet ins Stolpern. Sie fühlte dasselbe, doch sie fürchtete sich, es zu sagen. »Hoffentlich zum Guten.«

»Ich glaube schon.« Er lächelte, und sie gingen weiter. »Meine einzige Beschwerde besteht darin, dass ich hier nicht mehr so viel Zeit mit Ihnen allein verbringen kann wie damals in Gloucester.«

Persephone bemerkte, dass auch sie diese Zweisamkeit

vermisste. »Ich gebe zu, es war nicht alles schlecht«, entgegnete sie. »Aber ein solches Verhalten wäre hier in Bath ruinös.«

»Wahrscheinlich, es sei denn, wir wären äußerst vorsichtig. Ich habe mir die hinteren Gärten des Crescent angesehen, und sie sind größtenteils zugänglich, wenn wir uns einmal treffen wollten. Leider wird das nicht passieren, denn ich versuche, mich zu bessern.«

Schockierenderweise dachte Persephone, dass sie ihn – diesen Halunken – sehr gern im Garten treffen würde. Das würde jedoch den Großteil der Regeln für Halunken brechen. Allmählich fragte sie sich, ob sie bereit wäre, dies zu tun.

War sie deshalb eine Schurkin?

»Ein bewundernswertes Vorhaben«, lobte sie und freute sich über seine Selbstbeherrschung.

Sein Blick glühte. »Ich gebe zu, es kostet mich all meine Willenskraft, Ihnen nicht vorzuschlagen, mich heute Abend um, sagen wir, elf Uhr im Garten Ihrer Tante zu treffen.«

Mit klopfendem Herzen erkannte Persephone seinen Flirt als das, was er war: eine schurkische Masche, um sie anzulocken. Wenn es auch nicht ernst gemeint war, sollte sie trotzdem beleidigt sein. Stattdessen war sie von der Art und Weise, wie er sie ansah und von dem unnachahmlich sinnlichen Tonfall seiner Stimme, der sie umschmeichelte, unsäglich erregt. Offenbar konnte sie sich genau wie in ihrer Jugend umgarnen lassen. Obwohl jene Situationen einen schlechten Ausgang genommen hatten – unbefriedigende körperliche Interaktionen und kein Interesse oder Hoffnung auf eine Zukunft –, war sie jetzt wieder hier und dachte tatsächlich darüber nach, sich ganz allein mit einem Mann zu treffen. Er war nicht nur ein Mann, sondern ein Halunke mit einem schrecklichen Ruf.

»Das sollten wir besser nicht tun«, flüsterte sie wenig

überzeugend, was sicherlich verriet, dass sie es in Erwägung zog.

»Wahrscheinlich nicht.« Er seufzte. »Aber wäre es nicht schön, wenn wir es täten?«

Es wäre mehr als schön. Es wäre etwas, wofür sie sich entscheiden würde. Etwas, das sie wollte. »Werden Sie dort sein?«, fragte sie und hielt den Atem an.

Seine Augen leuchteten vor Überraschung. »Das werde ich. Und ich verspreche, wir werden nur reden. Keine Küsse. Werden Sie sich mit mir treffen?«

»Ich werde es in Betracht ziehen.« Ernsthaft. In Wahrheit würde sie wahrscheinlich an nichts anderes mehr denken können. Eine vibrierende Vorfreude erfasste sie. Sie nahm ihre andere Hand von seinem Arm, um nicht irgendetwas Dummes zu tun, wie ihn noch fester zu umarmen, während sie ihre Seite an ihn drückte. Egal was, nur um ihren Kontakt zu verstärken. »Aber was ist, wenn ich Sie küssen will?«

»Ich kann an nichts anderes denken, als Sie wieder zu küssen.« Er warf ihr einen gequälten Blick zu. »Mir ist klar, dass mich das zu einem Halunken der allerschlimmsten Sorte macht – zu genau dem Mann, für den Sie mich gehalten haben.«

Persephone wollte nicht daran denken, wie oft er solche Dinge in seinem bisherigen Leben getan haben mochte. Gerade hatte er gesagt, die Begegnung mit ihr hätte sein Leben verändert und dass er an nichts anderes denken konnte, als sie zu küssen. Das konnte alles gelogen und einfach nur schön dahergeredet sein, doch das glaubte sie nicht. Und möglicherweise würde sie genauso ausgenutzt werden wie Pandora.

»Kann ich Ihnen vertrauen?« Es fiel ihr wirklich nicht leicht, das fragen zu müssen, aber sie würde sich selbst hassen, wenn sie es nicht täte.

»Ganz und gar. Ich würde Ihnen nie etwas Negatives

wollen, Persey.« Sie näherten sich den anderen, und ihr weiteres Gespräch würden sie auf später verschieben müssen.

Hieß das etwa, sie würde sich mit ihm treffen? Sie war sich nicht sicher. Die Schlacht, die nun in ihren Gedanken und ihrem Körper ausgetragen wurde, würde für einen herausfordernden Abend sorgen.

Bevor sie sich trennten, nahm Acton noch einmal ihre Hand und drückte ihr einen flüchtigen Kuss auf das Handgelenk, das knapp über dem Handschuh und unter dem Ärmel ihres Kleides hervorblitzte. »Ich danke Ihnen für den schönen Spaziergang, Miss Barclay.«

Der Abdruck seiner Lippen auf ihrer Haut fühlte sich wie ein Brandzeichen an, jedoch vollkommen ohne jeden Schmerz. Es löste nur ein aufkeimendes Verlangen aus. Wie er es geschafft hatte, dieses unglaublich kleine Stück nackter Haut zu finden, sprach für seine außerordentliche Expertise in romantischen Angelegenheiten. Anstatt über die Tatsache verstimmt zu sein, dass er sich seine Fähigkeiten anderswo angeeignet haben musste, war Persephone begeistert, dass er sie einzig und allein auf sie richtete.

Die Gruppe kehrte zu den Kutschen zurück. Wieder ging Acton zwischen Persephone und Pandora, und ihre Tante und seine Schwestern folgten ihnen. Nach ein paar Augenblicken keuchte Pandora auf. Noch bevor Persephone einen Blick in die Richtung ihrer Schwester werfen konnte, hatte Acton Pandora aufgefangen.

»Bist du in wohlauf?«, rief Persephone, als sie zu Pandora ging. »Was ist passiert?«

»Ich war abgelenkt.« Pandora klang aufgewühlt. »Ich bin gestolpert.« Sie sah zu Acton auf. »Ich danke Ihnen.«

»Ich lasse Sie jetzt los.« Er ließ sie auf den Boden sinken, aber sie zog sofort mit einem schmerzhaften Gesichtsausdruck den Fuß hoch.

»Ich glaube, ich habe mir den Knöchel verletzt«, verkündete Pandora. Acton stützte sie und legte ihr einen Arm um die Taille.

Tante Lucinda eilte auf sie zu. »Was ist denn los?«

Persephone antwortete, während sie ihre Schwester besorgt beobachtete. »Pandora ist gestolpert und hat sich den Knöchel verletzt.«

»Kannst du zur Kutsche laufen?«, fragte Tante Lucinda, deren Stirn von Sorge gezeichnet war.

Pandora versuchte, ihren Fuß zu belasten und zuckte zusammen. »Das glaube ich nicht.«

»Ich kann Sie tragen«, bot Acton an. »Bereit?« Bevor Pandora antworten konnte, hatte er sie auf die Arme genommen und machte sich auf den Weg zu den Kutschen.

Persephone kam nicht umhin, die Leute zu bemerken, die näher gekommen waren und sie anstarrten. Sie unterhielten sich auch und flüsterten. Sie hoffte, dass das nicht schlecht für Pandora sein würde. Aber wieso sollte das so sein?

Tante Lucinda eilte hinter Acton und Pandora her, während Persephone mit Actons Schwestern ging. Sie wollte ihr Tempo beschleunigen, um ihre Schwester einzuholen, aber sie wollte Lady Donovan und Lady Fairhope nicht zurücklassen.

»Gehen Sie vor«, sagte Lady Donovan. »Wenn es Cecily wäre, würde ich mich beeilen, an ihrer Seite zu sein.« Sie sah Persephone an und nickte dazu ermutigend.

»Danke.« Persephone verlängerte ihre Schritte und ging schnell hinter den anderen her. Sie kam gerade bei ihnen an, als Acton Pandora in die Kutsche setzte.

»Soll ich Ihnen nach Hause folgen und Sie nach oben tragen?«, fragte er.

»Das ist sehr zuvorkommend von Ihnen, Herzog«, meinte Tante Lucinda. »Aber das kann einer der Lakaien übernehmen.«

Actons Schwestern waren inzwischen eingetroffen. »Halten Sie uns über Ihr Befinden auf dem Laufenden«, rief Lady Fairhope in Richtung der Kutsche, und zwar so laut, dass Pandora sie hören konnte.

»Das werden wir«, antwortete Persephone. Sie warf Acton einen dankbaren Blick zu. »Ich bin so froh, dass Sie da waren, um zu helfen. Wieder einmal«, fügte sie in einem Murmeln hinzu, das nur für seine Ohren bestimmt war.

Er lächelte, und es lag ein geheimnisvoller Glanz darin, als würde er nur ihr etwas mitteilen. Und ihrer Vermutung nach tat er das, indem er sich an ihre gemeinsame Zeit erinnerte, als er ihr geholfen hatte.

»Es war mir eine Freude und eine Ehre. Ich hoffe, Sie alle bald wiederzusehen«, entgegnete er, wobei sein Blick ganz auf Persephone gerichtet war.

Sie zitterte unter seinem Blick, und das nicht vor Kälte oder Angst, sondern vor köstlicher Vorfreude. ›Bald‹ könnte diese Nacht sein. Wenn sie mutig genug wäre ...

Oder dumm genug.

Nachdem sie sich verabschiedet hatten, stiegen nun auch Persephone und ihre Tante in die Kutsche.

»Soll ich den Arzt holen lassen?«, fragte Tante Lucinda.

Pandora schüttelte den Kopf. »Meinem Knöchel geht es gut. Ich ... ich musste einfach weg.« Sie klang verzweifelt und traurig. Fast ängstlich.

»Was ist passiert?«, fragte Persephone. »Bist du wirklich gestolpert?«

»Ja, aber erst nachdem ich etwas Schreckliches gesehen habe. Eine junge Frau zeigte auf mich und sprach mit ihrer Freundin. Sie lachten. Als ich ihren Blick bemerkte, starrten sie mich beide an und drehten sich um. Ich weiß, das sollte mich nicht stören, aber es hat mich gestört.«

Persephone hatte zwei junge Damen erkannt, die ihnen auf dem Weg zur Kutsche gefolgt waren. Es waren Mädchen, die sie und Pandora im Laufe der Jahre kennengelernt hatten, als sie bei Tante Lucinda in Bath zu Besuch gewesen waren. »Weil du sie kanntest«, sagte sie leise und hasste es, dass ihre Schwester das gesehen hatte, aber noch mehr hasste sie diese schrecklichen jungen Frauen.

»Später wirst du mir ihre Namen nennen, damit ich sie aufspießen kann«, sagte Tante Lucinda düster.

Pandora schüttelte den Kopf. »Bitte nicht. Ich will einfach nur vergessen, dass es passiert ist. Und ich will wirklich nicht wieder ausgehen.«

Tante Lucindas Gesicht verzog sich vor Enttäuschung. »Aber der Rest des Ausflugs lief so gut. Ich denke, du solltest es noch einmal versuchen. Vielleicht übermorgen.« Sie blickte zu Persephone. »Du und Wellesbourne, ihr scheint euch gut zu verstehen.«

»Ähm, ja. Ich denke schon.« Persephone hatte ihren Spaziergang mit Acton genossen, aber im Moment war sie zu sehr mit Pandoras Aufruhr beschäftigt.

»Und er sagte, er würde dich bald besuchen«, meinte Tante Lucinda mit einem ermutigenden Lächeln.

»Uns alle, hat er gesagt«, stellte Persephone klar.

Ein Teil von ihr wollte Pandora von ihren Überlegungen erzählen, ihn im Garten zu treffen, doch das konnte sie nicht. Genau wie Pandora ihren Spaziergang mit Bane geheim gehalten hatte, würde Persephone es ebenso geheim halten, wenn sie sich heute Abend mit Acton traf. Sie wollte nicht, dass ihre Schwester versuchte, ihr das auszureden, was zweifellos auch der Grund war, warum Pandora ihr damals nichts von Bane erzählt hatte.

Außerdem wollte Persephone ihrer Schwester noch nichts verraten. Sie war sich nicht sicher, was zwischen ihr und Acton passierte. Das war möglicherweise auch der Hauptgrund für sie, sich mit ihm zu treffen – damit sie es herausfinden konnte.

KAPITEL 15

Acton schaute auf seine Uhr und stellte fest, dass es fünf Minuten vor elf war. Niemand hatte gesehen, wie er das Haus am St. James's Square verlassen hatte, und er war unentdeckt geblieben, als er sich durch die Schatten einen Weg über drei Mauern zu Lucindas hinterem Garten gebahnt hatte.

Während der Crescent von der Vorderseite her einheitlich aufgebaut war - ionische Säulen und eine palladianische Struktur an der Spitze - waren die Rückseiten der Häuser alle unterschiedlich. Eine Seite der Rückseite von Lucindas Haus ragte weiter hinaus als die andere, vom Boden bis zum Dach. Acton fragte sich, welches Fenster zu Perseys Zimmer gehörte.

Würde sie kommen?

Acton war dankbar für den fast vollen Mond und die geringe Anzahl von Wolken. Trotzdem war es dunkel im Garten, und er war sich nicht sicher, ob es eine Bank oder einen Platz zum Sitzen gab. Er traute sich nicht zu nahe an das Haus heran, falls jemand aus dem Fenster schauen wollte. Oder noch schlimmer, wenn jemand nach draußen kam.

Gespannt beobachtete er die Tür, während die Minuten mit der Geschwindigkeit einer Schildkröte dahinschlichen. Wie lange würde er warten?

Er sah noch einmal auf die Uhr. Fünf Minuten nach elf. Er konnte noch viel länger warten. Verdammt, er könnte die ganze Nacht warten.

Aber das sollte er nicht. Ebenso wenig, wie er dieses Rendezvous hätte vorschlagen sollen – nicht einmal im Scherz.

Rendezvous?

Er rümpfte die Nase und wischte sich mit der Hand über die Stirn. Exakt dieses Benehmen hatte Persey ihm vorgeworfen, als sie sich kennengelernt hatten. Deshalb hatte sie ihm auch den Madeira ins Gesicht geschüttet. Und *das* war der Beginn ihrer Bekanntschaft gewesen, die ihn zu einem Überdenken seiner Einstellung und seines Handelns bewegt hatte. Das, und das Wissen um Banes Schandtat. Es gab einfach keine Entschuldigung dafür, den Ruf einer jungen Lady aufs Spiel zu setzen.

Aus welchem Grund war er dann hierher gekommen?

Fluchend kam er zu dem Schluss, dass er wohl besser gehen sollte. Er warf einen letzten Blick auf die Hintertür. Die sich genau in dem Moment öffnete.

Acton stand wie festgenagelt dort. Selbst wenn der Garten in Flammen gestanden hätte, wäre er nicht imstande gewesen, sich zu rühren.

Langsam machte Persey die Tür zu, ehe sie sich umdrehte und ihre Schritte über den Pfad lenkte, der in den Garten führte. Suchend schaute sie sich um und Acton musste sich beherrschen, um nicht vorzupreschen und sie in seine Arme zu reißen.

Stattdessen stieß er einen Laut aus, der an eine Eule erinnerte, und wiederholte ihn mehrmals. Das Geräusch erregte ihre Aufmerksamkeit, und als ihr Blick in seine Richtung fiel, ging sie direkt auf ihn zu.

Actons Herz pochte wie wild, als sie sich dem Baum näherte, hinter dem er sich verborgen hatte. Als sie nahe genug war, flüsterte er: »Ich bin hier, hinter dem Baum.«

Einen Moment später hatte sie ihn gefunden. »Sollten Sie eine Eule sein?«

»Etwas Besseres ist mir nicht eingefallen, um Ihre Aufmerksamkeit zu erregen. Und es hat funktioniert.«

»In der Tat, aber ich glaube nicht, dass Eulen so durchdringend schreien.«

Froh darüber, endlich mit ihr flirten zu können, ohne ihren Zorn auf sich zu ziehen, musste er lächeln. »Das können sie sehr wohl, wenn sie versuchen, eine schöne, bezaubernde weibliche Eule anzulocken.«

»Sehen Sie mich so?«, fragte sie, und er erkannte den Ernst ihrer Frage. Kleine Falten hatten sich auf ihrer Stirn abgezeichnet. »Oder sagen Sie so etwas nur, wenn Sie eine Frau allein im Dunkeln treffen?«

Sein Lächeln verblasste. »Ich habe daran gedacht, als ich hier stand – ich meine, als ich hier ankam. Fast wäre ich wieder gegangen, doch dann sah ich Sie aus dem Haus kommen und konnte mich nicht mehr bewegen.«

»Meinen Sie auch das ernst?«, flüsterte sie.

»Mit jeder Faser meines Seins. Ich weiß, es besteht kein Grund für Sie, mir zu glauben. Zudem haben Sie allen Grund zu der Annahme, dass ich genau das Gleiche schon ein Dutzend Mal gemacht habe, wobei ich stets eine Verführung als Ziel vor Augen hatte.«

»Nur ein Dutzend Mal?«, stichelte sie, worauf es ihm leichter fiel, lockerer zu werden. Er war sehr angespannt gewesen. Oder nervös. Dieser Moment unterschied sich von allem, was er bisher erlebt hatte. *Sie* war anders als alle anderen Frauen, deren Bekanntschaft er gemacht hatte. Sie trat näher an ihn heran, sodass sie sich beinahe berührten. »Ist eine Verführung auch heute Abend Ihr Ziel?«

»Ich hatte Sie nur sehen wollen. Allein. So wie wir vorher zusammen gewesen waren.«

»Als ich Ihre Hilfe ständig abgelehnt habe und Sie nicht anders konnten, als mit mir zu flirten?«

Er grinste. »Wie ist es mir nur gelungen, Sie für mich gewinnen zu können?«

»Darauf könnte ich antworten, dass es geschehen sein muss, als Sie mich vor dem betrunkenen Unhold gerettet haben. Es ist furchtbar schwierig, einen tapferen Helden nicht zu mögen. Eigentlich glaube ich aber, es waren die Ratten, durch die Sie sich in mein Herz geschlichen haben. Das war das erste Mal, dass ich Sie wirklich als Mensch erlebt habe. Nicht als Halunke, Herzog oder Verführer.«

Ihre Worte schürten sein Verlangen, das schon den ganzen Tag in ihm brodelte. Nein, es war deutlich länger – genau genommen, seit sie sich zum ersten Mal geküsst hatten. »Aber ich verkörpere all dies«, bemerkte er leise. »Zumindest war ich das. Von der Rolle des Herzogs einmal abgesehen. Ich fürchte, die muss ich wohl beibehalten.«

Sie musterte sein Gesicht. »Empfinden Sie das so? Fühlen Sie sich als Herzog gefangen?«

»Wenn ich darauf mit Ja antworten würde, höre ich mich wie ein undankbarer Taugenichts an. Und nein, das tue ich nicht. Es ist nur... ich bin mir nicht sicher, ob es ... richtig ist, was ich tue. Mein Vater hatte hohe Erwartungen, doch als sein Tod so plötzlich eintrat, wurde mir klar, dass es so viele Dinge gibt, von denen ich noch nichts weiß.«

»Wie zum Beispiel?«

Acton zog eine Schulter hoch. »Wie kann ich meine Standesgenossen motivieren, sich mir in bestimmten Angelegenheiten anzuschließen? Wie ich festgestellt habe, bin ich oft in der Minderheit, wenn ich mit anderen über explizite

Themen spreche, insbesondere im Oberhaus. Mein Vater und ich haben uns über solche Dinge nicht ausgetauscht, zumindest nicht ausdrücklich. Ich denke, er würde einige meiner Ansichten wahrscheinlich nicht gutheißen. Ich bin zum Beispiel dafür, die Reglements für das Wahlrecht zu erweitern. Viele unserer Wahlen sind korrupt, und ich würde eine Reform begrüßen.«

Er hatte sich in sein Gesprächsthema hineingesteigert und bemerkte nun, dass sie ihn mit leicht geöffnetem Mund anstarrte. »Habe ich etwas Falsches gesagt?«

Sie schüttelte sich leicht. »Im Gegenteil, ich bin schockiert und hocherfreut zugleich, solche Dinge zu hören. Es tut mir leid, dass Sie das Gefühl haben, Ihr Vater hätte Sie nicht angemessen vorbereitet oder er würde Ihre Einstellung nicht gutheißen. Ich weiß, das haben Sie nicht gesagt, aber es klingt, als würden Sie genau das befürchten. Ich weiß sehr wohl, wie es ist, die Zustimmung seiner Eltern nicht zu haben. Ich weiß, wie es sich anfühlt, ihr Mitleid zu erregen und zu begreifen, dass sie einen für unzulänglich halten.«

Blanke Wut stieg in Acton auf. »Warum in aller Welt sollen Sie das verdient haben?«

»Weil ich nicht so hübsch oder so anmutig bin wie meine Schwester.«

Acton unterbrach sie und fühlte sich wie ein Tölpel. »Ihre Schwester! Wie geht es ihrem Knöchel? Es tut mir so leid, dass ich mich nicht gleich danach erkundigt habe.«

»Es ist alles in Ordnung. Ihrem Knöchel fehlt nichts.« Persephone wirkte aufgewühlt. »Ein paar junge Ladys, die wir seit Jahren kennen, haben sie direkt geschnitten und über sie gelacht. Das hat Pandora nicht gut aufgenommen. Sie will nicht mehr ausgehen.«

»Wer sind diese jungen Frauen?«, fragte Acton. »Ich werde dafür sorgen, dass sie nirgendwo mehr eingeladen werden.«

Persephone lachte leise. »Sie klingen wie meine Tante. Es ist sehr nett von Ihnen, sich für Pandora einzusetzen, wobei ich mir allerdings nicht sicher bin, ob es hilft.«

»Ich fühle mich dann besser. Geht es Ihnen nicht auch so? Und Pandora?«

»Wahrscheinlich. Sie müssen tun, was Sie für richtig halten, aber die Lösung sollte, glaube ich, nicht darin bestehen, zwei junge Frauen gesellschaftlich zu ruinieren.«

»Darin muss ich Ihnen wohl recht geben. Vielleicht werde ich ein Fest im Haus meiner Mutter veranstalten und diese Frauen mit ihren Familien nicht einladen. Handlungen haben Konsequenzen.« Acton dachte an Bane und wie dieser mit seinem Fehlverhalten ungeschoren davongekommen zu sein schien. »Das sollten sie zumindest.«

»Pandora büßt ganz bestimmt für *ihre* Taten und auch Banes«, meinte Persephone düster. »Sie hat eine unkluge Entscheidung getroffen, das ist mir wohl bewusst, aber wer hat das nicht? Sehen Sie doch uns beide an.« Bevor Acton darauf antworten konnte, fuhr sie fort. »Pandora war diejenige, von der man erwartetet hatte, dass sie eine prächtige Partie machen würde. Sie sollte eine Saison in London haben – falls meine Eltern es sich leisten könnten.«

Die Radstocks hatten also durchaus finanzielle Probleme. Das würde erklären, warum ihr Vater es mit dem Ehevertrag so eilig hatte. »Sie haben jedoch eine Mitgift.«

Sie lachte kurz auf. »Eine kleine. Hat mein Vater Ihnen nicht mitgeteilt, wie hoch die Summe ist?«

»Unser Gespräch hat nicht lange gedauert, fürchte ich. Als ich Sie in der Miniaturausgabe erkannte, wollte ich unbedingt zu Ihnen zurückkehren. Ich habe Loxley Court fast sofort verlassen.«

»Das haben Sie getan?« Sie klang fast atemlos.

»Als ich an Sie dachte, wie Sie dort allein und ohne Schutz waren, konnte ich nicht einfach dasitzen.«

»Ich bin überrascht, dass Sie nicht nach Radstock Hall geritten sind – hat man Ihnen nicht gesagt, ich sei zu Hause?«

»Im Nachhinein frage ich mich, warum ich davon abgesehen habe. Doch an jenem Morgen hatte ich Sie ja in Gloucester gesehen, und somit schien mir das für den Anfang der beste Ort. Ich war darauf gefasst gewesen, nach Ihnen suchen zu müssen. Denn ich wusste nicht genau, ob Sie weggelaufen waren, und wenn ja, aus welchem Grund.«

»Richtig. Irgendwann hatten Sie auch einmal die Vermutung ins Spiel gebracht, ich könnte mit jemandem verabredet sein – einem Gentleman.« Sie lächelte schüchtern. »Wie schelmisch so ein Gedanke von Ihnen doch ist.«

»Ich fürchte, ich bin unverbesserlich schelmisch. Was ich damit meine ist, dass wir uns hier in einem dunklen Garten befinden.« Er ernüchterte für einen Moment. »Das ist genau das ruinöse Verhalten, dessen Sie mich beschuldigt haben.«

»Ich weiß.« Sie legte ihre Hand an seine Brust. »Und doch bin ich hier. Manchmal ist es offenbar gerechtfertigt, ein Halunke zu sein.«

»Ich glaube nicht, dass Gefahr besteht, hier erwischt zu werden. Ich würde Sie nie in eine kompromittierende Lage bringen wollen.« Er verzog das Gesicht zu einer Grimasse. »Obwohl ich weiß, dass allein meine Anwesenheit hier schon ein gewisses Risiko bedeutet. Wenn man uns zusammen sieht, würde ich Sie nie im Stich lassen.«

»Danke, dass Sie das gesagt haben. Ich hätte Sie wirklich nicht ermutigen sollen, herzukommen, insbesondere, da Sie versuchen, Ihren Ruf zu rehabilitieren. Aber ich wollte diesen Moment – mit Ihnen – für mich.« Sie umfasste seine Hand. Er hatte sich nicht die Mühe gemacht, Handschuhe anzuziehen, und sie ebenfalls nicht. Tatsächlich war sie schlicht gekleidet, denn sie trug ein rundgeschnittenes Kleid, das sich vorne öffnen ließ. Dass er die Finessen weiblicher

Garderobe mühelos erkannte, unterstrich seinen Status als Halunke noch.

Er stöhnte auf, als sie ihn vom Baum weg in die Ecke des Gartens führte, wo eine Bank hinter einer hohen Mauer aus Sträuchern stand.

»Warum machen Sie dieses Geräusch?«, fragte sie, während sie ihn dazu brachte, sich neben sie zu setzen.

»Weil ich auf Ihre Kleidung geachtet habe und darauf, wie sie sich öffnen lässt. Ich bin wirklich ein Halunke. Sie sollten wohl besser wieder ins Haus gehen.« Seinen Worten zum Trotz, ließ er ihre Hand nicht los.

Fragend zog sie eine Augenbraue hoch. »Haben Sie die Absicht, mich zu entkleiden? Ich muss Sie bitten, davon abzusehen. Es ist zwar nicht kalt, aber auch nicht gerade warm. Ich werde eine Gänsehaut bekommen.«

Er stellte sich vor, welche Wirkung die kalte Luft auf ihre Brustwarzen haben würde, wenn diese nackt wären. Sein bislang halb erregter Schaft, seit sie nach draußen gekommen war, erwachte nun gänzlich zu voller Erregung.

»Persey, ich bin fast verrückt vor Sehnsucht nach dir. Sag mir bitte, dass ich dich küssen darf. Jetzt.« Er hob ihre Hand an seinen Mund und drückte ihr einen Kuss auf den Handrücken, wobei er die Sanftheit ihrer Haut und ihren köstlichen Blumenduft genoss.

»Du küsst mich doch schon«, gab sie zur Antwort. »Es sei denn, du bittest darum, dies auf eine intimere Weise zu tun.«

Er hielt ihre Hand zwischen ihnen fest und streichelte mit der anderen Hand ihr Gesicht. »Weißt du, was das bedeuten könnte?«

Sie zögerte und kleine Falten zeichneten sich auf ihrer Stirn ab. »Du wirst deinen Mund an meinen pressen?«

»Das ist zwar intimer, aber ich fürchte, mein schelmischer Verstand ist direkt zum intimsten Kuss übergegangen, den ich dir anbieten könnte. Mein Mund auf deinem Geschlecht. Hast du noch nie von so etwas gehört?«

Wieder reagierte sie sehr langsam und er spürte ein leichtes Zittern in ihrer Hand. Hatte sie Angst? »Das habe ich. Aber ich habe eine solche Tat noch nicht erlebt.«

Diese Bemerkung machte ihn glauben, dass sie etwas erlebt hatte. Und am Tag zuvor hatte sie auch nicht davor zurückgescheut, ihn zu küssen. »Was *hast* du erlebt?«

Sie sah zu Boden. »Ich habe Angst, es zu sagen. Ich will nicht, dass du schlecht von mir denkst.«

Er legte ihr eine Hand unters Kinn und neigte ihren Kopf wieder nach oben. »Glaubst du, ich, ein berüchtigter Halunke, könnte dir irgendetwas vorwerfen?«

Ein Lächeln umspielte ihre Lippen. »Nun, wenn du es so ausdrückst, sollte ich dir wohl mit Stolz von meinen Heldentaten berichten. Vor einigen Jahren wurde ich ... mit einem jungen Mann intim, den ich in einem Sommer in Weston kennenlernte. Es war nur das eine Mal passiert, und es war eher unaufregend gewesen.«

»Intim ... das heißt, du hattest Geschlechtsverkehr mit ihm?« Er wollte sich vergewissern, dass er sie richtig verstanden hatte.

Sie nickte. »Du kannst einfach gehen, wenn du willst. Das würde ich verstehen.«.

Er strich ihr mit dem Daumen über ihren Kiefer, während er sich in ihrem Blick verlor. »Ich wäre ein schrecklicher Heuchler, wenn ich dich so hart verurteilen würde. Was ist mit ihm passiert, wenn ich fragen darf?«

»Er wollte mich heiraten, doch nachdem wir intim geworden waren, sagte ich ihm, ich wollte nicht. Anfangs plante er, meine Eltern aufsuchen zu wollen, aber ich überzeugte ihn, dass das nicht so ausgehen würde, wie er sich erhoffte. Er war nämlich ein armer Pfarrer. Meine Eltern hätten eine Heirat nicht unterstützt.«

»Du hast ihm also das Herz gebrochen?« Acton empfand tatsächlich einen Moment lang Mitleid mit dem verarmten Pfarrer.

»Das glaube ich nicht. Wir waren jung. Ich bin mir nicht sicher, ob man in diesem Alter sein Herz kennt. Ich weiß ehrlich gesagt nicht, ob man das jemals wirklich kann.«

Er ließ seine Hand zärtlich an ihrem Hals hinuntergleiten und legte sie nun in die Mulde ihres Schlüsselbeins. »Was soll das heißen? Du glaubst nicht an die Liebe?«

»Doch, obwohl ich wenig Erfahrung damit habe, sie zu erleben. Ich habe mich damit abgefunden, dass ich diese Erfahrungen wahrscheinlich nie selbst machen werde. Warst du schon einmal verliebt?«

»Mein jüngeres Ich dachte das – in die Frau, die mein Vater eingestellt hatte, um mich auf dem Gebiet des Geschlechtsverkehrts ›zu unterweisen‹. Mein Vater erklärte mir, ich empfände nur eine Verliebtheit, was für einen jungen Mann ganz normal sei, und dass dies wieder vergehen würde. Er hatte recht.« Er verdrehte die Augen. »Ich war auch in meine erste Geliebte vernarrt, ehe ich erfuhr, dass es gerade nicht in Mode war, eine emotionale Bindung zu seiner Geliebten zu unterhalten.«

Ihre Nasenflügel blähten sich. »Wer hat dir das gesagt?«

»Mein Vater. Er hatte zehn Jahre lang dieselbe Geliebte, wobei er aber behauptet, er habe nie mehr als eine Affinität zu ihr empfunden. Mehr geht einfach nicht.«

Sie rümpfte die Nase. »Ich glaube zwar, dass es einen Unterschied zwischen Liebe und Verliebtheit gibt, aber dein Vater hat dir unsinnige Ratschläge gegeben, was du fühlen sollst.«

Acton hatte begonnen, an den Ratschlägen seines Vaters zu zweifeln. Darüber wollte er jetzt allerdings nicht nachdenken. Er wollte zu ihrer Diskussion über das Küssen und die Art und Weise, wie sie es tun sollten, zurückkehren.

»Hast du dir überlegt, wie ich dich küssen könnte?« Er fuhr mit dem Daumen über die bloße Haut ihres Halses und spürte ihren gleichmäßigen Pulsschlag. Er beschleunigte sich, als sich ihre Lippen öffneten.

»Ich möchte, dass du mich küsst. Überall, wo du willst.« Sie legte ihre Hände auf seine Schultern und schmiegte sich an ihn. »Heute Abend gehöre ich dir, Acton.«

»Dann werde ich mir heute Abend nehmen, was ich will. Aber du kannst mich jederzeit aufhalten, mit dem leisesten Flüstern. Verstanden?« Er hielt ihrem Blick stand, während ein wollüstiges Bedürfnis ihn durchströmte.

Sie grub die Finger in sein Fleisch. »Ich verstehe. Und jetzt küss mich.«

~

Persephone zog ihn zu sich heran. Seit er sie gefragt hatte, ob sie wollte, dass er ihr Geschlecht küsste, war sie vor Verlangen ganz aufgeregt. Ihre früheren Erfahrungen hatten auf Neugierde beruht. Aber das hier war anders. Dies war ein Bedürfnis, das sie weder ignorieren noch verleugnen konnte. Ein verzweifeltes Verlangen, von dem sie sicher war, dass nur Acton es befriedigen konnte.

Er ließ seine Hand in ihren Nacken wandern, während er die andere um ihre Taille legte. Dann nahm er ihren Mund mit seinem in Besitz, und sie reagierte auf den eindringlichen Druck seiner Lippen und den darauffolgenden Stoß seiner Zunge. Dieser Kuss war nicht so neugierig wie ihre ersten Versuche. Das brauchte er auch nicht. Bei diesem Kuss ging es darum, einander zu beanspruchen, zu erobern und sich zu unterwerfen.

Das Bedürfnis in Persephone wuchs mit jedem Schlag seiner Zunge. Er hielt ihren Nacken und stützte sie in einer durch und durch sinnlichen Umarmung, während er über ihren Mund herfiel. Sie presste sich an ihn, während ihr Körper überall vor Verlangen kribbelte.

Das Pulsieren, das zwischen ihren Beinen bei seinem Vorschlag, seinen Mund dorthin zu legen, eingesetzt hatte, verstärkte sich. Sie wollte ihn dort spüren. Sie wollte ihn überall spüren.

Plötzlich schien der Gedanke, sich auszuziehen, keine schlechte Idee zu sein. Sie hatte keine Ahnung, wie warm es hier draußen war, nur dass sie vor Verlangen loderte.

Sie drehte sich um und hob ihre Röcke an, sodass sie sich auf der Bank auf ihn setzen konnte. Er drückte sie an sich, als sie sich auf seine Oberschenkel setzte. Als sie sich nach unten drückte – ihr entblößtes Geschlecht traf auf seine steife Erektion, die gegen seine Hose drückte –, stöhnte er auf.

»Persey«, raunte er, ehe er ihren Mund noch einmal eroberte. Er fasste sie an der Hüfte und drückte sie fest an sich, während er gegen sie stieß.

Stöhnend drückte sie sich nach unten, denn es verlangte sie verzweifelt nach mehr von diesem Gefühl. Ihre Erregung wuchs, als ihre Körper sich nun zusammen bewegten. Es war, als wären sie für diesen Moment geschaffen worden. So falsch dieses Szenario auch erscheinen mochte, hatte sich für Persephone nichts jemals so richtig angefühlt.

Seine Hand wanderte von ihrem Hals zu ihrem Mieder und zupfte an den Bändern, um das Vorderteil herunterzulassen.

Sie löste ihren Mund von seinem. »Ich trage kein Korsett.« Normalerweise hatte sie sich um diese Uhrzeit dessen entledigt und gar nicht daran gedacht, es wieder anzuziehen. Vielleicht hatte ein Teil von ihr gehofft, dass dies geschehen würde.

»Du bist wirklich eine Göttin.« Er verteilte Küsse auf

ihrem Kiefer und ihrem Hals, wobei seine Lippen und seine Zunge über ihre Haut wanderten, während er den vorderen Teil ihres Kleides lockerte.

Kühle Luft strich über ihre bloße, erhitzte Haut. Sein Mund wanderte zum ihrem Halsansatz, dann tiefer in die Mulde zwischen ihren Brüsten. Er umfasste eine von ihnen, während seine Lippen ihre Brustwarze fanden.

Das hatte sie schon einmal erlebt, aber es war unbeholfen und zum Glück nur kurz gewesen. Wie beim Küssen erwies sich Acton auch jetzt als wahrer Meister. Er leckte und saugte an ihrer Brust und schürte ihr Verlangen zu einer tiefen und fordernden Lust.

Er hielt sie um die Taille fest, während er an ihr saugte und mit der freien Hand ihre andere Brust liebkoste. Er strich mit der Daumenkuppe darüber, und es war eine Berührung, die sie sogar bis in ihr Geschlecht spürte. Dann schloss er seine Finger zusammen und zog sanft an ihrer Brustwarze, und sie schrie auf, als sich alles zu intensivieren schien.

Sie wollte mehr von ihm und ließ ihre Hüften an seinen kreisen. Wenn sie seinen Schritt aufknöpfen könnte, würde sie ihn direkt spüren – Haut an Haut. Würde er ihr das erlauben?

Sein Mund wanderte zu ihrer anderen Brust, um sie zu necken und zu quälen. Irgendwie hatte er seine Hand unter ihre Röcke geschoben und nun glitt er damit streichelnd an ihrem Oberschenkel hinauf.

»Ja«, zischte sie. »Ich will dich, Acton. Bitte.«

Er knabberte sanft an ihrer Haut, was ihr ein Keuchen entlockte. »Ich muss alles von dir schmecken.« Mit einer fließenden Bewegung tauschte er ihre Positionen und setzte sie auf die Bank. Er kam jedoch nicht über sie. Er kniete vor ihr und schob ihre Röcke bis zur Taille hoch. »Spreize deine Beine für mich, Persey. Zeig mir deine Schönheit.«

Persephone hatte sich tatsächlich noch nie so schön, so begehrenswert gefühlt. Sie tat, was er befahl, und hielt ihm ihr Kleid aus dem Weg.

»Ja, genau so, meine herrliche Göttin.« Er legte beide Hände auf ihre Schenkel und benutzte seine Daumen auf ihrem Geschlecht, indem er sanft über ihre äußeren Schamlippen streichelte, während er sie öffnete. »So schön. So perfekt. Komm an den Rand der Bank, Liebes.«

Persephone schob sich vorwärts, als er den Kopf sinken ließ. Sie spürte seinen Atem, ehe er seinen Mund zu ihrem hungrigen Fleisch hinabsenkte Er streichelte ihre Klitoris mit seinem Daumen, während er über ihre Schamlippen leckte. Dann glitt sein Finger in sie, und sie wölbte sich von der Bank hoch, begierig auf alles, was er ihr geben würde.

Sie klammerte sich an seinen Kopf und seine Schultern. Er bewegte seinen Finger in ihr vor und zurück und saugte an ihrer Klitoris, was ihr den Verstand raubte, während sich die Lust in ihr aufbaute.

»Nicht zu laut«, raunte er und griff nach ihrer Hüfte, bevor er tief in sie hineinleckte.

Ja, sie hatte zu viel Lärm gemacht, wurde ihr klar. Es war ziemlich schwierig, nicht so zu schreien, dass es die ganze Nachbarschaft hören konnte.

Sie biss sich auf die Lippe und versuchte, nicht zu schreien oder völlig die Kontrolle zu verlieren. Sie war dem Höhepunkt so nahe, einem Vergnügen, von dem sie sicher war, dass sie es noch nie erlebt hatte. Nun wanderte er mit seiner Hand von ihrer Hüfte zu ihrem Hintern und hob sie an, damit er sie umschließen konnte, während er sich an ihr ergötzte.

Persephone stieß ihre Hände in sein Haar, ohne darauf zu achten, ob sie zu heftig an ihm zog. Sie war nicht mehr in der Lage, rational zu denken. Ihr Körper wölbte sich und drängte, verzweifelt nach Erlösung suchend.

Mit seinem Mund und seinem Finger trieb er sie über die Barriere in die Vollendung. Die Dunkelheit riss sie in unvorstellbare Glückseligkeit, während ihr Körper zuckte und bebte.

Er begleitete sie durch den Sturm und führte sie in den Frieden und eine träge Ruhe. Sie fühlte sich schwer und gesättigt. Dann bewegten sich seine Finger erneut über ihre Schamlippen, und sie war sofort wieder erregt.

Er zog ihr die Röcke herunter, wich zurück und stand auf. Sie griff nach ihm und schaffte es, den Stoff seiner Hose zu erwischen.

Sie zog, doch ihr Griff war zu schwach. »Komm«, forderte sie.

Er bewegte sich auf sie zu, und sein Schaft war auf gleicher Höhe mit ihrem Mund. »Ich sollte jetzt gehen, Persey.« Seine Stimme war rau, tief mit unbefriedigtem Verlangen.

»Und was ist damit?« Sie fuhr mit der Hand über seinen Schaft, der durch seine Kleidung so deutlich zu sehen war.

»Darum kümmere ich mich, wenn ich nach Hause komme«, sagte er mit rauer Stimme

»Warum nicht hier? Jetzt?« Sie streichelte ihn mit ihrer ganzen Handfläche, und ließ dabei ihre Finger zu den Knöpfen seiner Hose wandern. »Kann ich mir nicht nehmen, was *ich* will?«

Seine Hand umfasste ihren Kopf, während er leise stöhnte. »Ich habe dich nicht verdient. Aber ja, nimm dir, was du begehrst.«

Persephone öffnete die Knöpfe in schneller Folge und bald schon hatte sie sein Geschlecht frei in ihrer Hand. Sie streichelte ihn langsam und genoss, wie sein Atem schneller wurde und seine Hüften zu kreisen begannen.

»Was wirst du tun?«, fragte er und klang dabei genauso verzweifelt, wie sie sich noch vor kurzem gefühlt hatte.

»Was soll ich denn tun? Du wolltest doch deine Hand

benutzen, nicht wahr?« Sie stellte ihn sich dabei vor, und hoffte, dass sie eines Tages miterleben würde, wie er zum Höhepunkt kam.

»Ja. Das kannst du tun.«

»Oder ich könnte meinen Mund benutzen, wie du es getan hast. Sag mir, was du dir wünschst, Acton, oder ich werde nichts tun.« Ihre Hand erstarrte.

»Nimm mich in deinen Mund.« Er lenkte ihren Kopf zu sich. »Jetzt. Bitte. Ich will dich um mich herum spüren.«

Sie hatte das noch nie gemacht, wenn sie auch nicht glaubte, dass es schwierig sein könnte. Instinktiv ließ sie ihre Hand zum Ansatz seines Schafts gleiten, während sie ihre Lippen auf die Spitze legte. Dann nahm sie ihn langsam in den Mund und genoss das Gefühl seiner samtigen Haut auf ihrer Zunge.

Als er so tief in ihr war, wie sie glaubte, aushalten zu können, zog sie sich zurück. Sie benutzte ihre Hand, um seine Hoden zu massieren und seinen Schaft noch einmal zu umschließen, bevor sie ihn noch einmal einsaugte.

»Ja, Persey. Gott, du bist unglaublich.« Seine Hüften schnellten nach vorne, als er ebenso tief wie zuvor in ihren Mund stieß.

Sie erfasste den Rhythmus, nahm ihn auf und ließ ihn wieder los – nicht ganz, aber fast. Mit ihrer freien Hand griff sie nach seiner Hüfte und lenkte das Tempo, wobei sie ihn drängte, noch ein bisschen schneller zu werden. Er brauchte keine Ermutigung, seine Hüften übernahmen das Kommando.

Sie liebte diese neue Macht und das Gefühl, ihn in ihrem Mund zu haben, und wurde mutiger, indem sie ihre Hände und ihre Zunge benutzte, um sein Vergnügen zu intensivieren, so wie er es bei ihr getan hatte. Er ließ eine Hand zu ihrer Brust sinken, die er streichelte und drückte. Sie stöhnte leise um seinen Schaft herum und gab sich dem Urbedürfnis hin, ihn zu befriedigen und sicherzustellen, dass er in die gleiche süße Vergessenheit geriet wie sie.

»Ich muss mich zurückziehen.« Stöhnend hielt er ihren Kopf zurück.

Persephone hielt ihn fest. Sie war noch nicht fertig, und er auch nicht.

»Persey, ich werde in deinen Mund spritzen. Es ist...«, schrie er und unterbrach sich. »Ich kann nicht.«

Aber er konnte es doch. Salzige Flüssigkeit flutete ihren Mund. Persephone wusste nicht, was akzeptabel war, aber es auszuspucken erschien ihr falsch. Also schluckte sie es, während sie ihre Hand und ihren Mund benutzte, um ihn bei seiner Erlösung zu unterstützen.

Als er erschöpft war, zog sie sich zurück und schob seinen erschlafften Schaft in seine Hose zurück. Während er seinen Schritt wieder zuknöpfte, zog sie ihr Kleid hoch und schloss die Haken, bevor sie das Mieder fester schnürte.

Ihn zu saugen war genauso erregend gewesen wie ihr vorhergehendes Treiben. Tatsächlich war sie für einen weiteren Höhepunkt bereit, aber es wäre wohl das Beste, wenn sie ins Haus ging. Niemand würde sie vermissen – denn alle dachten, sie hätte sich für die Nacht zurückgezogen. Sollte jedoch irgendjemand beschließen, nach draußen zu kommen, würden sie beide in Schwierigkeiten geraten.

Sie machte Anstalten, aufzustehen, und Acton half ihr schnell, indem er sie um die Taille packte. Er zog sie an sich. »Du bist großartig.« Er küsste sie erst sanft, dann mit einer Intensität, die ihre Erregung nur noch weiter anfachte.

Sie legte ihre Hände an seine Brust und drückte ihn sanft. »Wenn du nicht aufhörst, setze ich dich wieder auf die Bank und hebe meine Röcke, um dich noch einmal zu reiten. Nur dieses Mal werde ich deine Hose öffnen, damit ich dich an mir spüren kann.«

Er küsste sie auf die Wange und flüsterte: »Wenn du das tust, wirst du mich in dir spüren.«

Persephone zitterte. Wie sehr sie sich das wünschte.

»Aber das will ich nicht«, fügte er in leisem Tonfall hinzu.

Die Enttäuschung ließ ihr das Blut in den Adern gefrieren. »Du willst nicht?«

»Nicht heute Abend. Nicht hier auf einer kalten Bank. Wenn ich dich in meine Arme nehme und wir uns vereinen, wird es an einem besonderen Ort sein. Oder zumindest warm.«

Persephone konnte sich ein Kichern nicht verkneifen. »Eigentlich hat mir die kühle Luft nichts ausgemacht. Ich war nämlich reichlich überhitzt.« Sie leckte sich über die Unterlippe, als sie daran dachte, wie sich ihre Brustwarzen durch die Nachtluft und Actons Aufmerksamkeiten zusammengezogen hatten.

»Du verführst mich dazu, das Begonnene fortzusetzen. Nur würde ich dich über die Bank beugen und dich von hinten nehmen.« Er schüttelte den Kopf. »Nein, nicht für unser erstes Mal zusammen. Du verwandelst mich in eine brünstige Bestie. Und bevor du dich darüber lustig machst, dass ich wahrscheinlich schon vorher eine war – sind nicht alle Halunken brünstige Bestien? – die Antwort lautet nein. Ich bin kein Sklave meiner Begierde.«

»Das sind ermutigende Nachrichten.«

»Ich darf aber ein Sklave für dich sein«, murmelte er sanft und streichelte ihre Wange, bevor er ihr einen Kuss auf die Lippen drückte.

Nachdem sie den Kuss kurz erwidert hatte, trat Persephone zurück – weit genug, dass er sie nicht erreichen konnte. »Ich werde jetzt gehen.«

»Sehen wir uns morgen?«, fragte er. »Wir könnten uns zum Tee im Pump Room treffen. Um drei?«

»Das würde ich gerne, aber es hängt von Pandora ab.«

»Wirst du kommen, auch wenn sie es lieber nicht möchte?« Sein Blick war hoffnungsvoll, sein dunkles kastanienbraunes Haar von ihren Händen verführerisch zerzaust. Wie konnte sie ihn abweisen?

»Ich werde da sein«, entgegnete sie lächelnd. »Jetzt geh!« Sie winkte ihm zum Abschied und ging in Richtung Haus.

Als sie über ihre Schulter zurückblickte, stellte sie fest, dass er gegangen war.

Sie wusste nicht, ob sie Pandora überreden konnte, morgen mitzukommen, nicht einmal, wenn sie ihr erzählte, was heute Abend mit Acton geschehen war. Persephone war hin- und hergerissen zwischen dem Wunsch, ihr Glück mit ihrer Schwester zu teilen, und dem Wunsch, es für sich zu behalten – zum einen, weil sie sich unbedacht verhielt, zum anderen, weil ihre Schwester sich nicht schlecht fühlen sollte. Anders als Bane, würde Acton Persephone nicht im Stich lassen.

Das mochte zwar stimmen, aber was wollte er? Und was wollte sie?

Persephone dachte an die Zukunft – und nicht etwa an eine, in der sie als Gouvernante arbeitete. Könnte es da etwas zwischen ihr und Acton geben? Etwas ... Dauerhaftes?

Wie sehr ihre Eltern das lieben würden. Dieser verabscheuungswürdige Gedanke reichte fast aus, um Persephone umzustimmen.

Fast.

Der heutige Abend war jedoch zu schön, um ihm keine gebührende Beachtung beizumessen.

KAPITEL 16

*B*eim Frühstück am nächsten Morgen hatte Persephone sich bemüht, ihre überschäumende gute Laune zu verbergen. Nicht nur, weil sie keine Fragen dazu beantworten wollte, sondern auch, weil Pandora noch immer von dem Vorfall am Tag zuvor in Sydney Gardens aufgebracht war.

Tante Lucinda tat ihr Bestes, um Pandora aufzumuntern, und als Persephone verkündete, der Herzog habe sie an diesem Nachmittag zum Tee in den Pump Room eingeladen, war sie hocherfreut. Pandora hatte jedoch abgelehnt, sie zu begleiten und gesagt, sie habe ihre Meinung, sich nicht in der Öffentlichkeit zeigen zu wollen, nicht geändert. Stattdessen hatte sie angedeutet, es sei an der Zeit für sie, Bath zu verlassen. Allerdings hatte sie schnell hinzugefügt, dass sie nicht damit rechnete, dass Tante Lucinda und Persephone sie begleiten würden.

Persephone hatte nicht widersprochen, denn die Wahrheit war, dass sie Bath nicht verlassen wollte. Genauer gesagt wollte sie keinesfalls irgendwohin gehen, wo Acton nicht war.

Tante Lucinda hatte argumentiert, dass Pandora zum Tee kommen müsse, da sie den Skandal nicht durch Verstecken aus der Welt schaffen könne. Pandora war daraufhin gegangen und bat darum, nicht gestört zu werden.

Das war vor zwei Stunden gewesen, und Persephone war unschlüssig, ob sie bei ihrer Schwester hereinplatzen und versuchen sollte, sie aufzuheitern. Das Problem bestand für Persephone darin, dass sie nicht wusste, wie sie das überhaupt anstellen sollte. Ein Teil von ihr kämpfte damit, dass sie sich so unglaublich glücklich fühlte, während ihre Schwester so sehr *un*glücklich war.

Der andere Teil von Persephone musste immer wieder an die vergangene Nacht im Garten mit Acton denken. Es war sehr verstörend gewesen. Aber auf die bestmögliche Weise.

Vielleicht hatte Tante Lucinda einen Rat, wie sie Pandora dazu bringen konnte, Leute wie diese garstigen jungen Frauen gestern in den Gärten zu ignorieren. Persephone ging zum Salon, blieb aber kurz vor dem Eintreten stehen, als sie jemanden sprechen hörte, der nicht Tante Lucinda war. Offensichtlich hatte ihre Tante einen Besucher.

»Alle reden über den gestrigen Vorfall im Park«, meinte die Frau.

Persephone erstarrte, ihr Magen sank zu Boden. Die Leute hatten mitbekommen, wie diese Ladys auf Pandora reagiert hatten? Das war alles nicht fair. Persephone würde alles tun, damit ihre Schwester nichts davon mitbekam.

»Wellesbourne war sehr aufmerksam gegenüber Miss Pandora. Und wie er sie in seine Arme nahm, um sie zur Kutsche zu tragen? So romantisch.«

Sie sprach also nicht von dem direkten Schnitt. Persephones Inneres kehrte nicht zur Normalität zurück. Sie schlich sich näher an die Tür, um zu lauschen.

»Er hat meiner Nichte nur geholfen, nachdem sie sich

den Knöchel verstaucht hatte«, erklärte Tante Lucinda. »Wie es sich für einen galanten Gentleman gehört.«

»Es schien mehr als das zu sein«, antwortete die Besucherin. »In der Tat hoffen alle auf eine Verbindung – der Herzog und Miss Pandora nehmen sich prächtig zusammen aus.«

Natürlich taten sie das. Er war gutaussehend und charmant, und Pandora war unnachahmlich schön. Er war genau die Art von Mann, die sie heiraten sollte.

»Allerdings macht der Herzog meiner älteren Nichte, Miss Barclay, den Hof«, bemerkte Tante Lucinda und klang dabei so, als würde sie mit den Zähnen knirschen.

»Ach ja? Nun, wer weiß, was passieren wird? Aber alle, mit denen ich gesprochen habe, meinen, dass eine Verbindung zwischen der Frau, der Banemore Unrecht getan hat, und seinem besten Freund köstlich wäre!« Die Besucherin kicherte, und Persephone beschloss, genug gehört zu haben.

Sie machte auf dem Absatz kehrt, und ging wieder nach unten, um so weit wie möglich von der abscheulichen Frau wegzukommen. Nur wurde es nicht besser, als sie in die Treppenhalle hinabstieg. Mitten in der Eingangshalle standen ihre Eltern vor Persephone.

Nach der Art zu urteilen, wie sie ihre Hüte und Handschuhe abnahmen, waren sie gerade erst angekommen.

Verflixt. Persephone wollte sich umdrehen und auf Zehenspitzen den Weg zurückgehen, den sie gekommen war, aber die Stimme ihrer Mutter ließ sie erstarren.

»Persephone! Gütiger Himmel, du hast alle erschreckt. Komm sofort her.«

Persephone hoffte, dass die klatschsüchtige Besucherin von oben nichts hörte. Um ihre Mutter hoffentlich dazu zu bringen, ihre Stimme zu senken, eilte Persephone in die Eingangshalle. »Guten Tag, Mama. Papa.« Sie lächelte fröhlich, in der Hoffnung, ihren Ärger zu besänftigen. Obwohl ihr Vater nicht einmal beunruhigt aussah. Er würde sich jedoch bald auf die Seite ihrer Mutter schlagen. Daran hatte Persephone keinen Zweifel.

»Wage es nicht, einfach zu tun, als seist du nicht die undankbarste, schrecklichste Tochter, die je geatmet hat«, fuhr ihre Mutter sie an. »Du hast uns in Cirencester im Stich gelassen, und offenbar bist du nicht einmal nach Hause gefahren, wie es in deinem Brief stand.«

»Mutter, vielleicht solltest du mit deinem Unmut warten, bis Tante Lucindas Gast gegangen ist«, schlug Persephone mit einer Liebenswürdigkeit vor, die sie nicht im Entferntesten spürte.

Die Augen der Baronin weiteten sich. »Du hast uns eine Menge Ärger bereitet«, flüsterte sie mit großer Erregung.

Wie gerne hätte Persephone sarkastisch erwidert, sie hätten ihr allerdings ein problemloses Leben beschert, aber sie hielt sich zurück. Es hätte keinen Sinn, ihre Mutter zu reizen, nicht wenn sie bereits wütend war.

Es war nicht so, als hätte Persephone das nicht erwartet. Sie hatte nur gehofft, den Eklat hinauszögern zu können. Sie war sicher nicht darauf vorbereitet, heute ihrer Mutter und ihrem Vater gegenüberzustehen, nicht, wenn sie sich so gut fühlte.

Hinter Persephone ertönten Stimmen im Treppenhaus. Tante Lucinda und ihre Besucherin kamen die Treppe hinunter.

Einen Moment bevor ihre Tante und die Frau eintraten, wich Persephone in den Hintergrund der Eingangshalle zurück. Die andere Frau kam ihr bekannt vor, aber Persephone konnte sich nicht an ihren Namen erinnern. Persephone richtete ihren Blick auf den Boden, damit sie die Frau nicht mit Blicken erdolchte.

»Oh, Lord und Lady Radstocksind hier«, sagte die Frau mit freudiger Überraschung. »Bedeutet Ihre Ankunft, dass es bald eine Verlobung zu verkünden gibt?« Sie lächelte breit, ihr Ausdruck war eifrig. Es schien, als gierte sie nach diesen neuesten Informationen, um sie wahrscheinlich sogleich weiter zu verbreiten und sich den Ruhm zu verdienen, über den allerneuesten Klatsch und Tratsch genauestens im Bilde zu sein.

»Ihre Ankunft hat nichts mit einer Verlobung zu tun«, entgegnete Tante Lucinda scharfsinnig. »Danke für Ihren Besuch, Delia.«

Bevor Delia, Mrs. Carmichael, sich auf den Weg zur Tür machen konnte, neben der Harding bereitstand, um sie aufzureißen und die Besucherin hoffentlich hinauszuschleudern, ergriff Persephones Mutter das Wort. »Ehrlich gesagt haben wir in Kürze eine Verlobung zu verkünden«, erklärte sie süffisant.

Persephone schaute zu ihrer Mutter. Würden Sie das wagen? Würden sie darauf bestehen, dass sie Acton heiratete? Zugegeben, der Gedanke war nicht annähernd so abscheulich wie einst. Sie erkannte sogar mehrere Vorteile, von denen es nicht der Geringste war, das fortzusetzen, was sie gestern Abend im Garten angefangen hatten.

»Und für welche Tochter wird es sein?«, fragte Mrs. Carmichael atemlos. »Lucinda und ich haben gerade darüber gesprochen, wie wunderbar der Herzog von Wellesbourne und Miss Pandora zusammen aussehen.«

»Pandora, sagten Sie?«, fragte Persephones Vater mit dem größten Interesse, das er seit seiner Ankunft gezeigt hatte.

Tante Lucinda warf ihrer Freundin einen beunruhigten Blick zu, bevor sie sich an ihren Bruder wandte. »Ich habe erklärt, dass Wellesbourne und *Persephone* Zeit miteinander verbringen, um zu sehen, ob sie zusammenpassen.«

»Ja, aber jeder hat gestern die Verbindung zwischen ihm und Miss Pandora gesehen, als er sie zur Kutsche getragen hat. Es lässt sich nicht leugnen, wenn zwei Menschen wie füreinander geschaffen sind.«

Das begründete sie mit ihren Beobachtungen aus der Ferne, wie Acton Pandora trug, weil sie verletzt war. Persephone konnte die Frau nur anstarren.

Dann bemerkte sie die aufgeregten Blicke, die ihre Eltern austauschten. Das verhieß nichts Gutes.

Die Baronin lächelte. »Zufälligerweise hat die Verlobung, die wir ankündigen wollen, nichts mit dem Herzog oder Pandora zu tun.« Sie schaute Persephone an, als hätte sie sie nicht gerade noch beschimpft. »Es geht um unsere liebe Persephone.«

Es ging um sie, aber nicht um Acton? Panik stieg in Persephones Kehle auf und erstickte ihre Fähigkeit zu sprechen. Nicht dass ihr etwas einfallen wollte, was sie sagen sollte.

Die nächsten Bewegungen erfolgten schnell. Tante Lucinda machte eine Kopfbewegung in Richtung Harding, der rasch die Tür öffnete, als Tante Lucinda Mrs. Carmichael hinausbegleitete. »Ich danke Ihnen, dass Sie vorbeigekommen sind«, sagte sie, bevor der Butler die Tür zuschlug.

»Danke, Harding«, sagte Tante Lucinda, bevor sie ihrem Bruder einen bösen Blick zuwarf. »Gehen wir in den Salon, damit du diesen Unsinn erklären kannst, den du gerade mit einer der produktivsten Klatschtanten von ganz Bath geteilt hast.«

Persephones Mutter schniefte. »Es ist uns egal, ob sie etwas weitersagt. Wir werden sowieso bald eine offizielle Ankündigung machen. Es ist ja nicht so, dass die Leute es nicht wissen sollen.«

»Aber *ich* weiß es nicht!«, rief Persephone, ohne sich darum zu kümmern, wer es hörte, aber froh, dass Harding gegangen war. Sie mochte den Butler, und es war nicht nötig, ihn auch noch in ihr Familiendrama einzuweihen. »Ihr habt mich mit einem unbekannten Mann verlobt und diese Information mit anderen geteilt, bevor ihr es mir überhaupt gesagt habt?« Persephone fühlte sich krank.

»Großer Gott, ich hoffe, Delia lauscht nicht an der Tür«, sagte Tante Lucinda. Sie winkte sie alle in Richtung Treppenhalle. »Geht.«

Persephone drehte sich um und schritt die Treppe hinauf. Fast wollte sie schon in den zweiten Stock zum Schlafgemach ihrer Schwester weitergehen um bei ihr Trost zu suchen. Aber zuerst musste Persephone wissen, was ihre Eltern getan hatten. Sie zitterte, als sie den Salon erreichte.

Tante Lucinda folgte ihnen hinein und schloss die Tür. »Setzen wir uns und diskutieren wir das wie vernünftige Erwachsene.«

»Ich brauche mich nicht zu setzen«, sagte Persephone eisig und richtete ihren Blick auf ihre abscheulichen Eltern. »Was habt ihr getan?«

»Komm jetzt, Persephone«, beschwichtigte ihr Vater sie. »Setz dich zu uns, damit wir dir die gute Nachricht verkünden können. Wir haben endlich einen Ehemann für dich gefunden.«

»Was ist daraus geworden, mir die Entscheidung zu überlassen?«, fauchte sie. Sie konnte ihre Wut in diesem Moment einfach nicht kontrollieren.

»Du hattest jahrelang Zeit dazu«, entgegnete die Baronin leichthin, als sie sich setzte, und schien sich um nichts in der Welt zu kümmern, am allerwenigsten um die Empörung ihrer Tochter. »Du musst verheiratet werden. Dein Ausbruch in die Nacht in Cirencester ist der Beweis dafür. Du brauchst eine feste Hand, die dich führt, denn du hörst nicht mehr auf uns.«

Persephone starrte sie an. »Ihr wolltet mich zwingen, Wellesbourne zu heiraten, was ich nicht wollte.« Etwas, das ihr jetzt nichts ausmachen würde, das aber offenbar nicht mehr in Frage kam. »Und jetzt wollt ihr mich zwingen, einen anderen zu heiraten? Jemanden, den ich nicht einmal kenne?«

»Er ist nicht wie der Herzog«, sagte ihr Vater, der neben ihrer Mutter saß. »Du hast dich vor allem über Wellesbournes Ruf beschwert. Dein Verlobter ist in seiner Gemeinde und in London ein angesehenes Mitglied. Er ist ein Mitglied des Parlaments. Obwohl du keine Herzogin sein wirst, wirst du das Leben einer Londoner Gastgeberin genießen.«

Als ob ihr das etwas ausmachen würde. Sie hatte ihren Mann wenigstens mögen, geschweige denn kennen wollen. O Gott. Sie *hatte* ihn kennengelernt. Oder zumindest glaubte sie, dass sie ihn kannte. Die Cousine ihrer Mutter in Winchester hatte einen Sohn, der bei der letzten Wahl für das Parlament kandidiert hatte. Sie waren sich nur bei einer Handvoll Gelegenheiten begegnet, und das letzte Mal lag fast fünf Jahre zurück. Er war laut und unausstehlich, und was er am meisten mochte, war der Klang seiner eigenen Stimme. »Du kannst nicht Cousin Harold meinen.«

»In der Tat, das tun wir«, sagte die Baronin strahlend. »Er war ganz begeistert von der Aussicht, dich zu heiraten. Ehrlich gesagt, weiß ich nicht, warum keiner von uns früher daran gedacht hat.«

Sie hatten ihn als ihren Verlobten bezeichnet. Gab es also eine Vereinbarung? Persephone schaffte es, die Arme vor der Brust zu verschränken. »Ich will ihn nicht heiraten.«

»Du wirst dich schon noch daran gewöhnen«, sagte ihr Vater mit einer Handbewegung. »Harold bewegt große Dinge im Parlament. Das ist eine gute Ehe für dich, meine Liebe.«

Persephone hatte das Gefühl, als würde sie keine Luft mehr bekommen. »Was nützt es Pandora? Das war doch *euer* Hauptgrund, warum ihr mich sofort verheiraten wolltet.«

»Es ist zwar nicht so vorteilhaft wie Wellesbourne, aber gut genug, um unsere Familie in gutem Ruf zu halten.«

Persephone sah keinen Grund, das Thema zu vermeiden,

das ihre Eltern am meisten verärgerte. »Gesellschaftlich oder finanziell?«

»Hüte deine Zunge«, warnte ihre Mutter scharf.

»Oh, um Himmels willen, kümmere dich um deine«, erwiderte Tante Lucinda. »Du kannst von Persephone nicht verlangen, jemanden zu heiraten. Sie ist alt genug, um ihre eigenen Entscheidungen zu treffen.«

Überraschenderweise antwortete der Baron seiner Schwester. »Das mag sein, aber nach ihrem Verhalten in Cirencester hat sie bewiesen, dass sie unfähig ist, vernünftige Entscheidungen zu treffen. Edith und ich hielten es für das Beste, wenn wir Persephone in feste Hände geben. *Unverzüglich.*«

»Ich werde ihn nicht heiraten«, wiederholte Persephone.

»Ich fürchte, du hast keine andere Wahl«, sagte ihre Mutter und klang müde. »Dein Vater hat den Vertrag bereits ausgehandelt.«

»Und wie viel hat Cousin Harold bezahlt?« Persephone konnte sich die abfällige Frage nicht verkneifen. Aber der aufgeregte Gesichtsausdruck ihres Vaters und die Art, wie ihre Mutter schnell wegschaute, ließen Persephones Herz höherschlagen. »Er hat dich nicht dafür bezahlt, mich zu heiraten, oder?«

»Das tut nichts zur Sache«, entgegnete ihr Vater verärgert.

Tante Lucinda hatte sich zwischendurch einmal hingesetzt, aber jetzt stand sie auf. »Das ist unverzeihlich.« Sie ging zu Persephone und legte ihr einen Arm um die Schultern. »Wir werden einen Weg finden, diesen Vertrag zu lösen. Im Gegensatz zu deinen Eltern verfüge ich über die finanziellen Mittel, um mich um das hier und um dich zu kümmern.« Sie begegnete Persephones Blick. »Wenn du es mir erlaubst.«

»Ja, bitte«, flüsterte sie leise und war noch nie so dankbar für die Liebe und Fürsorge ihrer Tante gewesen. Im Nachhinein betrachtet, hätte sie ihre Eltern schon vor Jahren verlassen und zu Tante Lucinda ziehen sollen. Aber das war ihr nicht angeboten worden – nicht, dass Tante Lucinda es ihr verwehrt hätte. Sehr oft hatte sie ihre Hilfe angeboten, sowohl finanziell als auch anderweitig, und Persephones Vater, der seinem lächerlichen Stolz gehorchte, hatte sie immer abgelehnt.

Die Augen des Barons verengten sich und glitzerten vor Zorn, als er zu seiner Schwester blickte. »Ich habe dich immer wieder gebeten, dich nicht in meine Familienangelegenheiten einzumischen. Stell deinen Reichtum nicht vor mir zur Schau. Ich habe eine günstige Heirat für *meine* Tochter ausgehandelt. Den Vertrag zu brechen, wird uns in jeder Hinsicht ruinieren.«

»Das geht mich nichts an und auch Persephone nicht«, sagte Tante Lucinda kalt. Persephone konnte spüren, wie ihre Tante vor Zorn bebte. »Dir sollte das Glück deiner Tochter wichtiger sein als alles andere, insbesondere dein eigenes finanzielles Wohlergehen, das du im Übrigen selbst verschuldet hast. Wenn unser Vater sehen könnte, was du getan hast –« Sie brach abrupt ab, und Persephone legte ihren Arm um die Taille ihrer Tante und drückte sie.

»Du wirst Persephone ruinieren«, sagte die Baronin. »Mrs. Carmichael erzählt schon jetzt allen, dass Persephone verlobt ist. Wenn sie sich weigert, wird sie zum Paria.«

Persephone hätte beinahe gelacht. Sie hatte nicht einmal gewusst, dass sie verlobt war, und doch würde *sie* den Preis dafür zahlen.

Die Baronin legte den Finger an ihre Lippen. »Aber wenn Pandora und Wellesbourne wirklich eine Verbindung eingehen, dann kann alles noch gut werden. Dennoch ist es das Beste, wenn Persephone Cousin Harold heiratet. Es würde zu Unfrieden in der Familie führen, wenn sie es nicht tut.«

Persephone spottete. »Ich glaube nicht, dass der Herzog so erpicht darauf sein wird, dich auszuzahlen, wie es Cousin Harold war.«

»Das mag stimmen, und deshalb musst du Cousin Harold heiraten. Damit sind unsere Schulden beglichen, und jeder kann auf einem glücklicheren Boden neu anfangen.« Die Baronin faltete die Hände im Schoß, als hätte sie soeben den Sieg in einem Spiel errungen.

Das war also alles, was Persephone für sie war – ein Spielball, den sie nach ihren eigenen Bedürfnissen einsetzen könnten. Aber sie würde nicht kapitulieren. Sie hatte Tante Lucindas Unterstützung. Und außerdem hatte sie sich auf ein Leben als Jungfer vorbereitet, von dem Moment an, in dem sie ihre Eltern in Cirencester verlassen hatte.

»Ihr unterschätzt mein Bedürfnis, meine eigenen Entscheidungen zu treffen«, meinte Persephone leise. »Ich werde nicht zulassen, dass ihr mich manipuliert – oder Pandora. Ihr solltet einfach zurück nach Radstock Hall gehen. Vielleicht solltet ihr noch ein Gemälde verkaufen, falls es noch welche von Wert gibt.« Natürlich gab es welche, denn der Baron war nicht in der Lage gewesen, sich von einer kleinen Anzahl zu trennen. Er war ein absoluter Sklave seines Stolzes und seines Geltungsbedürfnisses.

»Du undankbare Göre«, begann die Baronin, doch Tante Lucinda unterbrach sie.

»Bitte geht«, bellte Tante Lucinda. »Ihr seid hier nicht mehr willkommen.«

Der Baron stotterte. »Wir sind gerade erst angekommen!«

»Dann geht ihr eben gleich wieder«, rief Tante Lucinda ihnen entgegen.

Zögernd standen Persephones Eltern auf. Der Baron starrte Persephone mit einem finsteren Blick an. »Überlege es dir gut, mein Mädchen. Du kannst nicht ungeschehen machen, was geschehen ist.«

»Nein, das kann ich nicht«, sagte Persephone traurig. »Ich hoffe, dass du eines Tages darüber nachdenkst und erkennst, dass du dich für einen Weg entschieden hast, von dem du nicht mehr zurückkehren kannst.«

Verwirrt runzelte er die Stirn und Persephone konnte sehen, dass er, zumindest im Moment, nicht verstand, was sie da sagte. Sie – ihre Mutter war mit Sicherheit seiner Meinung – begriffen nicht, dass sie mit ihrem Egoismus ihre Familie auseinanderbrachten. *Sie selbst* brachten der Familie den Ruin, nicht Persephone und nicht Pandora.

Ihre Eltern verließen den Salon, und Persephone lehnte sich an ihre Tante.

»Wir können jetzt nicht in den Pump Room gehen«, sagte Persephone. »Ich werde dem Herzog eine Nachricht schicken.«

Tante Lucinda drehte sich zu ihr um. »Wir können immer noch hingehen.«

Persephone schüttelte den Kopf. »Das möchte ich lieber nicht. Ich bin zu aufgewühlt. Kannst du diesen Vertrag mit Cousin Harold wirklich brechen?«

»Kein Geistlicher wird dich gegen deinen Willen verheiraten«, sagte Tante Lucinda fest. »Mach dir keine Sorgen. Ich werde dem Cousin deiner Mutter persönlich schreiben und ihm den Irrtum erklären.«

»Aber was ist mit dem Klatsch und Tratsch? Mrs. Carmichael hat vielleicht schon die Nachricht verbreitet, dass ich verlobt bin.«

»Damit müssen wir rechnen, fürchte ich. Aber auch hier werden wir den Fehler korrigieren und einfach erklären, sie hätte sich geirrt.« Tante Lucinda wandte sich Persephone zu und nahm ihre Hände. »Alles wird gut. Vertrau mir.«

»Was wird gut?«, fragte Pandora, als sie den Salon betrat.

»Oh, Pandora, du hast eine prachtvolle Szene verpasst.« Persephone ging zu ihrer Schwester und umarmte sie innig.

»Was ist denn los?« Pandoras Tonfall war sorgenerfüllt.

»Deine Eltern waren hier«, sagte Tante Lucinda düster. Dann fuhr sie fort zu erklären, was vorgefallen war. Zum Glück brauchte Persephone nichts zu sagen.

Sie hatten sich hingesetzt, bevor Tante Lucinda die Geschichte erzählt hatte, und nun starrte Pandora sie beide an. Sie konzentrierte sich auf Persephone. »Ich kann nicht glauben, dass sie dich mit Cousin Harold verlobt haben. Warum haben sie Wellesbourne aufgegeben? Hast du ihnen nicht gesagt, dass er um dich wirbt?«

»Wir haben noch nicht über eine förmliche Werbung gesprochen.« Persephone hoffte, sie würde nicht rot werden, als sie sich an den Grund erinnerte, warum sie solche Dinge nicht besprochen hatten. Sie waren zu sehr mit Küssen beschäftigt gewesen. Und so weiter. »Wellesbourne und ich kennen uns sicherlich nicht gut genug, um solche Entscheidungen zu treffen. Jedenfalls rennt Mrs. Carmichael heute herum und erzählt jedem, der es hören will, dass Pandora und der Herzog perfekt zusammenpassen.« Persephone stand der Mund offen.

Pandora wurde blass. »Das kann sie nicht tun. Mein Ruf hat schon genug gelitten. Wenn der Herzog Bath verlässt und es keine Partie gibt, werde ich wieder verleumdet werden.«

»Ich glaube, deine Eltern hoffen, dass du und er heiraten werdet«, bemerkte Tante Lucinda. »Pandora, ist zwischen euch beiden etwas vorgefallen, als er dich gestern zur Kutsche getragen hat?«

»Nichts, außer dass er fragte, wie es mir geht.«

»Ehrlich gesagt wäre es sehr praktisch, wenn er eine von euch heiraten würde.« Tante Lucinda gluckste. »Ich bitte um Verzeihung. Ich sollte über solche Dinge nicht scherzen. Ich möchte nur, dass die Dinge für euch beide gut laufen.« Sie sah die beiden Schwestern mit einem heiteren Lächeln voller Liebe und Ermutigung an.

»Du hast schon so viel getan«, murmelte Pandora leise. »Wir können dir nicht genug danken.«

»Ihr braucht mir nicht zu danken. Und ich werde darauf bestehen, dass ihr beide hier bei mir bleibt. Pandora, dieser Skandal mit Banemore wird vorübergehen, auch wenn es einige Zeit dauert. Wenn du bereit bist, werden wir dich wieder in die Gesellschaft einführen, entweder hier oder in London. Das wirst *du* entscheiden, nicht deine Eltern.« Tante Lucinda wandte ihre Aufmerksamkeit Persephone zu. »Persephone, du wirst hier sicher sein und nicht unter Druck gesetzt, jemanden zu heiraten, den du nicht willst. Wenn du eine Saison in London möchtest, können wir das für das nächste Frühjahr planen.«

Persephone wusste nicht, was sie sagen sollte. Im Moment wollte sie Acton einfach nur eine Nachricht schicken, in der sie ihm mitteilte, dass alles durcheinander war und ihre Eltern sie mit einem anderen verheiraten wollten. Und auch, dass ein Gerücht kursiert, dass Pandora und er eine Verbindung eingehen würden. Das konnte sie nicht alles schriftlich festhalten. Sie musste ihn sehen.

Heute Abend.

KAPITEL 17

Acton war sich nicht ganz sicher, wie mehr als die Hälfte des Tages einfach so vergangen war, doch nach dem Rendezvous mit Persey vergangene Nacht im Garten fühlte er sich, als schwebte er noch immer wie auf einer Wolke der Glückseligkeit. Er konnte es kaum erwarten, sie in ein paar Stunden zum Tee zu treffen. Seine Ungeduld war fast nicht mehr zu bezähmen.

Seine Schwestern hatten ihm gegenüber bemerkt, dass er abgelenkt wirkte, doch er hatte nur mit den Schultern gezuckt. Er hatte erwähnt, dass er sich mit Persephone, ihrer Schwester und ihrer Tante zum Tee treffen würde. Das hatte weitere Fragen über seine Absichten zur Folge gehabt, auf die er allerdings nur gesagt hatte, er würde noch über seine nächsten Schritte nachdenken.

Das war keine Lüge. Was Persephone sich wünschte, wusste Acton zwar nicht, doch allmählich dachte er, dass sie sehr wohl seine Herzogin werden könnte. Er grübelte in der Bibliothek im Erdgeschoss über diesen Gedanken nach, als seine Mutter eintrat und ihn überraschte.

Er legte die Zeitung beiseite, in der er nicht gelesen hatte und stand auf. »Guten Tag, Mutter. Ich wusste nicht, dass du nach Bath kommen würdest.«

»Es schien, als würdest du nicht nach Loxley Court zurückkehren, und ich wusste, dass die Mädchen noch ein paar Tage hier wohnen würden.« Ein mütterliches Lächeln umspielte ihren Mund, als sie von ihren Töchtern sprach, und Acton empfand eine Spur von Neid. Die drei hatten ein lebenslanges enges Verhältnis zueinander. Das konnte er mit keiner von ihnen behaupten. Selbst wenn sie alle sich nun näher waren und den Rest ihres Lebens als Familie verbringen würden, blieben da noch immer die vielen verlorenen Jahre. Seine Mutter fuhr fort: »Ich freue mich, hier mit all meinen Kindern unter einem Dach zu sein.«

»Sogar im selben Raum«, meldete sich Francesca zu Wort, als sie gerade die Bibliothek betrat. Cecily folgte ihr.

Die Witwe strahlte beim Anblick ihrer Töchter. »Meine geliebten Mädchen.« Sie ging zu ihnen, und die drei umarmten sich. Es sah wie eine Geste aus, die sie schon einmal ausgetauscht hatten. Wahrscheinlich sogar während des gesamten Lebens seiner Schwestern. Der Neid kehrte zurück und diesmal war er mit Eifersucht und Traurigkeit gepaart. Sein Vater wäre entsetzt über das Wechselbad der Gefühle, das Acton gerade durchlebte.

Als die drei sich trennten, blickte ihre Mutter auf Cecilys runden Bauch hinunter. »Du siehst gut aus. Ich hoffe, du fühlst dich auch so.«

»Besser als mit Georgie, um ehrlich zu sein.«

»Mit dir war es genauso«, meinte die Herzoginwitwe und lächelte ihre jüngere Tochter an. »Mit jedem Baby wurde es ein bisschen einfacher.« Sie blickte zu Acton. »Du warst am schwierigsten.« Sie sagte dies ohne Groll. Tatsächlich schien sie eher wehmütig.

Acton wusste nicht, was er darauf erwidern sollte, und so entschied er sich, zu schweigen.

»Würdet ihr alle für einen Moment zusammenstehen?«, fragte ihre Mutter zögernd.

Acton rückte näher an seine Schwestern heran und fragte: »Warum?«

»Euch alle hier zu sehen ...« Ihre Mutter schlug die Hände über ihrem Herzen zusammen. Ihre Augen glitzerten, und sie blinzelte. »So lange habe ich auf diesen Moment gewartet. Ich frage mich, ob ihr mir einen Gefallen tun und euch einmal porträtieren lassen könntet.«

Das erinnerte Acton an das Porträt von ihm in ihrem Wohnzimmer. Er wollte sie danach fragen, aber nicht im Beisein seiner Schwestern. Aus irgendeinem Grund hatte er das Gefühl, es handelte sich um eine ... private Angelegenheit.

»Ich bin so froh, dass du hier bist, Mama«, meinte Francesca und setzte sich auf den nächstgelegenen Stuhl. »Aber dann wirst du den Brief, den ich gestern geschickt habe, nicht erhalten.«

»Nun, du kannst mir persönlich berichten, was du geschrieben hast.« Die Witwe setzte sich ebenfalls, was Cecily dazu veranlasste, es ihr gleichzutun, und Acton sank in seinen Stuhl zurück.

Francesca schickte einen unbehaglichen Blick in Actons Richtung. »Ich habe dir über Miss Pandora Barclay geschrieben. Sie wurde von Wellesbournes Freund, Banemore, kompromittiert.«

»Ja, davon hatte ich gehört. Mindestens ein halbes Dutzend meiner Freundinnen hier haben mir darüber geschrieben.«

Acton wandte sich ihr zu. »Wusstest du davon, als du zugestimmt hast, dass ich Miss Barclay kennenlernen sollte?«

»Nein, aber hätte es einen Unterschied gemacht?« Die

dunklen, rotbraunen Brauen der Witwe zogen sich zusammen und sie legte die Stirn in Falten.

»Nicht in dem Sinne, was meine Brautwerbung um Miss Barclay angeht, aber ich hätte gerne von Banes Übertretung gewusst.«

»Du findest sein Verhalten beunruhigend?«, fragte seine Mutter.

»Ich finde es widerwärtig.« Acton hoffte, er würde bald von Bane oder einem ihrer Freunde hören. »Ich habe versucht, Miss Pandora zu helfen, ihr Ansehen in der Gesellschaft wiederzuerlangen. Sie sollte nicht darunter zu leiden haben, dass Bane sie hinters Licht geführt und dann mit einer Scheinverlobung übertölpelt hat.«

Seine Mutter schnappte nach Luft. »Er ist gar nicht verlobt?«

Acton seufzte. »Das weiß ich nicht mit Sicherheit, aber ich halte es für unwahrscheinlich. Ich habe ihn vor nicht allzu langer Zeit getroffen, und er hätte etwas davon gesagt, wenn er sich das Ehejoch auferlegen wollte. Ich kann mir auch nicht vorstellen, dass er sich gegenüber Miss Pandora so verhalten würde, wenn er bereits versprochen hätte, eine andere zu heiraten. Genau das ist das Problem. Er hat sich ungehörig betragen, ob er nun verlobt ist oder nicht.«

»Ich bin froh, dass du das sagst.« Seine Mutter klang ... stolz? Und vielleicht auch ein wenig überrascht? Gewiss war sie genauestens über seinen Ruf informiert. Glaubte sie alles, was sie gehört hatte? Durch das Gefühl verunsichert, ihrem Urteil ausgeliefert zu sein, rutschte er unbehaglich auf seinem Platz umher.

»Wellesbourne ist nicht so verwerflich, wie wir angenommen hatten«, meinte Cecily und schenkte Acton ein Lächeln, das ihm ein ... seltsames Gefühl bescherte. Es war herzlich und drückte Unterstützung aus, aber es war auch mehr. Es war ... familiär?

»Als sich Miss Pandora gestern in Sydney Gardens den Knöchel verstauchte, rettete Wellesbourne sie und trug sie sogar zu ihrer Kutsche«, fügte Francesca hinzu. »Ich kann mir vorstellen, dass alle darüber reden.«

Mutter nickte. »So ist es tatsächlich. Als ich vor kurzem ankam, fragte einer der Nachbarn, ob ich in die Stadt gekommen sei, weil eine Verlobung bevorstünde. Anscheinend sind Lord und Lady Radstock ebenfalls hier.«

Tatsächlich? Acton spannte sich an. Er mochte gar nicht daran denken, was Perseys Eltern zu ihr sagen würden, wenn sie sie nun hier wiedersahen, nachdem sie vor ihnen weggelaufen war. Plötzlich verspürte er den Drang, sie aufzusuchen. Wenigstens würde er sie bald im Pump Room treffen.

Würden ihre Eltern auch zugegen sein, jetzt wo sie in Bath weilten? Das hoffte er nicht. Er hatte keinen besonders guten Eindruck von ihnen und wollte sie nach Möglichkeit lieber meiden.

»Wie seid ihr, Lady Radstock und du, Freunde geworden?«, fragte Acton, und dachte bei sich, dass seine Mutter so viel freundlicher und warmherziger als die Baronin war.

Moment, er dachte, seine Mutter – die Frau, die ihn im Alter von fünf Jahren verlassen hatte – sei warmherzig?

Ehe er eine Antwort auf diese beunruhigende Frage finden konnte, antwortete seine Mutter auf die Frage, die er ihr gestellt hatte. »Sie war eine der Ersten, die mich in Bath willkommen geheißen hat, als ich mit deinen Schwestern hierherzog.« Sie zögerte, bevor sie hinzufügte: »Es war eine schwierige Zeit, denn dein Vater und ich hatten beschlossen, getrennt zu leben, und viele Leute machten mir das Leben ... unangenehm.«

Das war das Offenste, das sie jemals zu Acton über diese Zeit geäußert hatte. Allerdings hatte Acton auch nie danach gefragt. Vermutlich deshalb nicht, weil er es nicht hören wollte. Er hatte gewusst, dass sie ihn und seinen Vater verlassen hatte, und alles andere schien unwichtig zu sein. Wie ihm jetzt allerdings klar wurde, wollte er ihre Perspektive kennenlernen. Vielleicht konnte er dann verstehen, warum sie ihn verlassen hatte – und seine verbliebene Wut ablassen, die oft nur unter der Oberfläche brodelte. Selbst jetzt, wo er sie hier in ihrem Haus mit ihren Töchtern sah, fing Acton an, sich unwohl zu fühlen und er war fast schon unruhig. So viele verdammte Gefühle. Er wollte *kein* einziges davon verspüren.

Die Herzoginwitwe fuhr fort: »Sie war sehr nett zu mir und wurde eine gute Freundin. Ich fürchte, wir stehen uns jetzt nicht mehr so nahe. Im Laufe der Jahre hat sie sich verändert und ist distanzierter geworden. Sie scheint unglücklich zu sein, um ehrlich zu sein. Aber sie war immer gut zu mir, und ich werde sie als Freundin betrachten, bis sich das ändert. Es freut mich sehr zu hören, dass du ihrer jüngeren Tochter geholfen hast. Das bedeutet mir sehr viel.«

»Mama, es ist zwar gut, die Tochter deiner Freundin zu fördern, aber ist es nicht auch angebracht, Miss Pandora für ihre Taten zur Rechenschaft zu ziehen?«, fragte Francesca. »Sie war allein mit einem berüchtigten Halunken unterwegs. Es scheint, als hätte sie sich einem Skandal sehenden Auges gestellt.«

»Da widerspreche ich dir nicht, meine Liebe.« Die Herzoginwitwe antwortete mit Freundlichkeit und Verständnis. »Aber hast du noch nie einen Fehler gemacht?«

Francesca antwortete nicht, sondern nickte nur dezent, als wolle sie ihrer Mutter deutlich machen, ihren Standpunkt verstanden zu haben. Acton konnte nicht umhin, sich vorzustellen, wie ihr Vater wohl reagiert hätte, wenn Francesca ihm diese Frage gestellt hätte. Er hätte etwas gesagt wie: »Du hast wirklich recht, das Mädchen hätte es besser wissen müssen. Sie hat sich das selbst zuzuschreiben. Offen gesagt, kann man vom Erben eines Herzogtums nicht erwarten, dass er jemanden mit solch einem miserablen Urteilsvermögen ernst nimmt.«

Acton bevorzugte die Antwort seiner Mutter.

Simmons kam herein und hielt auf Acton zu. »Das ist gerade für Euch angekommen, Euer Gnaden.«

Acton erkannte die Handschrift – sie war von Persey. Da er wusste, dass ihre Eltern jetzt in Bath waren, geriet er unverzüglich in Sorge. Sein Puls beschleunigte sich, als er das Schreiben auseinanderfaltete und den Inhalt las.

> *Ich bedaure, dass ich heute Nachmittag nicht mit Dir im Pump Room Tee trinken kann. Meine Eltern sind in der Stadt, und die Dinge haben sich verkompliziert. Ich werde es Dir persönlich erklären, wenn Du mich heute Abend zur gleichen Zeit wieder im Garten treffen könntest.*
>
> *Deine,*
> *Persey*

Deine. Und sie hatte wieder mit ihrem Spitznamen unterschrieben.

Actons Enttäuschung und seine Wut auf ihre Eltern wurden durch ein Gefühl von schwindelerregender Wärme abgeschwächt. Unbedingt wollte er erfahren, wie ihre Eltern die Dinge verkompliziert hatten, und er konnte es kaum erwarten, Persey heute Abend zu sehen.

»Gute Nachrichten?«, fragte seine Mutter. »Das ist schwer zu sagen, denn du hast die Stirn gerunzelt und dann gelächelt.«

Acton faltete den Brief wieder zusammen und steckte ihn in seine Tasche. »Miss Barclay kann heute Nachmittag wegen der Ankunft ihrer Eltern nicht zum Tee kommen.«

Die Herzoginwitwe nickte. »Ich freue mich, dass du Miss Barclay hier kennenlernen konntest. Woher wusstest du, dass sie in Bath ist?«

Da es ihm missfiel die Lüge zu wiederholen, zögerte Acton. »Ich habe sie in Radstock Hall aufgesucht und erfahren, dass sie hier in Bath ist.«

»*Deshalb* bist du hier«, sagte die Witwe mit einem schwachen Lächeln. »Und wie ist es zwischen euch beiden gelaufen?«

»Wir sind uns nur ein paar Mal begegnet«, flunkerte er wieder, wobei er dachte, dass er oder Persey irgendwann etwas vergessen und die Aufmerksamkeit auf ihre Unwahrheiten lenken würden. Wenn jemand erfuhr, dass sie beide sich ohne Anstandsdame getroffen und mehrere Tage allein miteinander verbracht hatten, einschließlich einer Übernachtung im selben Schlafzimmer, würde der von Pandora erlittene Skandal im Vergleich dazu verblassen.

»Anscheinend hattet ihr vor, euch heute wieder zu treffen«, bemerkte seine Mutter. »Es tut mir leid, dass du nicht zum Tee gehen kannst. Wolltet ihr euch im Pump Room treffen?«

»So ist es.«

»Wir haben Miss Barclay in Sydney Gardens getroffen«, sagte Cecily. »Ich mochte sie. Sie schien mir sehr vernünftig zu sein.«

»Wie ermutigend, das zu hören«, meinte ihre Mutter. »Ich hoffe, sie hat sich von ihrer Krankheit erholt?«

»Sie schien recht robust«, antwortete Francesca.

Vernünftig. Robust. Das waren nicht die ersten Worte, die Acton in den Sinn kamen. Sie war unheimlich klug. Unerschütterlich unabhängig. Erstaunlich furchtlos.

Das ließ ihn an den Vorfall mit den Ratten denken. Außerdem besaß sie einen spektakulären Sinn für Humor.

Und sie war schön und verführerisch. Absolut unwiderstehlich.

Er konnte kaum abwarten, sie später in den Arm zu

nehmen, um ihre Wut oder Angst zu besänftigen, was auch immer die Ankunft ihrer Eltern in ihr hervorbrachte.

»Ich freue mich, meine Bekanntschaft mit ihr zu erneuern«, meinte seine Mutter. »Wir werden einen weiteren Ausflug planen müssen.«

»Oder wir könnten hier irgendetwas veranstalten«, brachte Acton spontan hervor. »Natürlich nur, wenn ihr dafür offen seid.«

»Was für eine Art von irgendetwas?«, fragte Francesca.

»Wir könnten eine Soiree veranstalten, so wie wir es in der Saison machen«, schlug ihre Mutter vor, deren Augen lebhaft wurden.

»Mamas Soireen sind legendär«, schwärmte Cecily und warf einen wissenden Blick zu ihrer Mutter und Francesca. »Willst du wirklich jetzt eine Soiree geben, bevor die Saison begonnen hat, Mama?«

»Warum nicht? Wellesbournes potenzielle Braut einzuladen und ihre Schwester in der Öffentlichkeit zu unterstützen ist ein wunderbarer Anlass. Mädels, ihr könnt mir helfen, die Einladungen vorzubereiten, und ich werde sie im Laufe des Nachmittags verschicken.«

»Ich kann auch helfen«, erbot Acton sich. Der emotionale Aufruhr, den er vorhin verspürt hatte, war verstummt.

Francesca wölbte eine Augenbraue, während sie ihn ansah. »Wie ist deine Handschrift?«

Er zog eine Schulter hoch. »Passabel.«

»Dann kannst du die Adressen schreiben, während Cecily und ich die Einzelheiten übernehmen«, meinte Francesca mit einem neckischen Lachen.

»Perfekt.« Ihre Mutter wirkte fast ekstatisch. »Ich werde sofort eine Gästeliste vorbereiten.«

»Du bist gerade erst angekommen, Mama«, wandte Cecily ein. »Ruh dich ein bisschen aus.«

»Unsinn. So aufgeregt war ich schon lange nicht mehr.

Ich könnte unmöglich eine Ruhepause einlegen.« Mit diesen Worten stand sie auf. »Ich werde Mrs. Hedge bitten, mir zu helfen, den Tisch hier drinnen aufzubauen, damit wir uns versammeln und alles aufschreiben können. Das wird ein Riesenspaß.«

Nachdem sie die Bibliothek verlassen hatte, warfen Actons Schwestern ihm erwartungsvolle Blicke zu.

»Das ist dein Verdienst«, sagte Francesca.

Er blinzelte seine Schwester an. »Was?«

»Ihre Aufregung über eine Soiree, obwohl die Saison noch nicht einmal begonnen hat.«

»Ist das schlimm?« Acton konnte nichts Schlimmes daran finden.

»Es ist nicht schlimm«, sagte Cecily. »Es ist nur anders. Bitte enttäusche sie nicht auf irgendeine Weise.«

»Warum sollte ich das tun?«

Francescas Augen verengten sich leicht. »Weil du der Sohn unseres Vaters bist, und es gab niemanden, der sie besser enttäuschen konnte als er.«

Konnte er das? Acton hatte immer geglaubt – oder besser ausgedrückt, hatte man ihm gesagt, dass die Trennung seiner Eltern einvernehmlich verlaufen sei und seine Mutter begeistert gewesen war, seinen Vater zu verlassen und weit von ihm entfernt ihren eigenen Haushalt zu führen. Das klang nicht gerade nach einer Person, die von dem Mann, den sie unbedingt zurücklassen wollte, enttäuscht wäre.

Vielleicht war Acton deshalb so gut im Lügen, weil er einen guten Lehrmeister gehabt hatte. Er verdrängte diesen Gedanken und konzentrierte sich lieber auf erfreuliche Dinge.

So wie Persey und wie sie in wenigen Stunden wieder in seinen Armen liegen würde.

KAPITEL 18

Ungeduld und Vorfreude trieben Acton dazu, eine Viertelstunde früher zu seiner Verabredung mit Persey zu erscheinen. Er ging zu der Bank, auf der sie gestern Abend gesessen hatten, und setzte sich. Dann stand er auf, denn es war ziemlich kalt. Vor allem aber musste er seine Position verändern, weil er sie unbedingt sehen wollte.

Allerdings würde es heute Abend schwieriger sein, sie zu entdecken, da der Himmel wolkenverhangen war. Acton befürchtete, dass es regnen könnte.

Fünf Minuten später trat sie aus dem Haus. Acton lächelte und fragte sich, ob sie sich genauso auf ihn freute wie er sich auf sie.

Er stand in der Nähe der Bank und sein Körper pulsierte. Als sie um die Hecke kam, nahm er sie in die Arme, wie er es schon gestern Abend hatte tun wollen, und küsste sie.

Sie schlang ihre Arme um seinen Hals und erwiderte den Kuss. Acton wirbelte sie herum und hob ihre Füße vom Boden. Sie lachte in seinen Mund, und er setzte sie ab.

»Es scheint, dass du dich freust, mich zu sehen«, sagte sie atemlos und behielt ihre Hände auf seinen Schultern.

»Ekstatisch.« Er hielt sie fest um ihre Taille gefasst, denn er war unwillig und unfähig, sie loszulassen. »Und ich bin so froh, dich lächeln zu sehen. Ich habe das Schlimmste befürchtet, nachdem ich deine Nachricht erhalten habe.«

Das Licht reichte gerade aus, um zu sehen, wie ihre Gesichtszüge finster wurden. Vielleicht war er auch nur so gut auf ihre Stimmungen eingestellt, nachdem er so viel Zeit mit ihr verbracht hatte. Wenn es auch nicht genug Zeit gewesen war. Nicht, seit sie Bath erreicht hatten.

»Meine Eltern haben alles verpatzt«, sagte sie verärgert und ließ ihre Hände auf seine Brust gleiten. »Sie haben einen Ehevertrag für mich ausgehandelt. Mit dem Sohn des Cousins meiner Mutter, Harold.«

Es war, als wäre er von jemandem mit der Faust in den Bauch geschlagen worden. Es fiel ihm schwer, tief Luft zu holen. »*Was?*«

»Nachdem sie Loxley Court verlassen hatten, reisten sie zur Cousine meiner Mutter und arrangierten diese Ehe. Harold ist Abgeordneter und die Familie wohlhabend.« Ihre Augen wirkten groß und verzweifelt. »Er *bezahlt* sie dafür, mich zu heiraten.«

Acton stotterte tatsächlich. »Das ist ungeheuerlich«, brachte er schließlich hervor. »Sie wollten mit *mir* in Loxley Court über eine Heirat verhandeln. Ich habe nur abgelehnt, weil du nicht persönlich anwesend warst, um zuzustimmen. Ich werde mich gegen diese Heirat wehren. Ich habe ein Vorrecht auf einen Einspruch.«

Sie starrte ihn einen Moment lang schweigend an. Dann lachte sie. Und schnaubte.

»Das ist kein Scherz.« Acton war empört. Ihre Eltern konnten sie nicht an den Meistbietenden verscherbeln. Das war Wahnsinn. Er würde auf jeden Fall mehr bezahlen als dieser Idiot Harold, wenn er musste.

Moment, *wollte* er sie heiraten? Er wollte sicher nicht,

dass ein anderer das tat. Nicht jetzt. Nicht, während sie ... umeinander warben. Oder was auch immer sie gerade taten.

»Ich weiß.« Sie schluckte einige Male, wurde schließlich nüchtern und umklammerte sein Revers. »Deine Wut ist zauberhaft. Wie auch deine absolut schurkische Reaktion. Du hast keinen Anspruch auf mich - weder auf das Erstrecht noch auf etwas anderes.«

»Na schön«, lenkte er barsch ein. »Aber deine Eltern sind zuerst zu *mir* gekommen, und ich bin ein Herzog. Dass sie dich mit irgendeinem nichtsnutzigen Abgeordneten verloben würden, ist beleidigend.«

»Meine Güte, aber deine Arroganz tritt heute Abend in vollem Umfang zutage. Und ich dachte, du wärst weniger hochmütig als die meisten Halunken.«

War dies etwa eine Meinungsverschiedenheit? Er wollte bestimmt keinen Streit mit ihr. »Ich will nicht überheblich klingen. Es ist nur so, dass deine Eltern lächerlich sind. Man kommt nicht her, um sich mit einem Herzog zu vermählen, nur um dann wegzulaufen und etwas anderes zu arrangieren.«

»Ich verstehe, dass du nicht gewohnt bist, beiseitegeschoben zu werden«, sagte sie sanft. »Und du hast recht, meine Eltern sind lächerlich. Sie sind sogar der Meinung, du solltest jetzt meine Schwester heiraten. Wegen des Gerüchts, dass du und sie *dazu bestimmt seid,* zusammen zu sein.« Ihr sardonischer Ton nahm ihren Worten keineswegs den Stachel.

Acton glaubte nicht, dass er noch wütender werden könnte. »Was ist das für ein Unfug?« Er merkte, dass er ihre Taille drückte und lockerte seinen Griff.

Persephone wölbte eine ihrer goldblonden Brauen. »Du hast es noch nicht gehört? Schockierend. Ich hätte gedacht, dass jemand bei deiner Mutter vorgesprochen hätte, um sich bestätigen zu lassen, dass du und Pandora verliebt seid. Ihr seht nämlich so wundervoll zusammen aus, weißt du. Dein verwegenes Aussehen und ihre umwerfende Schönheit. Das ist sicher eine göttliche Verbindung.«

Er hörte ihren Sarkasmus und dachte daran, wie sie früher über ihre Eigenschaften gesprochen hatten. Sie hatte Dinge an sich selbst erwähnt, die sie – oder andere – als mangelhaft empfand. Er verabscheute es, dass die Leute sich darüber ausließen, wie er mit Pandora *aussah*. »Persey, bitte lass dich von diesen Gerüchten nicht verletzen. Ich habe Pandora nur geholfen, weil sie nicht laufen konnte – oder so getan hat, als könnte sie das nicht.« Er strich ihr über die Wange. »*Du* bist die bezauberndste Frau, die ich je getroffen habe.«

Jetzt wurde ihr Blick weicher, als sie zu ihm aufblickte. »Danke, dass du das sagst.«

Er ließ seine Hand sinken. »Du wirst mich jetzt entschuldigen, denn ich muss ins Haus deiner Tante gehen und mit deinem Vater sprechen. Er muss verstehen, dass ich noch nicht entschieden habe, ob wir zusammenpassen.«

»Acton, es ist nicht nur so, dass ich nicht will, dass du das tust, sondern meine Eltern sind auch nicht im Haus. Meine Tante hat ihnen nicht erlaubt zu bleiben, also sind sie im White Hart untergebracht.«

Ein Teil der Anspannung löste sich von seinen Schultern. »Ich bin erleichtert, das zu hören. Ich war besorgt, dass du ihre Anwesenheit ertragen müsstest.«

»Das ist sehr rücksichtsvoll von dir. Sie haben mein Leben verkompliziert, aber ich bin froh, dass ich nicht unter einem Dach mit ihnen wohnen muss. Warum ist die Familie so schwierig?« Sie legte kurz den Kopf schief. »Nicht alle Familienmitglieder. Ich könnte nicht ohne meine Schwester auskommen, und meine Tante ist wie ein Elternteil, den wir alle verdienen. Was ist mit deiner Familie? Wie ist es, bei deinen Schwestern zu wohnen?«

»Erstaunlich gut. Ich lerne sie langsam kennen. Und ich mag sie«, fügte er hinzu. »Meine Mutter ist heute angekommen. Sie ist ganz aus dem Häuschen, weil sie alle ihre Kinder zusammen hat. Übermorgen gibt sie eine Soiree. Du musst zusammen mit deiner Schwester kommen.«

Ein Regentropfen landete auf Perseys Nase. »Oh!« Sie hob ihre Hand, um ihn wegzuwischen.

Er blickte zum Himmel hinauf. »Verdammt, ich hatte schon befürchtet, dass es regnen könnte.« Er wollte nicht, dass ihre gemeinsame Zeit abgekürzt wurde.

»Leider haben wir keine Kutsche, in die wir flüchten können«, sagte sie.

Er fluchte leise vor sich hin und überlegte, wohin sie gehen sollten.

»Komm mit mir.« Sie nahm seine Hand und zog ihn, als der Regen stärker wurde, schnell zu einer Treppe an der Hausecke, die in die untere Etage führte. Indem sie sich an die Tür drückte und ihn mit sich zog, waren sie etwas vor dem Regen geschützt. Sie schürzte die Lippen. »Ich dachte, so bleiben wir trocken.«

»Ich schätze, ich sollte gehen.« Enttäuschung machte sich in ihm breit.

»Eigentlich gibt es ein ungenutztes Zimmer hier im Haus. Das Küchenmädchen wohnt zu Hause bei ihrer Familie, also schläft dort niemand.«

Sie öffnete die Tür, bevor er protestieren konnte – nicht, dass er das gewollt hätte. »Gehen wir schlafen?«

Sie warf ihm einen Blick zu und rollte mit den Augen. »Wir können uns da drin weiter unterhalten. Es sei denn, du willst lieber gehen?«

»Ich würde es vorziehen zu bleiben.« Und wenn dieser Raum einen Platz zum Schlafen hatte, war das auch ein Platz für andere Aktivitäten. Gott, dachte er bei sich, er war immer noch ein Halunke.

»Dann mach die Tür zu und komm mit mir.«

Das ließ Acton sich nicht zweimal sagen. Er schloss die Außentür und folgte ihr zu einer anderen Tür. Sie öffnete sie und trat ein. Der Raum war dunkel und hatte nicht einmal ein Fenster, um Licht zu spenden.

»Wie sollen wir uns sehen?«, fragte er.

»Da müsste eine Kerze sein. Lass die Tür noch einen Moment offen.« Sie ging zu einem kleinen Tisch in der Ecke, und er hörte einen Feuerstein, bevor der Docht einer Kerze mit einer gelben Flamme entzündet wurde. »Du kannst die Tür jetzt zumachen.«

Acton ließ die Tür hinter sich zufallen und betrat den kleinen Raum. Es gab einen Tisch, einen Stuhl und ein schmales Bett – mit einer dünnen Matratze, aber ohne Bettzeug.

Sie drehte sich zu ihm um. »Ich weiß nicht, ob ich Pandora dazu überreden kann, zu einer Party zu kommen.«

Es dauerte einen Moment, bis Acton sich daran erinnerte, dass sie über die Party gesprochen hatten, bevor der Regen eingesetzt hatte. »Sag ihr, sie ist der Ehrengast. Und dass die Familien der jungen Frauen, die in den Gärten unhöflich zu ihr waren, nicht eingeladen werden.« Beim Durchsehen der Gästeliste hatte Acton ihre Namen durchgestrichen und den Grund dafür erklärt. Seine Mutter hatte von ganzem Herzen zugestimmt. Mit der Mutter der Mädchen war sie ohnehin nicht besonders freundschaftlich verbunden.

»Das ist furchtbar nett von dir – und vermutlich auch von deiner Mutter«, meinte Persey. Sie schien zu zögern. »Werden meine Eltern auch eingeladen?«

Acton hatte auch versucht, sie von der Liste zu streichen, wobei er ebenfalls damit rechnete, dass seine Mutter widersprechen würde. Sie hatte darauf bestanden, sie einzuladen, und sich dabei auf ihre Loyalität gegenüber der Baronin berufen. »Ich fürchte, ja. Meine Mutter fühlt sich deiner

Mutter gegenüber verpflichtet. Anscheinend war sie besonders herzlich zu meiner Mutter, als diese gerade nach Bath gezogen war.«

»Herzlich? Bist du sicher, dass das *meine* Mutter war?«, scherzte Persey.

»Das sagt meine Mutter zumindest. Sie bestätigt auch, dass deine Mutter jetzt anders zu sein scheint, was sie aber nicht weiter ausgeführt hat.« Er stellte sich vor Persey hin, nahm seinen Hut ab und warf ihn auf den Stuhl. »Ich werde alles in meiner Macht Stehende tun, um sie von dir fernzuhalten.«

»Das ist schon in Ordnung. Ich brauche nicht mit ihnen zu sprechen, selbst wenn ich sie sehe. Ich brauche sie nicht mehr. Tante Lucinda gibt mir ein festes Zuhause, und vielleicht habe ich nächstes Jahr sogar eine Saison in London. Wenn ich es will.«

Acton verhinderte ein Stirnrunzeln. Er wollte das nicht. Der Gedanke, sie könnte in London auf dem Heiratsmarkt herumstolzieren, ließ seinen Magen zusammenschrumpfen. Er legte einen Arm um ihre Taille und drückte sie fest an sich. »Was ist, wenn ich dich nicht mit London teilen will?«

Sie wölbte die Brauen und ihre Augen wurden kurz groß. »Mich ›teilen‹? Das impliziert eine Art von Besitz oder Anspruch.«

»Oh, ich beanspruche dich.« Acton hatte genug Selbstbewusstsein, um zu erkennen, dass er sich wie ein anmaßender Halunke anhörte, aber er besaß offenbar nicht genügend Kontrolle über sich, um sich zu beherrschen.

Mit dem Finger fuhr er von ihrem Haaransatz zu ihrem Kiefer. Er beruhigte sich und senkte seine Stimme, bis sie fast ein Flüstern war. »Ich *würde* dich beanspruchen.«

»Heute Abend?«, hauchte sie, schob ihre Handfläche über die Vorderseite seines feuchten Fracks und umklammerte seinen Nacken.

»In diesem Moment.« Er ließ seine Lippen über die ihren streifen und verschlang sie mit einem plötzlichen verzweifelten Bedürfnis, sie zu besitzen.

Sie umklammerte ihn und drückte ihre Finger in die Haut an seinem Hals. Ihre Haut an seiner weckte seine Lust, sie ganz zu spüren. Würde sie das zulassen? Könnte er das?

Das war ein absolut unanständiges Verhalten, und doch konnte er nicht aufhören. Jedes Streicheln ihrer Zunge und jedes Schräghalten ihrer Lippen trieb ihn immer tiefer in einen Abgrund der Begierde, dem er sich nicht entziehen konnte.

Sie schob ihm den Frack von den Schultern. Bevor er auf den Boden fallen konnte, fing er ihn auf und warf ihn über den Stuhl, den er allerdings verfehlte.

»Du bist sehr geschickt«, murmelte sie zwischen zwei Küssen, während sie ihre Finger um seinen Krawattenschal schlang. »Man könnte meinen, du hättest das schon mal gemacht.«

»Wie du weißt, habe ich das.« Und er wusste auch, dass sie es getan hatte. Wenigstens einmal. War das wichtig? Nicht für ihn. Allerdings verabscheute er die Vorstellung von ihr mit einem anderen Mann. Was ebenfalls abscheulich und äußerst heuchlerisch von ihm war. Was war geschehen, dass er von einem sorglosen Halunken zu einem eifersüchtigen Liebhaber geworden war?

»Ich habe das schon oft gemacht«, sagte er dunkel und plötzlich von Lust übermannt. »Und, wenn ich das sagen darf, ich bin sogar gut darin.« Er krallte eine Hand in den Stoff ihres Rocks, über ihrem Hinterteil, während er ihren Nacken umfasste und seinen Kuss als Reaktion auf sein rasendes Verlangen vertiefte. Sie trug dasselbe Kleid wie gestern Abend, was bedeutete, dass es ein Leichtes sein würde, sie dessen zu entledigen. Hatte sie wieder auf das

Korsett verzichtet? Er wünschte, er wäre nur in Hemdsärmeln gekommen.

Sein Halstuch löste sich unter ihrer Hand. Wie sie es geschafft hatte, es aufzubinden, während sie sich küssten, war ein erotisches Rätsel, das er bei einer anderen Gelegenheit lösen würde – konnte sie auch etwas im Rausch der Leidenschaft binden? Das wäre eine nützliche Fähigkeit.

Der Krawattenschal verschwand, und ihre Hände wanderten zu den Knöpfen seiner Weste. Das bedeutete, dass sie nicht mehr aneinandergepresst waren. Er küsste ihren Kiefer, während sie sich ihrer Aufgabe widmete, und er streichelte mit seinem Daumen über ihren Hals. Ihr Puls schlug stark und schnell und spiegelte seinen eigenen wider.

Dann war seine Weste offen, und er streifte sie sich von den Schultern, um als Nächstes ihr Mieder aufzuschnüren. Doch sie kam ihm zuvor, während er sich seiner Kleidung entledigte. Sie lockerte das Kleid, löste den vorderen Verschluss und ließ es fallen. Wie auch in der vergangenen Nacht trug sie keine Unterwäsche.

»Man könnte meinen, du seist für diesen Anlass gekleidet.«

»Ich hatte vielleicht auf eine Wiederholung von gestern Abend gehofft. *Hiermit* habe ich ehrlich gesagt nicht gerechnet.« Ihr Blick war dunkel, verführerisch, absolut fesselnd. War das dieselbe Frau, deren Blick ihn an dem Abend, an dem sie sich kennengelernt hatten, fast erdolcht hatte?

Sie war in der Tat dieselbe Frau, und er wollte alles von ihr – den feurigen Zankteufel, die schelmische Charmante und die heißblütige Sirene.

»Und was ist ›*hiermit*‹?«, fragte er leise und trat einen Schritt zurück. Er setzte sich auf den Stuhl und schob seinen Hut beiläufig beiseite. Als er seine Stiefel ausziehen wollte, zögerte er.

»Ein Rendezvous, meinst du nicht auch?«

»Das würde ich auch meinen. Aber ich will mir darüber im Klaren sein, was du willst.« Sein Blick huschte zu der Pritsche hinter ihr. »Es gibt ein Bett.«

Sie zog die Mundwinkel nach oben. »Und das bedeutet was? Wirst du wieder vom Schlafen reden?«

»Nein, verdammt. Dieses Feldbett ist ideal, um unser Rendezvous zu seinem natürlichen Ende zu bringen.«

Ihre Augen funkelten vor sinnlichem Vergnügen. »Ich kann es kaum erwarten, zu erfahren, was das ist. Bitte sei präzise. Wenn du kannst.«

Sie reizte ihn wieder, und dieses Mal wollte er mehr davon. Allerdings war es unglaublich schwer, sich auf ein erregendes Gespräch zu konzentrieren, wenn ihre nackten Brüste ihn verhöhnten. Ihre dunkelrosa Brustwarzen waren erigiert und ganz aufgerichtet. Sie waren für seine Hände und seinen Mund bereit.

Es gelang ihm, erst den einen und dann den anderen Stiefel auszuziehen und sie beiseitezulegen. Dann schaute er ihr in die Augen. »Wie wäre es damit: Du und ich umschlungen, mein Schaft in dir vergraben.«

Sie runzelte leicht die Stirn, als wäre sie sich nicht ganz sicher, ob sie genau wusste, was er meinte. Oder schlimmer noch, ob sie das wollte. »Wird es einen Höhepunkt geben? Ich würde das gerne noch einmal erleben – mit dir in mir, wenn möglich.«

Acton stöhnte. »Ich werde dich öfter kommen lassen, als du zählen kannst, wenn du mich lässt.«

»Das klingt ... überwältigend. Wie wäre es mit drei Mal? Kannst du drei schaffen?«

Er sprang vom Stuhl auf und drückte sie mit einem Knurren an sich. »Also drei. Aber gib mir nicht die Schuld, wenn ich aus Versehen vier provoziere.«

»Deine Arroganz heute Abend ist schon etwas Besonderes.« Sie griff hinter sich und löste den Kragen ihres Kleides.

»Was für ein Glück für dich, dass ich sie sehr erregend finde.«

»Das kann ich sehen.« Er senkte seinen Kopf auf ihre Brust. »Deine Brustwarzen sind ganz begierig auf mich. Sie erinnern sich eindeutig an mich von letzter Nacht und wollen unbedingt, dass ich sie wieder verwöhne.« Er blies auf eine, um sie zu reizen.

Sie sog den Atem ein. »*Ja.* Sie sind sehr begierig.«

»Wunderbar«, murmelte er und blies auf die andere, bevor er mit seiner Zungenspitze leicht die Haut an ihrer Brust berührte, ohne die Brustwarze anzutasten. Er bewegte sich langsam über sie und kostete sie, während ihr Atem immer schneller wurde. Ihre Brust hob und senkte sich mit zunehmender Geschwindigkeit.

»Jetzt bist du grausam. Du weißt, dass ich dich will.«

»Das tue ich. Und das ist keine Arroganz. Das ist nur eine Beobachtung.« Trotzdem konnte er nicht anders, als sich dabei überheblich zu fühlen.

»Bitte, Acton. Erlöse mich von dieser Pein.«

»Leg dich aufs Bett, und ich erfülle dir deinen Wunsch.«

Schnell tat sie, was er ihr gesagt hatte und legte sich auf die schmale Bettstatt.

»Hmm, ich hätte wieder Bettwäsche mitbringen sollen«, sagte er mit einem sündhaften Lächeln.

»Die brauche ich nicht. Oder irgendetwas anderes als dich. Du brauchst viel zu lange, um zu mir zu kommen.«

»Ich bin noch nicht fertig mit meinen Forderungen.« Er verschränkte die Arme vor der Brust, auch um seine eigene rasende Lust zu zügeln. »Zieh dein Kleid aus.«

»Du hättest bitten sollen, ehe ich mich auf das Bett gelegt habe!« Schnaufend schob sie das Kleidungsstück nach unten und wackelte mit den Hüften, um sich davon zu befreien, bevor sie es wegstieß.

»Aber dann hätte ich nicht zusehen können, wie sich dein

Körper so bewegt.« Seine Stimme war leiser geworden, während sein Schaft länger wurde. Er hatte nicht gedacht, dass er noch härter werden könnte, doch da hatte er sich geirrt.

»Kommst du jetzt?«, fragte sie mit einem fast wimmernden Ton, der ihn noch näher an den Rand des Abgrunds trieb.

Er schüttelte den Kopf. »Zeig mir, was dir gefällt. Berühre dich so, wie du willst, dass ich dich berühre.«

Jetzt sah sie ihn an, als hätte er jeden rationalen Gedanken verloren. »Ich kann meinen Mund nicht auf meine Brust legen.«

»Ich meinte mit deinen Händen. Ich werde dich mit dem Mund berühren.« *Sehr* bald. Er war fast am Ende seiner Kräfte.

»Nur wenn du dein Hemd ausziehst«, erwiderte sie.

»Freches Ding«, murmelte er, bevor er sich das Hemd über den Kopf zog und es hinter sich auf den Boden fallen ließ. »Besser?«

Ihr Blick ruhte auf seiner nackten Brust, und ihre Augenlider waren vor Verlangen herabgesunken, während sie ihn betrachtete. Dann leckte sie sich über die Lippen, und er hatte von den Neckereien genug.

»Zeig es mir, Persey. *Jetzt*.«

Sie fasste ihre Brüste an und massierte sie. Er musste schlucken, als er ihr zusah, wie sich ihre vollen Brüste in ihrem Griff bewegten und wünschte sich, er wäre derjenige, der dies tat. Und das würde er auch sein – er wollte nur einen weiteren Moment dieser köstlichen Folter.

Ihre Daumen und Zeigefinger wanderten zu den Brustwarzen und zogen, dann kniffen sie zusammen. Sie stöhnte leise auf, und er war völlig von Sinnen.

Mit einem primitiven Knurren ging er neben der Bettstatt auf den Boden und ersetzte eine ihrer Hände mit seiner

Hand, mit der er sie drückte und streichelte. Sie wölbte sich und schrie auf.

»Spreize die Beine«, krächzte er und fuhr mit einer Hand über die Wölbung ihres Bauches. Seine Finger ließ er dabei durch ihre goldbraunen Locken gleiten und er fand die Hitze ihres Geschlechts. Sie war feucht und bereit, wie auch letzte Nacht, als er seinen Mund auf sie gelegt hatte.

Sie öffnete ihre Schenkel und kreiste mit den Hüften auf der Suche nach seiner Berührung. Er senkte seine Lippen auf ihre Brust und hielt sie fest, während er an ihr saugte. Sie bäumte sich gegen die Hand zwischen ihren Beinen auf und klammerte sich an seinen Kopf.

»Acton, ich brauche …«, keuchte sie, als er seinen Finger in ihre Scheide schob.

»Was brauchst du, Liebes?« Er hob den Kopf, um ihr ins Gesicht zu sehen. Ihre Augen waren geschlossen, ihre Lippen geschürzt. Sie war immer umwerfend, aber diese Version von ihr war völlig entwaffnend.

»Das. Mehr davon.«

Er stieß seinen Finger in sie, während er mit dem Daumen ihre Klitoris massierte. »Gefällt dir das?«

»Ja, bitte.« Sie bewegte sich mit ihm, kreiste ihre Hüften und wölbte sich auf. Er konnte förmlich spüren, wie sich ihr Orgasmus aufbaute, und mit ihm wurde auch seine eigene Erregung stärker.

Er saugte fest an ihrer Brustwarze und schob zwei Finger in sie, stieß und krümmte sie, um die Stelle zu finden, die sie in die Vergessenheit treiben würde.

Stöhnend zog sie an seinem Haar. Ihre Hüften bewegten sich schneller. Er streichelte mit seinem Finger noch tiefer in ihr und kniff in ihre Brustwarze.

Ihre Muskeln verkrampften sich um ihn und signalisierten, dass ihre Erlösung unmittelbar bevorstand. Mit seiner anderen Hand glitt er von ihrer Brust zu ihrer Knospe und drückte sie in die Erlösung.

Ihr ganzer Körper versteifte sich, als sie aufschrie. Dann bewegte sie sich wieder, während sie Unzusammenhängendes murmelte. Ihr Kopf war nach hinten geworfen, sodass ihr Hals lang und entblößt war. Obwohl er sie dort küssen wollte, um jeden Zentimeter ihrer Haut zu lecken, stieß er weiter in sie, bis sie langsamer wurde. Erst dann küsste er die Mulde an ihrem Hals.

»Das ist einer«, sagte er, nahm seine Finger von ihr und umfasste ihren Schenkel.

Sie öffnete ihre Augen. Ihre blauen Augen waren vor Leidenschaft verschwommen. »Also noch zwei zur Vollendung.«

Er lachte. »Ich sollte meine Hosen und Strümpfe ausziehen.«

»Worauf wartest du noch?« Sie drehte sich auf die Seite und drückte sich mit dem Rücken gegen die Wand. Keuchend schob sie sich ein Stück vor. »Kalt.«

Er beobachtete, wie ihre Brustwarzen sich noch einmal aufrichteten. »Das kann ich sehen. Oder bist du wieder begierig auf meine Berührung?«

»Beides.«

Er entledigte sich seiner restlichen Kleidung, aber sie hielt ihn auf, bevor er sich zu ihr auf das Bett setzte. »Würdest du dich bitte umdrehen?«, fragte sie. »Ich möchte deinen Hintern betrachten.«

Langsam drehte er ihr den Rücken zu. Dann wackelte er mit dem Hintern, was sie zum Lachen veranlasste.

Er schloss den Kreis und wandte sich ihr erneut zu. »Zufrieden?«

»Mit nur einem Höhepunkt?« Sie lachte. »Nicht mal annähernd.«

»Dann mache ich mich am besten ans Werk.« Acton legte

sich ihr gegenüber auf das Bett. Es war gerade noch genug Platz für sie beide. Er zögerte, bevor er sie in seine Arme nahm. »Wir sollten über die Zukunft sprechen. Ich möchte nicht, dass du denkst, dies sei nur eine weitere Liebelei in einer langen Reihe von Affären.«

Ihre Augenbrauen zogen sich tief über ihre Augen, und ihr Blick wurde ernst. »Wage es nicht, mir einen Heiratsantrag zu machen, Acton. Versprich es mir, oder du kannst gehen.«

Wollte sie keinen Heiratsantrag? »Aber du verdienst ihn. Ich kann nicht erwarten, dass du mit mir schläfst und nicht meine Herzogin wirst.«

»Ich tausche meinen Körper nicht gegen einen Titel ein.« Sie stützte sich mit ihrem Ellbogen ab. »Vielleicht solltest du gehen.«

»Aber –« Er stützte sich ebenfalls auf seinen Ellbogen. »Ich bin verwirrt. Du verachtest mich, weil ich ein Halunke bin, und jetzt, wo ich ausdrücklich versuche, *nicht* schurkisch zu sein, erlaubst du mir das nicht.«

»Weil ich heute Abend den Halunken will. Ich will nicht über Erwartungen, Pflichten oder Verantwortung nachdenken. Ich will eine Frau sein, die einen Mann begehrt und von ihm begehrt wird. Können wir das bitte einfach haben?«

KAPITEL 19

*P*ersephone beobachtete, wie ein Wechselbad der Gefühle auf seinem Gesicht Gestalt annahm, jedoch waren die meisten davon zu schnell, als dass sie sie hätte erkennen können. Er sah verwirrt und überrascht aus. Und mindestens ein Dutzend anderer Dinge.

»Ich will diese Nacht mit dir, nicht das Versprechen einer Ehe, die keiner von uns beiden wirklich will.« Zumindest nicht jetzt. In Persephones Leben gab es viel zu viele Dinge zu klären, als dass sie eine solch monumentale Entscheidung in Betracht ziehen könnte. »Wenn ich heirate – falls ich heirate –, dann einen Mann, den ich von ganzen Herzen liebe und der mich im Gegenzug von ganzen Herzen liebt.« Bis zu diesem Moment war ihr nicht klar gewesen, dass sie sich wirklich nicht mit weniger zufrieden geben wollte.

Er starrte sie an, und sie befürchtete, er würde etwas Dummes sagen. Er konnte sie nicht lieben. Sie konnte jemanden wie ihn niemals lieben, und egal, wie viel weniger schurkisch er geworden war, musste sie an die Regel für Halunken über Veränderungen denken. In seinem Innersten war er ein Mann, der gerne flirtete und Sex hatte. Wie konnte eine Frau, insbesondere sie, ihm genügen?

»Ich glaube nicht, dass ich weiß, wie man liebt«, sagte er schließlich mit flacher Stimme, während in seinen Augen noch etwas anderes aufblitzte. Überraschung, vielleicht.

»Dann bist du nicht der richtige Mann für mich. Du bist aber im Moment der Mann für mich. Du schuldest mir noch zwei Orgasmen.«

Seine Nasenflügel blähten sich. »Du kennst dieses Wort?«

»Ich kenne viele Wörter. Was ich nicht weiß, ist, wie man mehr als einmal an einem Abend kommt.«

»Dann erlaube mir, es zu demonstrieren. Einen Moment.« Irgendwie schaffte er es, sich umzudrehen. Er griff nach etwas, dann wandte er sich ihr wieder zu. »Ich musste mein Halstuch näher heranziehen. Für später.«

Sie sah ihn mit fragend hochgezogener Augenbraue an. »Wofür willst du das benutzen?«

»Leider nichts so Dekadentes, wie ich es mir wünschen könnte. Ich werde es für meinen Samen verwenden, wenn ich mich aus dir zurückziehe. Wir können doch jetzt kein Baby bekommen, oder?«

»Danke.« Neugierig biss sie sich auf die Unterlippe. »Aber welche Dekadenz wolltest du mit einem Krawattenschal erzeugen?«

Er positionierte sie unter sich. »Wenn dieses Bett richtige Pfosten hätte, würde ich den Krawattenschal benutzen, um deine Hände zu fesseln, während ich dich befriedige. Das ist eine herrliche Qual.«

Persey stellte sich vor, wie sie unter ihm gefesselt war, während er ihren Körper liebkoste. Ihre Brüste kribbelten vor Verlangen und ihr Geschlecht pochte vor erneuter Erregung. »Das klingt wirklich dekadent.«

»Würdest du mir das erlauben?«, fragte er, erhob sich

über sie und fuhr mit seiner Hand ihren Hals hinunter zu ihrer Brust, wo er sie sanft umfasste.

»Ja.« Sie war augenblicklich atemlos.

»Das nächste Mal vielleicht.« Er schenkte ihr ein verruchtes Lächeln. »Bereit für Höhepunkt Nummer zwei? Ich merke, dass ich mit diesem ganzen Gerede über Krawattenschals und Qualen fast an meine Grenzen stoße.«

»Ich bin bereit, Acton.« Sie umklammerte seinen Nacken und zog seinen Kopf für einen feurigen Kuss nach unten. Seine Hand wanderte zwischen ihnen hinunter und fand ihr Geschlecht mit trägen Streicheleinheiten. Es war vor Verlangen geschwollen, begierig nach mehr von ihm.

Sie öffnete ihre Beine, hob sie an und winkelte ihre Knie an.

»So ist es brav.« Er nahm seine Hand von ihrem Geschlecht und einen Moment später spürte sie die Spitze seines Schwanzes an ihr. »Jetzt dringe ich in dich.«

Vorsichtig stieß er in sie ein und bewegte sich langsam. Fast zu langsam. Sie wollte ihn tief in sich spüren, an der Stelle, die er mit seinen Fingern ertastet hatte. Der Höhepunkt, den er herbeigeführt hatte, hatte ihre Seele verändert. Sie hatte nicht gewusst, dass ihr Körper so auseinanderfallen konnte – oder sich wieder zusammenfügen ließ.

Sie schlang ihre Beine um ihn, als er ganz in sie eindrang und sie vollständig ausfüllte. Dann küsste er sie, seine Lippen und seine Zunge liebkosten ihren Mund, während seine Hüften sich sanft bewegten.

Sie erwiderte den Kuss und grub ihre Finger in seinen Hinterkopf, umklammerte seinen Rücken und genoss das Gefühl, wie sich seine Muskeln anspannten, als er sich über sie bewegte.

Nachdem er sie fast verlassen hatte, stieß er wieder hinein und erzeugte eine köstliche Reibung. »Noch einmal«, forderte sie ihn auf, verzweifelt nach mehr vom Gleichen. Schneller, vielleicht.

Mit methodischen Stößen fuhr er fort, wobei seine Hüften gegen ihre stießen. Sie schloss ihre Beine fester um ihn und zog ihn tiefer, während sie sich von der Matratze erhob, um ihm entgegenzukommen. Seine Bewegungen wurden schneller, weniger verhalten, aber genauso präzise. Immer wieder traf er diesen Punkt in ihr und steigerte ihr Vergnügen. Sie warf ihren Kopf zurück und gab sich dem Rhythmus seines Eindringens in sie hin. Ihre Körper waren inzwischen schweißnass.

Sie war kurz vor ihrem zweiten Höhepunkt. Er war kaum noch aufzuhalten.

Dann war seine Hand wieder zwischen ihnen, seine Finger drückten auf ihre Klitoris. Er krallte seine Zähne in ihr Ohrläppchen und küsste wild ihren Hals, bevor er flüsterte: »Komm für mich, Persey.« Seine Bewegungen an ihrer Knospe wurden immer hektischer, während sein Schaft immer schneller und tiefer eindrang. Sie taumelte dem Licht entgegen. Oder war es die Dunkelheit?

Was auch immer es war, sie war da, und ihr Körper brach wieder auseinander. Sie schrie seinen Namen, klammerte sich fest an ihn, während eine Welle der Ekstase nach der anderen sie an einen fernen Ort trug. Sie befand sich noch in der Phase der Erlösung, als er sich zurückzog.

Sein Druck auf ihre Knospe ließ nach. Persey öffnete die Augen und sah, wie er seinen Krawattenschal über seinen Schaft hielt, während er sich bis zur Vollendung streichelte. Sie konnte sich nicht erinnern, dass ihr früherer Partner das getan hatte. Er hatte sich auf ihren Schenkel ergossen und eine Entschuldigung gemurmelt.

Acton grunzte und rollte sich zur Seite. Und fiel dabei auf den Boden.

»Acton!« Persey rollte sich an den Rand des Bettes. Er lag

auf dem Rücken auf dem Boden, die Augen geschlossen. Sein Mund war zu einem spektakulären Grinsen geformt. Perseys Herz machte einen Satz.

Weil er unerträglich gut aussehend war. Mehr nicht.

»Geht es dir gut?«, fragte sie.

Unmöglich, dass er noch breiter lächelte. Doch seine Augen blieben geschlossen. »Es ging mir nie besser. Das ist das zweite Mal, dass ich in deiner Gegenwart aus dem Bett falle. Und dieses Mal ist es glücklicherweise rattenfrei.«

Sie konnte sich ein Kichern nicht verkneifen. »Brauchst du Hilfe?«

Schließlich öffneten sich seine Lider und enthüllten seinen dunklen, immer noch sinnlichen Blick. »Das glaube ich nicht. Der Boden ist kalt, aber wahrscheinlich war ich auch überhitzt. Nicht, dass es mich gestört hätte.« Er zwinkerte ihr verrucht zu.

Dies war der Halunke, den sie zu meiden versucht hatte. Sie konnte jedoch nicht leugnen, dass es das Beste war, was sie je erlebt hatte, wenn sie die Nutznießerin seiner Flirtversuche war. Er hatte sich für sie entschieden, obwohl er jede haben konnte.

Und er hätte sie geheiratet, wenn sie es erlaubt hätte. Denn er hatte das Gefühl, es tun zu müssen. Der Halunke hatte endlich gelernt, dass seine Taten Konsequenzen hatten.

Persephone wollte keine Konsequenz sein.

Er stützte sich auf seine Ellbogen, wodurch sich die Muskeln seines Unterleibs zusammenzogen. Ihr Körper reagierte und zeigte, dass sie durchaus für einen dritten Versuch bereit war, einen Orgasmus zu erleben. Solange sie ihn dabei noch weiter erforschen konnte.

»Wann musst du nach oben gehen?«, fragte er, wohl ihre Gedanken lesend.

Sie fuhr fort, das Wunder seiner nackten Brust zu begutachten, von der ein dunkler Haarfleck in der Mitte bis zu seinen faszinierenden Brustwarzen ausging. Würden seine Brustwarzen so reagieren wie ihre, wenn sie sie berührte? »Für eine Weile nicht«, antwortete sie.

»Ausgezeichnet.« Er setzte sich ganz auf, beugte sich zu ihr und küsste sie ausgiebig. Sie war ganz bestimmt für einen weiteren Versuch bereit. Mit seinem Daumen strich er an ihrem Kiefer entlang. »Mit Nummer drei möchte ich mir Zeit lassen. Ich habe mir überlegt, wie ich deine Hände mit Hilfe meiner Strümpfe an die Beine des Bettes fesseln kann. Wenn du einverstanden bist.«

Hitze pulsierte zwischen ihren Beinen. »Ja, bitte. Aber zuerst möchte ich zumindest deine Brust ausgiebig erforschen.«

Seine Augenbrauen schossen hoch. »Nur meine Brust?«

»Eventuell ein bisschen mehr«, gab sie lächelnd zu.

Er breitete seine Arme weit aus. »Ich gehöre ganz dir, damit du mich erforschen und erobern kannst.«

Es dämmerte schon fast, als Acton in den Garten hinaustrat. Persephone lächelte vor sich hin, als sie sich behutsam auf den Weg nach oben machte. Die nächtlichen Aktivitäten hatten die Probleme mit ihren Eltern zwar nicht aus der Welt geschafft, doch ihre Laune hatte sich deutlich gebessert.

Aber für wie lange?

~

Nachdem er eine Runde durch die Bibliothek marschiert war, ließ Acton sich in einen Sessel neben dem Kamin sinken. Noch hatte der Regen, der gestern Abend eingesetzt hatte, nicht aufgehört, und der Tag war kühl. Doch es war nicht das Wetter, das ihn beunruhigte. Persey stand im Vordergrund seiner Gedanken.

Die letzte Nacht war wie ein Wunder gewesen. Vielleicht war es sogar die beste Nacht seines Lebens gewesen. Den ganzen Rückweg zum Haus seiner Mutter hatte er gelächelt, bis er Sekunden, nachdem sein Kopf das Kissen berührt hatte, eingeschlafen war.

Warum war er dann heute so unruhig?

Irgendetwas war nicht im Lot.

Er sollte auf Wolken schweben, denn er war fest entschlossen, Persey am Abend wiederzusehen, da sie sich verabredet hatten, sich wieder in der Spülküche zu treffen. Diesmal um Mitternacht.

War das nicht ganz nach der Art der Halunken? Sie vergnügten sich, ohne einen Gedanken an die Zukunft oder Dauerhaftigkeit zu verschwenden. Allein die Vorstellung, dass seine Zeit mit Persey endlich war, machte ihn etwas ... unruhig.

Allerdings wusste sie ganz genau, dass sie nichts Dauerhaftes wollte. Sie hatte ihm ausdrücklich verboten, ihr einen Heiratsantrag zu machen. Doch war dies nicht das Richtige, nachdem sie intim miteinander geworden waren?

Das galt nicht für sie. Sie war mit einem anderen Mann intim gewesen und hatte ihn auch nicht geheiratet.

Ihm kam ein Gedanke. War sie ein Halunke in weiblicher Ausführung?

Stöhnend stützte er den Kopf in die Hand. Natürlich nicht. Sie hatte sich keinen Ruf als Halunke erworben. Denn sie machte nicht die Runde, um von den Offerten zu kosten, die ihr angeboten wurden. Sie flirtete auch nicht und versuchte nicht, diese Angebote aktiv zu erlangen. Und sie frequentierte auch nicht in das Rogue's Den oder einen ähnlichen Ort. Für sie musste eine gegenseitige Anziehung und Affinität bestehen, ehe etwas Körperliches geschehen konnte.

Zumindest fasste er ihre Haltung so auf. Er vermutete, dass es genauso gewesen war, als sie vor Jahren mit dem anderen Kerl zusammen gewesen war.

Ihre Worte hallten in seinem Kopf nach: Sie wollte jemanden lieben und geliebt werden. Acton hatte nicht gelogen, als er ihr eröffnet hatte, er wüsste nicht, wie man liebt. Wen hatte er geliebt?

Seine Kindermädchen. Bis sie entlassen worden war, als er sieben war. Er war furchtbar traurig gewesen, aber sein Vater hatte ihm versichert, dass künftige Herzöge die älter als sieben Jahre waren, keine Kindermädchen mehr brauchten, und dass es für ihn an der Zeit war, sich auf seine Studien und männlichen Aktivitäten zu konzentrieren.

Einmal hatte er einen Hund gehabt. Acton erinnerte sich, ihn geliebt zu haben, bis er gestorben war. Acton war damals etwa neun Jahre alt gewesen. Er hatte auch sein erstes Pferd geliebt. Bis sein Vater gesagt hatte, man solle Pferde nicht lieben, sondern schätzen und benutzen. Sie brauchten keine Liebe, nur gute Behandlung.

Und dann war da noch der Kater, an den er eine vage Erinnerung hatte. Hatte er Domino geliebt? Es frustrierte Acton, sich nicht erinnern zu können.

Da kam seine Mutter herein und unterbrach seine Gedanken. Er sah auf und begegnete ihrem Blick. Sie schien zu zaudern. »Ich wollte mit dir sprechen, aber ich möchte dich nicht stören. Sollen wir später reden?«

»Jetzt ist eine guter Zeitpunkt.« Acton setzte sich auf seinem Stuhl aufrecht. »Worüber möchtest du denn sprechen?«

Sie setzte sich auf einen Stuhl in seiner Nähe und thronte auf der Kante des Polsters. »Ich habe gerade Besuch von Lord und Lady Radstock bekommen.«

Acton war angespannt. »Was wollten sie?« Sorgfältig war er darauf bedacht, nicht zu verraten, wie viel er bereits wusste, wie zum Beispiel die Tatsache, dass sie im White Hart untergebracht waren.

Seine Mutter verzog die Miene und wirkte gequält. »Sie

schlugen einen möglichen Ehevertrag zwischen Pandora und dir vor. Anscheinend hast du neulich in Sydney Gardens eine Verbindung hergestellt, als sie deine Hilfe benötigte.«

Acton schaffte es gerade noch, einen Fluch zu unterdrücken und schnaubte. Das erinnerte ihn an Persey. Der Gedanke an sie besänftigte seine Gereiztheit. »Ich hoffe, du hast sie darüber informiert, dass es keine Verbindung gibt und eine Heirat zwischen uns absurd wäre.«

»Ich habe nicht genau diese Worte benutzt, aber das war der Kern meiner Antwort, ja.«

Er wischte sich mit der Hand über sein Gesicht. »Ich weiß es zu schätzen, dass du dich mit ihnen befasst hast. Waren sie wütend, als sie gingen?« Er hoffte nur, dass sie ihren Unmut nicht an Pandora oder Persey auslassen würden.

Seine Mutter zog eine Schulter hoch. »Ich glaube nicht, aber ich nehme an, sie würden es sich nicht anmerken lassen, wenn dem so wäre. Ehrlich gesagt, wirkten sie ... seltsam. Ich kann mir vorstellen, dass sie wegen des Skandals, den das Verhalten ihrer jüngeren Tochter mit Banemore verursacht hat, eine schwierige Zeit durchmachen. Sie wohnen im White Hart, was merkwürdig ist, da sie immer bei der Schwester des Barons, Lucinda, gewohnt haben. Und ich habe von ihnen keine Antwort auf die morgige Party erhalten, nur eine Notiz von Lucinda, in der sie ihre Teilnahme und die ihrer Nichten bestätigt.«

»Heißt das, Radstock und seine Frau erscheinen nicht?«, fragte Acton hoffnungsvoll.

Seine Mutter zog eine leichte Grimasse. »Ich fürchte, unser Gespräch begann mit meiner Frage, ob sie morgen Abend an der Party teilnehmen würden. Es war offensichtlich, dass sie nichts davon wussten, aber die Baronin hat sich gut abgesichert, indem sie fragte, ob wir noch keine positive Antwort erhalten hätten. Daraufhin verriet sie, dass sie sich im White Hart aufhalten – sie schob die Schuld für das Ausbleiben der Antwort auf ihren Botenjungen.«

Acton runzelte die Stirn und dachte an ihre Loyalität gegenüber der Baronin. »Hat es dich gestört, dass sie gelogen und einem Unschuldigen die Schuld in die Schuhe geschoben hat?«

»Ganz bestimmt. Mich hat auch gestört, dass sie – und ihr Mann – vorgeschlagen haben, du solltest ihre jüngere Tochter heiraten, während sie nie auf ihren früheren Vorschlag eingegangen sind, dass du ihrer älteren Tochter den Hof machen sollst.« Sie schüttelte den Kopf. »Aber ich glaube, ich verstehe, warum sie diese Lösung aufgegeben haben, denn sie erwähnten, sie sei mit einem entfernten Verwandten verlobt worden. Ich kann kaum glauben, wie schnell das passiert ist, wo sie doch gerade erst in Loxley Court waren, um über eine Heirat zwischen ihr und dir zu verhandeln.«

Acton merkte, dass sie ihn genau beobachtete. Verdammt, er konnte nicht so tun, als wüsste er bereits von Perseys angeblicher Verlobung. »Offenbar geht es dem Baron und der Baronin nur darum, ihre ältere Tochter so schnell wie möglich zu verheiraten.«

»Ja, da hast du sicher recht. Ich finde das auch beunruhigend. Sie hätten ihre jüngere Tochter unterstützen müssen.« Sie faltete die Hände in ihrem Schoß. »Ich nehme an, dass es mir leichtfällt, das zu sagen, da unsere Familie noch nie so ein unglückliches Ereignis erlebt hat.«

Nein, denn Actons Ruf und sein Verhalten wurden durch die Tatsache entschuldigt, dass er einen Schaft hatte. In diesem Moment fühle er sich von sich selbst besonders angewidert.

»Besteht die Möglichkeit, dass du und ihre ältere Tochter zusammenpassen?« Seine Mutter winkte ab »Vergiss, dass ich gefragt habe. Das ist jetzt überflüssig.«

Ja, das war es. Nicht, weil sie einen Cousin heiratete, sondern weil sie Acton abgewiesen hatte, bevor er überhaupt fragen konnte.

In dem Bestreben, das Thema zu wechseln, beugte er sich ein wenig vor. »Ich wollte dich schon lange etwas fragen. Das Gemälde in deinem Salon – Vater hatte genau dasselbe Gemälde in Loxley Court.«

»Ja, das hat er.« Sie zupfte an etwas auf ihrem Rock, ohne seinen Blick zu erwidern.

»Hat er eine Kopie für dich anfertigen lassen?«

»Ja.« Sie blickte zu ihm, aber nur für einen kurzen Moment. »Jedes Mal, wenn du für ein Porträt gesessen hast, wurde eine Kopie davon angefertigt und mir geschickt. Das war Teil unserer ... Vereinbarung.«

»Ich verstehe.« Das tat er allerdings nicht wirklich. Er hatte nicht einmal gewusst, dass sie eine Vereinbarung hatten. Er wusste nur, dass sie getrennt leben wollte, und zusammen mit seinem Vater »vereinbart« hatte, dass ihr Sohn bei seinem Vater und ihre Töchter bei ihrer Mutter leben sollten.

Er ging zu der anderen Sache über, auf die er seit seiner Ankunft hier neugierig war. »In meinem Zimmer stehen meine Lieblingsbücher. Und da ist die Schnitzerei einer Katze. Ich hatte ganz vergessen, dass wir einen Kater hatten.«

»Ich habe ihn mitgenommen, als ich nach Bath kam.«

Als sie *gegangen war*. Warum benutzte sie nicht das Wort, das am besten passte? Sie hatte ihn verlassen.

»Dein Vater mochte den Kater nicht«, fügte sie hinzu. »Ich habe die Sachen in dein Zimmer gelegt, falls du mal zu Besuch kommst.« Endlich sah sie ihn an und wandte ihren Blick nicht mehr ab.

»Dachtest du, ich würde es tun?«

»Ich hatte es gehofft.« Ihre Augen schienen zu glänzen,

aber Acton war sich nicht sicher, denn in diesem Moment kam die Haushälterin herein, und seine Mutter wandte ihr den Kopf zu.

»Tut mir leid, dass ich störe«, meinte Mrs. Hedge. »Wir haben ein paar Fragen in der Küche wegen morgen Abend.«

»Natürlich.« Seine Mutter stand auf und schenkte Acton ein entschuldigendes Lächeln. »Ich fürchte, ich habe dem Haushalt nicht viel Zeit zur Verfügung gestellt, um alles vorzubereiten.«

»Daran sind wir gewöhnt, Euer Gnaden««, meinte Mrs. Hedge lachend. »Wir sind der Aufgabe mehr als gewachsen.«

»Ja, das sind Sie.« Mit einem leichten Nicken in Actons Richtung folgte seine Mutter der Haushälterin aus der Bibliothek.

Acton starrte auf die Türöffnung. Er fühlte sich noch unruhiger als zuvor, bevor seine Mutter hereingekommen war. Warum hatte sie gehofft, er würde sie besuchen, wo sie doch diejenige war, die ihn verlassen hatte?

Und warum war eine Frau, die ihren kleinen Sohn im Stich gelassen hatte, so verflucht standhaft gegenüber einer »Freundin«, die ihre Mitmenschen belog und manipulierte? Wo war die Loyalität der Witwe gegenüber Acton, ihrem eigenen Kind, geblieben?

Acton dachte an einige der Dinge, die seine Mutter heute gesagt hatte. Sie hatte die Katze mitgenommen, weil sein Vater sie nicht gemocht hatte. Bedeutete das, dass sie auch ihre Töchter mitgenommen hatte, weil er sie auch nicht gemocht hatte? Nein, natürlich nicht.

Dennoch hatte er seiner Frau erlaubt, sie mitzunehmen. Oder war es so, dass sie im Rahmen der »Vereinbarung«, die sie getroffen hatten, ausgehandelt hatte, sie zu bekommen?

Er wollte mehr über die Bedingungen ihrer Vereinbarung erfahren. Nach dreiundzwanzig Jahren hatte er es verdient, die ganze Geschichte zu erfahren.

Gestern Abend war Acton wieder zu Persephone in das Zimmer bei der Küche gekommen, aber er war nicht sehr lange geblieben. Oder bis in die Frühe, je nachdem, wie man es sah. Er war nachdenklich gewesen, vielleicht sogar ein wenig unleidlich. So hatte sie ihn noch nie erlebt.

Als sie ihn fragte, was los sei, hatte er keine Antwort gegeben, sondern nur gesagt, dass er sie verzweifelt brauchte. Dann hatte er sie ausgezogen und sie mit seinem Mund und seinen Fingern zu einem alles erschütternden Höhepunkt gebracht, ehe er sie umgedreht und von hinten genommen hatte. Er hatte sie vorher gefragt, und sie war mehr als begierig gewesen, etwas Neues mit ihm auszuprobieren. Die Erfahrung war unglaublich erotisch gewesen, und selbst jetzt, mehrere Stunden später, bebte ihr Körper noch immer von seiner Berührung.

Er *hatte* unter anderem erwähnt, dass er sich darauf freute, sie und Pandora heute Abend bei der Soiree seiner Mutter zu sehen. Sie hatte erwidert, dass Pandora nicht erscheinen würde, woraufhin er geantwortet hatte, dass seine Mutter mit ihrem Kommen rechnete, weil ihre Tante ihre Teilnahme angekündigt hatte.

Offenbar hoffte Tante Lucinda auf das Beste. Bis jetzt hatte Pandora es entschieden abgelehnt, sie zu begleiten - und das zum wiederholten Male. Persephone hatte noch den Rest des Tages Zeit, sie zu überzeugen.

Tante Lucinda saß beim Frühstück im Esszimmer, als Persephone kam. »Guten Morgen, Liebes«, wurde sie von ihrer Tante begrüßt. »Ich hoffe, du hast gut geschlafen und bist bereit für die Party heute Abend?«

»Das bin ich.« Wenn sie auch nervös war, weil ihre Eltern anwesend sein würden. Allerdings konnte sie das nicht sagen, ohne zu verraten, woher sie dies wusste. Es war überaus anstrengend, eine heimliche Affäre zu unterhalten. Persephone war sich nicht sicher, wie lange das noch so weitergehen konnte. »Bitte sei nicht böse, wenn Pandora nicht gehen will. Ich hatte kein Glück, sie zu überzeugen.«

»Ich weiß. Ich auch nicht.« Tante Lucinda seufzte. »Aber ich kann immer noch hoffen. Zumal heute am frühen Nachmittag zwei neue Kleider geliefert werden.«

Persephone starrte sie schockiert an. »Du hast Kleider für uns gekauft? Aber wir haben doch gerade erst von der Party erfahren.«

»Am Tag nach eurer Ankunft habe ich meine Modistin gebeten, für jede von euch etwas zu schneidern, da ich hier ein Abendessen geben wollte. Als jedoch die Einladung der Herzogin eintraf, fragte ich, ob die Kleider nicht schon früher fertig sein könnten. Meine Modistin ist sehr entgegenkommend. Sie wird dafür sorgen, dass ihr beide die neueste und aufregendste Mode zur Schau tragt.

»Das ist unglaublich großzügig von dir, Tante Lucinda.« Persephone hatte keinen Zweifel daran, dass das Kleid das schönste sein würde, das sie je getragen hatte. Aber sie hoffte auch, dass es ... schmeichelhafter sein würde als diejenigen, die ihre Mutter normalerweise für sie aussuchte, besonders im Vergleich zu Pandoras Garderobe. »Sind die Kleider ähnlich?«

»Vom Stil her schon, aber ich habe für Pandora ein dunkles Rosa und für dich ein wunderschönes Türkisblau gewählt.«

Natürlich hatte sie sich das gut überlegt. Persephone war fast sprachlos. »Ich danke dir.«

Sie sah Persephone mit einem ermutigendes Lächeln an. »Ich weiß, dass du nicht viel Auswahl bei deiner Garderobe hattest und deine Schwester gelegentlich so ausgestattet wurde, dass sie dich in den Schatten stellt – auch wenn sie noch keine Saison hatte. Du bist eine wunderschöne junge Dame, Persey, mit vielen bezaubernden Eigenschaften, sowohl körperlich als auch sonst.« Tante Lucina richtete ihre Aufmerksamkeit wieder auf die aufgeschlagene Zeitung neben ihrem Teller.

Von angenehmer Wärme erfüllt, ging Persephone zur Anrichte und begann, ihren Teller zu füllen.

»Verflixter Mist!«

Überrascht von Tante Lucindas Ausbruch ließ Persephone ihren Teller fallen. Eier und Bücklinge flogen, aber der Teller ging wie durch ein Wunder nicht kaputt.

»Du meine Güte, es tut mir leid, Persey. Ich wollte dich nicht erschrecken. Aber vielleicht muss ich meinen Bruder erdrosseln.«

Persephone sah das feuerrote Gesicht ihrer Tante und war sich nicht sicher, ob sie sie jemals so wütend gesehen hatte. »Was ist passiert?« Es musste die Zeitung sein. Was sollte es sonst sein? Persephone verkrampfte sich, als sie beiseitetrat, damit der Diener die Unordnung aufräumen konnte. Sie murmelte eine Entschuldigung und bedankte sich bei ihm.

»Hier drin ist eine Bekanntmachung über deine Verlobung mit diesem höllischen Cousin. Nachdem wir deinem Vater gesagt haben, dass es keine Heirat geben wird. Er *kann* dich *nicht* verkaufen wie ein Gemälde oder ein Pferd!«

Pandora kam mit großen Augen herein. »Ich habe Tante Lucinda im Treppenhaus gehört, aber ich konnte nicht alles verstehen, was sie gerade gesagt hat.«

»Meine Verlobung hat es in die Zeitung geschafft«, klärte Persephone sie auf und fühlte sich seltsam betäubt. Warum war sie nicht so empört wie ihre Tante? Weil ihre Eltern sie nicht mehr überraschen konnten.

Pandora umrundete den Tisch, um in die Zeitung zu sehen, und stellte sich neben Tante Lucinda.

»Es gibt nicht viel zu sehen«, sagte Tante Lucinda und versuchte, die Zeitung aufzuheben.

»Ich will nur lesen, was da steht.« Pandora legte ihre Hand auf das Papier, bevor ihre Tante es vom Tisch nehmen konnte.

Persephone sah die tiefen Falten auf der Stirn von Tante Lucinda und hielt den Atem an. Was stand noch in der Ankündigung?

Die Farbe wich aus Pandoras Gesicht. Abrupt wandte sie sich vom Tisch ab und ging zum Fenster.

Das Frühstück vergessend, eilte Persephone zu ihrer Tante und sah sie fragend an. Tante Lucinda deutete auf die obere Ecke der Zeitung. Dort stand, schwarz auf weiß, eine weitaus schrecklichere Nachricht: die Verlobung des Earl of Banemore mit Lady Isabel, der Tochter des Marquess von Malton. Der Halunke war also doch verlobt.

Persephone eilte an die Seite ihrer Schwester und berührte sanft ihren Rücken. »Es tut mir leid, Pandora.«

Pandora schenkte Persey ein flüchtiges Lächeln und atmete aus. »Muss es nicht.« Sie blickte zu ihrer Tante, die sie mit großer Sorge beobachtete. »Du hättest mir erlauben sollen, das vor dir zu verheimlichen.«

»Er ist ein Halunke der schlimmsten Sorte«, stellte Tante Lucinda fest. »Und er sollte sich besser nicht mehr in Bath blicken lassen.«

»Ich kann mir nicht vorstellen, dass er einen Grund dazu hätte«, sagte Pandora knapp und wandte sich vom Fenster ab. Sie drehte sich Persephone zu. »Was wirst du wegen deiner Verlobung tun?«

»Ich habe meinen Anwalt bereits angewiesen, einen Brief an den Cousins deiner Mutter zu schicken«, sagte Tante Lucinda. »Ich glaube, er wurde gestern Nachmittag abgeschickt.«

»Wird das wirklich das Ende der Geschichte sein?«, fragte Pandora.

»Gewiss«, versicherte Tante Lucinda zügig. »Sie können Persey nicht zu einer Heirat zwingen.«

»Gut.« Pandora rang sich ein Lächeln ab, das auf Persephone allerdings ziemlich spröde wirkte. Ihre Schwester tat ihr unendlich leid.

»Trotzdem habe ich das Bedürfnis, euren Eltern eine Nachricht zu schicken, in der sie angewiesen werden, sich von allem fernzuhalten, was mit euch beiden zu tun hat. Dass sie eine Anzeige in die Zeitung setzen …« Tante Lucindas Stimme verebbte in einem gemurmelten Fluch. »Ich bin wütend auf Hugh. Ich denke, ich werde persönlich zum White Hart gehen und die beiden zur Rede stellen. Abrupt stand sie auf. »Entschuldigt mich, Mädels. Ich sehe euch später – und ich habe eine Überraschung für euch.« Den letzten Satz richtete sie an Pandora. Persephone wusste natürlich schon, worum es sich handelte.

»Was für eine Überraschung?«, fragte Pandora.

Tante Lucindas Miene hellte sich auf. »Wenn ich es dir sage, wird es keine Überraschung sein. Aber es ist etwas, das du heute Abend tragen kannst.« Sie zwinkerte Pandora zu, bevor sie sich verabschiedete.

»Sie hat uns neue Kleider gekauft«, sagte Pandora und schloss kurz die Augen. »Sie wird wirklich niedergeschlagen sein, wenn ich nicht mitkomme, nicht wahr?«

»Sie versucht nur, dir zu helfen, all dies der Vergangenheit angehören zu lassen.« Persephone ergriff die Hand ihrer Schwester. »Was, wie ich weiß, sehr schwer ist, nachdem du diesen Unfug gelesen hast.«

»Ich dachte nur, ich liebe ihn, Persey. Und ich dachte, er liebt mich. Ich fühle mich wie eine Närrin, was schon schlimm genug ist, aber ganz England sieht mich auch so.«

Persephone drückte Pandora die Hand. »Du bist *keine* Närrin. Bane ist der Schuldige. Er hat dich an der Nase herumgeführt und dir Versprechungen gemacht, die er nie zu halten gedachte. Du solltest heute Abend in dem neuen Kleid, das Tante Lucinda für dich in Auftrag gegeben hat, zur Soiree der Herzoginwitwe gehen und deinen Kopf hochtragen. Würde es dir helfen, wenn du wüsstest, dass die schrecklichen Mädchen, die dich neulich in den Gärten unhöflich behandelt haben, und ihre Familien nicht eingeladen sind?«

Ein Lächeln umspielte Pandoras Mund, und es war so echt, dass Persephone vor Freude beinahe aufgeschrien hätte. Rasch ernüchterte ihre Schwester wieder, aber Persephone war froh über den Moment der Freude, wenn er auch nur von kurzer Dauer war. »Woher weißt du das?«

»Wellesbourne hat mir eine Nachricht geschickt. Er wollte uns mitteilen, dass er diese Personen von der Gästeliste seiner Mutter gestrichen hat. Er hofft sehr, dass du kommen wirst. Ich glaube, er möchte dir wirklich helfen, zumal sein ehemaliger Freund der Grund für deine prekäre Lage ist.

Pandora wölbte ironisch eine Augenbraue. »*Ehemaliger Freund?*«

»Wellesbourne hat angedeutet, dass er nicht beabsichtigt,

seine Freundschaft mit Bane aufrechtzuerhalten. Was er sich herausgenommen hat, übersteigt das normale Maß bei weitem.«

»Wellesbournes Ruf ist nicht viel besser. Seine Unterstützung ist überraschend, um ehrlich zu sein.«

»Ich stimme dir darin voll und ganz zu. Ich hatte erwartet, dass er genau wie Bane ist.« Persephone dachte an die Episode zurück, als sie und Acton sich zum ersten Mal getroffen hatten und wie sehr sie sich in ihm getäuscht hatte. Sie verspürte den plötzlichen Drang, Pandora die Wahrheit über ihre Zeit mit Acton zu erzählen – über das Ausmaß ihrer gemeinsamen Abenteuer und ihre derzeitige heiße Liebesaffäre. Aber sie konnte sich nicht dazu durchringen, vor Pandora von ihrem Glück zu schwärmen, wie kurzlebig auch immer es sein mochte. Insbesondere nicht im Moment.

»Glaubst du wirklich, ich könnte auf dieser Veranstaltung den Kopf hochhalten?«, fragte Pandora.

»Die Herzoginwitwe von Wellesbourne wird deine Rückkehr in die Gesellschaft öffentlich unterstützen. Wie kannst du eine so wunderbare Förderung ablehnen?« Persephone hielt den Atem an. Sie wünschte sich nichts sehnlicher, als dass ihre Schwester sich wieder normal fühlte.

Pandora ließ Persephones Hand los. »Ich möchte nicht in die Gesellschaft zurückkehren, Persephone. Ich würde sie gerne verlassen, zumindest für eine Weile. Ich habe Tamsin geschrieben und gefragt, ob ich den Winter bei ihr verbringen kann.«

Den ganzen Winter? Persephone wollte nicht, dass sie so weit weg war. »Das ist eine lange Zeit, die du fort sein wirst«, sagte sie langsam. »Ich würde dich furchtbar vermissen.«

»Nicht, wenn du mit mir kommst«, brachte Pandora mit einem Eifer hervor, der Persephone das Herz zerriss. »Ich glaube, im Frühjahr werde ich die Dinge viel besser bewältigen können. Vielleicht will ich dann auch nicht in die Gesellschaft eintreten, aber du hast gar keine andere Wahl, ob hier oder in London. Ich werde dich unterstützen, egal wie du dich entscheidest.«

Wie hätte Persephone da Nein sagen können? Pandora brauchte die Zeit und den Abstand, um sich von der Strapaze zu erholen. Außerdem hatte sie angeboten, zurückzukommen und für sie da zu sein. »Natürlich komme ich mit dir. Wir werden immer füreinander da sein.«

»Als Jungfern zum Schluss, wenn es so weit kommt?«, fragte Pandora lachend.

Das war Persephones Plan gewesen. Allerdings konnte sie eine subtile, aber ursprüngliche Hoffnung nicht leugnen, dass die Dinge zwischen Acton und ihr sich irgendwie fortsetzen könnten. Ungeachtet dessen, was sie ihm gesagt hatte, übte die Vorstellung von Dauerhaftigkeit, und davon, sich nie von ihm verabschieden zu müssen, einen schockierenden Reiz aus.

Vielleicht hätte sie ihm erlauben sollen, ihr einen Heiratsantrag zu machen.

Allerdings konnte er sie unmöglich lieben. Und diese Bedingung war nicht verhandelbar. Obendrein gab es da noch diese lästige, aber wahrscheinlich wahre Regel, dass Halunken sich nicht ändern würden. Persephone würde zusammen mit ihrer geliebten Schwester viel lieber einem Dasein als Jungfer entgegensehen, als durch einen gestandenen Halunken Herzschmerz zu riskieren.

~

Nach einem belebenden Morgenritt fühlte sich Acton erheblich ausgeglichener als gestern. Gewiss hatte auch ihr Rendezvous gestern Nacht zu dieser Verbesserung beigetragen. Für heute Abend hatten sie wegen der Soiree seiner Mutter nicht verabredet, sich zu treffen, aber er hoffte, dass es ihnen während der Soiree gelingen würde, sich ein paar Momente zu stehlen.

Nachdem er sich die sichtbaren Spuren seines strapaziösen Rittes abgewaschen hatte, ging er nach unten, um etwas Nahrhafteres als den Toast und den Tee zu finden, den er zuvor zu sich genommen hatte. Durch die Ankunft seiner Freunde, Viscount Somerton und Lord Droxford, wurde er allerdings von seinem Vorhaben abgelenkt.

Er begegnete ihnen in der Eingangshalle, als sie gerade ankamen, und lud sie in die Bibliothek ein. Er ließ sie zuerst eintreten und schloss die Tür hinter sich. »Ich bin so froh, euch beide zu sehen«, sagte er.

Somerton war ein sympathischer Kerl, schlank, mit gewelltem, dunkelblondem Haar und stechend grünen Augen, welche die Damenwelt unwiderstehlich fand und die obendrein von unmöglich langen Wimpern umkränzt waren. Droxford, mit seinem ständigen finsteren Blick, schaffte es irgendwie auch, vom schönen Geschlecht begehrt zu werden, obwohl er ihnen nur selten Aufmerksamkeit zukommen ließ. Mit seinem dichten dunklen Haar, den grüblerischen kaffeefarbenen Augen und den breiten Schultern konnte man ihn fast für einen Rohling halten. Acton hatte ihn jedoch ein- oder zweimal lachen sehen, und in diesen Momenten sah Droxford wie ein braver Junge aus. Das war ein ziemlicher Gegensatz.

»Wir haben beide den Brief von dir erhalten«, sagte Somerton und ließ sich auf einem Stuhl nieder. »Zufälligerweise haben wir unabhängig voneinander beschlossen, nach Bath zu kommen, und sind uns im White Hart begegnet.«

Acton blickte zu Droxford. »Ihr habt Winterstoke verlassen, um nach Bath zu kommen?« Abgesehen von seinen Pflichten im Oberhaus in London verließ Droxford sein fürstliches Anwesen nur wenige Male im Jahr.

»Du hast verzweifelt geklungen«, antwortete Droxford, bevor er sich einen Sessel an dem runden Tisch in der Nähe des Fensters heranzog und sich auf das Polster sinken ließ.

Acton setzte sich auf einen Sessel zwischen die beiden anderen Männer und sagte: »Nun, ich weiß es zu schätzen, dass ihr beide dem Ruf eines Freundes gefolgt seid. Vielleicht kann mir einer von euch sagen, ob unser anderer Freund Bane tatsächlich verlobt ist?«

»Hast du die Zeitung von heute nicht gelesen?«, fragte Somerton.

»Nein, ich war ausreiten.« Acton stand ruckartig aus seinem Sessel auf und ging zur Tür. Er öffnete sie und rief nach Simmons, der ihm die Zeitung bringen sollte. Einen Moment später kam der Butler mit dem gewünschten Artikel. »Danke, Simmons.« Er schloss die Tür wieder, kehrte an seinen Platz zurück und wedelte mit der Zeitung. »Wonach soll ich suchen?« Er fürchtete, er wusste es bereits. Es war eine Ankündigung über Banes Verlobung.

»Seite drei, glaube ich«, sagte Droxford. »Ankündigungen.«

Acton blätterte auf die entsprechende Seite und sah sie sofort. »Wer zum Teufel ist Lady Isabel? Und sagtest du nicht, die Tochter des Marquess von Malton?«

Droxford presste die Lippen aufeinander, während Somerton mit der Hand winkte. »Jemand, von dem Wolverton wollte, dass Bane sie als Frau in Betracht zieht«, antwortete Somerton. »Ich kann mich nicht erinnern, ihr in London begegnet zu sein, aber das hat nichts zu bedeuten. Sie werden in zwei Wochen in Nordengland heiraten, irgendwo in der Nähe des Anwesens ihres Vaters. Das Aufgebot ist bereits verlesen worden.«

»Woher weißt du so gut Bescheid?«, fragte Acton, irritiert darüber, dass er nichts gewusst hatte, nicht einmal von den

Absichten von Banes Vater, ihn mit einer unbekannten Lady aus Nordengland zu verkuppeln.

»Ich war bei Shefford nach dem *Vorfall* mit Miss Pandora Barclay«, antwortete Somerton. »Sheff war in die Geschehnisse eingeweiht, die sich daraus ergaben.«

»Und?«, fragte Acton. »Was ist passiert?«

»Ich bin mir über einige der Einzelheiten nicht ganz im Klaren, und ich bin mir auch nicht sicher, ob Sheff es ist, aber Bane sagte, er habe etwas Schlimmes angestellt. Er sagte auch, er hätte es in Ordnung gebracht. Dann sagte er zu Sheff, er müsse sich mit seiner Verlobten treffen.«

Er hat es in Ordnung gebracht. Wie war das möglich, wenn er eine junge Frau ruiniert zurückgelassen hatte?

»Hat Sheff Bane gefragt, wann er sich verlobt hat?«, fragte Acton. »Ich habe Bane kurz vorher gesehen, und er hat kein Wort gesagt.«

»Das hat er für sich behalten«, meinte Droxford achselzuckend. »Vielleicht das Klügste, was er je getan hat.«

»Wie kann das klug sein?«, fragte Acton.

Droxford sah Acton an, als sei er von Sinnen. »Verglichen mit dem, was er normalerweise tut – mit seinen Heldentaten prahlen –, scheint es eine Verbesserung zu sein.«

Bis zu diesem Moment war Acton gar nicht aufgefallen, in welchem Ausmaß Bane das getan hatte. Aber sie hatten alle ihren Anteil an der Angeberei. Nun, Droxford nicht. Er hatte noch nie ein Wort über eine romantische oder sexuelle Erfahrung verloren.

In mancher Hinsicht passte Droxford nicht so recht zu ihnen, und doch betrachteten sie ihn als einen engen Freund. Shefford hatte ihn unter seine Fittiche genommen, als er vor vier Jahren ganz unerwartet die Baronie geerbt hatte. Acton hatte ihn schon in Oxford gekannt, doch sie hatten sich erst angefreundet, als Isaac Deverell Baron Droxford geworden war.

»Der perfekte Halunke heiratet also«, bemerkte Acton und ließ die Zeitung auf seinen Schoß sinken.

»Vor dem Rest von uns«, stellte Somerton fest. »Ich habe auf Keele gesetzt.«

»Warum, weil er verantwortungsbewusster ist als der Rest von euch?«, fragte Droxford.

Somerton neigte den Kopf. »Größtenteils, ja. Du wärst ja meine erste Wahl gewesen, aber ich bin mir nicht sicher, ob du eine Frau finden wirst, die bereit ist, dein unaufhörliches Grübeln zu ertragen.«

Droxfords fast stirnrunzelnder Gesichtsausdruck verwandelte sich in einen finsteren Blick. »Ich halte auch gar nicht Ausschau.«

»Genau so.« Somerton streckte ein Bein aus und atmete aus. »Leider ist es nicht Keele, also bin ich froh, dass ich keine Wette abgeschlossen habe.« Keele war ein weiterer ihrer Freunde, der aber viel mehr daran interessiert war, seine Ländereien zu verwalten und Gewinne zu machen. Er war schon einmal verheiratet gewesen und würde wahrscheinlich wieder eine Verbindung eingehen. »Vielleicht werde ich das beim nächsten Mal. Wer wird es sein?«

»Shefford«, sagte Acton schnell. »Seine Eltern haben ihn bedrängt, sich eine Frau zu nehmen, seit er die Schule verlassen hat.«

»Sie haben wahrscheinlich recht«, sagte Droxford. Er blickte zu Somerton. »Lass dich nicht auf diese Wette ein.«

»Ich bin dir ohnehin voraus«, meinte Somerton kichernd. Er warf einen Blick auf Acton. »Du hast gesagt, du hättest Heiratsgedanken, da es an der Zeit ist. Vielleicht bist du der Nächste.«

»Ich habe keine unmittelbaren Pläne.« Das zu sagen, stimmte Acton merkwürdig wütend.

Sein Blick wanderte zur Zeitung zurück, um die Ankündigung nochmals zu lesen. Doch bevor er dies tun konnte, fiel ihm ein anderer Name ins Auge: Miss Persephone Barclay. Es gab auch eine verflixte Anzeige über ihre Verlobung! Seine vage Erregung steigerte sich zu voller Irritation. »Verdammter Mist!«

»Was war das?«, fragte Somerton.

»Er sieht sich gerade wieder die Ankündigung an«, meinte Droxford. »Wellesbourne, bist du verärgert, dass Bane verlobt ist?«

Acton überlegte sich seine Antwort, bevor er etwas über Persey ausplauderte. »Überrascht, aber nicht verärgert. Eigentlich ist das nicht ganz richtig. Ich bin wütend auf ihn wegen allem, was er der jungen Lady angetan hat, die er ruiniert hat. Ich versuche sogar behilflich zu sein, ihr Ansehen wiederherzustellen. Meine Mutter gibt heute Abend eine Soiree, und sie wird dort sein. Ihr müsst beide kommen und versuchen, mit ihr ins Gespräch zu kommen. Es wird ihr helfen, wenn Banes Freunde sie unterstützen.«

»Er *hat* also jemanden ruiniert?«, fragte Droxford. »Das habe ich vermutet.«

»Er hat sicherlich sein Bestes gegeben. Ich nehme an, dass die Umarmung mit ihr das ›Schlimme‹ war, worauf er sich bezogen hat. Ich würde allerdings gerne wissen, wie er die Sache ›behoben‹ hat. Die junge Lady hat erbarmungswürdig gelitten.«

Somerton schüttelte den Kopf. »Sich so zu benehmen, obwohl er bereits verlobt war? Ich gebe zu, das ist ungeheuerlich, selbst für ihn.«

»Das ist verachtenswert«, konsternierte Droxford mit einem Aufblitzen seiner Zähne.

Somerton sah Acton an. »Du hilfst dieser jungen Frau? Warum?«

»Weil es das Richtige ist. Bane hat sie schlecht behandelt, und da er nicht hier ist, um den Schaden wiedergutzumachen, werde ich es versuchen. Die Mutter der jungen

Frau, Lady Radstock, ist auch eine Freundin meiner Mutter.«

»Das ist sinnvoll«, meinte Droxford. »Es ist gut, dass du hilfst, obwohl du das gar nicht nötig hättest. Banes Übertretungen müssen nicht unsere eigenen sein.«

»Vielleicht nicht, aber ich habe erfahren, dass mein Ruf nicht viel besser ist.«

»Ach, das ist also der wahre Grund, warum du bei der Rehabilitierung dieser jungen Frau hilfst«, feixte Somerton mit einem wissenden Lächeln. »Es geht um deine eigene Rehabilitation.«

»Das ist es nicht.« Acton versuchte, die Stirn in Falten zu legen, aber er fürchtete, er würde nie so gut darin werden wie Droxford.

Vielleicht war es das. Zumindest ein bisschen. Hatte Acton Persey nicht beweisen wollen, dass er nicht der Halunke war, für den sie ihn hielt? Allerdings hatte er sich ganz genau so benommen.

Hatte.

»Ich versuche, mich zu ändern«, gestand Acton. »Banes Verhalten hat mir gezeigt, dass wir alle nur einen unbedachten Spaziergang von einem großen Fehler entfernt sind.« Er blickte in Droxfords Richtung. »Vielleicht nicht *alle* von uns.«

»Ich habe mich gefragt, ob wir nach Nordengland umsiedeln sollten«, meinte Somerton. »Um Bane zu unterstützen.«

»Nein. Er braucht uns nicht.« Acton war noch immer auf Bane wütend, und zwar weil er ihm nichts von seiner Verlobung erzählt hatte, aber auch wegen der Schmach, die er Pandora angetan hatte. Noch wütender war Acton allerdings auf Perseys Eltern. Wie konnten sie es wagen, eine Anzeige in die Zeitung zu setzen, wenn ihre Tochter gar nicht beabsichtigte, diesen Cousin zu heiraten?

Acton warf die Zeitung auf einen Tisch in der Nähe und

stand auf. »Ich freue mich, euch beide zu sehen, aber ihr müsst mich entschuldigen, ich habe eine Besorgung zu machen. Kommt ihr heute Abend?«

Beide Männer standen auf und nickten. »Solange ich in Bath bin«, meinte Droxford ohne eine Spur von Begeisterung.

»Ich freue mich schon darauf«, entgegnete Somerton mit einem Grinsen. »Ich genieße eine gute Soiree immer wieder gern.«

»Ausgezeichnet.« Acton begleitete die beiden hinaus und ging dann nach oben, um Hut und Handschuhe zu holen. Ihm fiel ein, dass er genau zum selben Ort ging wie seine Freunde, in der Annahme, die beiden würden zum White Hart zurückkehren.

Acton hatte die Absicht, mit Perseys Eltern zu sprechen. Er würde ihrem unerhörten Verhalten ein für alle Mal ein Ende setzen.

~

Der Salon im White Hart war mit zwei Sitzgruppen und einem wunderschön geschnitzten Marmorsims, der den Kamin umgab, gut eingerichtet. Der Aufenthalt in einem Gasthaus erinnerte Acton an die Zeit, die er mit Persey im schrecklich heruntergekommenen Black Ivy verbracht hatte. Im White Hart würde es niemals Ratten geben oder widerwärtige Männer geduldet werden.

Endlich betraten Perseys Eltern den Raum. Wie beim letzten Mal waren sie sehr teuer gekleidet, und es waren andere Gewänder als bei ihrer letzten Begegnung. Da Acton wusste, dass es ihnen an Geld mangelte, fragte er sich, wie sie sich solche Kleidung leisten konnten. Die Antwort war schlicht und einfach, dass sie das nicht konnten, was ihr

Bedürfnis erklärte, ihre Tochter an den Meistbietenden zu verscherbeln.

Allerdings hatte Acton nicht die Chance bekommen, ein Angebot abzugeben. Doch eigentlich hatte er diese Chance doch. Er hatte nur nicht erkannt, was auf dem Spiel stand, wenn er die Gelegenheit nicht wahrnahm Persey zu heiraten. Dann würden ihre Eltern sie einfach mit einem anderen verloben.

»Guten Tag, Herzog«, begrüßte Radstock ihn mit einem zaghaften Lächeln. »Was für eine angenehme Überraschung, Sie zu sehen. Wir nehmen an, dass Sie gekommen sind, um mit uns über unsere Tochter Pandora zu sprechen?«

Irgendwie war Acton das nicht in den Sinn gekommen. Aber natürlich würden sie das denken. »Ganz und gar nicht. Ich bin hier, um mit Ihnen darüber zu sprechen, dass Sie Ihre beiden Töchter in Ruhe lassen sollten, und um Sie anzuweisen, nicht länger zu versuchen, Ehen auszuhandeln, die keine von den beiden will.« Der Baron wusste nicht, dass Pandora Acton nicht heiraten wollte, aber das war angesichts seiner Intimität mit ihrer Schwester auch keine Option.

Radstocks Gesicht rötete sich. »Wissen Sie, unsere Töchter gehen Sie nichts an.«

Acton machte einen Schritt auf sie zu. »Tatsächlich nicht? Sie haben versucht, mich mit einer Ihrer Töchter ohne ihre Zustimmung zu verloben, nur um sie dann mit jemand anderem zu verloben, *ebenfalls* ohne ihre Zustimmung. Und jetzt wollen Sie mich mit Ihrer anderen Tochter verloben, wegen irgendeines hirnlosen Geschwätzes?«

»Woher wissen Sie das alles?«, fragte Lady Radstock und ihre Augen funkelten misstrauisch.

»Ich bin ein gut informierter Gentleman. Und ich habe Zeit mit Ihrer Tochter – Persephone – verbracht, um festzustellen, ob wir zusammenpassen, was, wenn ich mich recht erinnere, Ihr ursprünglicher Plan gewesen war.« Acton richtete seine volle Aufmerksamkeit auf die Baronin. »Sie sind eine Freundin meiner Mutter. Ich muss mich auf diese langjährige Verbindung berufen, um Sie zu bitten, Ihren Töchtern die Freiheit zu lassen, ihre Ehemänner selbst zu wählen.«

Radstock spottete. »Ihre Einmischung ist unangebracht und seltsam.«

Acton richtete seinen wütenden Blick auf den Baron. »Sie haben meine Einmischung provoziert, als Sie versucht haben, mich nacheinander mit Ihren beiden Töchtern zu verloben.«

»Pandora würde eine ausgezeichnete Herzogin abgeben«, bemerkte Lady Radstock mit einem ruhigen Lächeln, als hätte Acton sie nicht gerade wütend angeschrien. »Wie ich höre, bemühen Sie sich, ihr behilflich zu sein, sich von der Misshandlung durch Ihren Freund zu erholen. Es kann keine bessere Wiederauferstehung für sie geben, als die Herzogin von Wellesbourne zu werden.«

Wiederauferstehung? Sie war doch nicht tot. Aber vielleicht war ihr gesellschaftlicher Abstieg ungefähr genauso. Acton war nun in gewisser Weise noch angewiderter von den beiden, als zu dem Zeitpunkt, als er angekommen war. »Ich bedaure, Ihnen mitteilen zu müssen, dass ich nicht die Absicht habe, Ihre jüngere Tochter zu heiraten. Wenn ich überhaupt jemanden heiraten sollte, dann Persephone!« Er schrie den letzten Teil und wünschte, er hätte sich nicht hinreißen lassen. Eigentlich hätte er das gar nicht sagen sollen.

Die beiden, insbesondere Lady Radstock, rissen die Augen auf. Ihre Lippen spitzten sich, und ihre Wangen färbten sich vor Aufregung rosig.

Acton kam näher, bis er direkt vor ihnen stand. »Ich sagte *wenn*. Ich habe nicht vor, eine Ihrer Töchter zu heiraten, und Sie täten gut daran, sich das zu merken. Wenn Sie irgendjemandem etwas anderes sagen, werde ich dafür sorgen, dass Sie auf jede erdenkliche Weise ruiniert werden.«

»Ich habe mich wohl geirrt, als ich dachte, Sie wären eine freundlichere Version Ihres Vaters«, meinte der Baron.

»Sie haben meinen Vater nicht gekannt.« Der Baron mochte ihn gekannt haben, aber es konnte nichts Enges gewesen sein. Der Herzog hatte sich einen sehr speziellen Freundeskreis gehalten.

»Genug, um zu wissen, dass er diktatorisch und arrogant war, immer von oben herab zu den Leuten sprach und von ihnen erwartete, dass sie taten, was er befahl.« Radstock schniefte. »Sie klingen genau wie er damals.«

Einen Moment lang versetzte ihm der Vergleich einen Stich. Oder vielleicht war es der Mann, der Acton unterstellte, er sei nicht umgänglich. Er war stolz darauf, angenehm und charmant zu sein. Er war jemand, der überall willkommen war und das nicht nur wegen seines Titels.

»Wie heuchlerisch, jemanden als herrisch zu bezeichnen, wenn Sie selbst Ehen für Ihre erwachsenen Töchter ohne deren Zustimmung arrangieren. Ich würde Ihnen raten, Ihre Finanzen in Ordnung zu bringen, anstatt zu versuchen, Ihre Erstgeborene zu verkaufen. Ich bin mir sicher, dass es Ihnen lieber wäre, wenn die Leute nichts davon erfahren würden.«

Die Baronin keuchte, und Acton wusste, dass er sich mehr als deutlich ausgedrückt hatte. Er drehte sich ein wenig zur Seite und marschierte an ihnen vorbei, um den Raum zu verlassen. Er selbst würde niemals ein Wort über diese Informationen preisgeben, aber nur, weil er sich zu sehr um Persey sorgte und ihr dies zum Schaden gereichen würde.

Als er das Gasthaus verließ, fühlte er sich nicht so triumphierend, wie er es sich vorgestellt hatte. Jetzt dachte er an seinen Vater, und dass er gestern das Gespräch mit seiner Mutter über ihn begonnen hatte.

Als er im Haus seiner Mutter ankam, hatte er das dringende Bedürfnis, wieder mit ihr zu sprechen. Er fand sie in ihrem Wohnzimmer, das wegen des Porträts von ihm an der Wand etwas beunruhigend auf ihn wirkte.

Sie saß an ihrem Schreibtisch und wandte sich ihm zu. »Ich habe gehört, dass Somerton und Droxford vorhin zu Besuch waren. Werden sie an der Soiree teilnehmen? Ich hoffe, du hast sie eingeladen.«

»Ich habe sie eingeladen, und ja, sie werden auch kommen. Warum gibst du heute Abend wirklich diese Soiree?« Das war eigentlich nicht die Frage, die er hatte stellen wollen, aber sie war ihm einfach über die Lippen gekommen.

Sie lächelte. »Weil ich es liebe, Soireen zu veranstalten, und weil ich Miss Pandora helfen wollte. Aber vor allem, weil du es vorgeschlagen hast.«

Das hatte er und sie hatte eifrig zugestimmt. »Ich verstehe das nicht.« Er schüttelte den Kopf und setzte sich in einen der Sessel beim Kamin.

Sie stand auf, folgte ihm und blieb in der Nähe stehen. »Was verstehst du nicht?«

Er blickte zu ihr auf. Obwohl sie die Stirn gerunzelt hatte, war ihr Mund zu einem fürsorglichen Lächeln geformt. Sie war, so wurde ihm plötzlich klar, das perfekte Beispiel einer Mutter. Und woher sollte er das wissen? Es war ja nicht so, dass er eine Mutter gehabt hätte.

Doch, die hatte er gehabt. Fünf Jahre lang, an die er sich größtenteils nicht erinnern konnte.

Größtenteils.

Jetzt, wo er hier saß und zu ihr aufsah, als wäre er ein kleiner Junge, kamen ihm einige Dinge wieder in den Sinn: wie sie ihm abends vor dem Einschlafen vorlas und vorsang, wie sie mit ihm ,Sturm auf die Burg' spielte und wie sie ihn knuddelte, wenn er sich wehgetan hatte. Er erinnerte sich an ein bestimmtes Ereignis, als er bei seinem zweiten Ausritt von seinem Pony gefallen war. Sie war nicht dabei gewesen, weil Cecily erst ein paar Wochen alt war, aber er war zu ihr ins Haus gerannt, sobald er gekonnt hatte.

Plötzlich erinnerte er sich daran, was als Nächstes passiert war. Sein Vater hatte sie angeschrien, sie solle aufhören und Acton in Ruhe lassen, er dürfe nicht verhätschelt werden.

»Acton?«, fragte sie und nannte ihn zum ersten Mal, seit er ein Junge war, bei seinem Namen. Jetzt erinnerte er sich auch daran, dass sein Vater es nicht mochte, wenn sie ihn so nannte. Er hatte einen Titel – Loxley – und sie hatte ihn benutzen müssen.

Acton merkte, dass er zitterte. »Ich verstehe nicht, wie eine Frau, der so viel an mir zu liegen scheint, mich verlassen kann.« Gott, jetzt *klang* er wie ein kleiner Junge. Sein Blick begegnete dem ihren, und er spürte das Brennen der ungeweinten Tränen. »Warum?« Verdammt, seine Stimme brach.

Sie ließ sich vor ihm nieder und legte ihre Hände auf seine Wangen. »Mein liebster Junge, das hatte ich nie gewollt.«

»Er hat dich dazu gebracht?« Es war nicht nötig, dass Acton sagte, wer »er« war.

Sie nickte und strich ihm mit einer Hand über die Stirn und dann wieder über sein Gesicht. »Es hat mir das Herz gebrochen, dich zu verlassen.«

»Warum hast du es dann getan?«

»Weil dein Vater es befohlen hat.« Sie sagte dies einfach und ohne Schärfe, als ob es keine andere Erklärung – oder ein anderes Argument – dafür geben könnte.

»Warum sollte er das tun?« Bevor sie antworten konnte, sagte er: »Ich weiß, dass ihr beide gestritten habt. Ich habe mich gerade daran erinnert«, murmelte er.

»Er dachte, ich ginge zu sanft mit dir um, du würdest zu einem schwachen Menschen heranwachsen.«

»Warum hast du ihn nicht bekämpft?« Acton hob die Stimme, als die Wut in ihm aufstieg. »Warum hast du nicht für *mich* gekämpft?«

Sie nahm die Hände von seinem Gesicht. »Ich habe es versucht. Ich weigerte mich zu gehen, aber er sagte, ich könne entweder gehen und die Mädchen mitnehmen, oder er würde sagen, ich sei labil und mich in eine Anstalt einweisen, wo ich keines meiner Kinder sehen würde.«

Acton konnte sich nicht vorstellen, dass sein Vater so grausam war. Er war anspruchsvoll, manchmal sogar hart, aber er war stolz auf Acton und hatte ihn immer ermutigt, sein Bestes zu geben und zu sein. Trotzdem hatte der Mann keine emotionale Bindung zu seinem Sohn gehabt. Oder zu irgendjemandem, soweit Acton das beurteilen konnte.

Die Realität dessen, was er nach ihrer Abreise durchgemacht hatte, traf ihn wie ein Stein am Kopf. »Ich war am Boden zerstört, als du weggingst«, sagte er leise. »Vater erlaubte mir nicht, zu weinen oder von dir zu sprechen. Er sagte, Traurigkeit sei etwas für unbedeutende Menschen, und dass man in unserem Stand nicht zu solchen Gefühlen neigt. Er hat mir das so sehr eingebläut, dass ich es geglaubt habe.«

Sie nahm seine Hand in die ihre und ihre Augen wurden groß. »Er hat dich nicht angegriffen, oder? Davon hat man mir nie etwas erzählt!«

»Nein, nicht körperlich. Ich meine, dass er es mir verbal eingebläut hat – immer und immer wieder.« Acton legte den Kopf schief. »Was wurde dir gesagt und von wem?«

Als sie ihn losließ, blickte sie verlegen drein. »Dein Kindermädchen hat mir heimlich geschrieben. Nachdem sie entlassen wurde, hat die Köchin übernommen.«

Acton hatte die Köchin kaum gekannt, außer dass sie ihm an seinem Geburtstag und wenn er von der Schule nach Hause kam, seine Lieblingskekse backte. Sie schickte ihm immer einen ganzen Teller in seine Kammer. Jetzt wusste er, dass sein Vater von diesen Freundlichkeiten nichts gewusst hatte. Natürlich hatte er das nicht. Er hätte eine solche ... Wärme nicht gebilligt.

»Das war mutig von ihnen«, meinte Acton. »Ich glaube nicht, dass Vater damit einverstanden gewesen wäre.«

»Nein, das wäre er nicht gewesen.«

Der Schmerz in Actons Brust war noch immer spürbar. »Warum hast du mir nie die Wahrheit gesagt? Besonders nach Vaters Tod?«

»Es war Teil unserer Abmachung, dir nichts zu sagen.« Das war das Wort. Acton verstand jetzt. »Als er starb, war es mein oberstes Ziel, einen Weg zurück in dein Leben zu finden. Dass du mir erlaubt hast, den Witwensitz zu beziehen, hat meine Träume übertroffen. Ich dachte, dass ich es dir mit der Zeit sagen würde, aber ich konnte sehen, wie sehr du deinen Vater bewundert und geliebt hast, und das hatte ich dir nicht wegnehmen wollen.«

Das war vielleicht das Selbstloseste, was Acton je gehört hatte. Aber in einem Punkt hatte sie sich geirrt. »Ich habe ihn nicht geliebt«, flüsterte Acton. »Manchmal glaube ich, ich habe ihn gehasst. Bis ich lernte, auch das nicht zu fühlen.« Wellen von Gefühlen brachen über ihn herein.

Sie legte die Hände auf seine Unterarme. »Oh, Acton. Ich hätte härter kämpfen sollen.« Tränen liefen ihr über die Wangen.

Er schüttelte den Kopf, spürte die Tränen, die er vergießen musste, aber nicht loslassen konnte. »Du hast das Einzige getan, was du konntest.«

»Ich hätte einen Weg finden müssen, dir die Wahrheit zu sagen, damit du weißt, dass ich dich liebe, dass ich dich immer geliebt habe.«

Die Emotionen übermannten ihn und schnürten ihm die Kehle zu. Er wollte ihr sagen, dass er sie auch liebte, aber wie sollte er das tun? »Ich weiß nicht, ob ich lieben *kann.*«

»Natürlich kannst du das. Du erinnerst dich vielleicht nicht mehr an Domino, den Kater, aber du hast ihn sehr geliebt.«

Acton hatte gedacht, dass er sein Kindermädchen und seinen Hund liebte, aber in diesem Moment zweifelte er an allem, was er gewusst hatte. »Das war vor langer Zeit. Bevor Vater mich ruiniert hat.« Gott, er fühlte sich so gebrochen, und er war einfach fröhlich durchs Leben gesegelt, als ob nichts wirklich wichtig wäre. Denn bis jetzt war es das vielleicht nicht.

Sie umarmte sein Gesicht noch einmal. »Ich hätte nie gedacht, dass dein Vater dich so verletzen würde. Du *kannst* lieben. Ich weiß es. Du bist mein Sohn. *Meiner.*« Die Wildheit und das Engagement in ihrer Stimme lösten etwas in ihm aus.

Schließlich floss eine Träne über sein Gesicht. Sie wischte sie weg. »Lass einfach alles raus. Ich bin hier, mein Liebster. Mein geliebter, geliebter Junge.« Sie rückte näher und schlang ihre Arme um ihn.

Er beugte sich vor, um sie zu halten, während weitere Tränen folgten. Aber er war nicht traurig. Er fühlte ... Freude. Er fühlte sich frei.

»Ich liebe dich, Mama«, flüsterte er.

»Ich liebe dich auch, Acton.« Sie küsste ihn auf die Wange und streichelte seinen Rücken.

Es dauerte lange, bis sie sich voneinander lösten. Actons Rücken hatte sich verhärtet. Er konnte sich nicht vorstellen, dass es für seine Mutter bequem war, auf dem Boden zu knien. »Kann ich dir aufhelfen?«, bot er an.

»Ja, bitte«, sagte sie mit einem leichten Lachen.

Acton half ihr beim Aufstehen und erhob sich von seinem Sessel. Er war zwar froh, dass sie dieses Gespräch geführt hatten und wusste, dass sie sicher noch weitere Gespräche dieser Art führen würden, aber er wollte sie auch nach etwas fragen, das sie kürzlich gesagt hatte. »Du hast vor nicht allzu langer Zeit angedeutet, dass es Dinge an mir gibt, die dir nicht gefallen, die du aber nicht verraten wolltest. Was für Dinge?«

»Es ist nicht so, dass ich dich nicht mag. Du überraschst mich zum Beispiel damit, wie ungebunden du erscheinst. Ich hatte Sorge, dass du deinem Vater zu ähnlich werden würdest, aber ich habe Andeutungen dessen erkennen können, was tatsächlich in dir stecken könnte. Heute hast du mir klar bestätigt, wie recht ich damit hatte, dass du überhaupt nicht wie dein Vater bist. Alles andere ist nur deinem Ruf geschuldet.« Sie schürzte die Lippen. »Ich weiß, du hattest nicht das beste Vorbild, und trotzdem bin ich jetzt zuversichtlicher denn je, dass du nicht wie dein Vater wirst, was die Liebe und Ehe anbelangt.«

»Du willst damit sagen, dass du darauf hoffst, dass ich meine Frau und meine Töchter nicht abschiebe?« Acton konnte nicht verhindern, dass er die Lippen kräuselte. Jeglicher Respekt, den er seinem Vater entgegengebracht hatte, löste sich nun in Luft auf. »Oder dass ich mir in London keine Mätresse halten werde.«

»Beides. Für den Anfang.«

»So etwas würde ich nie tun.« Für Actons Vater war Loyalität vielleicht nicht das Allerwichtigste gewesen, doch für Acton spielte sie eine entscheidende Rolle. Wenn er heiratete, würde er absolut treu bleiben. Er musste an Persey denken und daran, wie sie es geschafft hatte, diese Veränderungen in ihm auszulösen – Veränderungen, die ihn stolz und glücklich machten. Sein Entschluss zu einer Heirat war aus dem Wunsch geboren, seinem Vater zu gefallen, doch nun ging es um etwas ganz anderes. Persey hatte ihm demonstriert, wie es sich anfühlen konnte, mit einer Frau zusammen zu sein, die ihn inspirierte und motivierte. Zwischen ihnen bestand eine Verbindung, die er sich nie hätte vorstellen können. Die Bindung an eine Frau wie sie würde ihm nicht nur leichtfallen, sondern durch sie würde er auch glücklicher werden, als er es je für möglich gehalten hätte.

Diese Erkenntnis über seine Gedanken zur Treue veranlasste ihn abermals zu der Frage, ob seine Mutter seinem Vater treu gewesen war. Acton hoffte nur, sie wäre es nicht gewesen. Das hatte sein Vater nicht verdient. Viel mehr wog das Glück, das sie verdiente hatte, nachdem sie die Grausamkeit ihres Mannes erdulden musste. »Hattest du ... jemanden?«

Sie schüttelte den Kopf. »Ich habe mein Gelübde gegenüber deinem Vater sehr ernst genommen, auch wenn er das nicht tat. Außerdem war ich sehr mit deinen Schwestern beschäftigt.« Ein wenig Farbe stieg ihr in die Wangen. »Ich habe mich zwar in den letzten Jahren mit einem Gentleman angefreundet, aber aus unserer Freundschaft haben wir nichts anderes entstehen lassen.«

»Du könntest meinem Vater nicht unähnlicher sein.« Acton erinnerte sich an Cecilys Worte über ihre Mutter, welch ein sanftes Gemüt sie besaß. Das war das genaue Gegenteil zu seinem Vater und dem, was dieser am meisten für seinen Sohn befürchtet hatte. Acton wollte sich darüber empören, von einem so kalten, gefühllosen Menschen großgezogen worden zu sein und nicht von der loyalen, fürsorglichen Frau, die er in diesem Moment vor sich hatte, und vermutlich tat er das auch ein wenig. Doch er zog es vor, nach vorn zu schauen, auf die Nähe, die er in Zukunft mit seiner Mutter und seinen Schwestern haben würde. Dann holte er tief Luft, als wolle er die Vergangenheit fortwischen. »Ich sollte mich für die Soiree fertig machen lassen.«

»Ich bin so froh, dass du zu mir gekommen bist«, sagte

sie, wobei ihre Miene eine leichte Schüchternheit ausdrückte. »Ich hatte gehofft, dass wir eines Tages dieses Gespräch führen würden. Fühlst du dich jetzt besser?«

»Es ist, als sei eine Last von meinen Schultern genommen worden – eine, von der ich nicht einmal wusste, dass sie vorhanden war. Er musste an Persephone denken und an sein Geständnis ihr gegenüber, dass er zur Liebe nicht fähig sei. Scheinbar war er das doch. Aber hatte er sie geliebt? Konnte er überhaupt ermessen, wie sich das anfühlte?

Das musste er herausfinden.

KAPITEL 21

Tante Lucinda strahlte, als sie das Haus der Herzoginwitwe Wellesbourne betrat, wobei ihre Nichten sie flankierten. Persephone und Pandora waren von ihren neuen Kleidern begeistert gewesen, und das hatte ausgereicht, um Pandora endlich dazu zu bewegen, ebenfalls an der Soiree teilzunehmen.

Persephone war so froh. Pandora sah in dem dunklen roséfarbenen Kleid, das mit elfenbeinfarbener Spitze und Schleife verziert war, strahlend aus. Außerdem hatte Pandora beschlossen, dass es ihr egal war, was heute Abend passierte. Sie würde ihren Kopf hochhalten und der Welt zeigen, wie stark sie war. Morgen würden sie dann ihre Vorbereitungen für die Abreise nach Cornwall treffen. Noch hatten sie keine Antwort von Tamsin erhalten, aber sie rechneten mit ihrem baldigen Eintreffen.

Die Schlange der Kutschen auf dem St. James's Square war beeindruckend, und der Andrang im Inneren des Hauses fast überwältigend. Persephone hatte nicht damit gerechnet, dass die Veranstaltung so gut besucht sein würde.

»Es sind so viele Leute hier«, bemerkte Pandora. Sie

wirkte ein wenig besorgt und ließ ihren Blick umherschweifen.

»Da fällst du nicht so auf«, sagte Tante Lucinda, hielt dann aber inne und musterte Pandora von Kopf bis Fuß. »Wenn ich es mir recht überlege, bist du zu hübsch, um nicht aufzufallen.« Sie wandte sich an Persephone. »Ebenso wie du. Dieses blaugrüne Kleid lässt deine Augen wie glitzernde Juwelen strahlen.«

»Danke.« Nie hatte Persephone sich Sorgen machen müssen, sich bei ihrer Tante weniger wert zu fühlen als ihre Schwester. Nun würde sie sich dank ihr darüber nie wieder Gedanken machen müssen, denn sie hatte nicht die Absicht, in den Haushalt ihrer Eltern zurückzukehren. Allerdings hätte sie gerne einige ihrer persönlichen Dinge. Sie und Pandora besaßen Bücher, Kleidung und andere Gegenstände in Radstock Hall, die sie gerne behalten wollten. Sie befürchteten allerdings, ihre Eltern würden sich an ihnen rächen und alles verkaufen.

Die Herzoginwitwe begrüßte sie in der Treppenhalle. »Ich bin so froh, dass Sie alle sind.« Ihr Blick verweilte auf Pandora, als sie ihr dezent zustimmend zunickte. Oder vielleicht war es Bewunderung.

»Vielen Dank für die Einladung», erwiderte Tante Lucinda, ehe sie sich auf den Weg nach oben in den Salon machten, der eindeutig den Mittelpunkt der Soiree darstellte.

Kaum waren sie eingetreten, kam eine Frau heran, um Persephone zu ihrer Verlobung zu gratulieren. Irritiert, aber verzweifelt bemüht, sich nichts anmerken zu lassen, rang Persephone sich ein Lächeln ab. »Ich weiß Ihre Freundlichkeit zu schätzen, aber ich fürchte, das war ein Irrtum. Ich bin nicht verlobt.«

Die Frau machte große Augen. »Du meine Güte. Es tut mir leid, das zu hören. Wie verwirrend. Ich frage mich, wie das passiert ist.« Sie sah Persephone erwartungsvoll an, als hätte sie eine Frage gestellt und würde nun eine Antwort darauf erwarten.

Tante Lucinda mischte sich ein. »Bitte entschuldigen Sie uns, Mrs. Ogilvie.« Als sie weit genug von ihr entfernt waren, blickte sie zu Persephone. »Beachtet sie nicht.«

»Soll ich die Ankündigung weiter widerlegen oder einfach lächeln, nicken und weitergehen?« Persephone konnte sich vorstellen, dass dieser Abend sehr schnell sehr anstrengend werden könnte.

»Du musst tun, was du für das Beste hältst«, meinte Tante Lucinda. »In der Zwischenzeit werde ich die Nachricht verbreiten, dass diese Ankündigung ein Irrtum war. Ich werde meine Freundinnen bitten, Sorge dafür zu tragen, dass sie weitergetragen wird.«

»Ich bin zuversichtlich, dass sie keine Probleme haben werden, die neuesten Informationen zu verbreiten«, meinte Pandora.

Persephone lachte, und Tante Lucinda grinste, bevor sie losziehen konnte.

»Was sollen wir tun?«, fragte Pandora.

»Uns an der Wand im Hintergrund aufhalten«, schlug Persephone vor.

Pandora sah sich im Raum um. »Ich soll den Kopf hochtragen und die Leute herausfordern, mich direkt zu schneiden.«

»Das können wir auch machen.« Persephone wollte sich fast nicht bewegen. Ihre Eltern waren wahrscheinlich hier irgendwo unter den Gästen, oder würden es sein, und sie hatte keine Lust, ihnen zu begegnen.

Persephone verschränkte ihren Arm mit Pandoras und führte sie zu einem freien Platz in der Nähe der Fenster. Sie beobachtete, wie Tante Lucinda eine Runde durch den Raum drehte und mit jedem, den sie traf, sprach und lachte. Gelegentlich schaute sie in die Richtung, wo die Schwestern standen – wie auch derjenige, mit dem sie gerade sprach – und alle lächelten. Was auch immer sie unternahm, schien es eine positive Wirkung zu haben, denn niemand schaute Pandora tadelnd oder Persephone mitleidig an.

Persephone fragte sich, wo Acton war, denn er war eindeutig nicht im Salon. Sie hatte sich alle Anwesenden angesehen und ihn nicht entdeckt.

Ein paar Leute verwickelten sie und Pandora in eine Plauderei, und nur eine erwähnte die Verlobung, indem sie bemerkte, sie hätte von dem Irrtum gehört und wie schrecklich das sein müsse. Tante Lucindas Plan hatte sehr schnell und effektiv Früchte getragen.

Trotzdem wurde Persephone allmählich unruhig. Wo war Acton? Sie musste ihn sehen, um ihm zu sagen, dass sie Bath mit Pandora verlassen würde.

Würde er verärgert sein? Würde er versuchen, sie zum Bleiben zu überreden? Er hatte das Thema Heirat nicht noch einmal angesprochen, und warum sollte er das auch tun, nachdem sie ihn kategorisch abgewiesen hatte?

Tante Lucinda kehrte kurze Zeit später zurück, und Persephone entschuldigte sich, um den Ruheraum aufzusuchen. Als sie in den zweiten Stock hinaufstieg, war sie so in Gedanken an Acton versunken, dass sie eine der Personen übersah, die sie unbedingt meiden wollte: ihre Mutter.

Am oberen Ende der Treppe trafen sie zusammen. Persephone versuchte, an ihr vorbeizukommen, ohne etwas zu sagen, aber die Baronin umklammerte ihren Ellbogen und zog sie zur Seite.

Die Baronin betrachtete Persephones Kleid mit zusammengekniffenen Augen und schürzte ihre Lippen. »Wie ich sehe, hat Lucinda dir ein neues Kleid spendiert.«

»Pandora auch.«

Die Baronin schien überrascht. »Sie ist hier?«

»Ja, und die Dinge laufen recht gut. Ich habe dir gesagt, dass der Skandal vergessen werden wird.« Oder so ähnlich. »Man muss der Sache nur Zeit lassen – und Tante Lucinda um Hilfe bitten. Sie übt hier in Bath eine große gesellschaftliche Macht aus.«

Die Baronin schaute Persephone eindringlich an. »Ich verstehe nicht, warum du dich so sehr gegen uns gestellt hast.«

Persephone blinzelte sie an. So dumm konnte ihre Mutter doch gar nicht sein. »Vielleicht, weil ihr immer wieder versucht habt, mich zu zwingen, Männer zu heiraten, die ich nicht wollte?«

»Es ist ja nicht so, als hättest du nicht gewusst, dass du heiraten musst. Dein Vater und ich warteten seit mehreren Jahren geduldig darauf, dass, wie du so schön sagst, der ›richtige‹ Mann auftaucht. Es war offensichtlich, dass dies ohne Anleitung nie geschehen würde.« Sie sah Persephone stirnrunzelnd an. »Du hast eine gute Gelegenheit, einen Herzog zu heiraten, zunichtegemacht. Ich werde nie begreifen, warum.«

Wie gerne hätte Persephone ihr von ihrer Weigerung erzählt, einen echten Antrag von diesem Herzog anzunehmen! Doch was sollte das außer ein paar Minuten der Schadenfreude schon bringen? Das hatte Persephone nicht nötig. Sie wollte einfach nur weg von dieser giftigen Person.

»Deshalb ist es sinnlos, es zu erklären, Mutter. Denn du wirst den Grund nie verstehen. Wenn du mich jetzt entschuldigen würdest.« Persephone versuchte, ihren Arm aus dem Griff ihrer Mutter zu befreien, aber die Finger der Baronin legten sich fester um sie.

»Das werde ich nicht«, fauchte ihre Mutter in einem tiefen, zornigen Ton. »Du und Lucinda lauft auf der Soiree herum und sagt, dass die Bekanntgabe eurer Verlobung ein

Irrtum war. Du musst ihn heiraten, Persephone. Dein Vater und ich werden ruiniert sein, wenn du es nicht tust.«

»Ich werde Cousin Harold niemals heiraten.«

»Dann heirate Wellesbourne«, flehte ihre Mutter nun mit wildem Blick, während sie Persephones Arm weiter drückte.

»Autsch.« Persephone benutzte ihre freie Hand, um den Griff ihrer Mutter zu durchbrechen. »Ich will nicht benutzt werden oder manövriert. Dass du mich weiterhin zu Wellesbourne drängst, ist erbärmlich. Du solltest wissen, dass er nicht in Frage kommt.«

»Tatsächlich? Wir haben ihn gefragt, ob er Pandora heiraten würde, da die beiden zueinander zu passen schienen, aber er sagte, wenn er jemanden heiraten würde, dann dich.«

»Du lügst schon wieder«, warf Persephone ihrer Mutter vor und massierte ihren Arm, wo diese sie so fest gedrückt hatte. »Das hat er nicht gesagt. Wann sollst du ihn überhaupt gesehen haben?« In dem Moment, als sie das sagte, wurde ihr klar, dass sie sich heute Abend schon hätten begegnen sollen.

»Das hat er ganz sicher gesagt«, entgegnete ihre Mutter mit einer irritierenden Selbstgefälligkeit. »Vorhin, als er zu uns kam, um darauf zu bestehen, dass wir dich und Pandora in Ruhe lassen. Er hat sich sehr für eure Sache gegen uns eingesetzt.« Sie hielt inne, ihre Augen verengten sich leicht. »Ich muss mich fragen, warum das so ist.«

Persephones Puls beschleunigte sich. Acton hatte ihre Eltern aufgesucht? »Weil er ein freundlicher Mensch ist. Ich weiß, dass du das vielleicht nicht erkennst.«

»Jetzt ist er freundlich? Ich dachte, er sei ein verachtenswerter Halunke.«

Wie Persephone sich wünschte, sie könnte das zurücknehmen. Sie hatte ihn verurteilt, bevor sie ihn überhaupt kannte. Sie musste zugeben, dass er sich von dem Halunken, der er einst war, verändert hatte. Diesen Anschein hatte es zumindest. Sie erinnerte sich daran, wie er bei ihrer ersten Begegnung gewesen war: Er hatte mit ihr geflirtet und war begierig darauf gewesen, sie zu erobern. Dann hatte er mit den Dienstmädchen im Black Ivy geflirtet und auch mit dieser anderen Frau.

Seitdem hatte sie dieses Verhalten nicht mehr beobachtet. Zugegeben, sie hatte ihn auch nicht mit anderen Frauen gesehen, außer neulich in den Gärten, und bei dieser Gelegenheit war er ganz mit ihr und ihrer Gruppe beschäftigt gewesen.

Konnte er das wirklich zu ihren Eltern gesagt haben? Sie warf ihrer Mutter einen kühlen Blick zu. »Das ist ein weiterer Versuch der Manipulation durch dich und Vater. Ich bezweifle, dass Wellesbourne überhaupt gekommen ist, um euch zu sprechen.«

Trotzig reckte die Baronin ihr Kinn. »Dann geh und frag ihn. Er ist unten in der Bibliothek. Im Erdgeschoss. Dein Vater ist auch dort, oder er war es bis vor ein paar Minuten.«

»Das werde ich.« Ein Anflug von Traurigkeit überkam Persephone, als hätte sie gerade eine schreckliche Nachricht erhalten. Doch so war es nicht. Ihr wurde nur klar, dass es zwischen ihr und ihrer Mutter nie wieder sein würde wie früher. »Warum tust du das alles, Mama?«, fragte sie. »Ist es wirklich nur, weil ihr Geld braucht?«

Ihre Mutter presste die Lippen aufeinander und wandte den Blick ab. »Es stimmt, dass wir in Not sind.«

»Es ist schon schlimm genug, dass du deine Töchter im Stich gelassen hast und sogar versuchst, Familie und Freunde auszunutzen. Wie ich höre, warst du mit der Herzoginwitwe sehr freundschaftlich, als sie mit ihren Töchtern nach Bath gezogen ist. Das klingt wie die Mutter, die ich zu kennen glaubte. Was hat sich geändert?«

»Nichts hat sich geändert.« Die Baronin schniefte, und

sie klang nicht überzeugend. »Wie ich schon sagte, wir sind in Nöten, und es muss etwas getan werden.«

Mehr schien sie nicht zu sagen zu haben. Persephone fragte sich, ob ihre Mutter jemals wirklich versucht hatte, Actons Mutter zu helfen, oder ob sie der Herzogin gegenüber freundlich und hilfsbereit gewesen war, weil sie gedacht hatte, es sei gesellschaftlich von Vorteil.

Schwer von ihrer Mutter enttäuscht drehte Persephone sich um und ging die Treppe wieder hinunter. Sie ging weiter hinunter in die Treppenhalle, wo sie einen der Diener nach dem Weg zur Bibliothek fragte. Er geleitete sie persönlich dorthin, bevor er sich verbeugte und sich verabschiedete.

Persephone trat durch die Tür und sah sich im Raum um. Er war nicht so überfüllt wie der Salon, aber auch hier tummelten sich viele Leute. Schließlich erblickte sie Actons dunklen, kastanienbraunen Kopf. Er stand auf der gegenüberliegenden Seite des Raumes.

Persephone bahnte sich einen Weg zwischen den Leuten, die sich unterhielten, hindurch und blickte in seine Richtung. Als sie die Mitte des Raumes erreicht hatte, konnte sie ihn gut sehen.

Er war nicht allein.

Eine wunderschöne Frau mit glänzendem blondem Haar, cremefarbener, leuchtender Haut und üppigen rosa Lippen, die zu einem verführerischen Lächeln geformt waren, hing an seinem Arm. Er war ganz mit ihr beschäftigt, lachte und lächelte. Er flirtete.

Er sah genauso aus wie bei den anderen Frauen im Black Ivy. Nein, das hier war schlimmer. Er war dieser Frau sogar noch näher, und sie drückte jetzt ihre Hand gegen seine Brust. Sie drückte nicht wirklich, ihre Fingerspitzen kringelten sich unter seinem Revers, als ob sie ihn an sich drücken wollte.

Acton schien das nicht im Geringsten zu stören. Im Gegenteil, er schien völlig fasziniert zu sein. Warum sollte er auch nicht? Er war ja nicht verheiratet. Er war nicht einmal verlobt.

Er hatte jedoch eine Liaison mit einer anderen Frau. *Hatte.* Persephone betrachtete diese Episode nun als Vergangenheit.

Was wäre, wenn er ihre Eltern früher aufgesucht und ihnen gesagt hätte, dass er Persephone heiraten würde? Wenn das wahr wäre, dann nur wegen der Folgen ihrer Affäre. Er fühlte sich verpflichtet, sie zu seiner Herzogin zu machen.

Das hatte er vorher allerdings scheinbar nie bedacht. Er hatte unzählige Liebschaften gehabt und war immer noch unverheiratet. Persephone sah keinen Grund, dass sich das ändern sollte. Zumal er zugegeben hatte, nicht lieben zu können.

Plötzlich kannte Persephone die schreckliche Wahrheit – sie liebte ihn. Der Schmerz, ihn jetzt mit dieser Frau zu sehen, war nicht auf ihre Abscheu vor seiner wahren Natur zurückzuführen. Die Erklärung war, dass sie ihn in ihr Herz gelassen hatte. Sie hatte eine weitere Regel für Halunken gebrochen. Mit seiner Überbehütung, seinem hartnäckigen Flirten und seinem Engagement, ihrer Schwester zu helfen, hatte er ihren Verteidigungsmechanismus völlig ausgehebelt. Sie hatte sich ihm gegenüber eine Blöße gegeben. Und auch vor ihrem Herzschmerz.

Verdammt noch mal.

Mit brennenden Augen hätte sie sich fast umgedreht. Nein, sie musste ihm erst noch etwas sagen.

Sie richtete ihr Rückgrat auf, reckte ihr Kinn in die Höhe und ging auf ihn zu. Als er sie sah, weiteten sich seine Augen leicht. Sofort löste er die Hand der Frau von seinem Revers und trat von ihr weg, wobei er unzweifelhaft wie ertappt wirkte.

»Guten Abend, Wellesbourne«, sagte sie hochmütig. »Ich bin gekommen, um Ihnen zu danken, dass Sie uns heute Abend eingeladen haben. Es ist ein wunderbarer Abschied, denn meine Schwester und ich werden Bath in den nächsten Tagen verlassen.«

Er blinzelte, aber war in seinem Blick so etwas wie Panik zu sehen? »Verlassen? Wohin? Warum?«

»Wir legen eine dringend benötigte Erholungspause auf dem Land ein.« Sie hatte nicht vor, ihm zu sagen, wohin sie reisten, damit er sie suchen konnte, um sie zu überreden, ihm wieder in die Arme zu fallen. »Guten Abend.« Persephone schluckte die Emotionen hinunter, die ihr die Kehle verstopften, drehte sich um und stolzierte aus dem Raum. Wenn ihr Vater dort war, hatte sie ihn nicht gesehen, was auch gut so war. Eine Begegnung mit ihm hätte den Abend nur zu einem noch größeren Desaster werden lassen.

Persephone eilte in den Salon zurück, um Pandora und ihre Tante zu finden, damit sie gehen konnten. Doch sie begegnete Pandora auf dem Treppenabsatz.

»Da bist du ja«, meinte Pandora. »Ich wollte schon nach dir im Ruheraum suchen. Du warst schon eine Weile verschwunden.«

Persephone nahm ihre Schwester beim Arm und führte sie die Treppe hinauf in den zweiten Stock. Zum Glück war ihre Mutter nicht mehr da. Persephone erzählte Pandora, wie sie ihr begegnet war und was sie über die Heirat mit Cousin Harold gesagt hatte.

Pandora schüttelte den Kopf. »Sie hat endlich zugegeben, dass sie ruiniert sind, wenn du ihn nicht heiratest? Das wird ihr nicht sehr viel nützen. Hat sie verstanden, dass du ihn nicht heiraten wirst?«

Sie gingen in den Ruheraum, der erfreulich leer war.

Persephone ließ ihre Schwester los und sah sie an. »Ich habe keine Ahnung. Sie hat dann versucht, mich zu überreden, Wellesbourne zu heiraten. Offenbar hat er unsere Eltern vorhin aufgesucht, um ihnen zu sagen, dass sie uns in Ruhe lassen sollen.«

»Das ist ziemlich dreist, nicht wahr? Ich meine, ich schätze alles, was er getan hat, um mir zu helfen, aber unsere Eltern aufzusuchen scheint ... unangemessen?«

Das war es tatsächlich. Warum sollte er so etwas tun? Weil er ein Herzog war und dachte, er könnte die Leute herumkommandieren? »Sie haben versucht, ihn zu überreden, dich zu heiraten, aber er sagte, wenn er jemanden heiraten würde, dann mich.« Die Emotionen, die Persephone zu unterdrücken versucht hatte, kamen wieder hoch. Sie begann zu zittern.

»Warum sollte er das sagen?« Pandora schaute zweifelnd drein. Dann wurde ihr Blick weicher. »Oh, Persey. Wie gut habt ihr, Wellesbourne und du euch kennengelernt?«

»Es gibt vieles, was du nicht weißt«, flüsterte Persephone.

In Pandoras Augen blitzte Schmerz auf. »Warum?«

»Weil ich nicht darüber reden wollte, wegen dem, was mit dir passiert ist. Als ich Wellesbourne – Acton – traf, nachdem ich vor Mama und Papa geflohen war, hat er mich sehr beschützt. Das war ärgerlich, aber er hat mich vor dem Angriff eines Grobians gerettet.«

Pandora starrte sie an. »Das ist ja furchtbar! Nicht, dass er dich gerettet hat, sondern dass du angegriffen worden bist.«

Persephone rang die Hände. »Ich fing an, ihn wider besseres Wissen zu mögen. In letzter Zeit sind wir uns nähergekommen. Sogar intim«, fügte sie hinzu und wandte den Blick ab. »Ich war die wahre Närrin, Pandora. Wenigstens hast du Bane nicht alles von dir gegeben. Ich habe Acton alles gegeben – meinen Körper, mein Herz, meine Seele.«

Pandora legte die Stirn in Falten. Sie schien ... verwirrt? »Aber du hast doch gerade gesagt, dass er unseren Eltern deutlich gemacht hat, dass seine Wahl auf dich fiele, wenn er jemanden heiraten würde? Will er nicht, dass du seine Herzogin wirst? Wenn das so ist, werde ich ihn sofort suchen und ihm einen Denkzettel verpassen.«

»Er wollte um meine Hand anhalten, aber ich wollte ihn nicht heiraten, nur weil wir intim gewesen waren. Also habe ich seinen Heiratsantrag abgelehnt, bevor er ihn stellen konnte.« Persephone holte tief Luft. »Und das war das Klügste, was ich getan habe, seit ich ihn kenne. Ich wusste, dass er ein Halunke war, und doch ließ ich mich von seinem Charme blenden. Er wolle sich ändern, sagte er, als von Banes Verhalten angewidert gewesen war. Es habe ihn irgendwie die Augen über seine eigenen Verfehlungen geöffnet. Ich habe dummerweise geglaubt, dass das wahr ist.«

Pandoras Gesichtszüge wurden weicher, aber sie schien immer noch unsicher zu sein. »Aber das ist es nicht?«

Persephone schüttelte den Kopf. »Ich habe ihn gerade unten mit einer anderen Frau bei seinen typischen Flirtversuchen gesehen. Er kann einfach nicht anders, Pandora.« Die Emotionen, die sie bis dahin unterdrückt hatte, traten zutage, und eine Träne lief ihr die Wange hinunter. Persephone wischte sie hastig weg.

»Es scheint, dass Männer dazu in der Regel nicht imstande sind.« Pandora schenkte Persephone ein schwaches, mitfühlendes Lächeln. »Es tut mir so leid, Persey. Es ist nicht fair, dass wir beide auf solche Halunken hereinfallen. Und so sehr ich auch sagen möchte, dass du es mir hättest sagen sollen, bin ich mir nicht sicher, ob ich von deiner Verstrickung mit dem Herzog hätte hören wollen. Trotz seiner Art mir zu helfen reicht seine Freundschaft mit Bane aus, um ihn zu beflecken. Es ist eine Sache, die Unterstützung dieses Mannes zu akzeptieren, aber eine andere, ihm dein Herz anzuvertrauen.«

Das war genau die richtige Konklusion. Persephone nickte. »So ist es. Ich freue mich mehr denn je, dass wir Bath verlassen werden. Vielleicht können wir morgen abreisen«, fügte sie mit einem zittrigen Lachen hinzu.

»Tante Lucinda wird uns bitten, mindestens bis zum nächsten Tag zu warten. Ich glaube, sie ist traurig, uns gehen zu sehen.« Pandora nahm Persephones Hand und drückte sie. »Sollen wir sie jetzt suchen gehen, damit wir diese höllische Soiree verlassen können?«

»Ja, bitte.« Persephone umarmte ihre Schwester. »Ich danke dir, Pandora. Ich liebe dich so sehr.«

»Ich liebe dich auch. Es wird alles gut werden.«

Ja, das würde es. Weil sie einander hatten.

~

Acton sah entsetzt zu, wie Persey die Bibliothek verließ, den Kopf hoch erhoben und die Schultern zurückgenommen. Sie war wütend. Auf ihn. Und sie hatte jedes Recht dazu.

»Wellesbourne?« Mrs. Bertram schlich sich wieder neben ihn und sah schmollend zu ihm auf. »Wo waren wir, bevor diese Närrin uns unterbrochen hat?«

»Närrin?« Acton erwachte wie aus einem Traum. Nein, aus einem Albtraum. »Das war die reizende Miss Barclay.« Acton hielt Mrs. Bertram davon ab, ihre Hand wieder auf ihn zu legen, und trat weg.

Er ging auf die Tür zu, um Persey zu suchen und ihr alles zu erklären. Abrupt blieb er stehen. Was genau sollte er erklären?

Dass Mrs. Bertram sich ihm auf eine kokette Art genähert hatte und er aus Gewohnheit in gleicher Weise darauf reagiert hatte? Dass er in dem Moment, in dem sie seinen Arm ergriffen hatte, ein stechendes Unbehagen verspürte, wie noch nie zuvor, und dass er gerade versuchte hatte, sich höflich zu entfernen, als Persey eintraf?

Das würde Persey ihm niemals glauben. Und warum sollte sie auch? Seine Handlungen waren die eines Mannes, für den sie ihn immer gehalten hatte, des Mannes, den er glaubte, hinter sich lassen zu können: ein perfekter Halunke.

Aber er wollte sich doch unbedingt ändern. Er liebte Persey und war bereit, sie anzuflehen, ihr Leben gemeinsam zu verbringen. Wie konnte er das jetzt tun? Würde sie ihm überhaupt zuhören?

Er musste es versuchen.

Als er wieder zur Tür ging, stieß er direkt mit Somerton und Droxford zusammen.

Droxford neigte den Kopf in Richtung der Ecke und ging in diese Richtung. Acton wollte keine Zeit mit ihnen verschwenden. Er musste Persey finden. »Kann das nicht warten?«

Somerton schüttelte den Kopf und schob Acton in Richtung der Ecke. Frustriert atmete Acton aus und ging zu Droxford.

Zurück im Zimmer, sah Somerton Acton stirnrunzelnd an. »*Du bist* verlobt und hast es uns nicht gesagt?«

Was war das für ein Unsinn? »Ich bin im Moment nicht verlobt.«

»›Im Moment‹?«, fragte Somerton und zog die Augenbrauen hoch.

»Wir haben gehört, dass du die Schwester der jungen Dame heiraten wirst, die Bane kompromittiert hat«, sagte Droxford. »Stimmt das nicht?«

»Großer Gott, von wem habt ihr das gehört?« Doch Acton kannte die Antwort bereits. Perseys Eltern hatten den Mund nicht halten können.

»Das ist ein Gerücht, das heute Abend kursiert«, antwortete Somerton. »Aber du behauptest, es ist nicht wahr?«

»Ist es nicht.« Leider. »Obwohl ich alles dafür geben würde, dass es wahr würde«, gab er zu.

Beide Männer starrten ihn ungläubig an. »Hast du dich verliebt?«, fragte Somerton und wirkte schockiert.

»Ja.«

»Herzlichen Glückwunsch«, meinte Droxford und klopfte ihm auf den Arm. »Wann ist die Hochzeit?«

»Er ist noch nicht verlobt«, warf Somerton ein. »Hast du vor, ihr einen Antrag zu machen? Warum ist das ein Gerücht, wenn es noch nicht geschehen ist?«

»Ihre Eltern verbreiten gerne Klatsch und Tratsch, der wahr oder unwahr sein kann. In diesem Fall würde ich *mir wünschen,* dass es wahr ist, aber das ist es nicht.«

»Weil du sie gefragt hast und sie hat abgelehnt?«, fragte Somerton entgeistert. »Ist sie dumm?«

Droxford blickte zu Somerton und sein finsterer Blick vertiefte sich noch. »Glaubst du, sie ist irgendwie nicht bei Trost, weil sie Wellesbourne ablehnt? In Anbetracht seines Rufes könnte man meinen, sie sei überaus klug.«

Somerton presste die Lippen zusammen und gab einen Laut der Abscheu von sich.

»Ich habe sie nicht gefragt.« Acton dachte darüber nach, wie er das vorgehabt hatte, aber sie hatte ihm davon abgehalten. Und sie hatte recht damit gehabt. In jenem Moment wäre es der falsche Grund gewesen. Jetzt aber schien es nicht nur richtig, sondern absolut notwendig zu sein, sie zu fragen, ob sie ihn heiraten wollte.

»Worauf wartest du dann noch?«, forderte Somerton.

»Sie ist wütend auf mich und das zu Recht.«

»Mach sie nicht wütend auf dich«, riet Droxford, als ob es so einfach wäre.

Acton blickte zur Tür und befürchtete, dass Persey

gehen könnte, bevor er mit ihr sprechen konnte. »Ich bin mir nicht sicher, ob das möglich ist, aber ich wollte es gerade versuchen, als ihr beiden Tölpel mich abgefangen habt.«

»Brauchst du Hilfe?«, bot Somerton an.

»Wisst ihr, wie Miss Barclay aussieht? Könnt ihr in der Eingangshalle stehen und sie aufhalten, wenn sie zu gehen versucht, während ich oben nach ihr suche?«

Droxford nickte und wandte sich der Tür zu. »Wir werden uns darum kümmern.« Zusammen mit Somerton entfernte er sich, und Acton folgte ihnen. Allerdings ging er nicht bis zur Eingangshalle weiter. Er ging zu der versteckten Dienstbotentreppe an der Rückseite des Hauses und dann nahm er zwei Stufen auf einmal in den ersten Stock hinauf, wo er auf seiner Suche nach Persey praktisch in den Salon stürzte.

Wieder wurde er gestoppt, diesmal von seiner Mutter. »Da bist du ja, Acton. Ich fürchte, Lucinda und ihre Nichten haben beschlossen zu gehen. Aber ich glaube, der heutige Abend war ein Erfolg für Miss Pandora.«

»Nein, sie dürfen nicht gehen!« Acton war froh, dass seine Freunde die Ladys aufhalten würden, aber er musste sich trotzdem beeilen, nach unten zu kommen.

Seine Mutter berührte seinen Arm, ihr Blick verfinsterte sich vor Sorge. »Was ist los?«

»Ich muss Persey – Persephone überzeugen, nicht nur die Party nicht zu verlassen, sondern auch Bath. Sie wird mich verlassen, und ich weiß nicht, was ich tun werde.«

Die Witwe lenkte ihn an den Rand des Saals. »Was willst du ihr sagen, um sie zum Bleiben zu bewegen?«

»Ich bin mir nicht sicher. Sie muss verstehen, dass ich mich geändert habe, und nicht länger der Halunke bin, für den mich alle halten. Zumindest nicht mehr. Nicht, seit ich sie getroffen habe.«

»Könntest du vielleicht noch etwas Zwingendes sagen?«, fragte seine Mutter leise.

Die Erkenntnis dämmerte ihm. »Ich würde ihr sagen, dass ich sie liebe, aber ich bin mir nicht sicher, ob sie mir glauben wird. Ich habe ihr gesagt, ich sei zu solchen Gefühlen nicht fähig.«

»Wie wir beide wissen, hast du dich da geirrt«, entgegnete sie mit einem Lächeln. »Gibt es irgendetwas, was du sagen oder tun kannst, um sie davon zu überzeugen, dass du dich geändert hast und du tatsächlich lieben kannst? Ich würde das gerne bezeugen.«

Er dachte darüber nach, was sich gerade unten zugetragen hatte. Er hatte die Avancen von Mrs. Bertram wirklich nicht gewollt. Sie hatte das nur noch nicht gewusst, weil er es ihr nicht gesagt hatte. Er stand in dem Ruf, dass er gerne flirtete. Vielleicht war es an der Zeit, alle von diesem Vorurteil zu befreien.

Acton fragte sich, wie er es ohne die Hilfe seiner Mutter im Leben so weit gebracht hatte. »Ich danke dir, wirklich. Doch dies ist eine Sache, die ich selbst erledigen muss.« Er wusste genau, was er zu sagen hatte und wie er es sagen musste.

Zum ersten Mal hörte er die oppositionelle Stimme seines Vaters nicht mehr in seinem Kopf. Der herrschsüchtige Herzog war endlich verstummt.

KAPITEL 22

Persephone und Pandora suchten ihre Tante im Salon auf und teilten ihr mit, dass sie aufbrechen wollten. Tante Lucinda hatte zwar gehofft, sie würden noch ein wenig länger bleiben, aber sie verstand und unterstützte ihre Entscheidung.

»Ich möchte der Herzogin danken, bevor wir gehen«, meinte Tante Lucinda und suchte im Salon nach ihrer Gastgeberin. »Leider kann ich sie nicht entdecken. Vielleicht treffen wir sie auf dem Weg nach draußen.« Sie gab Persephone und Pandora ein Zeichen, ihr zu folgen.

Als sie die Treppe hinuntergingen, erblickte Persephone ihre Eltern, die am Fuße der Treppe im Erdgeschoss zusammenstanden. Sie hielten sich etwas abseits, sodass sie und Pandora ihnen ausweichen konnten, als sie zur Eingangshalle weiterliefen. Trotzdem stupste Persephone ihre Schwester beim Hinuntergehen an und neigte dezent den Kopf. Pandora verzog das Gesicht. »Wir müssen nicht mit ihnen sprechen.«

»Das tun wir ganz sicher nicht. Weder heute noch jemals.«

»Ich nehme an, wir sollten unsere Sachen in Radstock Hall vergessen«, sagte Pandora resigniert.

»Ich würde alles hergeben, um keinen weiteren Moment mit ihnen verbringen zu müssen.« Persephone schauderte. Sie hatte zwar nie eine besonders enge Bindung zu ihrer Mutter oder ihrem Vater gehabt, aber sie hatte sie trotzdem geliebt, und sie hatte geglaubt, ihre Eltern würden sie im Gegenzug lieben.

Als sie den Fuß der Treppe erreichten, trat Tante Lucinda neben sie beide und versperrte mit ihrem Körper Persephone und Pandora die Sicht auf ihre Eltern. »Kommt, Mädchen«, sagte sie zügig und geleitete sie in die Eingangshalle.

Persephones Herz war voller Liebe und Wertschätzung für ihre Tante.

Ihr Weg wurde abrupt von zwei Gentlemen verstellt. Persephone erkannte den Viscount Somerton, weil er Tamsins Cousin war, konnte sich aber nicht an den Namen des mürrischen Gentleman neben ihm erinnern.

Somerton lächelte breit. »Guten Abend, Mrs. Barclay-Fiennes.« Er verbeugte sich vor Tante Lucinda. »Und den beiden Misses Barclay.« Er verbeugte sich abwechselnd vor Persephone und Pandora.

Persephone knickste, ebenso wie Pandora. »Guten Abend, Lord Somerton.« Sie warf einen Blick auf den anderen Mann, der ziemlich einschüchternd wirkte.

Somerton stieß den anderen Mann mit dem Ellbogen an und hüstelte. »Das ist mein Freund, Lord Droxford. Ich verspreche, er ist nicht so erschreckend, wie er aussieht.«

Er sah in der Tat ein wenig furchterregend aus, als könnte er eine Gewitterwolke herbeizitieren und ihr befehlen, sich über die Eingangshalle zu legen und sie alle zu ertränken. Aber seine Verbeugung war sehr elegant, als er ihnen einen guten Abend wünschte.

»Wenn Sie uns entschuldigen würden, wir wollten gerade

gehen«, meinte Tante Lucinda. »Es war eine Freude, Sie zu sehen, Gentlemen.«

Droxford schien ein oder zwei Zentimeter zu wachsen, als er einen Schritt auf sie zuging. »Bevor Sie sich verabschieden, müssen wir Sie unbedingt sprechen. Er klang ziemlich ernst.

»Sie *müssen?*«, fragte Pandora. »Aber wir haben uns doch gerade erst kennengelernt.«

»Das ist nicht wahr«, meinte Somerton sanft. Er war viel umgänglicher als sein düsterer Freund. »Ich bin sicher, Sie haben Droxford schon einmal getroffen.«

Persephone war klar, dass der Baron ein paar Tage in Weston gewesen war, als sie Anfang August angekommen waren. Sie wollte dies jedoch nicht erwähnen, da es Bane in Erinnerung rufen würde.

»Sie müssen uns nun wirklich entschuldigen«, meinte Persephone schnell, bevor Somerton etwas sagen konnte, das besser ungesagt bleiben sollte. »Ich fühle mich unwohl.«

»Pers-Miss Barclay!«

Die laute Stimme erscholl hinter Persephone. Aus der Treppenhalle. Sie drehte den Kopf, weil sie wusste, wer ihren Namen gerufen hatte, aber nicht glauben konnte, dass er so etwas tun würde.

Acton stürmte die Treppe hinunter. Als er unten ankam, stieß er um ein Haar einen Gentleman um. Er hielt den Mann fest und murmelte etwas, bevor er weitereilte. Dieses Verhalten erinnerte Persephone daran, wie sie ihm auf der Straße in Gloucester begegnet war.

Das schien so lange her zu sein, und doch war die Erinnerung noch frisch. Kühn und brennend. Wenn sie daran dachte, brannte es in ihrer Kehle.

»Warten Sie bitte«, rief Acton, als er in die Eingangshalle eilte. Hier waren weniger Menschen als in der Treppenhalle, aber alle hatten sich ihnen zugewandt. Die Türen zu den an die Halle grenzenden Räumen, waren mit Menschen verstopft.

Persephone drehte sich um, wie auch ihre Schwester und Tante Lucinda, die zu beiden Seiten von ihr standen.

»Was machen Sie *da*?«, flüsterte Persephone verzweifelt. Sie hatten heute Abend so wunderbare Fortschritte dabei gemacht, einen Skandal hinter sich zu lassen. Jetzt war er dabei, einen neuen zu verursachen.

»Ich habe etwas zu verkünden«, sagte er mit seiner normalen Stimme, den Blick nur auf sie gerichtet. »Ich wollte sichergehen, dass du es hörst, bevor du gehst. Ich entschuldige mich, dass ich deinen Namen so gerufen habe.«

Sie schürzte die Lippen, sagte aber nichts.

Dann sah er sich in der Halle um, und seine Miene verriet, dass er ein großes Publikum hatte. Es war völlig still und alles wartete, zweifellos atemlos, auf das, was er zu sagen hatte.

Persephone musste zugeben, dass auch sie ein wenig atemlos war. Was hatte er vor?

Acton wandte sich dem Raum zu und erhob seine Stimme. »Ihr alle kennt mich als lüsternen, skandalösen Halunken, als zügellosen Verwerflichen.«

Persephone presste die Lippen zusammen, um nicht zu lächeln. Sie wollte ihn nicht amüsant finden!

Als Antwort auf seine Äußerung reagierten die Leute mit Nicken und Gemurmel.

»Mit dem heutigen Abend entsage ich diesem Ruf. Ich habe mich neu erfunden, ein neues Kapitel aufgeschlagen, mich zum Besseren verändert – so hoffe ich. Er warf einen Blick zu Persephone, die ihn schockiert anstarrte. »Ich bin nicht mehr der Halunke, der ich war. Ich bin von diesem Moment an – eigentlich schon seit einigen Tagen, wenn ich ehrlich bin – ein *reformierter* Halunke.«

Somerton starrte Acton an, als sei ihm plötzlich ein

zweiter Kopf gewachsen, während Droxford seinen finsteren Blick wieder aufgesetzt hatte. Acton hingegen lächelte.

Glaubte er, dies würde irgendwie wiedergutmachen, was er in der Bibliothek mit diesem Flittchen vorgeführt hatte? »Wie schön für Sie«, sagte sie und wollte unbedingt gehen. Warum tat er das hier und jetzt?

Acton verzog das Gesicht. Er sprach jetzt leiser, sodass nur die, die ihnen am nächsten waren, es hören konnten. »Du musst wissen, dass ich mich verändert habe. Ich bin nicht mehr der Mann, der ich war, bevor ich dich kennenlernte. Dieser Mann will ich nicht mehr sein.«

Persephones Herz schlug ihr bis zum Hals. Sie liebte diesen Mann so sehr, und doch wäre es dumm von ihr, ihm zu vertrauen. »Das ist sehr bewundernswert. Ich wünsche Ihnen viel Erfolg.«

Sie wollte sich umdrehen, doch er hielt sie an ihrem Arm fest. Jemand keuchte, und er ließ sie sofort los. »Ich liebe dich, Persephone.« Er wirkte fast ... verzweifelt. »Das ist nicht der richtige Ort, aber ich will nicht, dass du gehst. Nicht jetzt und auch nicht irgendwann. Mein Leben wird ohne dich leer sein. Bedeutungslos. In der Bibliothek hatte ich kein Interesse an Mrs. Bertram. Sie hat sich an mich geklammert, und ich hatte mich gerade von ihr befreien wollen, als du kamst.«

»Sie sollten ihm glauben«, sagte eine weibliche Stimme von irgendwo rechts von Persephone. »Ich habe heute Abend versucht, mit ihm zu flirten, und er hat es nicht einmal bemerkt.«

»Das Gleiche ist mir passiert«, sagte eine andere. »Ich konnte seine Aufmerksamkeit nicht gewinnen.««

Persephone warf ihm einen strengen Blick zu. »Hast du sie dafür bezahlt, diese Dinge zu sagen?«

Seine Augen waren weit und klar, nur auf sie gerichtet.

»Nein. Ich will nie wieder mit jemandem flirten, es sei denn, sie heißt Persephone Barclay.«

»Was wäre, wenn ihr Name Persephone Loxley wäre?«, rief eine andere weibliche Stimme, und Persephone hätte schwören können, dass es Actons Mutter war.

Seine Lippen teilten sich zu diesem vertrauten, bezaubernden Lächeln, das Persephones Herz immer wieder zum Rasen brachte, um dann in ihrer Brust herumzuwirbeln. »Nun, ich würde mit *ihr* flirten«, sagte er leise und stellte sich direkt vor Persephone. »Wenn sie es zulassen würde. Heirate mich, Persey. Nicht weil du es solltest, sondern weil du es willst. Weil ich den Rest meines Lebens damit verbringen werde, dich zur glücklichsten Frau der Welt zu machen. Weil wir ohneeinander verzweifelt sein werden. Weil ich jemanden *brauche*, der mich vor Ratten beschützt.«

Persephone wollte lachen, lächeln, vor Freude schreien. Aber sie stand einfach nur da, unfähig zu sprechen. Unfähig, irgendetwas zu tun.

»Wenn Sie ihn nicht heiraten, werde ich es tun«, scherzte Somerton.

Pandora stieß Persephone sanft mit dem Ellbogen an. Persephone erwachte aus ihrer Benommenheit und sah ihre Schwester an, die lächelte und ihr leicht zunickte. »Er scheint es ernst zu meinen«, flüsterte sie.

»Ich hätte dich unter vier Augen fragen sollen«, fügte Acton mit einer leichten Grimasse hinzu. »Das habe ich unterlassen, damit du ja sagen musst.«

»Ich weiß.« Weil er aufrichtig war. Sie glaubte, dass er sie liebte. »Ich will ja sagen. Ich liebe dich auch, Acton. Ich nehme deinen Antrag an.«

Anstatt mit Freude oder gar Erleichterung zu reagieren, schloss Acton die Augen und runzelte die Stirn, obwohl alle um sie herum jubelten. Er ließ sich auf ein Knie sinken. »Nicht einmal den Teil habe ich richtig hinbekommen«, lamentierte er und nahm ihre Hand. »Willst du mich heiraten, Persey?«

»Das will ich.«

»Du glaubst mir doch, oder? Ich bin geläutert. Die einzige Aufmerksamkeit, die ich von einer Frau will, ist deine.«

»Niemand, der über Banes Verhalten so empört war wie du und der sich so sehr für die Frau eingesetzt hat, der Bane Unrecht getan hat, wie du, könnte weiterhin das Leben eines Halunken führen.«

Seine Schultern gaben vor Erleichterung nach und er lächelte breit. Er drückte ihre Hand, dann stand er auf. »Verdammt, ich wünschte, ich könnte dich küssen.«

»Glauben Sie wirklich, das würde mehr Schaden anrichten als alles andere, was uns in den letzten vierzehn Tagen widerfahren ist oder über uns gesagt wurde?«, fragte Pandora.

Acton nickte ihr zu. »Gutes Argument. Ich hoffe, das ist für Sie in Ordnung. Bane ist nicht mehr mein Freund.«

»Ich werfe Ihnen – oder einem Ihrer Freunde – Banes Verhalten nicht vor. Es ist für mich an der Zeit, die Sache hinter mir zu lassen«, fügte sie leise und mit einem zuversichtlichen Lächeln hinzu.

»Sie sind eine wunderbare junge Frau, Pandora. Ich bin froh, Sie Schwägerin nennen zu dürfen.« Acton drehte sich wieder zu Persephone um und beugte seinen Kopf, um sie zu küssen. Seine Lippen berührten kaum ihre, und schon war es vorbei. »Mehr traue ich mich nicht«, flüsterte er.

»Komm schon«, sagte Persephone neckisch. »Du bist ein Herzog. Ich denke, ein Herzog würde alles wagen.«

»Später«, raunte er mit einem leisen Stöhnen. »Ich bin schon halb weg, und ich bin mir ziemlich sicher, dass wir gleich mit Glückwünschen überhäuft werden.«

In der Tat, zuerst von Somerton und Droxford, von denen Ersterer in seinen Bemerkungen überschwänglicher war. »Eine schockierende Wendung der Ereignisse, Acton«, stellte der Viscount fest. »Aber ich könnte mich nicht mehr für dich freuen. Es ist offensichtlich, dass du eine ausgezeichnete Wahl getroffen hast.« Somerton nahm Persephones Hand und drückte ihr einen Kuss auf den Handrücken.

Sie gingen weiter, und alle anderen Anwesenden stellten sich in einer Reihe auf, um ihre Glückwünsche auszusprechen. Doch Actons Mutter schaltete sich ein und lenkte ein.

Sie beugte sich zu Acton und Persephone und sprach leise. »Macht es euch etwas aus, wenn ich eine offizielle Ankündigung mache? Nicht, dass es nötig wäre, aber es würde mich mit Freude erfüllen.«

»Nur zu«, forderte Acton sie mit einem Lächeln auf.

Persephone sah die Liebe in seinem Blick – für seine Mutter – und jeder Zweifel, den sie vielleicht hatte, dass dieser Mann zu solchen Gefühlen nicht fähig war, verflüchtigte sich. Es war ohnehin Unfug. Wie konnte ein so liebenswürdiger, charmanter, nachdenklicher Mann nicht fähig sein, zu lieben?

Die Herzoginwitwe wies Pandora und Tante Lucinda an, sich neben Persephone zu stellen, während sie Actons Schwestern aufforderte, sich zu ihnen zu gesellen. Sie gab ihnen ein Zeichen, sich auf Actons andere Seite zu stellen, und ihre Absicht wurde deutlich – sie organisierte eine Empfangsreihe, um einen besseren Fluss von so vielen Menschen zu ermöglichen.

Persephone erblickte ihre Eltern an der Peripherie und stellte fest, dass Actons Mutter sie nicht mitgebracht hatte. Sie schienen zwar zu versuchen, in diese Richtung zu kommen, hatten aber Schwierigkeiten damit.

»Danke«, murmelte Persephone zu Actons Mutter, die sie fragend ansah. »Dafür, dass meine Eltern nicht dabei sind.«

Ihre künftige Schwiegermutter lächelte warmherzig.

»Natürlich, meine Liebe.« Sie richtete sich auf und reckte ihr Kinn, bevor sie laut verkündete: »Es ist mir eine Freude und Ehre, die Verlobung meines Sohnes, Seiner Gnaden, des Herzogs von Wellesbourne, mit Miss Barclay bekannt zu geben. Mögen sie ein Leben lang Freude und Liebe genießen.« Sie strahlte alle an, bevor sie sich an den Anfang der Schlange stellte.

»Du wirst eine Herzogin sein«, flüsterte Pandora und kicherte. »Unsere Mutter wird begeistert sein und vielleicht sogar grün vor Neid.«

Persephone drückte den Arm ihrer Schwester, während ihr Blick wieder zu ihren Eltern wanderte. Sie hatten Fortschritte gemacht, standen aber jetzt in der Schlange, die sich gebildet hatte, um dem frisch verlobten Paar und ihren Familien zu gratulieren.

»Sollen wir sie einladen, bei uns zu stehen?«, fragte Persephone. »Wenn auch nur, um den Klatsch und Tratsch zu beruhigen? Ich glaube, davon habe ich genug.«

»Das ist ein gutes Argument«, antwortete Pandora mit einem müden Seufzer. »Ich denke schon. Aber lass sie erst in der Schlange warten, dann können sie sich auf Tante Lucindas andere Seite stellen.«

Persephone grinste. »Na gut.«

Nach langer Zeit hatte Persephone endlich einen Moment Zeit, um mit ihrem Verlobten allein zu sein. Er brachte sie heimlich in den privaten Salon seiner Mutter im ersten Stock. Sofort fiel ihr das Porträt von ihm auf. »Das ist ein wunderbares Gemälde von dir. Würde deine Mutter mir erlauben, es zu stehlen?«

Nachdem er die Tür geschlossen hatte, trat Acton hinter sie und schloss sie in seine Arme. Er küsste ihren Hals, was ihr einen Schauer der Vorfreude über den Rücken jagte. »Das Original befindet sich zufällig in London im Wellesbourne House. Ich habe erst vor kurzem erfahren, dass mein Vater meiner Mutter jedes Mal, wenn ich für ein Porträt gesessen habe, eine Kopie schickte. Das war Teil ihrer Vereinbarung, als sie ihn verließ.«

Persephone drehte sich in seinen Armen. »Sie hatten eine formelle Vereinbarung?«

Er nickte. »Die ganze Zeit über dachte ich, weil man es mir gesagt hatte, dass meine Mutter meine Schwestern nahm und seinen Haushalt verließ, weil sie es vorzog, von ihm getrennt zu sein. Ich hatte die meisten meiner Erinnerungen vergraben, aber hier bei ihr und meinen Schwestern zu sein, hat sie wieder ans Licht gebracht.« Sein Blick blieb an ihrem haften, als er sie an sich zog. »In der Tat habe ich durch diese Erinnerungen erkannt, dass ich nicht nur lieben kann, sondern es auch getan habe. Ich habe meine *Mutter* so sehr geliebt, wie ich es immer noch tue, und ich war am Boden zerstört, als sie mich verließ. Mein Vater tat alles in seiner Macht Stehende, um diese Gefühle in mir zu unterdrücken. Er sagte immer, sie würden einen schwach machen, und ein Herzog dürfte nicht schwach sein.« Acton schüttelte den Kopf. »Ich sehe jetzt, dass er mir viele idiotische Vorstellungen in den Kopf gesetzt hat, darunter das Recht eines Menschen meines Standes, sich nur so zu verhalten, wie ich es will, ohne sich darum zu scheren, was andere denken oder sagen. Oder *fühlen*.«

»Acton, es ist dir nicht egal. Ich habe dich gesehen.«

»Ja, aber es brauchte anscheinend eine schreckliche Situation, in der ein lieber Freund von mir ertappt wurde, und all unsere Sünden wurden entlarvt. Dann habe ich dich getroffen, und deine völlige Abscheu vor mir war absolut augenöffnend. Und ungeheuer erschütternd. Ich musste mich ganz neu einschätzen. Damit befasse ich mich noch *immer* und werde es wahrscheinlich noch eine ganze Weile tun. Weißt du, wie schwierig es für mich war, im Garten deiner Tante zu dir zu kommen? Der alte Acton war natürlich mehr als begierig und erfreut, aber der neue Acton hat sehr gezögert.«

Persephone lachte. »Vielleicht hat der alte Acton einige Vorteile, vorausgesetzt, seine Handlungen richten sich ausschließlich auf mich. Aber das hast du ja schon versprochen. Und zwar vor weit über hundert Leuten.«

Er grinste. »Mehr als das, denn du weißt, dass die Neuigkeit bereits in ganz Bath verbreitet wird. Das war meine Absicht. Ich möchte, dass alle es wissen, besonders die Mrs. Bertrams da draußen, dass ich in keiner Weise mehr auf dem Markt bin. Die einzige Frau, mit der ich flirten, die ich berühren, küssen und ins Bett nehmen will, bist du.«

»Wie weit du gekommen bist«, murmelte Persephone.

»Ich werde zu dem Mann, der ich sein will, der Mann, der ich glaube, schon immer gewesen zu sein, den mein Vater aber zu begraben suchte. Er hat mir nicht erlaubt, weich zu sein oder überhaupt tiefe Gefühle zu empfinden. Und vergiss das mit der Bindung. So ein Unsinn ist etwas für schwächere Männer.«

Ihre Augen waren einen Moment lang traurig, aber dann lächelte sie. »Ich bin so froh, dass du nicht so ein Mann bist. Weich zu sein und Gefühle zu haben, macht dich für mich zu einem großartigen Mann. Ich mache auch eine Verwandlung durch, um die Frau zu werden, die ich sein soll, jemand, der laut schnaubt und lacht, der nicht nach den Erwartungen anderer lebt.« Sie kniff die Augen zusammen und warf ihm einen frechen Blick zu. »Es hat sich herausgestellt, dass ich einen Herzog in die Falle locken *kann*.«

»In jeder erdenklichen Weise.« Actons Augen leuchteten vor Liebe und Bewunderung, bevor er sie küsste. Es war ein tiefer, inniger Kuss, nach dem sie sich seit dem Moment gesehnt hatte, als er ihr seine Liebe und Hingabe gestand. Sie war atemlos, als sie sich trennten. »Ich nehme an, wir müssen zurück zur Soiree.«

»Das müssen wir, wenn wir nicht noch mehr Gerüchte in die Welt setzen wollen.«

»Wie ich Pandora schon sagte, habe ich genug davon.«

»Wird sie Bath dennoch verlassen?«, fragte er.

Persephone nickte. »Nach der Hochzeit.«

Als sie sich schließlich voneinander gelöst hatten, waren sie mit Actons Mutter kurz über einen Zeitplan übereingekommen. Das Aufgebot würde am Sonntag in der Bath Abbey verlesen werden, und in drei Wochen würden sie heiraten. Das kam ihnen wie eine Ewigkeit vor – es war länger, als sie sich überhaupt kannten –, doch da waren Pläne zu schmieden, und Persephone war froh über die Zeit mit Pandora, ehe ihre Schwester abreiste.

»Beunruhigt dich das?«, fragte Acton, sein Blick weich und besorgt.

»Nein. Sie tut das Richtige. Aber ich bin froh, dass du sie kennenlernen wirst, bevor sie geht.«

»Darüber freue auch ich mich.« Er küsste sie auf die Stirn. »Was ist mit deinen Eltern?« Seine Stimme nahm einen dunklen, sardonischen Tonfall an.

»Ich habe ihnen gesagt, sie könnten an der Hochzeit teilnehmen, doch dies wäre auch der einzige Zeitpunkt, an dem ich sie zu sehen wünsche. Und ich habe sie angewiesen, dass sie Pandoras und meine Sachen hierher schicken lassen, denn sonst wärst du gezwungen, jemanden zu schicken, der sie abholt.«

»Brillant«, warf er grinsend ein.

Persephone zuckte mit den Schultern. »Sie schienen glücklich zu sein, aber ob wegen mir oder weil sie sich jetzt mit der Verwandtschaft zu einem Herzog brüsten können, weiß ich nicht.« Persephone rollte mit den Augen.

»Vermutlich werden sie mit mir über eine finanzielle Regelung sprechen wollen.«

Persephone legte ihre Hand an seine Wange. »Wage es

nicht, ihnen auch nur einen Schilling zu geben. Warum hast du sie heute überhaupt besucht?«

»Als ich die Anzeige in der Zeitung über deine angebliche Verlobung sah, war ich außer mir.« Sein Blick wurde verlegen. »Ich konnte mich nicht davon abhalten, zu ihnen zu gehen und zu verlangen, dass sie dich und Pandora in Ruhe lassen. Ich fürchte, mein Vater hätte das auch so gemacht.« Er schnitt eine Grimasse.

»Und da hast du ihnen gesagt, wenn du jemanden heiraten würdest, dann mich?«

»Sie haben mir vorgeschlagen, mich dem Gerede über mich und deine Schwester zu beugen und Pandora zu heiraten.« Er erschauderte. »Ich hatte bereits begonnen, sie als Schwester zu betrachten. Kannst du dir das vorstellen? Aber das konnte ich deinen Eltern nicht sagen, also habe ich ihnen die Wahrheit gesagt. Nämlich, dass ich dich heiraten würde – wenn du mich haben willst. Ich habe nur nicht geglaubt, dass du das willst.«

»Ich war eine Närrin, dass ich deinen Heiratsantrag abgelehnt habe. Ich hätte nicht gedacht, dass ich mich in einen Halunken verlieben könnte, wie meine Schwester es getan hat, und ich wollte es auch nicht. Ich konnte mir nicht vorstellen, dass das zu etwas anderem als Herzschmerz führen sollte, denn ich war überzeugt, dass Halunken sich nie ändern. Ich hatte nicht erkannt, dass du nicht so ein Halunke bist, wie Bane einer ist.« Sie warf ihm einen scheinbar ernsten Blick zu. »Es gibt Halunken und es gibt *Halunken*.«

Acton lachte. »Ich bin erfreut zu hören, dass mein Halunkenstatus nicht so ungeheuerlich ist. Ich werde mich bemühen, diesen Weg weiterhin zu beschreiten. Er küsste sie erneut, und Persephone gab sich der Empfindung einen Moment lang hin, bevor sie sich von ihm losriss. »Wir müssen zurück.«

»Ja«, sagte er mit großer Enttäuschung. »Aber ich werde eine Möglichkeit finden, dich später zu sehen.«

Auf dem Weg zur Tür schaute sie ihm mit einem sündigen Lächeln über die Schulter nach. »Du weißt, wie du die Spülküche im Haus meiner Tante findest.«

»Ja«, sagte er und öffnete ihr die Tür.

Sie hielt inne und wandte sich ihm zu. »Aber heute Abend zeige ich dir, wie du in mein Zimmer kommen kannst. Mein Bett ist viel bequemer. Ganz zu schweigen von der Größe.«

Seine Augen glühten vor Verheißung. »Ich kann es kaum erwarten.«

EPILOG

Acton zog seine Frau dicht an sich heran, als sie sich gemeinsam in ihr neues Bett kuschelten. Die Aufregung des Tages lag hinter ihnen. Sie hatten an diesem Morgen geheiratet und ein wunderbares Hochzeitsfrühstück bei ihrer Tante Lucinda genossen, die nur zehn Häuser weiter in dem Haus wohnte, das Acton für den Rest der Saison, die jetzt in vollem Gange war, am Crescent gemietet hatte.

Natürlich würden sie nicht die ganze Zeit über hier wohnen, denn er würde nach London reisen müssen, sobald das Parlament tagte. Persey und er hatten bereits ihre Absicht besprochen, Cousin Harold um jeden Preis aus dem Weg zu gehen. Acton hatte jedoch versprochen, sich mit ihm in Sachen Parlamentsangelegenheiten zu treffen, um nach der geplatzten Verlobung, die eigentlich gar keine Verlobung gewesen war, die Wogen zu glätten.

»Bist du sicher, dass du dich auf London freust?«, fragte er seine frischangetraute Frau. Persey versicherte ihm, dass sie aufgeregt sei, da sie London zum ersten Mal zu sehen bekam, und obendrein mit ihm. Er wusste, dass sie in letzter

Zeit viele Veränderungen durchgemacht hatte. Sie verkehrte nicht mehr mit ihren Eltern, wie die wenigen Worte, die sie nach der Zeremonie heute Morgen in der Abbey gewechselt hatten, zeigten. Und zu dem anschließenden Frühstück waren sie nicht eingeladen worden.

Persey hatte von ihren Eltern erwartet, sich darüber zu beschweren, nicht einbezogen zu werden. Was sie aber nicht wusste, war, dass Acton sie dafür bezahlt hatte, Persey und Pandora in Frieden zu lassen. Er hatte ihre Schulden beglichen und ihnen mitgeteilt, dass es keine weitere finanzielle Unterstützung geben würde. Nie wieder. Er hatte ihnen auch geraten, sich eine Weile zurückzuhalten, da sie sich mit ihren Einmischungen und Täuschungen bei niemandem beliebt gemacht hatten.

Die Zeit würde zeigen, ob sie zuhören würden.

»Ich würde mich darauf freuen, nach Amerika zu rudern, wenn das bedeutet, dass ich mit dir zusammen bin«, sagte sie sanft und küsste seinen Hals.

Acton lachte. »Das klingt abscheulich.«

Sie schnaubte. »Nicht wahr?«

Wie sehr er ihr Schnauben liebte. Noch am selben Tag hatte er erfahren, dass es das Schnauben war, das Persey und ihre liebe Freundin Lady Minerva zusammengebracht hatte. Acton hatte in den letzten Wochen viele Dinge über seine Braut herausgefunden, nämlich dass sie einen reizenden Freundeskreis hatte, zu dem Sheffords Schwester Minerva, Somertons Cousine Tamsin, zu der Pandora nach dem Frühstück abgereist war, und einige andere gehörten. Pandora hatte etwas gestickt, das sich »Regeln für Halunken« nannte, aber Acton hatte noch keine Gelegenheit gehabt, sich das Werk genauer anzusehen.

»Was war das, was Pandora für dich gestickt hat?«, fragte er. »Ich dachte, ich hätte die Worte ›Regeln für Halunken‹ erkannt?«

Er wurde mit einem weiteren Schnauben belohnt. »Das ist mein Lieblingsgeschenk, wenn ich ehrlich sein soll. Nachdem Bane gesehen wurde, wie er Pandora komprommittiert hat, haben wir alle eine Liste mit Regeln für Halunken aufgestellt. Wie man nicht auf ihren bösen Charme hereinfällt und so weiter.«

»Ich verstehe. Waren sie für dich nützlich?«

»Offensichtlich nicht«, entgegnete sie lachend. »Denn ich bin jetzt mit einem verheiratet!« Persey ernüchterte. »Diese Regeln sind dennoch wichtig. Zu viele junge Ladys sind Männern zum Opfer gefallen, die meinen, über jeden Vorwurf erhaben zu sein.«

»Ich könnte nicht mehr zustimmen«, meinte er aufrichtig. »Ich werde alles tun, was ich als reformierter Halunke tun kann, um eure Sache zu unterstützen.«

»Ich weiß nicht, ob wir einen *Grund* haben. Aber ich denke, du bist der Beweis dafür, dass ein Halunke sich ändern *kann,* und in manchen Fällen die Regeln gebrochen werden können.« Sie schien einen Moment zu überlegen und legte die Stirn in Falten. »Wenn ich es mir recht überlege, könnte Pandora einen Grund haben. Sie hat mehr als einmal gesagt, dass sie anderen jungen Ladys helfen will, die Falle zu erkennen und zu vermeiden, in die sie selbst geraten ist.«

»Ich werde Pandora vermissen«, meinte Acton und streichelte Perseys Schulter. »Meinst du, sie wird es sich überlegen, ob sie uns in der Saison nach London begleiten will? Deine Tante schien großen Gefallen an der Idee zu finden.«

Persey atmete aus. »Das bezweifle ich. Und nicht, weil sie sich Sorgen macht, dass die Leute sie meiden. Sie hat einfach keine Lust, an eine Heirat zu denken. Ich habe versucht, sie zu überreden, für zwei Wochen zu kommen, nur um uns zu besuchen und sich die Sehenswürdigkeiten anzusehen. Aber ich bin mir nicht sicher, ob sie das will. Sie hat vor, den

August in Weston zu verbringen, wie wir es in den letzten Jahren gehalten haben.« Sie legte den Kopf schief und sah ihn an. »Würde es dir sehr viel ausmachen, wenn ich für ein oder zwei Wochen wegfahre?«

»Ganz und gar nicht. Ich schätze Weston. Ich werde ein Cottage mieten, wenn dir das recht ist.«

»Das wäre großartig.« Ihr Blick wurde ernst. »Aber du darfst meine Zeit mit meinen Freundinnen nicht stören. Dieser gemeinsame Aufenthalt ist überaus wichtig für uns.«

Er legte eine Hand an sein Herz. »Ich schwöre, dass ich mich im Hintergrund halten werde. Ihr werdet mich nicht sehen oder hören, es sei denn, ich werde gerufen. Außer nachts.« Er neigte seinen Kopf zu ihr. »Dann gehörst du *mir*.«

Persey formte die Lippen zu einem verführerischen Lächeln. »Wenn du darauf bestehst.«

Er drückte seine Lippen auf ihren Hals und küsste sie an der Unterseite ihres Kiefers entlang bis zu ihrem Ohr. »Ich werde betteln, wenn ich muss. Dafür bin ich mir nicht zu schade. Wenn du mir nicht gesagt hättest, dass du mich auch liebst, wäre ich bereit gewesen, mich vor dir niederzuwerfen, bis du einen Weg gefunden hättest, das Gefühl aufzubringen.«

»Und wenn ich nicht könnte?«, stichelte sie.

»Ich hätte jemanden konsultieren müssen, um einen Trank oder einen Zauber zu finden, damit du dich in mich verliebst.« Er stöhnte. »Das ist etwas, was der Halunke Acton tun würde.«

Persey lachte. »Ich bin mir ziemlich sicher, dass Minerva einen solchen Zaubertrank erwähnt hat.«

»Sie würde so etwas benutzen?«

»Wir haben darüber diskutiert und uns gefragt, warum es keinen Zaubertrank zur Abwehr von Männern gibt.«

Acton warf sich auf den Rücken und brüllte vor Lachen.

Einen Moment später schob sich Persey über ihn und ihr Körper bedeckte den seinen.

»Findest du das lustig?«, fragte sie, spreizte ihre Beine um ihn und weckte mit ihren Bewegungen sofort seinen Schaft.

»Ich finde das ganz und gar zauberhaft.« Er strich mit seiner Hand über ihren Kiefer und umfasste ihren Hinterkopf, während ihr goldenes Haar über seine Finger floss und ihre Wangen streichelte. »Wie sehr ich dich liebe, meine schöne Frau.«

»Zeig es mir jetzt, mein geliebter Ehemann. Und ich werde dir immer wieder sagen, dass ich dich liebe – da ist kein Bitten erforderlich.«

»Wir haben eine Vereinbarung.« Er zog ihren Kopf zu sich herunter, sodass sich ihre Lippen fast berührten. »Ich werde jedoch bestimmte ... Techniken anwenden, um mir deine unsterbliche Hingabe zu sichern.«

Ihre Augen funkelten über seinen. »Herausforderung angenommen.«

Begleiten Sie Persephone, Pandora und ihre Freundinnen im August 1815 nach Weston, wo die stets fröhliche Tamsin Penrose versucht, Baron Droxfords ständig gerunzelte Stirn zu glätten. Doch hinter Isaac Deverells mürrischer Art verbirgt sich eine dunkle Vergangenheit, die er lieber begraben würde ... koste es, was es wolle. Bestellen Sie *FROHSINN FÜR DEN MÜRRISCHEN BARON* noch heute vor!

Ich danke Ihnen sehr, dass Sie Untadelig gelesen haben. Ich hoffe, es hat Ihnen gefallen!

Möchten Sie erfahren, wann mein nächstes Buch verfügbar ist? Sie können sich für meinen Deutscher Newsletter anmelden, mir auf Amazon.de folgen und meine Facebook-Seite liken. Alle Newsletter-Abonnenten erhalten exklusive Bonus-Geschichten, die sonst nirgends erhältlich sind.

Rezensionen helfen anderen, Bücher zu finden, die für sie geeignet sind. Ich schätze alle Bewertungen, ob positiv oder negativ. Ich hoffe, dass Sie erwägen werden, eine Bewertung bei Ihrem bevorzugten der Seite Ihres bevorzugten Internet-Netzwerkes abzugeben.

Ich mag meine Leser so sehr. Danke!

Sind Sie an weiterer Regency-Romantik interessiert? Schauen Sie sich meine anderen historischen Serien an:

Der Phönix Club
Die exklusivste Einladung der feinen Gesellschaft ...

Willkommen im Phönix Club, in dem Londons waghalsigste, anrüchigste und intriganteste Ladys und Gentlemen Skandale, Erlösung und eine zweite Chance finden.

Die Unberührbaren
Geraten Sie ins Schwärmen über zwölf der begehrtesten und schwer fassbaren Junggesellen der feinen Gesellschaft und die Blaustrümpfe, Mauerblümchen und Außenseiterinnen, die sie in die Knie zwingen!

Die Unberührbaren: Die Prätendenten
In der faszinierenden Welt der Unberührbaren spielend, handelt die Saga von einem Geschwistertrio, die sich darin auszeichnen, sich als jemand auszugeben, der sie nicht sind.

Werden ein unerschrockene Bow Street Ermittler, ein niedergeschmetterter Viscount und eine desillusionierte Dame der feinen Gesellschaft es schaffen, ihre Geheimnisse zu lüften?

Chroniken der Ehestiftung

Der Pfad der wahren Liebe verläuft niemals geradlinig. Manchmal ist eine Hausparty zur Ehestiftung vonnöten. Wenn Paare sich auf einer Hausparty kennenlernen, ereignen sich provokative Flirts, heimliche Rendezvous und Verliebtheit im Überfluss.

Ruchlose Geheimnisse und Skandale

Sechs unglaubliche Geschichten, die sich in den glamourösen Ballsälen Londons und den herrlichen Landschaften Englands abspielen.

Die Liebe ist überall

Herzerwärmende Nacherzählungen klassischer Weihnachtsgeschichten im Regency-Stil, die in einem gemütlichen Dorf spielen und von drei Geschwistern und dem besten Geschenk von allen handeln: der Liebe.

Der Club der verruchten Herzöge

Sechs Bücher, geschrieben von meiner besten Freundin, Erica Ridley, und mir. Lernen Sie die unvergesslichen Männer von Londons berüchtigtster Taverne, dem Verruchten Herzog, kennen. Verführerisch attraktiv, mit Charme und Witz im Überfluss, wird eine Nacht mit diesen Wüstlingen und Filous nie genug sein ...

Die Bräute von Marrywell

Kommen Sie nach Marrywell, im schönen England, denn hier findet schon seit Hunderten von Jahren alljährlich das

Maifest zur Partnerfindung statt, bei dem hoffnungsvolle Romantiker zusammenkommen. Die Herzöge und Halunken des Regency-Zeitalters begegnen hier temperamentvollen und bezaubernden Ladys, die ihnen ihre Herzen stehlen könnten.

BÜCHER VON DARCY BURKE

Historische Romantik

Regeln für Halunken
Falls der Herzog es wagt
Frohsinn für den mürrischen Baron

Der Phönix Club
Ungehörig: Das Mündel des Earls
Leidenschaftlich: Eine zweite Chance für das Eheglück
Intolerabel: Die Schwester des besten Freundes
Unschicklich: Eine Vernunftehe
Unmöglich: Eine Schöne und ein Scheusal im Liebesglück
Unwiderstehlich: Eine Scheinehe mit dem Spion
Untadelig: Eine geheime, verbotene Affäre
Unersättlich: Der geläuterte Lebemann und die unwillige
Debütantin

Die Unberührbaren
Ein Earl als Junggeselle (prequel)
Der verbotene Herzog
Der wagemutige Herzog
Der Herzog der Täuschung
Der Herzog der Begierde
Der trotzige Herzog
Der gefährliche Herzog
Der eisige Herzog

Der ruinierte Herzog

Der verlogene Herzog

Der betörende Herzog

Der Herzog der Küsse

Der Herzog der Zerstreuung

Der unverhoffte Herzog

Der charmante Marquess

Der verwundete Viscount

Die Unberührbaren: Die Prätendenten

Geheimnisvolle Kapitulation

Ein skandalöser Pakt

Des Gauners Rettung

Chroniken der Ehestiftung

Der verstockte Herzog

Ein Earl als Junggeselle

Der ausgerissene Viscount

Die unechte Witwe

Die Bräute von Marrywell

Ein Herzog wird verzaubert

Erbin dringend gebraucht

Die Heiratsvermittlerin und der Marquess

Ruchlose Geheimnisse und Skandale

Ihr ruchloses Temperament

Sein ruchloses Herz

Die Verführung des Halunken

Verliebt in eine Diebin

Die Schöne und der Halunke
Einmal Halunke, immer Halunke

Die Liebe ist überall
(*eine Regency Weihnachtstrilogie*)
Der Earl mit dem flammendroten Haar
Das Geschenk des Marquess
Eine Freude für den Herzog

Der Club der verruchten Herzöge
Eine Nacht zum Verführen by Erica Ridley
Eine Nacht der Hingabe by Darcy Burke
Eine Nacht aus Leidenschaft by Erica Ridley
Eine Nacht des Skandals by Darcy Burke
Eine Nacht zum Erinnern by Erica Ridley
Eine Nacht der Versuchung by Darcy Burke

Darcy Burke ist die USA Today Bestsellerautorin für sexy,
emotionale, historische und zeitgenössische Romantik.
Darcy schrieb ihr erstes Buch im Alter von 11 Jahren – mit
einem Happy End – über einen männlichen Schwan, der von
der Magie abhängig war, und einen weiblichen Schwan, der
ihn liebte, mit nicht sehr gelungenen Illustrationen.
Schließen Sie sich ihr an newsletter!

Darcy, die in Oregon an der Westküste der Vereinigten
Staaten geboren wurde, lebt am Rande des Wine Country
mit ihrem auf der Gitarre spielenden Ehemann und ihren
beiden ausgelassenen Kindern, die das Schreiben geerbt zu
haben scheinen. Sie sind eine nach Katzen verrückte Familie
mit zwei bengalischen Katzen, einer kleinen, familienfreund-
lichen Katze, die nach einer Frucht benannt ist, und einer
älteren, geretteten Maine Coon, die der Meister der Kühle

und der fünf-Uhr-morgens-Serenade ist. In ihrer ›Freizeit‹ ist Darcy eine regelmäßige ehrenamtliche Mitarbeiterin, die in einem 12-stufigen Programm eingeschrieben ist, in dem man lernt, ›Nein‹ zu sagen, aber sie muss immer wieder von vorne anfangen. Ihre Lieblingsplätze sind Disneyland und das Labor Day Wochenende in The Gorge. Besuchen Sie Darcy online unter https://www.darcyburke.de.

facebook.com/darcyburkefans

instagram.com/darcyburkeauthor

pinterest.com/darcyburkewrites

goodreads.com/darcyburke

IMPRESSUM

Deutsche Erstausgabe von:
Darcy E. Burke Publishing
Zealous Quill Press
13500 SW Pacific Hwy., Ste. 58-419
Tigard, OR, 97223
USA

Für die Originalausgabe:
Copyright © IF THE DUKE DARES, 2024 by Darcy Burke,
All rights reserved.

Für die deutschsprachige Ausgabe:
Copyright © 2024 by Petra Gorschboth
Redaktion: Nicole Wszalek
Umschlaggestaltung: © Dar Albert, Wicked Smart Designs.

ISBN: 9781637261941

www.darcyburke.de